Jeannette Walls

Vom Himmel die Sterne

Roman

Aus dem amerikanischen Englisch
von Ulrike Wasel und Klaus Timmermann

Hoffmann und Campe

Die Originalausgabe erschien 2023 unter dem Titel *Hang The Moon*
bei Scribner, an Imprint of Simon & Schuster, Inc., New York.

Die Übersetzung des Zitats aus Oscar Wildes Gedicht
»Die Zuchthausballade« auf S. 201 f. stammt aus:
Englische und amerikanische Dichtung, Bd. 3,
hrsg. von Horst Meller/Klaus Reichert, S. 69,
übersetzt von L. L. Schücking

1. Auflage 2024
Taschenbuchausgabe

www.hoffmann-und-campe.de
Umschlaggestaltung: © FAVORITBÜRO, München
Umschlagabbildung: © Everett Collection/shutterstock.com
Satz: Pinkuin Satz und Datentechnik, Berlin
Gesetzt aus der Berling
Druck und Bindung: GGP Media GmbH, Pößneck
Printed in Germany
ISBN 978-3-455-01845-5

HOFFMANN
UND CAMPE

Ein Unternehmen der
GANSKE VERLAGSGRUPPE

Für John.
Als ich nicht weiterwusste,
zeigte er mir den Weg.

Ich weiß, ich habe den Leib eines schwachen und kraftlosen Weibes, doch ich habe das Herz und das Mark eines Königs.

Queen Elizabeth I., 1588, in einer Rede an ihre Soldaten in Erwartung der spanischen Armada.

Qualität? Quatsch, unser Whiskey konnte immer nur dann reifen, wenn wir eine Reifenpanne hatten.

Rex Walls, Vater der Autorin, der in den späten 1940er- und frühen 1950er-Jahren Schwarzgebrannten schmuggelte.

PROLOG

Das schnellste Mädchen der Welt. Das will ich mal werden.

Hab ich heute Morgen beschlossen. Der Morgen war so richtig schön, sonnig, aber nicht zu heiß, mit weißen Wolken, die aussahen wie Mehlklöße hoch oben am strahlend blauen Himmel, mit Vögelchen, die um die Wette zwitscherten, und tanzenden kleinen gelben Schmetterlingen. Ich hatte gerade meinen Matrosenanzug angezogen und war dabei, mir die Schuhe zuzumachen, als die Tür aufging. Es war mein Daddy. Der Duke. So nennen ihn alle.

»Ich hab eine Überraschung für dich, Frechdachs«, sagte er. »Ein Geschenk.«

»Ein Geschenk? Aber ich hab doch noch gar nicht Geburtstag.«

»Ich brauch doch keinen besonderen Anlass, um meiner eigenen Tochter ein Geschenk zu machen. Wenn ich sage, heute ist Geschenketag, dann ist heute Geschenketag, basta. Und ich garantiere dir, dieses Geschenk wird dein Leben verändern.«

»Was ist es denn?«

»Na, na, du kleiner Naseweis. Du willst wohl, dass ich mich verplapper, was?« Der Duke redete mit seiner gespielt wütenden Stimme, und ich musste lachen. »Dann wär's ja keine Überraschung mehr.« Er lächelte. »Oben im Kutschenhaus. Komm mit.«

Und wenn ich hundert Jahre alt werde, den Tag heute vergess ich nie. Der Duke nahm mich an die Hand, und wir gingen durch die Diele am Wohnzimmer vorbei, wo meine Stiefmutter Jane mit meinem Halbbruder Eddie Tonleitern auf dem Klavier übte. Er spielte furchtbar gern Klavier und guckte nicht mal in meine Richtung. In der Küche sagte ich der Alten Ida, das ist unsere Köchin, wohin wir wollten, und sie sagte, dass sie Überraschungen mag, und zupfte an einem von meinen Zöpfen. Dann gingen der Duke und ich raus in den Garten.

Wenn ich mich auf was Schönes freue, möchte ich am liebsten hüpfen – ich versteh nicht, warum so viele Leute ganz normal gehen, wenn sie auch hüpfen könnten –, aber heute Morgen wollte ich die Hand vom Duke auf keinen Fall loslassen, also riss ich mich ausnahmsweise mal zusammen und war brav, genau wie Jane mir das dauernd eintrichtert.

Der Duke und ich gingen an der Steinmauer vorbei, die wir zusammen für Jane gebaut haben, bevor Eddie geboren wurde. Sie ist niedrig wie eine Bank, sodass ich drauf sitzen kann, und breit genug, um drauf entlangzurennen und dann ganz hoch in die Luft zu springen. Hinter der Mauer sind Janes rosa und rot-weiße Pfingstrosen, die wie große Kugeln Eiscreme aussehen. Jane ist die Einzige, die sie pflücken darf.

Wir liefen die lange Einfahrt mit den großen Pappeln hoch, vorbei an unserem Hühnerstall und dem Eishaus und der Räucherkammer und dem Brunnenhaus. Die sind alle weiß gestrichen und haben grüne Blechdächer, genau wie das Große Haus, und sie stehen jetzt alle leer, weil wir unser Fleisch und unsere Eier im Ort kaufen und der Eismann Eisblöcke für den Eisschrank in der Küche bringt. Trotzdem, es macht Spaß, dort herumzustöbern. Eddie ist erst drei, fünf Jahre jünger als ich, aber wenn er mal alt genug ist, können wir bestimmt richtig toll Cowboy und Indianer da spielen.

Als wir an der Weide vorbeikamen, winkte ich den Kutschpferden, die friedlich grasten und mit ihren Schwänzen die Fliegen verscheuchten. Sie sind fett geworden, weil wir sie nicht mehr so oft einspannen, seit der Duke sich den Ford gekauft hat, das erste Automobil in ganz Claiborne County. Mir tun die Pferde ein bisschen leid, aber der Duke meint, dass bald nur noch Cowboys und Fuchsjäger und Zirkusreiter Pferde haben.

Das Kutschenhaus oben auf dem Hügel ist auch weiß und grün, und als wir endlich dort ankamen, wäre ich fast geplatzt vor Neugier auf meine Überraschung. Der Duke streckte die Hand nach dem Türgriff aus und sagte: »Mach die Augen zu, Frechdachs.«

Und das tat ich. Im nächsten Moment hörte ich das dumpfe Rumpeln der großen Doppeltür.

»Jetzt mach die Augen auf«, sagte er.

Und da sah ich ihn. Einen Bollerwagen. Er stand hübsch wie nur was auf dem Steinboden zwischen dem Ford und der Kutsche, ein waschechter Kinderbollerwagen mit großen roten Rädern – größer als Essteller – und einer glänzend schwarzen Lenkstange aus Metall und knallrot lackierten Seitenwänden aus Holz.

»Ist der für mich?«

»Und ob er das ist. Hab ihn im Katalog gesehen und mir sofort gesagt, der ist was für meine kleine Sallie.« Ich sah zu dem Duke hoch. Er betrachtete den Bollerwagen mit lächelnden Augen. »Gefällt er dir?«

Sonst hab immer so viel zu sagen, dass mich keiner dazu bringen kann, den Mund zu halten, aber in dem Moment bekam ich vor lauter Glück kein Wort heraus, deshalb nickte ich bloß, und dann nickte ich noch rund zwanzigmal weiter.

»Hatte selbst so einen, als ich so alt war wie du. War gar nicht mehr aus ihm rauszukriegen. Sollen wir ihn mal ausprobieren?«

»Wir beide?«

Die Alte Ida sagt immer, für mich wäre der Duke mein größter Held, der mir die Sterne vom Himmel holen kann. Vielleicht stimmt das ja. In dem Moment glaubte ich es jedenfalls ganz sicher.

Der Duke zog den Bollerwagen raus auf die Einfahrt und ging daneben in die Knie. Ich hockte mich neben ihn, während er mir zeigte, wie man mit der Metallstange lenkt, wie der Bremshebel auf der linken Seite die Hinterräder stoppt, aber nicht die Vorderräder.

»Was meinst du, warum das so ist?«, fragte er.

Ich schob die Lenkstange hin und her und sah, dass sich die Vorderräder bewegten. »Weil die Vorderräder sich nach links und rechts drehen?«

»Genau. Die Hinterräder sind starr. Du bist ein Naturtalent, Frechdachs. Auf geht's.«

Er zog den Bollerwagen bis ans obere Ende der Einfahrt und stellte die Bremse fest. Der Duke ist groß, selbst für einen erwachsenen Mann, aber er setzte sich in den Wagen. Ich kletterte zwischen seine Beine und drückte den Rücken gegen seine Brust. Er roch gut, nach Zigarren und dem Zeug, das sie ihm in Clydes Friseurladen ins Gesicht klatschen, wenn sie seinen Bart gestutzt haben. Ich hatte nur ganz wenig Platz, weil die Beine vom Duke rechts und links von mir waren, seine Knie an meinen Schultern wie ein Paar große dunkle Flügel, aber es fühlte sich gut an, als könnte ich alles schaffen, als könnte nichts schiefgehen, als könnte mir nichts etwas anhaben.

Er legte meine linke Hand auf die Lenkstange und meine rechte auf die Bremse.

Zusammen lösten wir die Bremse.

Wir setzten uns in Bewegung, rollten die Einfahrt hinunter, zuerst langsam, holprig über den Kies, dann wurden wir schneller, immer schneller, und wir sausten an den Pferden vorbei, und ich beugte mich vor, starrte den Hügel runter, die großen Pappeln kamen direkt auf uns zu, und die Arme vom Duke waren neben meinen Schultern, während wir beide lenkten, seine Wange an meine gedrückt, sein Bart kitzelig an meinem Hals, seine Stimme in meinem Ohr. »Sachte, Mädchen. Du kannst das. Sachte.«

Als wir durch die Biegung vor der größten Pappel sausten, legten wir uns in die Kurve, dann steuerten wir geradeaus und erreichten den flachen Teil der Einfahrt vor dem Großen Haus. Jane stand mit Eddie auf der Hüfte im Garten und schaute uns zu, und wir winkten ihr, aber nur ganz kurz, wir brauchten nämlich unsere Hände zum Lenken, weil die Einfahrt unterhalb vom Großen Haus wieder bergab geht, unter noch mehr Bäumen hindurch, also wurden wir schneller, der Kies knirschte unter uns, der Wind blies mir ins Gesicht, ins Haar, ließ meine Zöpfe flattern. Am Fuß des Hügels kamen wir zu der kleinen Steinbrücke über den Crooked Run. Direkt daneben steht eine alte Trauerweide, und wir rollten über den dicken Buckel, wo sich eine Wurzel unter dem Weg durchschlängelt. Von dem Stoß zitterten die Räder, und wir flogen hoch, aber wir blieben auf Kurs, und gleich darauf rasten wir über die Brücke auf die Steinpfeiler am Ende der Einfahrt zu, und in dem Moment schrie der Duke: »Jetzt!« Wir rissen an der Bremse – fest –

und kamen schlingernd genau auf der Crooked Run Road zum Stehen.

Mein Gesicht kribbelte ganz doll, meine Hände auch, und ich spürte mein Herz wie wild in der Brust pochen. Noch nie in meinem ganzen Leben hab ich je so etwas gefühlt. Wir waren schnell, unglaublich schnell, der Duke und ich. Wir waren geflogen.

Ich fing an zu lachen, einfach so. Es kam so plötzlich aus mir raus, wie wenn Suppe überkocht, und der Duke fing auch an zu lachen. Dann sprang ich aus dem Bollerwagen und machte ein Freudentänzchen, hüpfte herum und reckte die Arme und warf den Kopf hin und her, und das brachte ihn noch mehr zum Lachen.

»Du hast deine Berufung gefunden, Frechdachs«, sagte er. »Bleib dabei, und du wirst das schnellste Mädchen der Welt.«

Ich muss immerzu daran denken, was der Duke gesagt hat.

Wenn ich groß bin, kann ich nicht Senator oder Gouverneur werden, und ich kann nicht den Nordpol erforschen oder das Familienunternehmen leiten, wie der Duke sich das von Eddie wünscht. Jane sagt immer, dass Ladys sich nicht mit solchen Dingen beschäftigen. Aber das schnellste Mädchen der Welt werden, tja, wenigstens das kann ich. Sagt sogar der Duke. Er liest uns gern Zeitungsartikel über Automobilrennen vor – Autos, die schneller als zwei Meilen die Minute fahren. So was beeindruckt ihn mächtig – Menschen, die am schnellsten, stärksten, besten sind –, und genau so jemand will ich werden.

Wir haben jetzt Schulferien, und der ganze Sommer liegt vor mir, deshalb übe ich jeden Tag, wenn ich nicht mit dem Duke in die Kaufhalle darf. Der Duke hat mir eine von seinen alten Taschenuhren geschenkt, und die hat einen Sekundenzeiger, sodass ich meine Zeit messen kann, wenn ich durch den »Parcours« rase. So nennen der Duke und ich die Strecke. Wir haben auch Namen für die verschiedenen Abschnitte des Parcours. Es gibt die Startlinie, den Steilhang, die Kurve, die Gerade, die Kehre, die Senke, die Haarnadel, die Schlange – so nennen wir den kleinen Buckel von der dicken Weidenwurzel, die unter die Einfahrt hindurchwächst –, die Brücke und die Ziellinie.

Ich versuche herauszukriegen, wie ich mit jeder Fahrt schneller werden kann, wenn auch nur um eine Sekunde. Oder eine halbe. Ich mache einen fliegenden Start, wie der Duke es mir gezeigt hat, schiebe den Bollerwagen erst an und springe dann hinein. Sobald ich rolle, zieh ich die Schultern nach unten und drücke das Kinn an die Brust, damit der Wind weniger von mir zu fassen bekommt – weniger Luftwiderstand, hat der Duke gesagt, als er mir erklärt hat, wie ich das machen soll. Ich lege mich in die Kurven, wie der Duke es mir beigebracht hat, nehme für die flacheren Streckenabschnitte Fahrt auf, und nach ein paar Tagen bin ich so weit, dass ich erst ganz am Ende bremsen muss, wenn ich die Steinpfeiler erreiche – die Ziellinie.

Dann ziehe ich meinen Wagen zurück nach oben und fahre noch mal. Und noch mal. Ich fahre stundenlang. So komme ich den ganzen Tag über nur zum Lunch ins Große Haus, und ich esse in der Küche mit der Alten Ida. Ich glaube, das ist vielleicht einer der Gründe, warum der Duke mir den Bollerwagen gekauft hat – damit ich weniger im Haus bin, Jane weniger störe. Sie sagt, ich bin zu ungestüm – das ist das Wort, das sie benutzt –, denn wenn ich drinnen eingepfercht bin, rutsche ich das Treppengeländer runter, mache in der Diele Handstand, zerbreche aus Versehen die

Glasfigürchen, mit denen man nicht spielen darf, weil sie kein Spielzeug sind, mache Kissenschlachten mit Eddie und ziehe ihn im Speiseaufzug hoch und runter.

Jane sagt, ich hätte einen schlechten Einfluss auf Eddie, aber ich finde, wir verstehen uns prima. Er ist sehr lieb und auch sehr klug. Er kann schon alle Buchstaben, und er übt immerzu Klavier, ohne dass Jane ihm das sagen muss. Aber Eddie hat oft Schnupfen und Ohrenschmerzen, und Jane gibt ihm jeden Tag Orangensaft, damit er keine Rachitis kriegt. Außerdem will Jane nicht, dass er lange draußen ist, weil er sonst Sonnenbrand bekommt und von den Blumen niesen muss. Deshalb bin ich meistens allein mit meinem Bollerwagen. Ist mir nur recht.

Heute bin ich meine bisher beste Zeit gefahren. Es war morgens wahnsinnig windig, die Äste von den Pappeln haben wie verrückt geschwankt, und ich hatte Mühe, überhaupt in den Bollerwagen zu kommen, weil der blöde Wind andauernd versucht hat, ihn ohne mich die Einfahrt runterzuschubsen. Das hat mich auf eine Idee gebracht, und als ich dann endlich drin saß, hab ich mich nicht wie sonst geduckt. Ich hab den Rücken gerade gehalten und die Schultern hochgezogen. Mit dem starken Wind von hinten bin ich die Einfahrt so schnell wie noch nie hinuntergerast. Ich konnt's kaum erwarten, das dem Duke zu erzählen.

Sobald er zur Tür hereinkommt, tu ich das auch, und er wirft den Kopf in den Nacken und lacht. »Das nenn ich einfallsreich, Frechdachs. Den Wind so für dich arbeiten zu lassen.« Er zeigt mit dem Finger auf mich. »Ich hab's dir doch gesagt, du wirst mal das schnellste Mädchen der Welt. So was liegt dir im Blut. Und das macht dich zu einer echten Kincaid.« Mir wird davon ganz warm, als würde ich in der Sonne stehen. Er dreht sich zu Eddie um. »Was meinst du, mein Sohn? Dir liegt das doch auch im Blut, oder?«

Eddie nickt. Jane wirft dem Duke einen Blick zu, einen kalten, und er wirft genauso einen zurück, und mein warmes Gefühl ist futsch. Ich hoffe, sie streiten sich nicht. Manchmal geraten der Duke und Jane aneinander, weil er findet, dass sie Eddie verhätschelt. »Herrje, Frau, Sallie hat das auch schon gemacht, als sie in seinem Alter war«, sagt er zum Beispiel. Dann wirft Jane mir diesen kalten Blick zu, als wäre ich schuld.

Und dann kommt mir eine Idee. Ich werde Eddie beibringen, den Bollerwagen zu fahren. Ich werde es ihm genauso beibringen, wie der Duke es mir beigebracht hat, und wenn er dann richtig gut geworden ist, führen wir es dem Duke vor. Das wird eine Überraschung, unser Geschenk an ihn, und er wird unheimlich stolz auf seinen Sohn sein, und wenn der Duke sich über Eddie freut, wird Jane mich mögen müssen. Aber ich werde ihr nichts von meinem Plan erzählen. Weil sie vielleicht Nein sagt. Und wenn ich Jane nichts davon erzähle, dann tu ich auch nichts, was sie mir verboten hat, breche keine von ihren Regeln – jedenfalls nicht richtig.

Als der Duke am nächsten Morgen zur Arbeit gefahren ist, warte ich, bis Jane in dem Zimmer verschwindet, das sie ihr Boudoir nennt, und sich die Haare macht, was immer sehr lange dauert. Dann gehe ich mit Eddie hoch zum Kutschenhaus. Er mag meinen Plan, mustert den Bollerwagen, hört genau zu, was ich sage, und nickt dabei. Ich sehe ihm an, dass er alles versteht, und ich sehe ihm an, dass er aufgeregt ist. Aber er ist auch sehr ernst. Er will, dass der Duke stolz auf ihn ist.

Es ist sonnig und warm, genau wie an dem Tag, als der Duke mit mir die erste Fahrt gemacht hat, blauer Himmel mit bauschigen Wolken, aber kein Wind. Ein toller Tag für einen Anfänger. Ich stelle den Bollerwagen oben auf der Einfahrt so hin, dass er bergabwärts zeigt, dann steige ich ein und ziehe die Beine an, wie der Duke das gemacht hat, und Eddie setzt sich dazwischen, wie ich damals. Ich lege meine rechte Hand auf seine an der Lenkstange und löse mit der linken Hand die Bremse.

Wir rollen los, zunächst langsam, dann schneller, und ich gebe Eddie Anweisungen, genau wie der Duke das bei mir gemacht hat, flüstere: »Sachte, Junge, du kannst das. Sachte.«

Die Wagenräder rattern über den Kies, und Eddies seidiges blondes Haar weht nach hinten, als wir den Hang hinuntersausen, vorbei an den Pferden und durch die Kurve unter der großen Pappel, dann die Gerade entlang und hinunter in die Kehre, wo wir wieder Tempo aufnehmen, und jetzt rasen wir genau auf die Schlange am Crooked Run zu, wo der Wagen immer diesen lustigen kleinen Hopser macht.

»Sachte«, sage ich. »Sachte.«

Das gibt Ärger.

Ich sitze allein im Wohnzimmer. Die große alte Standuhr tickt in der Diele, und von oben höre ich die gedämpften Stimmen von besorgten Erwachsenen.

Ich hoffe, Eddie wird schnell wieder gesund.

Alles lief prima, bis wir über die Schlange gerollt sind. Ich hatte Eddie gewarnt, dass wir einen kleinen Hopser machen würden, aber ich glaube, wir sind doller gehopst, als Eddie dachte, weil er nämlich aufschrie und die Lenkstange herumriss, sodass wir gegen die Steinbrücke knallten, der Bollerwagen auf die Seite kippte und wir beide rausfielen. Ich hab mir Knie und Ellbogen aufgeschürft, aber Eddie blieb mit dem Gesicht nach unten im Kies liegen, die Arme ausgestreckt. Er bewegte sich nicht. War er verletzt? War er …? Ich konnte den Gedanken nicht zu Ende denken. Ich hab ihn an der Schulter berührt, aber er hat sich noch immer nicht bewegt.

Dann ist Jane aus dem Haus gerannt gekommen und hat wie verrückt geschrien. Sie hat mich angefaucht, ich sollte ihren Sohn nicht anfassen, und dann hat sie ihn aufgehoben – sein Gesicht war zerkratzt, seine Arme und Beine waren schlaff wie bei einer Stoffpuppe – und hat ihn ins Große Haus getragen.

Ich bin hinter Jane her, wollte ihr die Treppe rauf folgen, aber sie hat mich wieder angefaucht, ich sollte bloß wegbleiben, also bin ich ins Wohnzimmer gegangen, und da war ich noch, als der Duke und Dr. Black ankamen und nach oben liefen.

Ich glaube, ich kann Eddies Stimme hören. Ich glaube, er ist am Leben. Das hoffe ich so sehr. Ich wollte ihm nicht wehtun. Ich wollte doch nur alle froh machen. Aber ich weiß, das gibt Ärger. Großen Ärger. Ich weiß nur nicht, wie groß.

Ich sitze noch immer allein im Wohnzimmer, als ich höre, wie im ersten Stock eine Tür geschlossen wird, dann kommen Schritte die Treppe runter. Der Duke. Ich kenne seinen Gang, schwer, aber schnell. Er kommt ins Wohnzimmer. Meistens lächelt der Duke, wenn er mich sieht, tätschelt mir den Kopf oder drückt mir die Schulter oder nimmt mich in den Arm, aber jetzt nicht.

Stattdessen geht er vor mir in die Hocke, damit er mir direkt in die Augen sehen kann.

»Wie geht's Eddie?«, frage ich.

»Er war bewusstlos, aber er ist wieder zu sich gekommen.«

Ich spüre, wie ich ausatme, als hätte ich die ganze Zeit die Luft angehalten.

»Wir müssen abwarten«, redet der Duke weiter. »Dr. Black will, dass er ein paar Tage im Bett bleibt, falls er eine Gehirnerschütterung hat.«

»Es tut mir leid.«

»Ach was, mich hat's als Kind auch oft umgehauen. Ist für einen Jungen ganz normal.«

»Es war ein Unfall.«

»Glaub ich dir. Aber wir haben da jetzt ein Problem, Frechdachs. Jane ist nämlich der Meinung, dass du deinen kleinen Bruder beinahe umgebracht hast.«

»Ich wollte ihm doch nur beibringen, wie man den Bollerwagen fährt. Das sollte eine Überraschung für dich sein.«

»Verstehe. Das Problem ist, Jane findet, du bist eine Gefahr für den Jungen. Sie ist wütend. Sehr wütend. Wir müssen sie beruhigen, Frechdachs, du und ich. Und du kannst deinen Teil dazu beitragen, indem du für ein Weilchen zu deiner Tante Faye in Hatfield ziehst.«

Tante Faye? Die Schwester von meiner Mama? Mir schnürt es die Kehle zu, bis ich fast keine Luft mehr kriege. Ich kann mich kaum an Tante Faye erinnern. Sie hat früher bei uns gewohnt und geholfen, auf mich aufzupassen, und sie schickt mir jedes Jahr eine Geburtstagskarte, aber ich hab Tante Faye nicht mehr gesehen, seit Mama gestorben ist und der Duke Jane geheiratet hat, da war ich drei. Und Hatfield ist ganz oben in den Bergen am anderen Ende vom County, weit weg vom Großen Haus.

So wie der Duke mich ansieht, hab ich das Gefühl, dass er das eigentlich nicht will. Vielleicht kann ich ihn dazu bringen, mich nicht wegzuschicken, wenn ich ihm verspreche, dass ich brav und nie wieder ungestüm sein werde, dass ich alles tun will, um Jane zu beruhigen, und nie wieder irgendwas mache, wobei Eddie sich wehtun könnte – wenn ich das auf einen ganzen Stapel Bibeln schwöre. Aber der Duke redet auch mit der Stimme, die er immer benutzt, wenn sein Entschluss feststeht, und wenn du dann versuchst, ihn davon abzubringen, werden seine Augen ganz schmal und wütend, und du machst alles nur noch schlimmer.

Also frage ich: »Für wie lange?«

»Bloß, bis sich die Lage beruhigt hat.«

TEIL I

1

Bald wird die Sonne herauskommen. Unser Haus liegt am Fuß des Berges – nicht weit entfernt von den Bahngleisen –, und direkt gegenüber erhebt sich ein anderer Berg, sodass wir nur einen schmalen Streifen Himmel über uns haben. Meistens ist der Himmel morgens mit dichtem Nebel verhangen, schwer wie eine nasse Wolldecke, und an manchen Tagen brennt die Sonne ihn erst am späten Vormittag weg. Bis dahin haben wir längst die Flecken aus diesen verflixten Laken gekocht und geschlagen, und wir können sie zum Trocknen aufhängen und am nächsten Tag zum Krankenhaus bringen, um unser Geld zu kassieren. Damit kommen wir wieder eine Woche über die Runden.

Aber wir brauchen die Sonne.

Ich schiele immer wieder nach Osten, will, dass die blöde Sonne endlich scheint, und dann sehe ich das Auto. Es kommt auf der anderen Talseite die Serpentinen herunter, verschwindet immer wieder in Nebelschleiern. Auch Tante Faye sieht es. Wir hören auf, die Bettwäsche umzurühren, und beobachten schweigend, wie es am Fuß des Berges die Brücke über den Shooting Creek überquert, in dem kleinen Ort verschwindet und dann aus dem Nebel auf unserer Straße auftaucht, die am Fluss und an den Gleisen entlangführt. Es ist ein großes Auto, lang wie eine Lokomotive und grün – so ein dunkles hartes Grün wie bei einem nagelneuen Dollarschein. Niemand hier in den Bergen fährt so ein

Auto. Soweit ich weiß, kann sich im ganzen County nur ein Mann so ein Auto leisten. Es kommt vor dem verblassten Schild mit der Aufschrift FAYES DAMENSCHNEIDEREI & FRISIERSALON zum Stehen.

»Ich seh furchtbar aus«, sagt Tante Faye, während sie die Hände an ihrer Schürze abtrocknet und sich das Haar richtet. »Bin gleich wieder da.« Sie huscht ins Haus.

Ich weiß, dass auch ich furchtbar aussehen muss, und wische mir mit dem Ärmel übers Gesicht. Dann steigt ein großer, schlaksiger Mann in einem dunklen Anzug aus dem Auto.

»Tom!«, rufe ich, lasse das Wäschepaddel fallen und laufe auf ihn zu wie ein Kind, das schulfrei bekommen hat. Ich kenne Tom Dunbar schon mein ganzes Leben, habe ihn aber nicht mehr gesehen, seit er aufs College gegangen ist. Wenn Tom zurück ist, wenn er mitten in der Woche in einem schicken grünen Auto den weiten Weg nach Hatfield gefahren ist, dann will er sich nicht bloß erkundigen, wie's mir geht. Irgendetwas ist passiert. Etwas sehr Gutes. Oder sehr Schlimmes.

Ich umarme Tom fest, und er umarmt mich mindestens ebenso fest, dann nimmt er meine Hände, und wir stehen einfach nur da, grinsen uns an.

»Du siehst gut aus, Sallie Kincaid.«

»Das ist eine Lüge.« Mein Arbeitskleid ist klitschnass, meine Haare rutschen aus dem lockeren Knoten, den ich heute Morgen gebunden habe, und meine roten, rissigen Hände riechen nach Lauge. »Aber es ist eine nette Lüge, deshalb lass ich sie dir durchgehen. Ich sag dir etwas, das stimmt. Es tut verdammt gut, dich zu sehen. Und du siehst auch gut aus.«

Das tut er wirklich. Sein dunkles Haar wird an den Schläfen bereits schütter, aber er hat wieder mehr Farbe im Gesicht als bei unserer letzten Begegnung, nachdem er aus dem Krieg heimgekehrt war und völlig hoffnungslos und freudlos aussah, seine Haut aschfahl, die Augen in die Ferne gerichtet mit diesem verstörten Blick, den so viele junge Männern hatten, die in Frankreich waren. Jetzt sieht er wieder wie mein Freund Tom aus.

Ich schaue an Tom vorbei und betrachte das grüne Auto mit der langen Motorhaube und noch längeren Karosserie, den scharfen Kanten und weichen Kurven, der glänzenden Lackierung und den noch glänzenderen Chromverzierungen – so schnittig und modern und so völlig deplatziert hier in Hatfield, wo Nebel, Regen und Tau die Konturen der schiefen Häuser aufweichen und alles Menschengemachte mit Schimmel und Rost überziehen. »Dieses Prachtexemplar von Auto gehört bestimmt dem Duke. Was ist das für eins? Und wieso zum Kuckuck kommst du damit den weiten Weg hierher?«

»Das ist ein Packard Twin Six, fabrikneu. Und, Sallie« – Tom drückt meine Hände und blickt mir direkt in die Augen –, »der Duke schickt mich. Ich soll dich zurückholen.«

Mich zurückholen. Neun lange Jahre habe ich darauf gewartet, diese Worte zu hören. Mich zurückholen. Mich nach Hause holen. Ich hatte dem Duke geglaubt, als er sagte, ich müsste nur kurze Zeit in Hatfield bleiben, und ich redete mir ein, dass er mich schon bald holen lassen würde, doch die Wochen vergingen, dann die Monate, und ich verlor den Glauben an *schon bald*. Der Duke kam einoder zweimal im Jahr vorbei, wenn er in diesem Winkel des County zu tun hatte, doch seine Besuche waren kurz. Er hatte es immer eilig, und wenn ich fragte, wann ich nach Hause kommen darf, sagte er immer, die Zeit sei noch nicht reif, bis ich irgendwann nicht mehr fragte. In den letzten paar Jahren ließ er sich hier kein einziges Mal blicken. Doch eines Tages, eines Tages, das wusste ich, würde ich diesen kleinen Ort in den Bergen verlassen. Jetzt ist der Tag da. »Warum? Warum jetzt?«

»Jane ist tot«, sagt Tom. »Die Grippe hat sie in drei Tagen dahingerafft.«

Jane ist tot. Tom hat das leise gesagt, aber die Worte dröhnen mir durch den Kopf. Wie viele Male habe ich gedacht, dass Jane mein Leben zerstört hat, dass sie mir alles genommen hat, was mir lieb war. Wie oft habe ich mir gewünscht, ihr würde etwas zustoßen, aber ich habe mich immer bemüht, solche Gedanken zu vertreiben und stattdessen dafür zu beten, dass Jane ihre Meinung ändert und einsieht, dass ich Eddie nie wehtun wollte, dass mir ein Platz im Haus meines Daddys zusteht, genauso wie meinem Bruder. Ich schwöre, ich habe nie dafür gebetet, dass Gott sie auf diese Weise zu sich nimmt, dass Eddie seine Mama verliert. Kein Kind sollte das durchmachen müssen.

»Alle Kincaids versammeln sich im Großen Haus«, sagt Tom.

Tante Faye kommt wieder nach draußen, und genau in dem Moment brennt die Sonne sich durch die letzten Nebelschwaden. Meine Tante hat rasch ihr gutes Kleid angezogen und ordnet ihr volles schwarzes Haar mit ihren schlanken Fingern, die sie zu ihrem Kummer beim Wäschewaschen verschandelt. Die Leute sagen, dass sie mal eine richtige Schönheit war, und das sieht man heute noch an ihren Rehaugen und den üppigen Kurven. Aber das Leben in Hatfield lässt einen Körper sehr schnell altern. Das dichte schwarze Haar ist mit Grau durchzogen, und die Haut um die Winkel dieser Rehaugen hat winzige Fältchen.

»Tom, du stattlicher Student, das ist ja eine Überraschung. Was führt dich her?«

»Jane ist gestorben«, sage ich. »An der Grippe.

»Oh.« Tante Faye schlägt die Hand vor den Mund. »Möge Gott ihrer Seele gnädig sein.«

»Die Beerdigung ist morgen«, sagt Tom. »Der Duke schickt nach Sallie.«

Tante Faye lächelt. »Ich hab's doch gesagt, Sallie. Ich hab dir gesagt, dass es eines Tages so weit sein wird.« Dann stößt sie ein unsicheres kleines Lachen aus. »Was ist mit mir, Tom? Ich soll doch bestimmt mitkommen, oder?«

»Tut mir leid, Miss Powell.« Toms Stimme ist sanft. »Von Ihnen hat der Duke nichts gesagt.«

Tante Faye dreht sich zu mir um, zieht an den schlanken Fingern, einen panischen Ausdruck in den Augen. Ich kann sie nicht hier zurücklassen – die Frau, die mich in den letzten neun Jahren großgezogen hat –, ich kann sie nicht hier alleinlassen, mit einem Kessel voller fleckiger Bettwäsche.

»Tante Faye sollte auch dabei sein«, sage ich. »Sie gehört zur Familie.«

Tom nickt. »Natürlich. Aber du kennst ja den Duke. Er hasst Überraschungen, wenn sie nicht von ihm selbst kommen, und er hat gesagt: ›Hol Sallie‹, nicht: ›Hol Sallie und Faye.‹«

»Ohne sie komm ich nicht mit.«

Tante Faye fasst meinen Arm. »Sallie, verärgere den Duke nicht. Fahr nur. Du wirst ja nicht lange fort sein. Du kommst doch zurück, oder?«

Werde ich das? Oder will der Duke mich womöglich für immer nach Hause holen? Falls es bloß für die Beerdigung ist, wird Tante Faye schon ein paar Tage ohne mich zurechtkommen. Die Bettwäsche ist jetzt fast sauber, die

Sonne scheint, sie kann sie allein aufhängen und in meinem kleinen roten Bollerwagen zum Krankenhaus bringen. Aber was macht sie, wenn der Duke will, dass ich bleibe?

»Werde ich das?«, frage ich Tom. »Wieder hierherkommen?«

»Hat der Duke mir nicht gesagt. Aber die Totenwache hat schon begonnen. Wir machen uns besser auf den Weg.«

Tante Faye folgt mir durchs Haus, vorbei an der Schneiderpuppe und den an die Wände geklebten Modefotos aus Frauenzeitschriften. In unserem Schlafzimmer ziehe ich den Bezug von meinem Kopfkissen. Das wenige, was ich besitze, wird mühelos hineinpassen.

»Du kommst doch wieder, oder?«, fragt sie noch mal. Ihre Stimme klingt dünn und brüchig.

»Tante Faye, ich weiß nicht mehr als du.«

»Der Duke hat gesagt, er wird für mich sorgen, solange ich für dich sorge. Was soll aus mir werden, wenn du nicht zurückkommst?«

»Ich werde für dich sorgen«, erwidere ich. »So oder so.«

»Wie denn?«

»Ich finde schon eine Möglichkeit.«

Das hoffe ich zumindest. Ich weiß nur nicht, wie. Und Tom wartet, und der Duke wartet, und ich muss los.

Vielleicht fordere ich das Schicksal heraus, wenn ich meine Sachen packe, als würde ich nicht zurückkommen, aber ich tu's trotzdem. Meine zweite Garnitur Unterwäsche, meine Sommersocken, meine Haarbürste mit Wildschweinborsten, meine abgegriffene Bibel, in der ich nicht so viel lese, wie ich sollte – alles wandert in den Kissenbezug. Ich drehe Tante Faye den Rücken zu und ziehe mein braunes Musselin-Arbeitskleid aus, und obwohl es noch nass ist, rolle ich es zusammen und packe es ebenfalls ein. Ich streife mein anderes Kleid über, ein blaues aus Gingan mit einer welligen Zierborte, das ich nur zu besonderen Anlässen trage. Bleibt nur noch eines. Mein Gewehr, mein kostbarster Besitz, lehnt in der Ecke.

»Tante Faye, ich lass dir meine Remington hier. Scheu dich nicht, sie zu benutzen.«

2

»Fühlst du dich bereit dafür?«, fragt Tom, als wir durch Hatfield fahren.

»Natürlich. Mir geht's bestens«, erwidere ich schneidender als beabsichtigt. Ich bin doch angespannter, als ich dachte. Tom nickt, als wüsste er, wie ich mich fühle. Wir überqueren den Shooting Creek, und Tom erzählt mir, wie sehr er diesen Fluss liebt, dessen Wasser vom Berghang in die Luft schießt und dann fast senkrecht herabstürzt, über die Steine gischtet, kalt und schnell und eng, aber dann, am Fuß des Berges, wenn das Land sich abflacht, langsamer wird und in Windungen weiterfließt, andere Flüsse und Bäche aufnimmt, seinen Namen an sie verliert, Felsen und Hügel umspült, in die Niederungen gleitet, wo es freier strömen kann.

Tom erklärt, dass das andere Auto des Duke, der Ford, dafür gebraucht wird, Speisen für die Totenwache herbeizuschaffen, und der Duke ihn deshalb in dem Packard losgeschickt hat. »Wenn er auch nur einen Kratzer abkriegt«, hat er gesagt, »versohl ich dir den Hintern.« Tom ist schon immer ein vorsichtiger Fahrer gewesen, aber jetzt, wo er das neue schicke Auto des Duke steuert, kriecht er förmlich dahin, schleicht durch die engen Kurven, meidet die

Spurrillen von den Holztransportern und bremst vor jeder Schlammpfütze ab.

Die Fahrt zurück nach Caywood gestaltet sich also langsam. Und sie kommt mir noch langsamer vor, weil mein Verstand auf Hochtouren läuft. So viele Gedanken überschlagen sich in meinem Kopf. Widersprüchliche Gedanken. Ich kann's kaum erwarten, im Großen Haus anzukommen, aber ich habe keinerlei Vorstellung, wie man mich dort empfangen wird. Ich habe diesen Tag jahrelang herbeigesehnt, hatte schreckliches Heimweh, doch die ganze Zeit habe ich nie richtig darüber nachgedacht, was ich zurücklassen würde, und ich kann das Bild nicht abschütteln, wie Tante Faye, zum Abschied winkend, allein neben ihrem Damenschneidereischild steht und sich alle Mühe gibt, für mich zu lächeln.

Wir lassen die Blue Ridge Mountains hinter uns und gelangen in den westlichen Teil von Claiborne County, in das Tal, wo die schöne Landschaft Virginias flach ist und sich gut für Landwirtschaft eignet, wo die Äcker und Weiden von Zäunen und Hecken begrenzt sind. Oben in den Bergen hat der Winter das Land noch fest im Griff, aber hier unten hat der Frühling die Erde aufgeweicht, hat die ersten zarten grünen Triebe am Straßenrand hervorgelockt, und die Knospen an den Bäumen sind prall wie Zecken.

Als wir die sanften Hügel im Osten erreichen, kommen wir erstmals an Orten vorbei, die ich noch aus meiner Kindheit in Erinnerung habe: ein verlassenes Farmhaus mit einer langsam bröckelnden Steinmauer, ein kugelförmiger Getreidespeicher neben einer blutroten Scheune, verwitterte Tabakschuppen.

Am Rand von Caywood biegen wir auf die Crooked Run Road und passieren kleine Häuser mit noch kleineren Veranden. Viele Farmer in Geldnot haben ihre Grundstücke am Straßenrand zum Verkauf angeboten, und der Duke hat einige erworben, um dort diese kleinen Häuser zu bauen und zu vermieten.

Endlich kommen wir zu den Steinpfeilern vor dem Großen Haus. Auf der anderen Straßenseite sind zwei neue Häuser, doch die Einfahrt sieht noch genauso aus wie in meiner Erinnerung, flankiert von den mächtigen Bäumen.

Wir überqueren die kleine Brücke über den Crooked Run, und unwillkürlich sehe ich den dreijährigen Eddie dort liegen, mit dem Gesicht nach unten. Jenseits der Brücke stehen Autos und Kutschen entlang der Einfahrt, und weiter hinten windet sich eine lange Menschenschlange zum Großen Haus.

»Stell dich nicht hinten an, Sallie«, sagt Tom. »Geh einfach rein.«

»Das wäre unverschämt.«

»Du bist hier geboren, Sallie. Du musst nicht warten. Und lass deinen Beutel im Auto. Ich bring ihn für dich durch die Hintertür rein.«

Ich drücke seine Hand und öffne die Tür, ehe er irgendwas Albernes anstellen kann, wie ums Auto herumlaufen, um sie mir aufzumachen. Einige Leute schauen zu mir rüber, als ich aussteige, aber sie denken sich nicht groß was dabei, sondern widmen sich wieder ihren Unterhaltungen, und ich stehe allein da, starre das Große Haus an.

Es ist ein eigenartiges Gefühl, wenn man endlich das erblickt, was man sich so lange vorgestellt hat, und ehrlich gesagt, ich hatte befürchtet, dass das Große Haus gar nicht mehr so groß sein würde wie in meiner Erinnerung. Aber das ist nicht der Fall.

Das Große Haus ist weitläufig. Auf der einen Seite ist das ursprüngliche Farmhaus, klein und robust, zwei Zimmer über zwei Zimmern, erbaut aus Feldsteinen, die mein Urgroßvater Bull Kincaid sammelte, als er das Land urbar machte. An das Steinhaus schließt sich der Holzschindelflügel an, den der Colonel – der Daddy des Duke – vor rund fünfzig Jahren anbauen ließ, als die Familie wohlhabender wurde. Und dann ist da noch der elegante Flügel mit den hohen Fenstern, um den der Duke das Große Haus erweiterte, als es in seinen Besitz überging.

Ich gehe die Einfahrt hoch, vorbei an den Pappeln, die noch größer geworden sind, und den Buchsbäumen, die breiter geworden sind, und frage mich wieder mal, ob ich endgültig nach Hause zurückkehre oder ob ich bloß zu Besuch komme, wie all die Menschen in der Warteschlange. Ich steige die Verandastufen hinauf und versuche, mir einen Weg durch die Menge vor der Tür zu bahnen, als jemand ruft: »Hinten anstellen!«

»Ich gehöre zur Familie.«

»Das tun wir alle.«

»Ich bin die Tochter vom Duke.«

»Großer Gott«, sagt eine Frau fast im Flüsterton. »Das ist Sallie Kincaid.«

Köpfe schnellen herum, die Menge teilt sich, und ich trete durch die Tür.

Ich bin im Innern des Großen Hauses. Trauergäste füllen die Diele, doch einen Moment lang sehe ich sie nicht. Die geblümte Tapete, der Teppich, der aus dem fernen Persien stammt, der Hutständer aus Messing mit den Löwenkopfknäufen, die Standuhr mit Sonne und Mond auf dem Zifferblatt – alles ist so vertraut und zugleich eine Welt entfernt von dem Leben, das ich bei Tante Faye geführt habe. Hier gibt es keine Not, keine Geldsorgen – und ich kann kaum glauben, dass ich mal hier gewohnt und diesen Luxus, diesen Überfluss für selbstverständlich gehalten habe. Unablässig strömen die Erinnerungen auf mich ein: wie ich das verzierte Treppengeländer heruntergerutscht bin, mich beim Versteckspiel mit Eddie in den Schrank dort gequetscht habe, durch die Diele gerannt bin, wenn der Duke rief: »Bin zu Hause«, um ihm in die Arme zu springen. Ich packe den Treppenpfosten, um mich festzuhalten. Ich bin zu Hause.

Ich gehe zögerlich den Flur hinunter, achte auf meine Haltung – benimm dich würdevoll, sagt Tante Faye immer. Die Trauergäste haben ihre gute Sonntagskleidung angezogen. Einige unterhalten sich ernst in kleinen Grüppchen, andere trinken aus Flaschen und werfen lachend den Kopf in den Nacken, denn eine Totenwache ist auch eine Gelegenheit, Freunde und Verwandte zu treffen.

Ich meine, seine Stimme zu hören, die Stimme des Duke, die über Gemurmel und Geschirrgeklapper hinwegdröhnt, also folge ich dem Klang, biege nach links ins Wohnzimmer, wo die roten Samtvorhänge zugezogen sind, und da, mitten unter all den Leuten, sehe ich Janes Leichnam, ausgestreckt auf dem langen Walnussholztisch. Ihr hübsches Gesicht und das weiße Seidenkleid leuchten im sanften Licht der Kerzen, die sie umgeben.

Dann sehe ich ihn. Den Duke. Er sitzt neben Janes Leichnam in seinem wuchtigen ledernen Ohrensessel und begrüßt Gäste. Jeder andere, alles andere verschwindet neben ihm. Er ist so groß, so massig, selbst im Sitzen ragt er heraus, der rotbraune Bart gestutzt, der weiße Kragen gestärkt, eine weiße Nelke am Revers seines schwarzen Jacketts, mit seiner dicken Zigarre gestikulierend.

Er schaut zu mir herüber. Mein Gesicht kribbelt. Ich winke, ich lächele, und der Duke nickt knapp, höflich, dann gleitet sein Blick zurück zu dem Mann, mit dem er sich gerade unterhält, und das Kribbeln ist verschwunden, verdrängt von einer brennenden Scham. Ist es möglich, dass der Duke mich nicht erkannt hat? Seine Augen huschen wieder in meine Richtung, als würde er stutzen, dann leuchten sie auf, und er schenkt mir sein berühmtes Duke-Lächeln und erhebt sich langsam aus dem Ohrensessel.

»Sallie«, sagt er, »mein kleiner Frechdachs.«

Ich durchquere den Raum – ich muss mich zügeln, um nicht zu rennen, nicht zu hüpfen. Ich umarme ihn fest, und er erwidert die Umarmung, aber er lässt eher los als ich, schiebt mich weg, hält mich auf Armeslänge von sich weg und mustert mich von oben bis unten.

»Nicht mehr ganz so klein, was?«, sagt er.

»Nein, nicht mehr.« Auch er sieht aus der Nähe anders aus. Er ist dicker geworden, hat einen Bauch und weiße Strähnen in seinem rotbraunen Haar und Bart.

»Schön, dass du wieder da bist, Mädchen. Wie lange warst du weg? Acht Jahre?«

»Neun«, sage ich. Neun Jahre, elf Monate und fünf Tage. Ich war acht, als er mich wegschickte. Acht Jahre alt. Nächsten Monat werde ich achtzehn.

»Neun.« Er schüttelt den Kopf. »Die Zeit. Geld kommt und geht, aber die Zeit vergeht nur.«

»Es tut mir so leid um Jane.«

Er sieht mir in die Augen, packt meine Schultern, zieht mich an sich und gibt mir einen Kuss auf die Wange. Seine Barthaare kitzeln. »Erzähl mir keinen Mist«, flüstert er. »Wir reden später.«

Dann blickt er an mir vorbei zu der nächsten Person in der Warteschlange, seine Hände gleiten am meinem Rücken herab, und er schiebt mich sanft weiter.

Da erst bemerke ich den dünnen jungen Burschen, der zusammengesunken neben dem Sessel des Duke sitzt. Er hat den Kopf so tief gesenkt, dass ich sein Gesicht nicht sehen kann, aber ich kenne ihn, ich erkenne das seidig-blonde Haar. Ich gehe vor ihm in die Knie.

»Eddie.«

Er sieht mich ausdruckslos an. Er ist klein für einen Jungen, der gerade dreizehn geworden ist, und zart, mit den grauen Augen seiner Mama und dem feinen Haar. Ein überraschender Ansturm von Gefühlen für meinen Bruder überkommt mich. Liebe, ja, doch ich müsste lügen, wenn ich nicht zugeben würde, dass da auch ein gewisser Neid ist. Er hatte den Duke die letzten neun Jahre für sich – und alles andere, was ich nicht hatte –, aber jetzt sieht er so untröstlich aus, dass er mir von Herzen leidtut.

»Eddie, ich bin's, Sallie. Deine Schwester.«

»Sallie.« Seine grauen Augen mustern meine einen Moment lang. »Mutter hat gesagt, du hättest mich fast umgebracht.«

»Das war ein Unfall.« Meine Worte klingen lauter als beabsichtigt. Der Duke blickt zu mir herüber, und ich senke die Stimme. »Ich wollte dir beibringen, mit dem Bollerwagen zu fahren. Das hab ich doch in meinen Briefen erklärt.«

»Was für Briefe?«

Jane hat sie ihm also vorenthalten, die Briefe, die ich schrieb, als ich meinte, Eddie wäre alt genug, um zu verstehen, was passiert war, alt genug, um mir vielleicht zu verzeihen. Ich kann nur ahnen, was sie ihm alles über mich erzählt hat. Wie soll er sich da freuen, mich wiederzusehen? Wenn ich schon gemischte Gefühle ihm gegenüber habe, müssen seine noch widersprüchlicher sein.

»Es tut mir leid, dass ich dich verletzt habe. Es war ein Unfall, aber es war trotzdem mein Fehler. Ich war damals viel zu ungestüm, wie Jane oft gesagt hat. Und es tut mir leid, dass du deine Mama verloren hast. Ich weiß, wie das ist.«

Eddies graue Augen werden frostig, genau wie Janes immer. »Meine Mutter war ganz anders als deine Mutter.«

Ich stehe auf, erneut gekränkt. »Du hast recht. Meine Mama war ganz anders als deine Mama.«

Eddie wendet den Blick von mir ab, sieht zu Jane hinüber. Auch ich betrachte sie. Sie ist so hell, so still, in diesem dunklen lauten Raum. Ihr Gesicht ist weiß gepudert, das flaumige, seidig-blonde Haar perfekt frisiert. Selbst im Tod gelingt es ihr, überlegen auszusehen.

Sie war keine Schönheit – hatte eng stehende Augen und schmale Lippen, aber als Jane auf den Plan trat, so wurde gemunkelt, hatte der Duke genug von schönen Frauen. Außerdem hatte Jane das, was die Leute eine gute Kinderstube nennen. Sie entstammte der wohlhabendsten Familie in einer nicht so wohlhabenden Stadt, und das erkennt man noch immer an ihren feingliedrigen gefalteten Händen und ihrem schmalen, ovalen Gesicht, faltenfrei bis auf die kleine Furche zwischen den Brauen, die sich immer vertiefte, wenn ihr etwas missfiel. Was häufig vorkam. Zum Beispiel die Fotografie von meiner Mama, die ich auf dem Nachttisch stehen hatte, kurz nachdem der Duke Jane geheiratet hatte. Eines Tages war sie verschwunden. Ich war damals vier, und es dauerte lange, bis ich den Mut aufbrachte, Jane zu fragen, wo das Bild geblieben war, und als ich es endlich tat, wurden ihre Augen frostig, die kleine Furche auf ihrer Stirn vertiefte sich, und sie sagte: »Mein Mann möchte nicht an diese Frau erinnert werden.«

Ich strecke die Hand aus und berühre Janes kalte Wange. Adieu, Jane. Hast du irgendetwas bereut, bevor du starbst? Hast du je das Bedürfnis gehabt, dich mit mir zu versöhnen? Ich bezweifle es.

Während ich durch die Menge schlendere und nach vertrauten Gesichtern suche, nicke ich Menschen zu, die ich nicht kenne, und alle nicken zurück, doch ich spüre, wie sie mich im Vorbeigehen mustern, überlegen, was sie von mir halten sollen. Benimm dich würdevoll, höre ich Tante Faye sagen, aber ich hatte bloß ein kleines Stück Maisbrot zum Frühstück, und jetzt habe ich einen Bärenhunger, und ich kann gebratenes Fleisch und frisch gebackenes Brot riechen. Im Esszimmer biegen sich die Tische unter allen möglichen Trauerspeisen – fette Fleischpasteten, glänzende Gewürzpfirsiche, goldgelbe Maiscreme, mit Zimt bestreute Bratäpfel, Kürbisauflauf mit einer Kruste aus ofengerösteten Butterkekskrümeln, Süßkartoffelauflauf mit lockerer Schlagsahne, Taubenpastete mit überbackenem Kartoffelpüree, knusprige Brathähnchen, dicke Scheiben fettmarmorierter Schinken, trocken gereifter Rehrücken und zartes Schweinefleisch in einer dunklen Sauce.

Schon allein der Duft lässt mir das Wasser im Munde zusammenlaufen, aber ich werde den Teufel tun, mir hier vor aller Augen den Bauch vollzuschlagen, während die Leute mich taxieren. Gerade überlege ich, ob ich mich unbemerkt mit einem vollen Teller in den Keller schleichen kann, als ich Tom und seinen Dad Cecil draußen in der überfüllten Diele sehe. Ich will zu ihnen gehen, doch da sagt eine Frau hinter mir: »Der Duke hat sie also doch zurückkommen lassen.«

Die Worte werden laut geflüstert, als wollte die Frau, die sie ausspricht, gehört werden. Sie hat ein kräftiges Kinn, breite Schultern, stahlgraues Haar und die harten blaugrünen Augen, die man manchmal bei den Kincaids sieht. Meine Tante Mattie. Neben ihr steht eine junge Frau, die hübsch und unscheinbar zugleich ist. Es ist neun Jahre her, aber ich erkenne Matties Tochter, meine Cousine Ellen.

»Tante Mattie. Ellen.«

»Sallie«, sagt sie. »Du bist groß geworden.«

»Das will ich doch hoffen. Was hast du da gerade gesagt?«

»Dass du groß geworden bist.«

»Davor.«

»Davor hab ich nicht mit dir geredet.«

»Nein. Du hast über mich geredet.«

»Sallie, du bist gerade erst wieder da. Mach hier keine Szene. Die Leute werden sagen, dass du nach deiner Mutter kommst.«

Getreten. So fühle ich mich. Als wäre ich getreten worden und würde gern zurücktreten, aber die Leute hören zu – *benimm dich würdevoll* –, deshalb wende ich mich jäh ab. Doch da ist jemand direkt hinter mir, und ich will mich noch bremsen, aber es ist zu spät, und ich pralle mit voller Wucht gegen eine Frau. Sie trägt ein Tablett mit Schüsseln, die alle auf den Boden krachen, sodass Grünkohl, Rote-Bete-Salat und dergleichen durch die Luft fliegen, auf dem Perserteppich landen und vorne auf mein schönes blaues Gingan-Kleid spritzen.

Ich stoße ein Schimpfwort aus – vielleicht auch mehrere –, und prompt verstummen sämtliche Gespräche. Ich stürme durch die Küchentür, schnappe mir einen Lappen von der Spüle und beginne, an den Flecken auf meinem Kleid herumzuschrubben. Gleich darauf kommt die Frau herein. Sie trägt eine weiße Schürze, und sie entschuldigt sich überschwänglich, beteuert, es tue ihr schrecklich leid, es sei alles ihre Schuld, sie sei so tollpatschig, und ich nicke, während ich weiterschrubbe, und in dem Moment kommt der Duke herein.

»Was ist hier los?«, fragt er.

»Mein Kleid ist ruiniert.«

»Ein Missgeschick«, sagt die Frau. »Es war meine Schuld.«

»Unsere Nell ist ziemlich vorsichtig, aber so was passiert nun mal, Sallie.«

»Es ist nur passiert, weil Tante Mattie gesagt hat, du hättest mich lieber nicht zurückholen sollen.«

»Wen interessiert, was Mattie denkt? Ich treffe hier die Entscheidungen. Wenn du dich mit ihr anlegst, lieferst du ihr nur den Streit, den sie haben will.«

»Aber das ist mein einziges gutes Kleid, und jetzt seh ich aus, als hätte ich darin Schweine geschlachtet.«

»Das krieg ich schon wieder sauber«, sagt die Frau, die der Duke Nell genannt hat. »Aber ich muss es einweichen, und jetzt muss ich erst mal die Bescherung im Esszimmer beseitigen.«

»Vergiss das Kleid«, sagt der Duke. »Sallie, komm mal mit.«

Vergiss das Kleid. Sagt einer, der für jeden Wochentag einen anderen Anzug hat. Es gibt viele wie Mattie, die glauben, dass ich nicht hierhergehöre, und der große rote Fleck auf meinem Kleid ist wie ein Mal, das ihnen recht gibt. Ich verschränke die Arme, um den Fleck so gut es geht zu verbergen, und folge dem Duke nach draußen auf die hintere Veranda, dann die Stufen hinab und vorbei an einer Gruppe von Männern, die im Garten stehen. Die Sonne geht unter, und qualmende Flammen von Petroleumfackeln beleuchten ihre Gesichter und flackern auf den Whiskeyflaschen, die auf dem Tisch stehen, während sich die Männer über die

Ernte und das Wetter unterhalten – der späte Frost könnte die Erdbeeren ruinieren, Zeit, die Erde für den Mais umzupflügen, Fred Mullen verlangt zehn Dollar Deckgebühr für seinen neuen Percheron-Hengst. Im Vorbeigehen klopft der Duke einigen von ihnen auf den Rücken, und sie nicken, dankbar, dass er ihnen seine Aufmerksamkeit schenkt. Schließlich setzen wir uns auf die niedrige Steinmauer, die den Garten umgibt.

Die dämmrige Luft ist kühl. Der Duke zieht sein schwarzes Jackett aus und legt es mir um die Schultern – das Seidenfutter ist noch warm von seinem Körper –, dann klopft er auf die Mauer.

»Erinnerst du dich noch an den Sommer, als wir die hier gebaut haben?«

»Und ob.« Wie könnte ich den vergessen? Er ist eine meiner liebsten Erinnerungen, jener Sommer, als ich vier war und Jane guter Hoffnung und der Duke und ich jeden Sonntagnachmittag damit verbrachten, diese Steine zusammenzufügen wie die Teile eines Puzzles.

»Du hast hart gearbeitet, Frechdachs. Selbst an den heißesten Tagen. Du hast geschickte Hände. Und du hast was im Kopf.« Er zerzaust mein Haar wie früher, als ich ein Kind war. »Ich weiß, die letzten Jahre waren schwer für dich, aber es ging nicht anders, verstehst du?«

»Verstehe.« Und ein Teil von mir versteht es wirklich, der Teil, der sich unbändig freut, weil wir dieses Gespräch führen, weil der Duke so fürsorglich ist, darauf achtet, dass mir nicht kalt wird, unsere gemeinsame Zeit heraufbeschwört. Ein anderer Teil von mir wird es nie verstehen.

»Neun Jahre«, sagt der Duke. »Das ist eine lange Zeit. Es sollte nur für einen Monat sein, höchstens zwei. Aber ich muss dir gestehen, sobald du weg warst, wurde das Leben mit Jane sehr viel einfacher.« Der Duke seufzt und studiert seine Fingernägel. »Vielleicht hätte ich lieber Eddie wegschicken sollen. Auf eine Militärschule. Damit er ein dickeres Fell kriegt. Aber Jane meinte, das würde ihn umbringen. Hätte es wahrscheinlich auch. Also bist du diejenige, die abgehärtet wurde. Aber jetzt bist du wieder da.«

»Für immer?« Es platzt aus mir heraus. Ich kann nicht anders.

»Für immer. Damit du dich um Eddie kümmerst.« Er nickt, zufrieden mit seiner Entscheidung. »Jetzt, wo Jane nicht mehr ist, braucht er jemanden, der auf ihn aufpasst. Schaffst du das?«

»Das schaffe ich. In Hatfield hab ich der Lehrerin, Miss Cain, mit den jüngeren Schülern geholfen.«

»Ich weiß. Miss Cain hat mir Berichte über dich geschickt.« Er reibt sich die Hände. »Der Junge bedeutet mir alles. Keine Unfälle mehr. Ist das klar?«

Ich nicke, versuche, den Seitenhieb zu überhören.

»Er wird mal Gouverneur werden«, sagt der Duke. »Vielleicht Senator.«

Ich nicke wieder.

Genau in dem Moment leuchten die großen Wohnzimmerfenster strahlend hell auf. Ich schnappe nach Luft. Elektrizität. Als ich das Große Haus verließ, wurde es mit Kerzen und Gas erhellt. Ich sehe, wie Nell sich von Zimmer zu Zimmer bewegt und nacheinander die Lichter angehen, wie die Fenster magisch in der Dämmerung leuchten.

»Willkommen im modernen Zeitalter«, sagt der Duke. Er reckt die Arme über den Kopf und lässt die Knöchel knacken – ein Geräusch, das ich schon immer geliebt habe. »Ich bin ein bisschen angetrunken, aber ich sollte wieder reingehen. Muss heute Abend noch einige Hände schütteln. Ich nehm das mal wieder.« Er zieht sein Jackett von meinen Schultern – die Kälte ist jäh und heftig – und betrachtet mein Kleid, als sähe er es zum ersten Mal. »Heiliges Kanonenrohr, Mädchen, du siehst wirklich aus, als hättest du Schweine geschlachtet.«

»Ich hab sonst nichts zum Anziehen.«

»Weißt du was?« Er schiebt die Arme in sein Jackett. »In Janes Zimmer hängen jede Menge Kleider. Zieh eins davon an. Da ist ein schwarzes Kleid, das sie vor ein paar Monaten gekauft hat. Für Beerdigungen. Nie getragen. Sie wusste ja nicht, dass die nächste Beerdigung, an der sie teilnimmt, ihre eigene sein würde.« Er stößt ein freudloses Lachen aus, wischt sich dann über die Augen. »Ich weiß, ihr beide habt euch nicht gut verstanden, aber mir wird die Frau fehlen. Dem Jungen auf jeden Fall.«

Der Duke atmet noch einmal tief die Abendluft ein, um sich zu wappnen, dann geht er wieder ins Haus.

Ich bin also zurück. Für immer. Falls ich es richtig anstelle. Und ich werde einen Weg finden, wie ich Tante Faye von hier aus unterstützen kann.

Janes Geruch – also ihr Fliederparfüm – schlägt mir entgegen, als ich die Tür zu ihrem Boudoir öffne. Wenn ich Flieder rieche, kommt mir unweigerlich Jane in den Sinn. Ich sehe Schränke voll mit Kleidern, Reihen von Schuhen, Schachteln mit Hüten, Schubladen gefüllt mit Korsetts und Ähnlichem – alles von Jane. Die gemusterte Tapete gehört Jane ebenso wie das Hutnadelkissen und der Ringhalter und die hellblonden Haare zwischen den Borsten ihrer Bürste aus Sterlingsilber. Beim Anblick von Janes Haaren fühle ich mich wie ein Eindringling. Ich habe hier nichts zu suchen, also werde ich mich beeilen.

So viele Kleider – aus feiner Seide, weichem Kaschmir, zarter Spitze –, und dann sehe ich es, das schwarze Kleid. Ich streife mein besudeltes aus Gingan ab. Hier, in Janes Zimmer, lediglich in Unterwäsche zu stehen, kommt mir regelrecht unzüchtig vor, und ich ziehe mir rasch ihr Kleid über.

Es passt, was bedeutet, dass ich jetzt die Größe der Frau habe, die mich wegschickte, als ich ein kleines Mädchen war. Es ist, als würde sie mir aus dem Jenseits einen Gefallen tun, dabei will ich mich ihr gegenüber auf gar keinen Fall verpflichtet fühlen, aber mir bleibt keine andere Wahl, und das Kleid ist maßgeschneidert, anders als alles, was ich je getragen habe, mit Innenfutter und Biesen und Plissees, Abnähern und Schulterpolstern.

Als ich die letzten Haken schließe, betrachte ich mich in dem großen Spiegel. Ich bin nicht das, was man eine hinreißende Schönheit nennen würde. Bei Weitem nicht. Ich habe die blaugrünen Augen des Duke und sein rotbraunes Haar, aber die breiten Wangenknochen und das spitze Kinn meiner Mama. Mama. Das war früher ihr Zimmer. Wenn ich es mir recht überlege, könnte noch eine Spur von ihr hier sein, und obwohl ich mir vorgenommen habe, schnell wieder zu gehen, fange ich plötzlich an, in Schubladen und Kisten zu stöbern, öffne die Schmuckschatulle aus Rosenholz auf der Frisierkommode und wühle mich durch die dick mit Juwelen besetzten Halsketten und Armbänder und Broschen von drei Generationen Kincaid-Frauen. Endlich, ganz unten, finde ich sie. Die Halskette, die der Duke meiner Mama geschenkt hat. Sie ist schlicht und elegant, mit drei schimmernden Mondsteinen, die wie Regentropfen an einer silbernen Kette hängen. Jane hat offenbar nicht gewusst, dass sie Mama gehörte. Ich lege sie an. Sehe ich damit ein bisschen wie Mama aus? Sie vor all den Leuten unten zu tragen ist ausgeschlossen, also nehme ich sie wieder ab und lege sie zurück in die Schmuckschatulle. Auch das fühlt sich falsch an, und ich stecke sie in eine Tasche von Janes Kleid. Ich bin keine Diebin, aber ich finde es richtig, mir das zu nehmen, was mir gehört. Und ich bin der Meinung, dass mir Mamas Halskette zusteht.

Unten sind jetzt noch mehr Menschen zur Totenwache gekommen. Es ist wuselig, heiß, schweißtreibend, und ich hebe den Arm, um mir über die Stirn zu wischen. Dieses verflixte Fliederparfüm. Das schwarze Kleid riecht stark danach. Ich gehe auf die hintere Veranda, um das Kleid auszulüften.

Eddie sitzt auf den Stufen. Er sieht mich an, zunächst erschrocken und verwirrt, doch dann füllen sich seine grauen Augen mit Schmerz und Wut. »Das ist das Kleid meiner Mutter!«, schreit er.

Unten im Garten verstummen alle Gespräche über die Ernte und das Wetter. Die Männer starren zu uns herauf. »Die arme Frau ist noch nicht mal unter der Erde«, ruft ein großer bärtiger Mann. »Und Annie Powells Tochter reißt sich schon ihre Kleider unter den Nagel.«

Das wird mit nervösem Gelächter quittiert.

»Der Duke wollte es so«, erkläre ich Eddie so laut, dass alle es hören können. »Es war sein Vorschlag. Auf meinem anderen Kleid war ein großer Fleck.«

»So kannst du nicht über die Tochter vom Duke reden«, schnauzt ein kleiner Mann den großen an.

»Willst du mir etwa vorschreiben, wie ich zu reden habe, du Zwerg.«

Wieder nervöses Gelächter. Dann schubst der Bärtige den kleineren Mann gegen den Tisch. Whiskeyflaschen fallen zu

Boden. Der kleine Mann richtet sich auf, und im Fackellicht sehe ich eine Messerklinge in seiner Hand aufblitzen. Der Bärtige schnappt sich eine Whiskeyflache vom Boden und geht zum Angriff über. Die beiden ringen miteinander, bewegen sich beinahe wie ein Tanzpaar, doch dann sinkt der große Mann langsam auf die Knie. Er lässt die Flasche fallen, presst beide Hände auf die Brust. Sein Gesicht nimmt einen verwunderten Ausdruck an, dann kippt er nach vorn.

Ich drehe mich zu Eddie um, der nach Luft ringt, umfasse seine Schultern und drücke sein Gesicht an meine Brust, damit er nicht sehen kann, was im Garten geschieht, wo Männer herumschreien und aufeinander losgehen. Genau in dem Moment kommt der Duke aus der Hintertür gestürmt.

»Schluss jetzt!«, brüllt er. »Was zum Teufel ist hier los?«

Eddie windet sich aus meinen Armen und tritt von mir weg. Ich vermute, er schämt sich, weil der Duke gesehen hat, wie ich ihn beschützt habe. »Eine Messerstecherei«, sage ich. »Es ging alles sehr schnell.«

Der Duke sieht die Männer an, die den zusammengesackten Körper umringen. »Ist das Dutch Weber?«

»Ja, Sir«, ruft einer.

»Was ist mit ihm?«

Zwei Männer beugen sich über Dutch, um ihn sich genauer anzusehen.

»Tot, Sir«, sagt einer von ihnen.

Der Duke schüttelt den Kopf, eher angewidert als bestürzt. »Hier kann man nicht mal eine Frau zur ewigen Ruhe betten, ohne dass diese Kerle Randale machen.« Dann beginnt er, Anordnungen zu blaffen, als wäre er der Vorarbeiter auf einer Baustelle. Er befiehlt den beiden Männern, die den kleineren Mann festhalten, ihn ins Gefängnis zu schaffen, sagt denjenigen, die neben Dutch knien, sie sollen den Leichnam zum Bestatter bringen, schickt einen weiteren Mann zu Dutchs Frau, um ihr die traurige Nachricht zu überbringen, und fordert die Übrigen auf, die Spuren des Kampfes zu beseitigen. »Und zwar sofort. Ich lass nicht zu, dass ein paar Raufbolde im Suff die Totenwache meiner Frau ruinieren.«

3

Jane hat ihre Blumen geliebt, und am nächsten Tag liegen Hunderte davon rings um ihr offenes Grab, Treibhausrosen und Lilien, geflochten zu Kränzen und Kreuzen und Kronen und Herzen. Ich trage jetzt wieder mein braunes Musselinkleid und sitze an Eddies Seite neben dem Grab. Es riecht noch immer leicht nach Lauge vom Waschen der Bettwäsche. Aber der Wind kommt und geht in kräftigen Böen – das letzte Aufbäumen des Winters –, und wir alle tragen Mäntel; deshalb hoffe ich, dass außer mir keiner den Laugengeruch bemerkt.

Ich wollte auf keinen Fall noch einmal Janes schwarzes Kleid anziehen, das Kleid, das Eddie so aufbrachte und dazu führte, dass ein Mann getötet wurde. Ich rede mir ein, dass es nicht meine Schuld war, aber Tatsache ist, dass Dutch Weber noch leben würde, wenn ich nicht da gewesen wäre. Außerdem geht mir ständig der Gedanke durch den Kopf, ob Tante Mattie vielleicht recht damit hatte, dass der Duke mich besser in Hatfield hätte lassen sollen.

Alle sitzen schweigend da, dann steht der Duke auf und blickt in die Menge. Ich weiß, dass er trauert, aber irgendwie zeigt er sich hier und jetzt, auf dem Friedhof, vor dem

Sarg der Frau, die ihm endlich den Sohn schenkte, den er immer haben wollte, von seiner stärksten Seite. Er ist der Duke, er hat sein Publikum im Griff, schweigt kurz an den richtigen Stellen, weint unverhohlen, als er von dem großen Verlust spricht, den nicht nur er empfindet, sondern alle Kincaids, ja ganz Claiborne County. »Meine Frau war der Inbegriff von Gastfreundschaft, stets öffnete sie ihre Tür für Besucher und ihr Geldbörse für die Bedürftigen«, sagt er, aber er reißt auch ein paar Witze – »Wenn Jane mal für uns kochte, läutete nicht die Essensglocke, sondern der Feuermelder« –, was alle zum Lachen bringt, und es ist ihnen anzusehen, wie froh sie darüber sind, wie dankbar, dass der Duke es ihnen erlaubt.

Eddie dagegen lacht nicht. Er starrt den Sarg seiner Mama an, als würde er ihn nicht wirklich sehen. Der Duke beendet seine Grabrede, wirft eine Handvoll Erde auf den Sarg, dann nimmt er Eddies Hand, und sie verlassen den Friedhof. Die anderen Trauernden folgen ihnen, doch ich bleibe zurück, bis ich schließlich allein mit den Totengräbern bin, die ihre Schaufeln von einem Handwagen ziehen. Als sie nicht herschauen, zupfe ich eine Rose aus einer der Blumengaben. Es sind so viele, dass es nicht auffallen wird.

Es muss irgendwo hier sein, Tante Faye hat es mir einmal gezeigt, und im hintersten Winkel des Friedhofs knie ich mich hin und wische mit der Hand welkes Gras und trockene Blätter weg, bis ich fündig werde. Es ist kein richtiger Grabstein, sondern eine kleine Granitplatte, flach in den Boden eingelassen.

ANN POWELL KINCAID
1878–1904

Die Rose ist richtig hübsch, weiß mit einem Hauch von Rosa, und ich lege sie auf Mamas graue Steinplatte. Meine wenigen Erinnerungen an Mama sind wie farbenprächtige Vögel, die man aus dem Augenwinkel sieht und die verschwunden sind, sobald man hinschaut. Mama springt auf einen Tisch und tanzt, mit wehendem Rock und fliegenden Füßen. Sie lacht – ein keckes, perlendes, sprudelndes Lachen –, und der Duke lacht mit ihr, tief und kehlig. Sie streiten sich auch, Mama und der Duke, schreien sich an und beschimpfen einander, sie wirft Sachen, zerbricht Glas, und er knallt Türen. Und dann ist da die Nacht, in der Mama starb, noch mehr Schreierei, noch mehr Beschimpfungen, und dann ein lauter Knall, dann nichts mehr.

Der Wind wird stärker. Ich stehe auf, wische meine Knie sauber und suche mir einen Stein, den ich auf den Stiel der Rose lege, damit sie nicht weggeweht wird. Dann gehe ich langsam zwischen den Grabsteinreihen hindurch zum Tor. Das Große Haus ist drei Meilen entfernt, ein langer, kalter Marsch von hier. Aber auf der Straße sehe ich Tom Dunbar, der an der Kühlerhaube der Lizzie lehnt, wie alle den Ford nennen, den der Duke für Besorgungen benutzt.

»Lust auf eine kleine Spritztour?«, fragt er.

»Warum nicht. Ich hab nur noch eine Blume auf das Grab meiner Mama gelegt.«

»Hab ich mir schon gedacht.«

»Tom, ich kann mich kaum an sie erinnern.«

»Ich erinnere mich an sie.« Er grinst. »An zwei Sachen. Erstens: Sie hat mich ernst genommen. Obwohl ich noch ein Kind war, hat sie nie von oben herab mit mir geredet. Zweitens: Sie hatte ein Lachen, das saure Milch wieder frisch machen konnte, ein Lachen, bei dem man einfach mitlachen musste.«

»An ihr Lachen erinnere ich mich.«

»Fast so laut wie deins.«

Das entlockt mir kurz ein Lächeln. Mama. Mir sind nicht die Tränen gekommen, als ich ihre kleine Steinplatte betrachtete, aber als ich Tom jetzt so über sie reden höre, passiert genau das, und ich schaue weg, damit er es nicht sieht.

»Du redest fast nie über sie«, sagt er, »aber ich weiß, wie das ist. Manchmal fällt es einem schwer, über die Dinge zu reden, die einen am meisten beschäftigen.«

Tom weiß wirklich, wie das ist. Er ist als Held aus dem Krieg zurückgekehrt – nicht weil er Leben genommen, sondern weil er sie gerettet hat, weil er Verwundete von den deutschen Linien zurückgeschleppt hat. Ganz Caywood empfing ihn mit einer Blaskapelle, als er aus dem Zug stieg. Aber dann verkroch Tom sich monatelang zu Hause, und wenn er mich in Hatfield besuchte, wollte er nicht erzählen, was da drüben passiert war. Irgendwann habe ich aufgehört, Fragen zu stellen.

»Du fährst«, sagt Tom. »Hinterm Steuer eines Autos kann man schlecht Trübsal blasen.«

Ich lächele wieder, und Tom sieht es, also steige ich in die Lizzie, und Tom wirft sie mit der Kurbel an. Sie hustet, erwacht dann tuckernd zum Leben, bebt und vibriert unter meinem Hintern, und Tom steigt rasch ein.

»Wie ich höre, will der Duke, dass du hierbleibst.«

»Damit ich mich um Eddie kümmere.«

»Gut. Caywood war nicht mehr das, was es mal war, seit du fortmusstest.«

Das würde ich zu gern glauben, doch seit ich zurück bin, ist alles schiefgegangen. Aber ich werde nicht mit Tom darüber reden, ihn nicht bitten, mich zu bemitleiden oder mich aufzumuntern. Stattdessen trete ich auf das Kupplungspedal, schiebe den Gashebel hoch, und die Lizzie rollt an, zunächst widerwillig, dann gehorcht sie, und wir wirbeln eine Staubwolke auf.

Tom hat recht. Das beste Mittel gegen Trübsinn ist Geschwindigkeit. Ich schalte in den höheren Gang und blicke zu Tom hinüber. Er lächelt, als wir an den wilden Pflaumenbäumen vorbeirasen, die weiß im Wald neben dem Friedhof blühen. Der Duke hat mir beigebracht, die Geschwindigkeit zu lieben, aber es war Tom, der mir Autofahren beigebracht hat, damals, vor dem Krieg, als er noch für den Duke Besorgungen erledigte und jeden zweiten Samstag im Monat nach Hatfield kam, um nicht nur die fünfzehn Dollar abzuliefern, die der Duke für meinen Unterhalt an Tante Faye zahlte, sondern auch Bücher, Zeitschriften, Zeitungen und die neusten Gerüchte aus Caywood. Er war ein guter Lehrer, ein geduldiger Lehrer, der mir die Grundlagen von Bremsen und Lenken beibrachte, und dann die Feinheiten, die Fahrtaktiken bei hohem Tempo, wie man in eine enge Kurve fährt, wie man kurz davor runterschaltet und dann wieder rauf, wenn man hinter der Kurve Gas gibt.

Ich will nicht über Mama reden, aber plötzlich will ich doch reden – über ihn. Tom ist für mich wie ein Bruder. Er hat so eine langsame Art, sich zu bewegen und zu sprechen, aber er ist blitzgescheit. Deshalb hat ihn der Duke auch aufs College geschickt, als er aus dem Krieg zurückkam. Meinte, es wäre eine gute Sache, wenn ein Collegejunge für Kincaid Holdings arbeiten würde, und vielleicht könnte Tom ja irgendwann die Nachfolge seines Daddys, Cecil, als Berater des Duke antreten.

»Hast du in Georgetown schon Freunde gefunden?«

»Ein paar.«

»Und hübsche Mädchen kennengelernt?«

»Ein paar.«

»Wie ist es so auf dem College?«

Tom erzählt mir von Georgetown, den langen Abenden, an denen er mit Professoren über die Verfassung diskutiert, dass die Seminare leichter sind, als er dachte, dass seine Kommilitonen aus der Küstenregion sich über seinen Akzent aus den Bergen lustig machen, als hätten sie selbst überhaupt keinen Akzent, wo es doch in Wahrheit nichts Lahmeres und Trägeres gibt als den sich wie Kaugummi ziehenden Tonfall dieser Küstenjungs, und dabei ahmt er sie nach – nix Laaahmeres und Trääägeres als den kaaaugummiartiiigen Tooonfall von däääanen.

Das bringt mich zum Lachen, und ich muss sagen, es fühlt sich gut an, einfach loszulassen, zu lachen und in der Lizzie durch den strahlenden Märzsonnenschein zu brausen. Das wiederum bringt Tom zum Lachen – gut so, er lacht nicht mehr so viel wie vor dem Krieg –, und im Nu hören wir uns an wie zwei brüllende Esel.

Plötzlich hört Tom auf zu lachen. »Ich hab gehört, der Duke findet, es wird langsam Zeit, dass du heiratest.«

Ich biege etwas zu schnell in eine scharfe Kurve, und die Reifen rutschen über den Schotter. Heiraten. Ich bin noch keine achtzehn, wurde noch nie umworben, noch nie geküsst, aber in Hatfield gibt es Mädchen in meinem Alter, die bereits Mann und Kinder haben.

»Mag ja sein, dass der Duke das findet, aber ich weiß nicht, ob ich das auch finde. Ob ich das je finden werde.«

»Willst du damit sagen, dass ich nicht auf dich warten soll?«

Ich blicke zu Tom hinüber. Er lächelt, als wollte er seine Frage herunterspielen, aber als wir aufwuchsen, sagten die Leute immer, dass Tom und ich eines Tages heiraten würden, und im Laufe der Jahre musste ich mir von Tante

Faye – die nie geheiratet hat, aber der Meinung ist, dass alle Frauen heiraten sollten – unzählige Male anhören, was für einen wunderbaren Ehemann er abgeben würde. Er hat eine ehrliche Antwort verdient.

»Tom, falls ich überhaupt mal jemanden heirate, würde ich mir wünschen, dass du das bist, aber ehrlich gesagt, die Ehe macht mir Angst. Für meine Mama ist sie nicht besonders gut gelaufen. Ich weiß nicht, ob ich überhaupt heiraten will. Vielleicht ändere ich meine Meinung, aber ich kann dir wirklich nichts versprechen. Also nein, warte nicht auf mich.«

Tom lächelt noch immer leichthin. »Ich wollte wenigstens gefragt haben.«

4

Am nächsten Morgen ruft mich der Duke in seine Bibliothek. Er steht an seinen Schreibtisch gelehnt, und an der Wand hinter ihm hängt das große Ölgemälde, das ihn in seinen besten Jahren zeigt: stark und selbstbewusst, kühn in die Ferne blickend. Auf dem Gemälde an der Wand gegenüber ist der Daddy des Duke zu sehen, der Colonel, in der Uniform der Konföderierten. Es ist fast so, als würden die beiden einander taxieren, und als Kind glaubte ich, sie würden »Wer zuerst wegguckt, hat verloren« spielen.

»Ich brauche einen Zeugen für den Tod von Dutch Weber«, sagt er. »Du hast alles mitangesehen, Sallie.«

»Ja, hab ich. Und ich werde den Gedanken nicht los, dass der Mann wegen mir sterben musste.«

»Dutch Weber ist gestorben, weil er ein Raufbold war und besoffen. Und jetzt will ich nichts mehr davon hören.«

»Aber wenn ich nicht –«

»Menschen sind für ihr eigenes Schicksal verantwortlich. Vergiss das nie, Sallie.« Ich weiß nicht, ob ich das auch so sehe, aber seine Worte sind tröstlich, und es ist nicht der passende Moment, ihm zu widersprechen. Dann fügt er hinzu: »Sonst verlierst du den Boden unter den Füßen. Aber ich muss schon sagen, du hast ziemlich ruhig gewirkt, wenn man bedenkt, dass gerade ein Mann direkt vor deinen Augen erstochen wurde.«

Das haben mir schon andere gesagt, sowohl anerkennend als auch vorwurfsvoll. In Hatfield wurde einmal ein Mann genau vor mir von durchgehenden Pferden zu Tode getrampelt, und im Gegensatz zu einigen anderen Leuten, die anfingen zu zittern und zu schreien, wurde ich seltsam ruhig. Genauso ging es mir, als dieser Dutch getötet wurde. Ich weiß nicht, wieso. Könnte sein, dass ich von Geburt an so bin, könnte auch daran liegen, dass ich schon als kleines Mädchen ständig vom Duke gesagt bekam, ich solle mir meine Ängste nicht anmerken lassen. Es könnte aber auch an dem liegen, was passiert ist, als ich drei Jahre alt war, worüber kein Mensch jemals spricht.

»Wäre nicht sonderlich hilfreich, den Boden unter den Füßen zu verlieren.«

»Gut, die Sichtweise gefällt mir«, sagt der Duke. »Also, Chalky Hurd hat Dutch Weber getötet, aber nach allem, was ich höre, war es bloß eine dumme Messerstecherei, deshalb wäre es übertrieben, Charly ins Zuchthaus zu schicken oder gar auf den elektrischen Stuhl.«

»Hat das nicht das Gericht zu entscheiden?«

»In so einem Fall brauchen wir kein Gerichtsverfahren. Würde die Steuerzahler nur unnötig Geld kosten, und die Steuerzahler sind wir. Dutch hat angefangen, richtig?«

»Ich glaub schon. Es ging alles so schnell.«

»Was heißt hier, *du glaubst*? Entweder du weißt es, oder du weißt es nicht. Wie hat es angefangen?«

»Dutch Weber hat eine gehässige Bemerkung gemacht, weil ich Janes Kleid anhatte, und Chalky Hurd hat ihn deswegen zurechtgewiesen.«

»Ein Grund mehr, den Jungen nicht ins Gefängnis zu schicken. Es ist also klar, dass Dutch auf Chalky losgegangen ist, und Chalky sein Messer gezogen hat, um sich zu verteidigen, richtig?«

»Richtig.«

»Gut. Du klingst überzeugt.« Er griff nach seinem Hut. »Du kommst jetzt mit mir zur Kaufhalle. Wir werden denen mal zeigen, was Kincaid-Gerechtigkeit ist.«

Caywood ist der größte Ort in Claiborne County, mit einer belebten Hauptstraße, die sich über vier Häuserblocks erstreckt. Große Platanen beschatten die hölzernen Bürgersteige, und die Apotheke und die Eisdiele sehen noch genauso aus wie früher. Auch das Central Café, Clydes Friseurladen und die Augenarztpraxis gibt es noch, doch jetzt verlaufen Kabel quer über der Straße, und an den Häuserfassaden leuchten frisch gemalte Reklamen für Coca-Cola und Penn-Way Motoröl.

Doch das, was die Menschen als das pulsierende Herz unserer Kleinstadt bezeichnen, ist nicht das beeindruckende Gerichtsgebäude aus Kalkstein und auch nicht der Bahnhof, wo Reisende ankommen und abfahren und Leute die Päckchen abholen, die sie bei Sears, Roebuck & Co. bestellt haben. Ebenso wenig ist es die Presbyterianische Kirche, in die manche gehen, um dem Allmächtigen zu gefallen, und andere, um dabei gesehen zu werden. Das pulsierende Herz von Caywood – mitten im Zentrum der Stadt – ist die Kaufhalle. Dort gehen Leute aus dem ganzen County einkaufen, wer vor Ort wohnt, kommt einmal die Woche, die aus dem Umland einmal im Monat.

Die Glocke an der Eingangstür kündigt uns an, als wir eintreten. Den Kincaids gehört die Kaufhalle seit fünfzig Jahren, und als Kind habe ich hier meine Samstagvormittage verbracht. Damals war sie mir der liebste Ort auf der Welt, und jetzt, da ich sie nach neun Jahren wiedersehe, hat sich daran nichts geändert. Sie ist voll und laut, Farmer tauschen Eingemachtes und Whiskey gegen Kurzwaren und den neuesten Tratsch, alte Männer spielen am Holzofen Karten, Frauen schlendern mit Einkaufskörben über den abgenutzten Dielenboden, Kinder beäugen die Süßigkeiten in der gläsernen Theke.

Mr Lewis, ein schmächtiger, gebeugter Mann, der für mich immer ebenso zur Kaufhalle gehörte wie die Kasse, hinter der er oft zu finden ist, steht auf der Rollleiter und holt irgendetwas aus den Regalen, die bis hinauf zu der gestanzten Blechdecke reichen. Diese Regale sind gefüllt mit Flaschen in allen möglichen Formen und Farben, mit kleinen Schachteln, einige aus Metall, andere aus Pappe, und alle so hübsch bemalt, dass man sie schon allein deshalb kaufen und in seiner Küche aufstellen möchte. Es gibt schwarzen Tee aus China, englische Seife und irische Cracker, löslichen Kaffee und Wackelpudding in sechs Geschmacksrichtungen. Außerdem Rollschuhe und Steckenpferde, Haarwasser und Eau de Toilette, Füllfederhalter und Briefpapier, Garnrollen und Stoffballen, hirschlederne Reithandschuhe und rindslederne Arbeitshandschuhe, breitkrempige Männerhüte und mit Bändern verzierte Damenhüte, steife neue Latzhosen, die noch nach Färbemittel riechen – kurz, so ziemlich alles, was man nicht selbst herstellen oder anbauen kann, und wenn doch, weiß jeder, dass das, was man hier bekommt, besser ist.

Die Kartenspieler am Holzofen blicken zu uns herüber und nicken. Der Duke klopft einigen von ihnen auf die Schulter, und wir gehen in sein Büro im hinteren Teil des Ladens. Es hat ein Einwegfenster, durch das er das Geschehen in seiner Kaufhalle im Auge behalten kann, doch die Leute auf der anderen Seite sehen bloß einen Spiegel. Von hier aus führt der Duke die Geschäfte von Kincaid Holdings, das heißt den Laden, das Lager, das Sägewerk, das Fuhrunternehmen, die Mietimmobilien und so weiter. Der Duke ist der reichste Mann und größte Landbesitzer der Region. Außerdem ist er Vorsitzender der Demokratischen Partei in Claiborne County, was bedeutet, dass er bestimmt, wer für welchen Posten gewählt wird. Die Leute kommen mit ihren Sorgen in sein Büro, und als ich noch klein war, saß ich samstagvormittags still in einer Ecke und tat so, als würde ich lesen, während ich in Wirklichkeit zuhörte, wie so mancher um ein Darlehen bat, damit er bis zur Ernte über die Runden kam, oder um die Kaution für den im Gefängnis sitzenden Sohn, oder darum, die Dinge zwischen der Tochter, die guter Hoffnung war, und dem Daddy, der seine Vaterschaft nicht anerkennen wollte, ins Lot zu bringen.

Heute wartet Chalky Hurd im Büro. Er sitzt auf einem Stuhl vor dem unaufgeräumten Schreibtisch des Duke und kratzt sich das stoppelige Kinn. Neben ihm ist eine stämmige junge Frau mit verweinten Augen, vermutlich Dutchs Witwe, Vera Weber, denn der Duke hat gesagt, dass er sie holen lassen würde. Sheriff Earl Johnson, der mit Tante Mattie verheiratet ist, lehnt an der Wand, und Cecil Dunbar, Toms Vater und der Berater des Duke, sitzt auf seinem Stammplatz neben dem Schreibtisch.

Der Duke lässt sich in seinen schweren Holzsessel sinken. »Sallie ist meine Hauptzeugin.« Er rollt den Sessel nach hinten und verschränkt die Arme hinter dem Kopf. »Sallie, erzähl ihnen, was passiert ist.

»Es war ein klarer Fall von Notwehr«, sage ich.

Der Duke nickt. »Geht's etwas genauer?«

»Ich stand auf der Veranda und hatte einen ungehinderten Blick auf den Ablauf der Ereignisse. Ein Streit brach aus, es fielen hitzige Worte, Dutch Weber stieß Chalky Hurd zu Boden. Chalky zückte ein Messer. Daraufhin nahm Dutch eine Whiskeyflasche und ging zum Angriff über. Chalky hat sich lediglich gewehrt.«

»Wie du gesagt hast, ein klarer Fall von Notwehr«, bekräftigt der Duke. »Das werden wir der Grand Jury erklären. Ich denke, der Fall muss gar nicht erst vor Gericht landen.«

»Soll das heißen, Sie wollen ihn einfach laufen lassen?« Veras Stimme wird vor Empörung schrill. »Er hat meinen Dutch umgebracht. Er gehört ins Zuchthaus.«

»Aber was würde das nützen?« Der Tonfall des Duke ist bestimmt und ruhig, beinahe sanft, wie ein Vater, der ein bekümmertes Kind tröstet. »Stattdessen werden wir Folgendes machen.«

Er geht um den Schreibtisch herum, stellt einen Fuß auf die Sitzfläche von Chalkys Stuhl und mustert den Mann von oben. »Mein Junge, diese gute Witwe hier und ihre beiden Kinder haben niemanden mehr, der sie ernährt, weil du ihren Ehemann umgebracht hast, Notwehr hin oder her. Das ist eine Tragödie, klar? Eine Tat, die nicht ungeschehen gemacht werden kann. Deshalb möchte ich, dass du diese Frau zur Wiedergutmachung heiratest.«

Ehe Chalky ein Wort sagen kann, ist Vera schon aufgesprungen. »Mich heiraten?«, schreit sie und starrt Chalky wütend an. »Er hat meinen Dutch umgebracht.«

»Unser Chalky ist ein guter Junge«, sagt Sheriff Earl. »Er wird dich besser behandeln, als Dutch das je getan hat.«

»Mrs Weber«, sagt der Duke immer noch mit dieser sanften Stimme, »bitte nehmen Sie wieder Platz. Ich tue das, was für Sie und Ihre Kinder am besten ist. Bei allem Respekt für den Verstorbenen, Sie, ich und der himmlische Vater wissen doch, dass Dutch ein Säufer war, ein gemeiner Säufer. Er war betrunken, als er den Streit angefangen hat, der ihn das Leben kostete, und ich garantiere Ihnen, in drei Monaten sagen Ihre Kinder Daddy zu Chalky.«

»Und ich werde überhaupt nicht gefragt?« Chalky macht Anstalten, von seinem Stuhl aufzustehen.

»Nur wenn du unbedingt vor Gericht landen willst.« Der Duke packt Chalkys Schulter und drückt ihn wieder nach unten.

»Und du hast nicht die Art von Gesicht, das Geschworenen gefällt«, sagt Sheriff Earl.

»Ich kann sie und die Kinder nicht ernähren«, sagt Chalky. »Ich hab ja nicht mal Arbeit.«

Cecil hat die ganze Zeit stumm dabeigesessen, aber jetzt beugt er sich vor und flüstert dem Duke etwas ins Ohr, und der Duke nickt.

»Weißt du was?«, sagt der Duke zu Chalky. »Auf dem Postamt in Wrightsville ist eine Stelle frei. Staatsdienst. Lebenslange Anstellung. Zulagen und Pension. Wenn du dafür sorgst, dass es Vera und den beiden Kindern in Zukunft gutgeht, sorge ich dafür, dass du die Stelle bekommst.« Er stockt. »Es sei denn, einer von euch besteht darauf, dass die Sache vor Gericht landet. Vera? Chalky?«

Vera und Chalky beäugen einander argwöhnisch.

»Sheriff Earl, geh mal mit den beiden rüber zum Rathaus«, sagt der Duke. »Beschaff ihnen die Heiratserlaubnis.«

Sheriff Earl und Cecil eskortieren Chalky und Vera nach draußen. Der Duke und ich bleiben allein zurück. Das ist also Kincaid-Gerechtigkeit. Ging auf jeden Fall schnell. Duldete keinen Einspruch. Dennoch, der Duke hatte ein Problem, und er hat es gelöst, ohne jemandem ein Gewehr an den Kopf zu halten, einfach, indem er auf jede Frage eine Antwort parat hatte. Und ich habe die Rolle gespielt, die ich für ihn spielen sollte, deshalb kann ich ihn jetzt vielleicht um etwas bitten.

»Du warst gut«, sagt der Duke zu mir. »›Einen ungehinderten Blick auf den Ablauf der Ereignisse.‹« Er schmunzelt. »Ziemlich gute Ausdrucksweise für eine, die mit dreizehn die Schule verlassen hat.«

»Ich hab in jeder freien Minute gelesen. Miss Cain hat mir ihre Bücher geliehen. Ich muss bloß bei Wörtern aufpassen, die ich nur gelesen, aber nie gehört hab.«

Der Duke schneidet eine Zigarre an, klopft dann seine Westentasche ab. »Wo sind denn meine Streichhölzer?«, murmelt er. »Hol mir mal von den Jungs da draußen Feuer.«

Als ich mit Streichhölzern zurückkomme, bleibt der Duke einfach mit seiner Zigarre sitzen, und mir wird klar, dass ich sie ihm anzünden soll. Was ich auch tue.

»Tja, jetzt hab ich Chalky und Vera unter die Haube gebracht.« Die Spitze seiner Zigarre glimmt orange, als er daran zieht. »Und dasselbe werd ich auch für dich tun.«

»Ich bin mir gar nicht sicher, ob ich heiraten will.«

»Was soll dieser ›Ich bin mir nicht sicher‹-Quatsch? Wir sorgen schon dafür, dass du dir sicher sein wirst. Was willst du denn sonst machen? Du kannst entweder heiraten oder

Lehrerin werden oder Krankenschwester. Ansonsten ist die Auswahl mager – Nonne oder Nutte oder alte Jungfer, die bei irgendwelchen Verwandten in der Küche hockt und Kartoffeln schält.«

»Frauen machen heutzutage alles Mögliche –«

»Scharfschützinnen, Rennfahrerinnen, Frauen, die auf Flugzeugflügeln herumspazieren. Hab alles drüber gelesen. Aber das sind Ausnahmen, Kuriositäten. Wenn eine Frau es zu etwas bringen will, heiratet sie gut, und lass dir eins gesagt sein, Sallie, kein Mann, der was auf sich hält, lässt sich je von einer Frau den Rang ablaufen.« Der Duke sieht mich an, als würde er mir eine Weisheit verraten, die ich nie und nimmer vergessen darf. »Und ich brauche Enkelsöhne.«

»Ich könnte für dich arbeiten. Du hast doch gerade gesagt, ich war gut. Ich bin fleißig, ich jammere nicht rum. Gib mir Arbeit.«

Der Duke seufzt, lehnt sich zurück und starrt an die Decke. »Du hast Arbeit. Du sollst dich um Eddie kümmern.«

»Das könnte Tante Faye übernehmen. Du könntest sie herkommen lassen, dann kann sie sich um Eddie kümmern, und ich könnte für dich arbeiten.«

Er nimmt den Blick von der Decke und sieht mir direkt in die Augen. »Faye Powell wird meinen Sohn nicht großziehen.«

»Tante Faye muss ihren Lebensunterhalt verdienen.« Ich straffe die Schultern, versuche, wie jemand auszusehen, der nicht klein beigibt, wenn der Duke überheblich wird – so wie Chalky und Vera vorhin. Der Duke verachtet Menschen ohne Rückgrat, die sich von ihm herumschubsen lassen, aber er wird fuchsteufelswild, wenn man ihm widerspricht. Ich hoffe, dass ich einen Mittelweg finde. »Es sei denn, du schickst ihr weiter Geld.«

»Ich habe Faye Powell bezahlt, weil sie etwas für mich getan hat. Das ist jetzt vorbei. Ich lasse sie mietfrei in dem Haus wohnen, aber ich werde ihr nicht noch zusätzlich Geld schicken. Ich hab genug damit zu tun, mich um Waisen und Witwen zu kümmern, die allein nicht überleben können, wie Vera und ihre Kleinen. Da werde ich doch keine Frau unterstützen, die durchaus in der Lage ist, für sich selbst zu sorgen. Wenn ich damit anfange, bettelt mich bald die Hälfte aller Frauen im County an.«

So kann ich das nicht stehen lassen. Drei Tage sind vergangen, seit ich Hatfield verlassen habe. Ich habe Tante Faye geschrieben, dass ich nicht zurückkomme, mir aber irgendwas überlegen werde, um ihr zu helfen. Ich muss immerzu daran denken, dass sie allein in diesem kleinen Haus sitzt und sich angstvoll fragt, wie sie zurechtkommen soll. »Tante Faye hat mich großgezogen. Sie ist die Schwester meiner Mama.«

Der Duke zeigt mit seiner Zigarre auf mich, und ich sehe in seinen Augen die eiskalte Wut, die sogar noch furchterregender ist als sein Jähzorn. »Wenn du zu dieser Familie gehören willst, wirst du deine Mutter nie wieder erwähnen.«

»Aber ich –«

»Verstanden? Nie wieder.«

5

Nell steht am Herd. Wir wünschen uns einen guten Morgen, und ich setze mich an den langen Kiefernholztisch. Mein Urgroßvater Bull Kincaid hat ihn aus einem einzigen Baum gefertigt, der einst genau an dieser Stelle stand – das erste Möbelstück, das er für das Haus baute. Das Holz hat Flecken und Kratzer von vier Generationen Kincaids, die an diesem Tisch gegessen und gekocht haben. Jane hat immer einen großen Bogen um die Küche gemacht – »Gesindetrakt«, sagte sie gern –, und die Familienmahlzeiten wurden im Esszimmer eingenommen, aber hier habe ich mich stets wohlgefühlt. Hier hat mich die Alte Ida mit Grieben verwöhnt oder mit Erdnussbutter- und Gurkensandwiches oder mit in gezuckerter Milch eingeweichten Keksen, und dabei hat sie mir Geschichten über das Volk ihrer Mutter erzählt, die Cherokee.

Ich mag die Eichenschwingtür mit dem verschrammten Stoßblech, die angeschlagene Specksteinarbeitsplatte und den karierten Linoleumboden, der vor dem Spülstein so abgenutzt ist, dass das Blümchenmuster des alten Linoleums darunter zum Vorschein kommt. Die Küche hat jetzt neue moderne Elektrogeräte wie einen Toaster und eine Eismaschine. Außerdem gibt es einen schicken Hoosierschrank mit Mehlkasten und -sieb, Gewürzgläsern in einem Drehgestell und einem ausziehbaren Zinkbord, um Teig zu kneten. Alles übersichtlich angeordnet, damit man es bei Bedarf schnell findet.

»Nell, du hast hier ja alles bestens im Griff«, sage ich, als sie eine Tasse Kaffee vor mir auf den Tisch stellt.

»Danke, Ma'am. Ich geb mir Mühe.« Sie streicht ihr dunkles Haar zurück, als müsste sie es in Ordnung bringen, dabei ist es oben auf dem Kopf zu einem festen Knoten gebunden, der die Größe und Form eines Gänseeis hat. »Ich hab Ihr Kleid eingeweicht. Hatte mit den Gästen und so alle Hände voll zu tun, aber heute krieg ich den Fleck raus. Mit Petroleum, Schmalz und ordentlich Scheuern krieg ich das hin.«

»Danke, Nell«, sage ich, als wäre es das Selbstverständlichste der Welt, dass mir ein Dienstmädchen Kaffee bringt und meine Kleidung wäscht, doch dann fange ich mich wieder. Wenn ich früher mitbekam, wie Jane die Alte Ida von oben herab behandelte, schwor ich mir, dass ich niemals so mit jemandem reden würde. »Wie lange arbeitest du schon hier, Nell?«

»Sechs Jahre, Ma'am.«

Sie muss ungefähr zu der Zeit hier angefangen haben, als die Alte Ida starb. Ich weiß noch, wie Tom mir die Nachricht bei einem seiner Besuche in Hatfield überbrachte. Ich hatte keine Gelegenheit, Abschied von ihr zu nehmen, obwohl die Alte Ida nach dem Tod meiner Mama in dem Großen Haus fast so etwas wie eine Mutter für mich war. Ich träumte oft, dass die Alte Ida oben im Himmel mit den Geistern ihres Volkes zusammen war. »Behandeln sie dich gut?«

»Ja, Ma'am.« Nell streicht sich wieder übers Haar. Sie ist ein paar Jahre älter als ich, schätze ich, groß und knochig, und sie richtet sich zu ihrer vollen Größe auf, ehe sie hinzufügt: »Ich gehöre zur Familie.«

»Bist du eine Kincaid?«

»Nein, Ma'am, eine Porter. Die Mutter des Duke, Ihre Großmutter Edith, war die Cousine meiner Oma. Wir sind also Cousinen. Entfernte Cousinen, Ma'am.«

Dann bedient mich also eine entfernte Cousine und nennt mich Ma'am? Das fühlt sich falsch an. Andererseits kann man armen Verwandten helfen, indem man ihnen Arbeit gibt. Ich bin selbst immer wie eine arme Verwandte behandelt worden – schließlich hat der Duke mich nur zurückgeholt, damit ich für ihn arbeite –, daher kenne ich das Gefühl, der eigenen Familie verpflichtet, von ihrer Güte abhängig zu sein und die ganze Zeit zu wissen, dass sie dich jederzeit davonjagen kann.

»Nenn mich Sallie.«

»Gern, Ma'am. Verzeihung. Sallie.«

Wir schweigen einen Moment, versuchen beide, uns mit anderen Augen zu sehen, als Verwandte, überlegen, wie es uns damit geht, und ich will Nell gerade nach den Porters fragen, als plötzlich Klaviermusik aus dem Wohnzimmer ertönt – langsam und traurig und doch irgendwie tröstlich. Der Duke kommt durch die Schwingtür herein. »Nell, lass mich mal einen Moment mit Sallie allein.«

»Dann kümmere ich mich jetzt um das Kleid.« Nell schlägt die Augen nieder und geht nach hinten zur Waschküche.

»Heute fängst du an, mit Eddie zu arbeiten.« Der Duke deutet Richtung Wohnzimmer, und ich sehe, dass er an einem Ärmel seines braungrauen Anzugs eine schwarze Trauerbinde trägt. »Mein Sohn, der Pianist.«

»Er ist richtig gut.«

»Im Tastenstreicheln.« Der Duke schüttelt den Kopf. »Sallie, du musst den Kincaid in dem Jungen wecken. Er ist schlau. Das ist nicht das Problem. Er war mit Abstand der Schlauste in der Schule, ein Wunderkind, hat Jane immer gesagt, sogar schlauer als die Lehrer, aber er konnte nicht anders, als es allen und jedem unter die Nase zu reiben. Ständig hat er alle korrigiert, selbst die Lehrer, Herrgott noch mal, deshalb haben die anderen Kinder ihm das Leben schwergemacht, obwohl er ein Kincaid ist oder, wer weiß, gerade weil er ein Kincaid ist. Sie haben ihn gehänselt, ihm blöde Streiche gespielt und dann so getan, als wäre es keine Absicht gewesen, haben ihn angerempelt, ihm das Bein gestellt, seine Bücher vom Tisch gestoßen.«

Das Klavier verstummt.

»So sind Jungs nun mal.« Die Stimme des Duke klingt peinlich berührt, als würde er sich für seinen eigenen Sohn schämen. »Wahrscheinlich hätte ich ihn zwingen sollen, das auszuhalten, damit er lernt, sich zu wehren, seinen Mann zu stehen, Schläge wegzustecken und auszuteilen.« Er senkt den Kopf und macht ein paar Schattenboxhiebe. »Aber Jane« – er zuckt die Achseln –, »du weißt ja, wie Jane war. Sie hat immer gesagt, dass Eddie erst so ängstlich geworden ist, nachdem er den Unfall mit dem Bollerwagen hatte, und natürlich hat sie dir die Schuld gegeben. Aber Jane war selbst ein Angsthase, hat sich ständig Sorgen gemacht, dass Eddie in der Schule was passiert, dass irgendein Rabauke ihn von der Wippe schubst und er wieder auf den Kopf fällt, nur dass er diesmal nicht wieder aufwachen würde. Deshalb hat sie vor etwa zwei Jahren angefangen, ihn zu Hause zu unterrichten.«

Die Küchentür wird ein paar Zentimeter aufgeschoben, und ich sehe Eddie hereinlugen, aber der Duke steht mit dem Rücken zu ihm und merkt nicht, dass sein Sohn ihn belauscht. Ich hüstele und deute mit dem Kopf zur Seite, um den Duke zu warnen, aber er redet einfach weiter. »Offen gestanden, Jane hat den Jungen verhätschelt. Ihm fehlt Menschenkenntnis, ein guter Draht zu den Leuten. Er ist mein Sohn. Irgendwo in ihm steckt ein Kincaid. Finde ihn.«

Der Duke geht durch die Hintertür nach draußen Richtung Kutschenhaus, wo der Packard steht. Ich drehe mich zu Eddie um, aber er ist verschwunden. Und dann höre ich, dass die traurige, schöne Klaviermusik wieder einsetzt.

6

Eddies Unterrichtszimmer ist um einiges besser eingerichtet als die aus einem einzigen Klassenraum bestehende Schule in Hatfield. Es war früher ein kleiner Salon, in dem Flügel, den der Colonel anbauen ließ, und es gibt einen gemeißelten Marmorkamin, eine Schiefertafel so groß wie eine Matratze, Landkarten von Virginia und den Vereinigten Staaten und eine Karte des Sonnensystems. Eine Büchervitrine, auf der ein Globus thront, ist mit Lehrbüchern gefüllt, dem Gesamtwerk von Jules Verne, allen achtundzwanzig Bänden der Encyclopaedia Britannica einschließlich Indexband. Zwei Schreibtische mit dünnen, geschwungenen Beinen stehen sich vor einem Fenster gegenüber, das auf den Garten mit Janes leuchtendrot blühenden Tulpen hinausgeht.

Die Schubladen des einen Schreibtischs sind so aufgeräumt und ordentlich wie Nells Küche und enthalten Bleistifte, Winkelmesser, Zirkel und Rechenschieber. Eddies Schreibtisch. In den Schubladen des anderen liegen abgegriffene Ausgaben der *Saturday Evening Post* und des *Ladies' Home Journal*. Janes Schreibtisch. Es gibt auch einen Terminkalender, mit dessen Einträgen in Janes säuberlicher Schrift ich nicht viel anfangen kann: »Goldener Schnitt«, »Fibonacci-Folge«, »Sonnenflecken«, »Teleskop«, »Galileo«, »Rom«, »Cäsar«.

Ich setze mich an Janes Schreibtisch. Ich kann das schaffen. Ich habe zwar keinen Highschool-Abschluss, aber ich habe eine Highschool-Ausbildung. Sozusagen. Nachdem ich mit dreizehn die Schule verlassen hatte und anfing, Miss Cain mit den kleineren Kindern zu helfen, unterrichtete sie mich in Highschool-Fächern wie Geometrie, Biologie und Literatur. Sie lieh mir ihre Bücher und sagte, dass Lesen eine Möglichkeit sei, die Welt zu bereisen, Menschen kennenzulernen, denen man nie begegnen wird; und dass man durch die Zeit reisen kann, um auf Menschen zu treffen, die vor langer Zeit gelebt haben. Mehr als ein Mal las ich ihre Lieblingsbücher, *Ruf der Wildnis* – das mich dazu brachte,

Menschen aus der Sicht eines Hundes zu sehen – und Helen Kellers *Meine Welt* über ein blindes, taubes Mädchen, das mich lehrte, wie man alles schaffen kann, wenn man nicht bloß rumsitzt und sich selbst bemitleidet, sondern lieber Lesen und Schreiben lernt – auch ich kann das schaffen, wenn ich es nur will. Zum Beispiel Unterrichten. Miss Cain sagte mir, ich würde eine gute Lehrerin abgeben. Sie sagte mir auch, dass Lehrer nicht alles wissen, aber solange sie ihren Schülern einen Schritt voraus sind, halten die Schüler sie für allwissend. Genau so will ich bei Eddie vorgehen.

Als er hereinkommt, ist sein feines, helles Haar nach hinten gekämmt und sein kariertes Hemd gebügelt, aber er hat dunkle Ringe unter den Augen, die fast wie Blutergüsse aussehen, und ich kann die blassblauen Adern in seiner Stirn sehen. Er hat eine Ausgabe der Zeitschrift *Scientific American* in der Hand, legt sie auf seinen Schreibtisch, setzt sich hin und verschränkt die Arme.

»Ich weiß, deine Mama ist gerade erst unter der Erde«, beginne ich, »aber der Duke meint, man darf sich nicht der Trauer hingeben, er meint, wird sollten uns wieder an die Arbeit machen und uns beschäftigen, weil es uns allen helfen wird, nach vorne zu schauen. Falls du eine Lektüreliste hast oder deine Mama einen Unterrichtsplan hatte, können wir damit anfangen.«

Eddie wirft mir einen verächtlichen Blick zu. »Versuch bloß nicht, meine Mutter zu spielen.«

»Ich könnte niemals deine Mama sein, selbst wenn ich es versuchen würde, Eddie. Aber der Duke will nun mal, dass ich dir beim Lernen helfe.«

»Ich brauch deine Hilfe nicht. Ich muss mir von dir nicht sagen lassen, was ich lesen soll. Nichts für ungut, Sallie, aber ich bin schlauer als du.«

Solche Töne haben wohl dazu beigetragen, dass Eddie von den anderen Kindern schikaniert wurde, und das würde ich ihm am liebsten sagen, doch ich halte mich zurück. Mein Bruder ist schwächlich, hat keine Freunde und nicht mal Haustiere, er treibt keinen Sport, aber er ist sehr, sehr klug, und lässt das die anderen deutlich spüren. Selbst wenn sie ihn deswegen nicht ausstehen können. Und vielleicht ist das ja auch das Einzige, was er hat, was ihn nach dem Tod seiner Mutter aufrecht hält. Es gibt Menschen wie Eddie, mit sehr viel Buchwissen, aber ohne jede Menschenkenntnis. Und es gibt solche wie den Duke – jede Menge Menschenkenntnis, aber kaum Buchwissen. Und schließlich gibt es die wenigen, die beides haben, wie Tom. Sie besitzen genug Menschenkenntnis, um nicht mit ihrem Buchwissen anzugeben.

»Eddie, ich möchte dich was fragen. Selbst wenn du der schlauste Mensch im Raum bist, ist es denn immer klug, das alle anderen wissen zu lassen?«

»Auf jeden Fall. Nichts ist wichtiger als die Wahrheit.«

Er nimmt seine Zeitschrift und fängt an zu lesen. Oder tut so, als ob. Seine Augen bewegen sich nicht. Er stiert nur auf die Seite. Wie soll ich vorgehen? Es wird nichts bringen, den Jungen herumzukommandieren, und wissensmäßig kann ich ihm nicht das Wasser reichen, also werde ich gar nicht erst versuchen, ihm einen Schritt voraus zu sein, sondern aufhören, die Lehrerin zu spielen, und stattdessen in die Rolle der Schülerin schlüpfen.

»Was liest du da?«

»Würdest du sowieso nicht verstehen«, sagt er.

»Dann erklär's mir doch.«

Eddie seufzt, doch dann fängt er an zu reden und erzählt mir von einer Expedition nach Südamerika im Mai, um eine Sonnenfinsternis zu beobachten. Ein deutscher Wissenschaftler behauptet, dass Licht ein Gewicht hat, erklärt Eddie, und diese Expedition könnte seine Hypothese beweisen – die Zeitungen nennen es eine Theorie, sagt er, aber eigentlich ist es eine Hypothese –, indem sie den Nachweis erbringt, dass die Schwerkraft der Sonne das Licht der Sterne ablenkt. Während er spricht, verschwindet sein neunmalkluger Tonfall, und er klingt beinahe ehrfürchtig. »Das wäre bahnbrechend«, sagt er und wiederholt das Wort genüsslich. »Bahnbrechend. Wenn Schwerkraft Licht ablenken kann, dann hat das Licht Gewicht, und das bedeutet, Licht ist Materie. Das verändert alles.«

»Du hast mich durchschaut, Eddie. Du hast gesagt, ich würd's nicht verstehen, und ich versteh's wirklich nicht.«

»Natürlich nicht. Keiner versteht das. Jedenfalls nicht ganz. Wenn er nämlich recht hat, dann heißt das, der einzige Unterschied zwischen Licht und Materie ist Geschwindigkeit. Und wenn wir uns mit Lichtgeschwindigkeit bewegen könnten, würden wir zu Licht werden.«

Ich nehme Janes marmornen Briefbeschwerer in die Hand. »Das ist ein Stein.« Ich deute durchs Fenster in den Morgenhimmel. »Das ist Licht. Etwas völlig anderes.«

Statt zu widersprechen, blickt Eddie aus dem Fenster auf Janes leuchtend rote Tulpen. »Vielleicht ist das mit Mama passiert«, sagt er. »Sie ist zu Licht geworden.« Dann steht er auf und geht ohne ein weiteres Wort aus dem Raum.

Nach eine paar Sekunden folge ich ihm vorsichtig, damit er mich nicht bemerkt, lausche auf seine Schritte, die langsam die Diele durchqueren und die Treppe hinaufgehen. Eine Tür schließt sich. Im ersten Stock steht die Schlafzimmertür des Duke weit offen und die von Eddie auch, doch die Tür zu Janes Boudoir ist geschlossen. Ich trete näher, will anklopfen und nachschauen, ob es ihm gutgeht, doch ich bremse mich, weil es ihm nicht gut geht. Und ich weiß, was er gerade macht, er vergräbt das Gesicht in den schönen Kleidern oder hält die silberne Bürste mit Janes hellen Haaren darin. Es gibt noch etwas, das ich mit Sicherheit weiß. Eddie muss mit dem, was ihm von seiner Mama geblieben ist, allein sein.

Der Duke war nie gern allein, das habe ich schon als Kind begriffen. Und jetzt, in den Wochen nach Janes Beerdigung, ist er ständig unterwegs, lässt sich bei seiner Morgenrasur in Clydes Friseurladen den neusten Klatsch und Tratsch erzählen, nimmt sein Frühstück, bestehend aus Steak mit Eiern, Bratkartoffeln und reichlich Soße, im Central Café ein, wo er noch mehr Klatsch und Tratsch mit Leuten austauscht, die wissen, dass man ihn immer in der ersten Nische neben der Tür antrifft. Nach dem Frühstück geht's zur Kaufhalle, wo er die Lieferscheine überprüft, während er Hof hält. Danach braust er im Packard mit Cecil auf dem Beifahrersitz kreuz und quer durchs County, fährt von den Bergen im Westen, wo wir Holzbestände und ein Sägewerk besitzen, durch das hügelige Farmland im Tal mit seinen Tabakfeldern und Obstplantagen und bis zum Finch River, fünfzehn Meilen entfernt an der östlichen Grenze. Er inspiziert die Straßen, erteilt Arbeitstrupps schnarrend Anweisungen und zeichnet Rechnungen ab. Und zum Dinner haben wir immer Gäste. Immer.

»Auf Trab bleiben, verstanden?«, sagt der Duke oft zu mir. »Das ist das Geheimnis. Auf Trab bleiben. Rumgrübeln bringt nichts.« Auf Trab bleiben. In Bewegung. Die Räder am Laufen halten. So läuft der Duke seiner eigenen Trauer davon.

Unterdessen hat Tante Mattie die Leitung des Großen Hauses übernommen. Sie ist das älteste Kind und hätte das Haus und alles andere geerbt, wenn sie als Junge zur Welt gekommen wäre – und sie sorgt dafür, dass das auch allen bewusst ist. Sie kommt jeden Morgen um Punkt sieben, schreibt lange Einkaufszettel, trägt Nell auf, was sie an dem Tag und den Rest der Woche zu tun hat, ruft den Duke an, um mit ihm zu besprechen, wer zum Dinner eingeladen wird, und kurz bevor die Gäste eintreffen, verschiebt sie die Tischkarten, als wären es Schachfiguren.

Mattie und ich gehen höflich miteinander um, sprechen unseren Streit bei der Totenwache nicht an. Wie die meisten Leute hier mochte Mattie die erste Frau des Duke, Belle. Sie half ihr das Große Haus zu führen, und als der Duke sich von Belle scheiden ließ, um Mama zu heiraten, behaupteten Mattie und ihre Freundinnen, Mama hätte Belle den Duke ausgespannt. Mein Anblick erinnert Mattie an diese ganze unschöne Geschichte, auch wenn sie kein Wort darüber verliert, aber offenbar ist sie der Meinung, dass sie mich dem Duke zuliebe dulden muss, wenn sie das Große Haus leiten will. Jane hat Mattie immer auf Abstand gehalten und deutlich gemacht, dass Mattie keinerlei Anspruch auf das Große Haus hat und bloß Gast dort war. Jetzt genießt Mattie offensichtlich ihre Rolle als First Lady von Claiborne County, und ich überlasse ihr liebend gern die Bühne. Ich habe keine Lust, Gästelisten aufzustellen oder mit dem Botenjungen des Metzgers über das gelieferte Fleisch zu streiten. Außerdem habe ich mit Eddie schon genug um die Ohren.

Ich versuche immer wieder, ihn vor die Tür zu locken, den Kincaid in ihm zu finden. Er liest begeistert die Baseballberichte in den Zeitungen, aber er hat keine Lust zu irgendwas, worin er nicht gut ist, deshalb weigert er sich, mit mir Wurf- und Fangübungen zu machen. Einmal waren wir wandern, immerhin, aber wegen seiner Allergien sind wir nicht weit gekommen. Ich habe ihm eine Schießstunde mit der Flinte des Duke gegeben, aber der Lärm erschreckte ihn, und der Rückschlag haute ihn fast um. Als ich ihm zeigen wollte, wie man Auto fährt, lehnte er rundheraus ab und ratterte Statistiken über tödliche Autounfälle herunter.

Also bleiben wir im Unterrichtsraum, und das ist gar nicht so schlecht. Jetzt, wo ich die Fragen stelle und Eddie die Antworten gibt, lerne ich tatsächlich eine ganze Menge. Und eins muss ich ihm lassen: Sein Buchwissen ist wirklich enorm. Er liebt alles, was irgendwie mit Zahlen zu tun hat, hat sogar Zugfahrpläne auswendig gelernt und jedes Lehrbuch gelesen, das Jane für ihn bestellt hat. Außerdem hat er sich vorgenommen, die gesamte Encyclopaedia Britannica zu lesen. »Nicht von vorne bis hinten«, sagt er, »das wäre langweilig.« Nein, er liest einen Eintrag und dann einen, der daran anknüpft, und danach einen, zu dem es wiederum Anknüpfungspunkte gibt. »Wenn ich irgendwann alle durchhabe, ist das der Beweis dafür, dass alles mit allem zusammenhängt.«

Ich habe selbst angefangen, diese Einträge zu lesen, und ich muss zugeben, dass manche davon verdammt interessant sind. »Monarchfalter« führt zu »Mexiko« führt zu »Azteken« führt zu »Cortés« führt zu »Spanische Inquisition« führt zu »Schwarze Pest« führt zu »Floh« führt zu »Flügel« führt zurück zu »Falter« – und im Laufe der Zeit kommen Eddie und ich besser miteinander aus. Sehr viel besser. Aber es gibt ein Problem. Wohin er auch blickt, überall sieht er Dinge, die ihn an seine Mama erinnern – ihre üppig blühenden Rosen vor dem Fenster, ihr Füllfederhalter und Briefbeschwerer auf ihrem Schreibtisch, ihre auf der Landkarte von Virginia umkringelte Heimatstadt – und immer, wenn die Erinnerungen unerträglich werden, zieht er sich zurück, muss allein sein, steht einfach auf und geht. Und ich lasse ihn in Ruhe.

So auch an einem Morgen Anfang Juni, an dem ich allein im Unterrichtsraum bleibe und Eddies *Scientific American* lese, um das mit der Lichtgeschwindigkeit zu begreifen – 186 000 Meilen pro Sekunde, Donnerwetter, das ist schnell –, als der Duke unerwartet nach Hause kommt.

Er steckt den Kopf zur Tür herein. »Wo ist der Junge?«

»In Janes Zimmer.

»Was macht er da?«

»Er vermisst seine Mama.«

»Ein Ochse vermisst seine Eier, aber er bleibt trotzdem bei der Herde. Ich dachte, du würdest den Kincaid in ihm wecken.«

»Wir arbeiten dran«, sage ich.

»Und?«

»Und ich muss schon sagen, Eddie ist verdammt gut in dem, worin er gut ist. Er ist wahnsinnig schlau. Begreift sogar, was Lichtgeschwindigkeit ist. Er ist ungeheuer begabt.«

»Ich weiß. Das Klavier. Wenn er so weitermacht, endet er wie die meisten Klavierspieler und haut in irgendeinem Bordell in die Tasten.«

»Sein Herz schlägt für die Musik. Für die Musik und für Mathe und Naturwissenschaften.«

»Sein Herz ist mir egal. Mir geht's um sein Rückgrat. Irgendwann wird er das County leiten, nicht auf einer Tafel mit Kreide kritzeln oder auf einem Klavier klimpern.«

»Miss Cain hat immer gesagt, dass weder Lehrer noch Eltern Kinder ändern können und es auch nicht versuchen sollten. Was sie allerdings tun können, ist, ihre Stärken zu fördern.«

»Seine Stärken.« Der Duke lässt den Globus kreiseln, tritt dann ans Fenster und blickt nach draußen. »Er wird sich nicht ändern«, sagt er mehr zu sich selbst als zu mir. »Der Junge ist nicht wie ich. Jane hat ständig davon geredet, dass Eddie sich ändern würde, dass wir nur abwarten müssten, bis er aus den Kinderschuhen raus ist, aber er wird sich nicht ändern, und es bringt nichts, so zu tun, als ob.« Er dreht sich um, sieht mich an. »Ich fahre jetzt mit dem Jungen in die Kaufhalle. Sag Nell, sie soll Janes Kleider verbrennen.«

»Das kannst du nicht machen!«, entfährt es mir.

»Sag du mir nicht, was ich machen kann, Mädchen.«

»Entschuldige, Duke. So hab ich das nicht gemeint, aber – Eddie ist noch nicht so weit.«

»Ich weiß, das klingt hart, aber vertrau mir. Es wird Zeit, dass er drüber wegkommt. Der Junge hat noch sein ganzes Leben vor sich. Ich weiß, was ich tue. Du und Mattie, ihr helft Nell, dann geht's schneller. Es ist für alle am besten.«

Ich überlege fieberhaft, wie ich es ihm noch ausreden könnte. »Das sind hübsche Kleider, Duke. Teuer. Wir sollten sie einfach zusammenfalten, in Truhen packen und auf den Dachboden bringen.«

»Dann hockt der Junge doch nur den ganzen Tag oben auf dem Dachboden.«

»Oder sie spenden.«

»Ich will nicht, dass der Junge wieder einen Anfall kriegt, bloß weil er irgendeine Frau in einem Kleid seiner Mutter sieht.«

Wie an dem Tag, als ich Janes schwarzes Kleid angezogen habe. Diesen Kampf kann ich nicht gewinnen. Das ist klar. Wenn ich es weiter versuche, wird der Duke nur noch wütender auf mich und noch enttäuschter von Eddie. Also nicke ich.

Als der Duke mit Eddie nach dem Mittagessen zur Kaufhalle fährt, machen sich Nell, Mattie und ich daran, Janes schöne Kleider von den Bügeln zu nehmen. Wir tragen sie nach draußen, ebenso wie Janes elegante kleine Schuhe und ihre Hutschachteln und Handschuhe und Nachthemden und Korsetts und Unterkleider und Mieder und Strümpfe, und wir werfen alles in die Feuergrube hinter dem Kutschenhaus. Die Kleider türmen sich zu einem Berg aus rosa Satin und lavendelblauer Seide und zitronengelbem Chiffon und elfenbeinweißer Spitze, und ich frage mich, ob mit Mamas Kleidung dasselbe passiert ist. Vom Dienstmädchen verbrannt. Ich habe noch nie darüber nachgedacht, und ich kann mich an nichts erinnern, aber der Duke ist bestimmt auch mit mir zur Kaufhalle gefahren, während jemand – vielleicht war es sogar Tante Faye, die damals hier arbeitete – Mamas Kleidung beseitigte. Als Jane auftauchte, waren ihre Sachen, ja überhaupt jede Spur von ihr längst verschwunden. Mit Ausnahme der Fotografie und der Halskette. Und mir. Dann hat Jane die Fotografie an sich genommen. Und dann hat sie mich weggeschickt. Und alles, was von Mama blieb, war die Mondsteinkette, die ganz unten in der Schmuckschatulle aus Rosenholz lag.

Und jetzt verschwindet Jane ebenfalls.

»Das wird dem armen Jungen das Herz brechen«, seufzt Nell.

»Wie sollen wir ihm das nur beibringen?«, frage ich.

»Gar nicht«, sagt Mattie. »Der Duke wird nie ein Wort darüber verlieren. Eddie muss lernen, dass es in dieser Familie gewisse Dinge gibt, über die einfach nicht gesprochen wird. Nell, hol das Petroleum.«

Mattie entzündet das Feuer, und die Flammen schlagen hoch. Ich schiebe die Hand in die Tasche meines Kleides und befingere Janes silberne Bürste, in deren Borsten noch einzelne Haare von ihr hängen.

Der Junge muss schließlich irgendwas von seiner Mama behalten dürfen.

7

»Ich hab geschäftlich in Danville zu tun. Bin in ein paar Tagen zurück.« Der Duke setzt seinen Hut auf und zupft die Ärmel seines braungrauen Anzugs zurecht. Vor zwei Wochen hat er das schwarze Trauerband abgelegt, an demselben Tag, als wir Janes Kleider verbrannt haben.

Der Rauchgeruch hängt noch immer in der Luft. Vielleicht kommt es mir auch nur so vor. Nachdem das Feuer heruntergebrannt war, habe ich Janes Haarbürste heimlich unter Eddies Kopfkissen geschoben. Früh am nächsten Morgen stand er vor der Feuergrube und starrte auf die verkohlten Überreste von Janes Schuhen und Korsetts – er weiß also, was passiert ist –, aber er hat seitdem kaum noch was gesagt. Er hat nicht einmal mehr Lust, über die Sonnenfinsternis zu reden oder in der Encyclopaedia Britannica zu lesen. Spielt nur seine wehmütige, schöne Musik auf dem Klavier oder starrt aus dem Fenster auf Janes Rosen.

Mattie folgt mir auf die Veranda, und wir sehen den Duke davonfahren. »Weißt du, warum er nach Danville fährt?«, fragt sie.

»Geschäftlich, hat er gesagt.«

»Er ist auf der Suche nach einer neuen Frau.«

Will Mattie mich ärgern, auf die Probe stellen, herausfinden, ob mich eine solche Neuigkeit aufregt? Ich werde den Teufel tun und mir anmerken lassen, dass dem so ist. Denn was Mattie gesagt hat, könnte stimmen. Und falls es stimmt, könnte die neue Frau genau wie Jane sein, bloß dass sie dann wahrscheinlich nicht nur mich, sondern auch Eddie loswerden will, also muss ich auf alles gefasst sein.

»Jemand Spezielles? Oder sieht er sich bloß um?«

»Er hat eine ins Auge gefasst. Frisch verwitwet. Kein Geld, aber auch keine Kinder. Seymour, Sheriff Earls Bruder, kennt sie. Er meint, sie ist hübsch anzuschauen, hat breite Hüften und ein freundliches Wesen. Als der Duke davon anfing, sich eine neue Frau suchen zu wollen, hab ich ihm von ihr erzählt.«

Mattie hat noch nie so vertraulich mit mir geredet, als wären wir Busenfreundinnen. Was zum Teufel hat sie vor? Ich weiß, Mattie liebt ihre Rolle als First Lady von Claiborne County, und eine neue Mrs Kincaid könnte ihr diese Rolle durchaus streitig machen. Vielleicht meint sie deshalb, sie sollte den Duke, wenn er schon fest entschlossen ist, erneut zu heiraten, auf die richtige Frau ansetzen. Damit stünden sowohl der Duke als auch seine nächste Gattin in ihrer Schuld.

Mattie scheint meine Gedanken zu lesen, denn sie sagt: »Eine neue Frau im Haus wird einiges für uns beide verändern, Sallie. Wir werden viel Arbeit damit haben, sie anzulernen.« Sie sagt das neckisch und lächelt mich zum ersten Mal seit meiner Heimkehr an, lächelt mich an, als hätten wir – trotz allem, was passiert ist – ein gemeinsames Ziel, als müssten wir einer neuen Frau begreiflich machen, dass sie uns nicht rausekeln kann, so wie Jane das getan hat. Eines muss man über Mattie wissen: Wenn sie irgendwas für dich tut, will sie auch etwas dafür haben. Für jedes Geben gibt es ein Nehmen, für jedes Hin ein Her. Es geht ihr nicht um meine Freundschaft, sie braucht mich als Verbündete. Aber ich trau ihr nicht über den Weg.

»Denkst du, der Duke meint es ernst?«, frage ich.

»Er sagt, es wär nie zu spät, noch ein paar Söhne zu bekommen.«

Am darauffolgenden Freitagnachmittag hören wir die trompetenartige Hupe des Packards. Eddie, Mattie, Nell und ich marschieren auf die Veranda, als der Duke gerade die Wagentür öffnet und einer breithüftigen Frau mit honigblondem Haar beim Aussteigen hilft.

»Er hat sich mal wieder für gutes Aussehen entschieden«, murmelt Mattie.

Meiner Meinung nach ging es nicht ums Aussehen. Zweimal hat der Duke Frauen aus feinen alteingesessenen Virginia-Familien geehelicht, und jetzt hat er eine aus dem Nirgendwo geheiratet. Er war nicht auf der Suche nach einem blaublütigen Namen, er wollte eine Frau mit, wie man so sagt, gebärfreudigen Hüften.

Die Frau legt die rechte Hand in die Armbeuge des Duke, in der linken trägt sie eine Gobelinreisetasche. Der Duke führt sie die Stufen hinauf, stellt uns vor, und sie lächelt uns nacheinander hoffnungsfroh an. Sie hat etwas Zuckriges und Sahniges an sich, die träge, wiegende Art, wie sie sich bewegt, die Hängeschultern, das runde Gesicht und die samtweiche Haut.

»Darf ich vorstellen«, sagt der Duke. »Das ist Katherine, die neue Mrs Hank Kincaid.«

»Nennt mich bitte einfach Kat.« Ihr Lächeln wird breiter. »Ich hab schon so viel über euch alle gehört. Eddie, der Schlaue. Sallie, die Mutige. Mattie, die Starke. Nell, die Fleißige.«

»Schon als ich sie das erste Mal gesehen hab, war ich mir sicher«, sagt der Duke. »Bei Pferden und Frauen verlass ich mich auf meinen Instinkt.«

»Und ich habe sehr schnell festgestellt, dass man bei Duke Kincaid einfach nicht Nein sagen kann.« Kat kichert, leise und honigsüß. »Wollte ich auch gar nicht.«

Ich beobachte, wie Mattie die Frau taxiert, die vierte Frau, die ihr jüngerer Bruder geheiratet hat. Ein durchtriebenes kleines Lächeln schleicht sich in Matties Gesicht, und ich vermute, sie denkt, dass sie mit dieser neuen Gattin leichtes Spiel haben wird.

Der Duke führt Kat ins Wohnzimmer, wo sie staunende und entzückte Laute ausstößt, was den Duke strahlen lässt. Sie fährt mit den Händen über das Rosshaarsofa und die dazugehörigen Ohrensessel im Flammenstichmuster, befingert die Seidenfransen an den Schirmen der elektrischen Stehlampen, klimpert ein paar flinke Noten auf dem Klavier. Der Duke zeigt ihr das kleine Porträt von seinem Großvater Bull Kincaid, einem steifen, ernsten Mann in einem dunklen Mantel, und die großen Porträts von ihm selbst und dem Colonel in der Bibliothek. Er erklärt, dass die drei Flügel des Hauses jeweils von der nächsten Generation angebaut wurden, weil jeder Mann dem Haus seinen Stempel aufdrücken und das Kincaid-Erbe vergrößern wollte. Dann folgen wir Übrigen den beiden hinauf in den ersten Stock.

Der Duke hat die Tür zum Boudoir verschlossen gehalten, seit wir Janes Kleidung verbrannt haben, und jetzt holt er den Schlüssel hervor und schließt sie auf. Auf seine Anordnung hin hat Nell das Zimmer gründlich gereinigt und gelüftet – es riecht nicht mehr nach Flieder. Sie hat die Spiegel poliert, die Frisierkommode gewachst, die Kissen auf der Ottomane aufgeschüttelt und frische Rosen in eine

Vase gestellt. Aber die leeren Kleiderbügel baumeln in den offenen Schränken, und der Raum wirkt leer und verlassen.

»Das ist deins«, sagt der Duke zu Kat.

»Ein Zimmer ganz für mich?«

»Betrachte es als dein privates Reich.«

Eddie starrt in das Boudoir. Er sieht es zum ersten Mal, seit Janes Kleidung verbrannt wurde. Er hat gewusst, dass die Sachen seiner Mama fort sind, aber dennoch: Der Anblick dieser ausgeräumten Schränke und leeren Kleiderbügel muss ihn bis ins Mark treffen.

Er wendet sich ab und geht den Flur hinunter, die schmalen Schultern verkrampft. Vielleicht sollte ich ihm nachlaufen, versuchen, ihn zu trösten, aber die anderen würden es mitbekommen, und das würde die Sache nur noch schlimmer machen. Eddie schließt die Tür zu seinem Zimmer, und Kat blickt in seine Richtung, schaut dann mich an, um zu sehen, wie ich reagiere. Ich setze ein Lächeln auf. Der Duke nimmt keine Notiz davon, dass Eddie gegangen ist, oder tut zumindest so. Seine Augen ruhen auf seiner neuen Frau.

»Mit dem Zimmer kannst du machen, was du willst«, sagt er zu ihr.

»Egal was?« Kat klingt überrascht. »Ich mag Rosa. Kann ich die Wände rosa streichen?«

»Du kannst sie sogar mit Tupfen bemalen, wenn du willst. Der Rest des Hauses bleibt, wie er ist.«

Kates Lächeln wird starr. »Natürlich.«

»Meinst du, sie wird hier irgendwas verändern?«, fragt Nell mich nach dem Dinner. Der Duke und Kat haben sich für den Abend zurückgezogen, wobei Kat rot wurde, als sie uns gute Nacht sagte. »Wird sie von mir verlangen, dass ich Austernkroketten mache oder irgendwas Neumodisches oder

Flambiertes oder anderes raffiniertes Zeug, das sie in Danville essen und wovon ich noch nie gehört hab?«

»Ich wünschte, ich könnt's dir sagen, Nell.«

»Sallie, ich weiß, du hattest mit Jane so deine Probleme, aber mich hat sie immer anständig behandelt, und es tut mir verdammt leid, dass der Kleine jetzt mitansehen muss, wie diese neue Frau auf dem Platz von seiner Mama sitzt und dann mit seinem Daddy hochgeht, um im Bett von seiner Mama zu schlafen.«

Nell hat recht. Das Dinner war für uns alle belastend. Der Duke und Kat wechselten heiße Blicke, während der arme kleine Eddie wortlos auf seinen Teller starrte und ich mich die ganze Zeit fragte, ob ich wieder zurück nach Hatfield geschickt würde. Aber Mattie hatte ebenfalls recht. Es gibt in dieser Familie gewisse Dinge, über die nicht gesprochen wird – dass der Duke seinem Sohn diese neue Ehefrau so vor die Nase setzt, gehört zweifellos dazu –, und falls der Duke überraschend in die Küche kommt und Nell so reden hört, schmeißt er sie hochkant raus. »Nell, ich weiß, du bist besorgt – das sind wir wohl alle –, und ich bin eigentlich immer dafür, den Mund aufzumachen, aber im Moment halte ich es für das Beste, wenn wir unsere Meinung für uns behalten und alles tun, damit Kat sich willkommen fühlt.«

Am Samstagmorgen kommen die Ladys mit den weißen Handschuhen zu Besuch. Mattie hat das Ganze arrangiert, und natürlich ist sie da, um das Zusammentreffen zu beaufsichtigen. Kurz bevor die Ladys eintreffen, zieht sie sich selbst ein Paar weiße Handschuhe an. Kat ebenfalls.

Das Tragen von weißen Handschuhen führt allen vor Augen, dass du dir nicht die Finger bei der Arbeit schmutzig machen musst, sondern den Müßiggang pflegst und deine

Freizeit in Clubs und Komitees und Vereinen verbringst. Derlei vornehme Allüren sind von größter Wichtigkeit für manche Frauen aus der Stadt – für die Richtersgattin ebenso wie für die Ehefrau des Bankpräsidenten, des Bestatters, des Pfarrers und so weiter –, denn sie wollen sich unbedingt von den Frauen aus den Bergen abheben. Ich habe nie viel Zeit mit Ladys verbracht, die weiße Handschuhe tragen, besitze nicht mal welche, also lass ich mir ständig Gründe einfallen, am Wohnzimmer vorbeizuschlendern, wobei ich jedes Mal ganz langsam gehe und Augen und Ohren aufsperre, um möglichst viel von den Weiße-Handschuhe-Gesprächen und Weiße-Handschuhe-Manieren mitzubekommen.

Nell bringt ein Tablett mit gefüllten Käsetaschen und kleinen Pekannusskuchen herein, die sie nach ihrem Rezeptbuch gebacken hat. Sie gibt ihr Bestes. Genau wie Kat, die auf dem Sofa sitzt, die Knie zusammen, die Füße gekreuzt, die weiß behandschuhten Hände im Schoß gefaltet – die Sittsamkeit in Person.

Die Bewohner von Claiborne County sind zwar im Großen und Ganzen ein freundlicher Menschenschlag, aber sie sind sich ihrer jeweiligen gesellschaftlichen Stellung überaus bewusst, wissen genau, wer zu den Betuchten und wer zu den Habenichtsen gehört. Ich sehe, wie die Ladys mit den weißen Handschuhen herauszufinden versuchen, ob und, falls ja, wie Kate zu ihnen passen wird, während sie ihr von den unterschiedlichen Vorzügen des Bridgeclubs, des Gartenvereins, des Handarbeitskreises, des Komitees zur Stadtverschönerung und des Komitees für bessere Straßen und Bürgersteige erzählen. Außerdem erläutern sie Kat, welche Familien in Claiborne County wichtig sind, welche Familien noch wichtiger sind und welche Familien auf gar keinen Fall an den Dinnertisch des Duke eingeladen werden sollten. Unterdessen reicht Mattie Teetassen herum, und alle nippen vornehm an ihrem Tee.

Am Sonntag nach der Kirche gibt der Duke eine Willkommensparty im Garten. Kat steht vor der niedrigen Steinmauer – hinter ihr biegen sich Janes welkende Pfingstrosen unter dem Gewicht ihrer eigenen Blüten –, und der Duke stellt sie den Männern vor, deren Ehefrauen sie bereits kennengelernt hat. Alle zeigen sich von ihrer besten Seite, mustern sie aber auch von Kopf bis Fuß wie ein preisgekröntes Kalb, das gerade auf einer Viehauktion erstanden wurde.

Dann erhebt der Duke sein Glas. »Auf meine neue Braut«, sagt er. »Ich konnte sie lediglich dazu bringen, mich zu heiraten, indem ich bei meinem Alter, meinem Vermögen und bei meinem Temperament geschwindelt habe.«

Alle brechen in Gelächter aus, und Kat lacht am lautesten. Später, als die Party zu Ende geht, schlägt sie mir vor, einen Spaziergang zu machen. Ich gehe neben ihr her, zügele meine Schritte, um mich ihrem lockeren schwingenden Gang anzupassen. Ihr Duft ist süß und blumig, wie der einer Magnolie.

»Schwimmst du eigentlich gern?«, fragt sie.

»Strampeln, damit ich nicht untergehe, trifft es eher.«

»Ich schwimme unheimlich gern. Ehrlich. Mein verstorbener Mann ist jedes Jahr mit mir nach Virginia Beach gefahren. Gibt's hier in der Gegend gute Stellen zum Schwimmen?«

»Der Finch Lake hat einen Steg. Aber das Wasser ist kalt.«

»Kaltes Wasser ist gut für den Teint. Wir müssen zusammen schwimmen gehen.« Sie hakt sich bei mir ein. »Ich hab so viele neue Leute kennengelernt. Ich kann die Namen beim besten Willen nicht auseinanderhalten, und alle haben irgendwas über alle anderen zu erzählen.«

»Ich vermute, sie haben so einiges über mich gesagt. Manches könnte vielleicht sogar stimmen.«

»Keine Sorge, Herzchen.« Sie drückt meine Hand. »Ich möchte deine Freundin sein.«

Am selben Tag vor dem Abendessen sitzt Eddie am Klavier, neben sich sein Stimmwerkzeug. Ich setze mich neben ihn auf die Bank. Seit Kats Ankunft vor zwei Tagen hat er viel Zeit in seinem Zimmer verbracht. Ich bleibe still, warte darauf, ob er was über Kat sagt oder überhaupt etwas sagt, aber Eddie schweigt beharrlich, also mache ich den Anfang. »Was hältst du von ihr?«

»Ich hab mir noch keine Meinung gebildet.« Er legt eine Stimmgabel aufs Klavier. »Sie riecht gut.«

»Sie sagt, sie will meine Freundin sein.«

»Zu mir hat sie gesagt, dass sie nicht versuchen wird, Mutter zu ersetzen.« Er schlägt die Stimmgabel auf sein Knie, sie bebt und gibt ein Summen von sich, und er drückt eine Klaviertaste, lauscht dann einen Moment. Die Gabel und die Taste erzeugen denselben hellen Klang. »Aber das hat sie. Sie hat Mutter ersetzt.«

Am nächsten Morgen klopft Kat an die Tür zum Unterrichtsraum. »Was dagegen, wenn ich mich dazusetze?« Sie hält einen Teller mit frisch gebackenen Keksen in der Hand.

Ich habe durchaus was dagegen. Da bemühe ich mich nach Kräften, dass es zwischen Eddie und mir in diesem Raum funktioniert, und das tut es, aber mehr schlecht als recht. Die neue Mrs Kincaid kann ich hier weiß Gott nicht gebrauchen.

Ich schiele zu Eddie hinüber, rechne bei ihm mit jäher Wut oder wenigstens Widerwillen – die Frau, die das Boudoir seiner Mama übernommen hat, hält jetzt auch noch Einzug in seinen Unterrichtsraum –, doch er zuckt lediglich mit den Schultern.

Die Entscheidung liegt bei mir.

»Kat, es ist ein bisschen eng hier«, sage ich. »Und Eddie findet ohnehin schon, dass ich eine Lehrerin zu viel bin.«

»Ach, beachte mich einfach gar nicht, Herzchen. Ich will nur was lernen.« Sie stellt die Kekse auf Eddies Tisch. »Ich quetsch mich auf den kleinen Stuhl da in der Ecke und verspreche, dass ich niemandem auf die Zehen trete.«

Kat sieht mich mit einem entwaffnenden Lächeln an. Ich will sie nicht hier haben. Das ist mein erster Gedanke. Aber andererseits sitzen wir beide im selben wackeligen Boot und versuchen, denselben anspruchsvollen Mann und mürrischen Jungen für uns zu gewinnen. Vielleicht sollte ich der Frau eine Chance geben.

»Setz dich«, sage ich.

Eddie nimmt sich einen Keks, knabbert daran und nickt. Er war gerade dabei, mir das Neuste über die Sonnenfinsternis zu erzählen, und Kat bittet ihn, noch mal von vorne anzufangen. Sie unterbricht ihn immer wieder und sagt so Dinge wie »Also wirklich, nicht zu glauben« und »Meine Güte, das wusste ich gar nicht«, und schon bald isst Eddie noch einen Keks und erklärt ihr die Geschwindigkeit von Licht, während sie ihn ebenso entwaffnend anlächelt wie mich. Kat kann das gut, sie kann Leute für sich einnehmen und sie dazu bringen, sich ihr zu öffnen.

Am Nachmittag klingt Eddies Klavierspiel durchs Haus. Es ist ein neues Stück, langsam, wie fast alles, das er spielt, aber eher zart als traurig. Dann fällt ein zweites Paar Hände mit ein. Ein Duett. Ich spähe ins Wohnzimmer und sehe Eddie und Kat Seite an Seite.

Von da an kommt Kat regelmäßig in den Unterrichtsraum, und jedes Mal bringt sie einen Teller mit Windbeuteln oder Vanillekeksen mit. Nachmittags spielen sie und Eddie dann Klavier. Doch ganz gleich, was Kat macht, sie achtet stets darauf, den Duke an der Haustür zu begrüßen, wenn er nach Hause kommt. Sie bringt ihm ein Glas Whiskey, massiert ihm die Schultern und hört aufmerksam zu, wenn er von seinem Tag erzählt, den Entscheidungen, den Plänen, den gelösten und den noch anstehenden Problemen.

»Ich mag die Frau sogar noch mehr, als ich dachte«, vertraut der Duke mir an, als Kat zwei Wochen bei uns ist. »Sie ist eine großartige Gesprächspartnerin.«

Weil sie dich die ganze Zeit reden lässt, denke ich, sage aber: »Sie ist eine großartige Zuhörerin.« Dann schiebe ich nach: »Sie verbringt jedenfalls viel Zeit im Unterrichtsraum.«

»Hat sie mir erzählt. Sie sagt, sie hilft dir.«

»Der Raum ist ein bisschen zu klein für zwei Lehrerinnen.« Kaum habe ich es ausgesprochen, weiß ich, dass es ein Fehler war. Es klingt, als würde ich mich beklagen, und das kann der Duke nicht ausstehen.

»Du bist schlau«, erwidert er. »Finde eine Lösung.«

8

Der Duke nimmt sich immer etwas zu lesen, wenn niemand da ist, mit dem er reden kann, das ist eine seiner Methoden, sich zu beschäftigen. Er bekommt Zeitungen aus ganz Virginia, und ich überfliege sie jeden Tag, um mich beim Abendessen am Gespräch beteiligen zu können. Außerdem habe ich angefangen, mich durch die Bücher in dem deckenhohen Regal der Bibliothek zu arbeiten, Erwachsenenbücher, für die ich früher zu jung war, wie *Die große Rebellion* und *Briefe eines Dollarkönigs an seinen Sohn*, doch im Augenblick blättere ich in der *Danville Bee* und stoße auf einen Artikel, der mich fast aus der Haut fahren lässt. Da beschwert sich ein Journalist über Frauen, die an ihren Jobs festhalten, obwohl Männer diese Jobs brauchen, und er meint, es sei zwar notwendig gewesen, dass Frauen gearbeitet haben, während die Männer im Krieg waren, aber jetzt, wo sie zurück sind, sei es die patriotische Pflicht der Frauen, den Männern ihre alten Arbeitsplätze zu überlassen, damit sie für uns Frauen sorgen können.

Der Schwachkopf von Schreiberling sollte mal aus seinem Büro rauskommen und sich umsehen, wie es in der Welt zugeht. Er könnte mich dazu befragen. Oder Tante Faye. Weil Männer manchmal nämlich nicht für ihre Frauen sorgen. Und deshalb brauchen wir Frauen unsere Arbeit.

Der Kampf um Arbeitsplätze. Er findet überall im County statt, auch hier im Großen Haus, nur dass ich nicht gegen einen Mann kämpfe, sondern gegen eine andere Frau, denn während ich Zeitung lese, höre ich, wie Eddie und Kat eines ihrer Duette spielen, wie Kat lacht und jedes Mal, wenn einer von ihnen sich verspielt, die Schuld auf sich nimmt, und ich weiß, dass meine Tage als Eddies Lehrerin gezählt sind, dass Kat mich verdrängt, und ich frage mich, ob ich dann vielleicht zurück nach Hatfield muss.

In dem Moment klingelt das Telefon in der Diele – zweimal kurz und einmal lang, das Zeichen des Gemeinschaftsanschlusses, dass der Anruf für das Große Haus ist. Mattie, die stur an ihrer Rolle als First Lady festhält und nach wie vor jeden Tag vorbeikommt, um das Dinner zu planen, geht ran. »Familie Kincaid, Matilda Kincaid Johnson am Apparat.«

Ich höre ein paar gemurmelte Worte, dann ruft Mattie laut: »Sallie, Faye Powell ist dran.«

Ich bin jetzt schon drei Monate hier, und Tante Faye und ich schreiben einander einmal die Woche. Ich habe ihr mitgeteilt, dass der Duke mich dabehalten möchte, und sie versichert mir ständig, dass alles in Ordnung ist, aber wir haben seit meiner Abreise aus Hatfield nicht mehr miteinander gesprochen. Da es in ihrem Haus kein Telefon gibt, frage ich mich, von wo aus sie anruft.

Mattie hält mir den Hörer hin. »Irgendwas ist passiert, aber sie hat nicht gesagt, was.«

»Tante Faye? Wo bist du?«

»Im Krankenhaus.« Es rauscht in der Leitung, und ihre Stimme ist dünn und zittrig, es klingt, als würde sie weinen. Mattie steht da und spitzt die Ohren, deshalb wende ich ihr den Rücken zu. »Tante Faye, ist alles in Ordnung?«

»Nein, Schätzchen, mir geht's nicht gut.«

»Was ist denn mit dir?«

»Ich weiß, du hast deine eigenen Sorgen, wo der Duke jetzt eine neue Frau ins Haus geholt hat und so, und ich wollte dich nicht beunruhigen, deshalb hab ich dir nichts davon geschrieben, aber ich hab hier ein paar kleine Probleme.«

Es dauert eine Weile, bis ich Tante Faye die ganze Geschichte entlockt habe. Sie hat ihre Arbeit als Wäscherin verloren, weil sie allein die Bettwäsche nicht mehr richtig sauber bekam, deshalb hat sie wieder angefangen, wie früher als Kellnerin im Roadhouse zu arbeiten. Dort hat sie einen Mann kennengelernt und ihm angeboten, bei ihr einzuziehen. Die Abmachung war, dass sie sich die Kosten teilen würden und er bei der Arbeit im Haus helfen sollte. Die ersten Wochen lief alles bestens, aber dann fing der

Mann an zu trinken, klaute das für Lebensmittel bestimmte Geld aus ihrem Portemonnaie, und als sie versuchte, es ihm wieder abzunehmen, schlug er sie.

Mir wird schlecht. Und ich fühle mich schuldig. Ich habe versprochen, mich um Tante Faye zu kümmern, und mein Versprechen gebrochen. Ich habe mir Sorgen um sie gemacht, aber nichts getan, und das ist dabei herausgekommen.

»Wo ist er jetzt?«

»Im Haus. Ich weiß nicht, was ich machen soll. Vielleicht kannst du ihn ja zur Vernunft bringen.«

Das Roadhouse.

Ich erinnere mich an die Nacht in Hatfield, als Tante Faye aus dem Roadhouse zurückkam.

Die Nacht, in der es mir klar wurde.

Ich war dreizehn.

Der Winterwind weckte mich, jaulte durchs Tal, ließ das Haus erzittern, pfiff durch die Ritzen in den Wänden, rüttelte am Schlafzimmerfenster, peitschte mit den kahlen Ästen des Eschenbaums auf unser Dach ein. Ich wandte den Kopf, um zu sehen, ob der Wind auch Tante Faye geweckt hatte, aber ihr Bett war leer. Sie arbeitete wieder mal länger. Die Zeiten waren hart. Eine Baumkrankheit hatte die Esskastanienernte vernichtet – die größte Einnahmequelle in dieser Gegend –, und die wenigen Frauen, die Tante Faye dafür bezahlten, dass sie ihnen die Haare frisierte oder ihre Kleider flickte, erledigten das jetzt selbst. Wir hatten kaum noch zu essen, fast keine Kohlen mehr, und die fünfzehn Dollar, die der Duke jeden Monat für meinen Unterhalt schickte, reichten nicht mehr so lange wie früher. Deshalb arbeitete Tante Faye als Kellnerin im Roadhouse, einer üblen Kneipe an den Gleisen, eine Meile von Hatfield entfernt, in der Holzfäller und Sägewerker verkehrten.

Als der Wind sich für einen Moment legte, hörte ich, wie sich die Haustür in ihren rostigen Angeln quietschend öffnete. Tante Faye war nach Hause gekommen. Ein flackernder Lichtschein drang aus dem Wohnzimmer, als sie die Petroleumlampe anzündete. Ich stand auf, um nach ihr zu sehen.

Sie saß zusammengesunken in dem Sessel, das Gesicht in den Händen vergraben. Ihr abgetragener Mantel lag vor ihren Füßen.

»Tante Faye?«

Sie hob den Kopf. Ein Auge war zugeschwollen und dunkel verfärbt.

»Tante Faye! Was ist denn passiert?«

»Ich –« Sie drehte das Gesicht aus dem Lampenlicht in den Schatten, als könnte sie meinen Blick nicht ertragen. »Ich möchte nicht darüber reden.«

»Sag's mir doch«, bat ich so sanft wie möglich.

»Ein Kunde« – sie stockte –, »er wollte mir kein Zeichen seiner Wertschätzung geben, obwohl ich es verdient hatte.«

»Du meinst Trinkgeld?«

»Nein.« Tante Faye sah mich an. »Hin und wieder bitten Männer mich um etwas Besonderes.« Sie sprach mit einer seltsam fernen Stimme. »In ihren Zimmern. Und danach geben sie mir ein Zeichen ihrer Wertschätzung.«

Ein Zeichen ihrer Wertschätzung? Wovon redete sie? Ich wartete auf eine Erklärung, aber Tante Faye starrte bloß auf ihre Hände im Schoß, diese schlanken, damenhaften Hände, auf die sie so stolz war. Dann dämmerte mir, was sie meinte. Wofür sie von den Männern ein Zeichen ihrer Wertschätzung bekam.

»Aber dieser Mann hat mich stattdessen geschlagen.«

Tante Faye sah so verletzt aus, so verzweifelt, und ich dachte, dass das, was sie da machte, die einsamste Sache der Welt sein musste. Und hinterher auch noch verprügelt zu werden. Das musste jeder Frau das Gefühl geben, wertlos zu sein.

Als der Duke mich damals nach Hatfield brachte, gab er mir einen Silberdollar und sagte, der wäre »für einen Notfall«. Hätte ich gewusst, was Tante Faye im Roadhouse machte, hätte ich ihn ihr schon längst geschenkt. Also ging ich ins Schlafzimmer, kramte den Silberdollar aus dem Bündel unter meinem Bett hervor und reichte ihn ihr. »Den hab ich aufgehoben, für eine Zeit, wenn wir ihn wirklich brauchen«, sagte ich. »Und die Zeit ist gekommen.«

»Schätzchen, der gehört dir«, sagte sie. »Außerdem, wenn der aufgebraucht ist, ist unsere Lage immer noch dieselbe.«

»Tante Faye, du kannst nicht zurück ins Roadhouse. Ich lass dich nicht mehr dorthin gehen.«

»Aber wie sollen wir dann den Winter überstehen?«

»Ich finde schon einen Weg.«

Also verschaffte ich uns die Arbeit als Wäscherinnen für das Krankenhaus. Tante Faye klagte, die Lauge würde ihre Hände kaputt machen, aber immerhin musste sie nicht mehr ins Roadhouse.

Jetzt ist sie wieder dort. Und es ist meine Schuld.

Ich lege die eine Meile bis zur Kaufhalle fast im Laufschritt zurück, und als ich ankomme, bin ich außer Atem, bringe aber keuchend heraus: »Tante Faye steckt in schrecklichen Schwierigkeiten.«

»Nicht zum ersten Mal.« Der Duke sitzt an seinem Schreibtisch, und neben ihm, auf Cecils Stuhl, sitzt Tom Dunbar. Nach Janes Beerdigung war er zurück nach Georgetown gefahren, aber jetzt ist er den Sommer über wieder hier, hilft aus, kassiert Pacht- und Mietzahlungen und erledigt Besorgungen für den Duke, dessen üblicher Fahrer sich um seine Ernte kümmert.

»Es ist ernst«, sage ich.

»Und, lass mich raten«, entgegnet der Duke. »Es hat mit einem Mann zu tun.«

Ich nicke. Er wird es mir nicht leichtmachen, und es wäre nicht hilfreich, ins Detail zu gehen, deshalb sage ich nur: »Du musst jemanden hinschicken.«

»Die Deputys würden bloß ihre Zeit verschwenden, Sallie. Faye Powell ist keine schlechte Frau, aber sie bringt sich ständig selbst in die Bredouille. Wenn ich ihr jedes Mal aus der Patsche helfe, wird sie nie lernen, ihre Probleme selbst zu lösen.«

»Dann fahre ich hin«, sage ich. »Kann ich die Lizzie nehmen?«

Der Duke überlegt kurz, nickt dann. »Sie ist deine Tante.«

Tom steht auf. »Ich komme mit.«

Wieder nickt der Duke. Offenbar denkt er, ich könnte Unterstützung gebrauchen. Ich habe keine Angst, das rede ich mir zumindest ein, aber wenn ich in Tante Fayes Haus marschieren will, um diesem Schläger zu sagen, dass er verschwinden und sich nie wieder blicken lassen soll, muss ich ihm zeigen, dass ich es ernst meine.

»Ich brauche ein Gewehr.«

»Jetzt verlier nicht die Nerven, Sallie«, mahnt der Duke.

»Bloß zur Abschreckung.«

Der Duke wirft mir den Schlüssel für den Waffenschrank neben der Tür zu. »Nimm die Kaliber zwanzig. Aber sieh zu, dass die Dinge nicht aus dem Ruder laufen.«

Draußen klappe ich die Flinte auf, um nachzusehen, ob sie geladen ist. In beiden Läufen steckt eine Patrone.

»Ich fahre«, sage ich zu Tom.
»Du bist viel zu aufgebracht, um zu fahren.«
»Ich dachte, ich klinge ganz ruhig.«
»Ich kenn dich schon so lange, Sallie. Ich merke, ob du ruhig bist oder nur ruhig tust.«
»Fahren wird mich entspannen.«
Ich klettere hinters Steuer, während Tom den Motor der Lizzie ankurbelt, und kurz darauf brausen wir durch das Tal Richtung Hatfield.
Tom hat recht. Ich bin nicht ruhig. Wie soll ich auch ruhig sein, wenn irgendein Mistkerl meine Tante verprügelt? Tante Faye steckt in der Klemme, aber sie hätte es trotzdem besser wissen müssen, als sich auf diesen Mistkerl einzulassen. Und dass der Duke das Ganze mit einem Achselzucken abtut, als wäre ihm Tante Faye völlig gleichgültig, hat mich auch nicht gerade beruhigt.
»Nicht so schnell, Sallie.« Tom legt eine Hand auf meinen Arm, dann sagt er sanfter: »Deiner Tante geht's bald wieder gut. Dafür werden wir schon sorgen.«
»Sie wäre nicht verletzt worden, wenn ich da gewesen wäre.«
»Sallie, ich weiß nicht, ob das stimmt, und du weißt es auch nicht. Aber eines ist sicher: Du hättest nicht in Hatfield bleiben können, als der Duke nach dir geschickt hat. Du musstest zurückkommen. Du hattest keine andere Wahl. Trotzdem wirst du immer für deine Tante da sein. Genau wie jetzt.«
Die Enge in meiner Brust löst sich ein wenig, und ich nehme Gas weg. »Sind alle College-Jungs so klug wie du?« Ich sehe zu Tom hinüber, und er schüttelt schmunzelnd den Kopf, um mir zu signalisieren, dass er nicht auf die Frage eingehen wird. Ich frage mich, ob er Angst verspürt. Er hat

den Krieg erlebt. Hat man dann weniger Angst, wenn es zu einem Kampf kommt? Oder mehr?

Tom ist erst seit zwei Tagen aus Georgetown zurück, und ich habe zum ersten Mal die Gelegenheit, mit ihm zu reden. »Mach, dass ich nicht die ganze Zeit an Tante Faye denken muss, Tom. Erzähl mir, was du auf dem College gelernt hast.«

»Ich habe ein Seminar in Psychologie belegt. Der Professor hat eine ganze Vorlesung lang darüber geredet, dass die meisten Menschen keine Ahnung haben, warum sie tun, was sie tun.«

»Tom Dunbar, bezahlst du etwa gutes Geld dafür, etwas zu lernen, was dir jeder Kartenspieler in der Kaufhalle umsonst erzählt hätte?«

Tom lacht sein träges, unbefangenes Lachen, fährt sich dann mit den Fingern durch das dunkle Haar, streicht es sich aus der Stirn – eine Angewohnheit von ihm, die ich kenne, seit wir Kinder waren.

»Sallie, ich muss dir was sagen.« Er hebt die Hand und schiebt mir eine verirrte Haarsträhne hinters Ohr. »Ich bin verlobt.«

»Verlobt?« Ich bin so geschockt, dass ich fast von der Straße abkomme. »Du willst heiraten?«

»Du hast gesagt, ich soll nicht auf dich warten.« Er sieht mich mit einem schiefen Lächeln an. Ich versuche zurückzulächeln, doch eine jähe Panik erfasst mich.

»Glückwunsch.« Ich hoffe, ich klinge fröhlich. »Das ist eine tolle Neuigkeit. Wie heißt sie?«

»Amy. Amy Gordon. Ihr Vater ist mein Juraprofessor.«

Tom hat ja recht. Ich habe ihm gesagt, er soll nicht auf mich warten. Aber ich hätte nie gedacht, dass er so schnell jemanden findet. Außerdem dachte ich, wenn er eine andere heiratet, würde er sich ein nettes Mädchen aus Claiborne

County suchen, für den Duke arbeiten, und wir würden Freunde bleiben. Ich habe Toms Freundschaft wohl für selbstverständlich gehalten, habe geglaubt, dass er immer hier sein würde, aber wenn er die Tochter seines Professors heiratet und sie in Georgetown bleiben, verliere ich meinen besten Freund, eigentlich meinen einzigen wahren Freund, und bei dem Gedanken wird mir ganz übel. Aber ich darf mir das nicht anmerken lassen. »Wie ist sie so?«

»Erinnert mich an dich, in gewisser Hinsicht.«

»In welcher Hinsicht?«

»Sie weiß, was sie denkt, und hat keine Scheu, es auszusprechen. Aber in anderer Hinsicht unterscheidet sie sich sehr von dir.«

»Meinst du, dass ich sie mögen werde?«

Er blickt einen Moment lang aus dem Fenster. »Ich weiß es nicht.«

Wir kommen in die Berge. Die Äste der Bäume über uns sind so dicht, als würden wir durch einen Blättertunnel fahren. In weniger als einer halben Stunde werden wir in Hatfield sein, und das Engegefühl in meiner Brust kehrt zurück. Ich stelle mir vor, wie dieser Mistkerl durch Tante Fayes offene Tür schlendert, in Tante Fayes kleinem Wohnzimmer sitzt und Whiskey trinkt, wahrscheinlich eine Pistole im Gürtel, und dieses Bild spukt mir immer noch durch den Kopf, als wir vor dem Schild mit der Aufschrift FAYES DAMENSCHNEIDEREI & FRISIERSALON anhalten. Ich hole tief Luft. Meine Hände zittern, nicht aus Angst, sondern vor Kampfgeist, denn ich bin alles andere als ruhig. Ich schnappe mir die Flinte und stoße ohne anzuklopfen die Tür auf.

Stimmen dringen aus dem Schlafzimmer, und dort finde ich sie: Tante Faye und ein großer Mann mit Hängeschultern und stoppeligem Doppelkinn liegen unter der Bettdecke. Tante Faye fährt hoch und hält sich die Decke vor die Brust – ihre Wange ist mit ein paar dunklen Stichen genäht –, dann fängt sie an, sich zu entschuldigen, und sagt, sie und dieser Wayne hätten alles geklärt, er habe sie zwar ganz schön verprügelt, aber es sei doch mehr oder weniger ein Unfall gewesen, und um ehrlich zu sein, sie habe es sich selbst zuzuschreiben, sie habe zu viel geschimpft, er sei eigentlich ein guter Mann, und Wayne nickt mit seinem kantigen Kopf, dann lehnt er sich quer über das Bett und streckt mir seine Pranke entgegen.

Er blickt gekränkt, als ich sie nicht schüttele.

»Normalerweise stehe ich auf, wenn eine Lady reinkommt, aber Sie verstehen bestimmt, warum ich lieber bleibe, wo ich bin«, sagt er. »Faye hat mir alles über Sie erzählt.«

»Tante Faye, du musst diesen Mistkerl rausschmeißen«, sage ich zu ihr, aber sie beteuert erneut, sie hätten die Sache geklärt, und alles sei in bester Ordnung. Ich blicke zwischen den beiden hin und her, Tante Faye lächelt zerknirscht, und Wayne nickt artig.

»Was soll ich jetzt machen, Tante Faye? Erst willst du, dass ich ihn dir vom Leib schaffe, und jetzt willst du, dass ich ihm die Hand schüttele.«

»Situationen ändern sich.«

»Die hier auf jeden Fall.«

»Ich bin auf mich allein gestellt. Ich tue, was ich tun muss.«

»Situationen ändern sich, aber Menschen nicht. Der Mann ist gefährlich.«

»Mach dir keine Sorgen, Sallie.«

Mein Kampfgeist verlässt mich, und plötzlich fühle ich mich leer. Müde. Ich drehe mich um. Tom steht in der offenen Tür. »Ich hab's versucht, Tom.«

Er schüttelt traurig den Kopf. »Du hast getan, was du konntest. Verschwinden wir.«

Ich gehe durch die Haustür und an dem verblassten Schild vorbei, klappe die Flinte auf und nehme die Patronen heraus, dann steige ich ins Auto, während Tom sich bückt, um den Motor anzukurbeln, und dabei halblaut seinem Ärger über Tante Faye Luft macht, vor sich hin murmelt, dass man niemandem helfen kann, der sich nicht selbst helfen will. Der Motor stottert und spuckt, springt aber nicht an, und die Kurbel schnellt zurück. Tom hält sich fluchend das Handgelenk.

Was für ein Desaster. Ich will Tante Faye helfen, und Tom will mir helfen, aber Tante Faye beschließt, bei dem Mistkerl zu bleiben, und Tom wird so wütend, dass er sich das Handgelenk bricht. Im Krankenhaus in Hatfield wurde ihm eine Schiene angelegt, und jetzt sind wir auf dem Rückweg nach Caywood. Der Duke hatte recht, ich hätte mich raushalten sollen.

»Muss wehtun.«

»Höllisch. Warum soll ich dir was vormachen?«

»Es tut mir furchtbar leid, Tom. Ich bin schuld, und ich fühl mich schrecklich.«

»Es war meine Schuld, Sallie. Ich weiß doch, dass ich die Kurbel nicht mit der rechten Hand drehen darf. War einfach abgelenkt. Aber hör mal. Ich hab eine Idee. Ich werde in der nächsten Zeit nicht fahren können, da kannst du doch den Duke bitten, dir meinen Job zu geben.«

»Auf keinen Fall, Tom. Du hast dir meinetwegen das Handgelenk gebrochen. Soll ich da etwa –«

»Wie gesagt, es war nicht deine Schuld. Und irgendwer wird den Job übernehmen. Also mach du ihn.«

»Der Duke würde den Job nie einer Frau geben. Einem Mädchen. Durch die Gegend fahren. Geld kassieren. Das ist Männerarbeit.«

»Genau das denkt er, aber ich weiß, dass du es kannst, und du weißt es auch. Du fährst besser Auto als ich.«

»Besser würde ich nicht unbedingt sagen. Schneller vielleicht.«

Tom lacht. »Außerdem kannst du gut mit Zahlen umgehen. Und mit Menschen. Du kannst eine Katze überreden, vom Baum runterzukommen.«

»Ich kann Eddie nicht einfach im Stich lassen.«

»Du wirst seine Schwester bleiben. Eddie braucht keine Lehrerin, er braucht ein Publikum. Nach allem, was ich höre, ist Kat nur allzu gern bereit, das Zuhören und Applaudieren zu übernehmen. Und das ist völlig in Ordnung. Aber dir liegt das nicht.«

»Erklär das mal dem Duke.«

»Das musst du ihm schon selbst erklären. Versuch's einfach. Mach ihm die Idee schmackhaft. Falls du den Job bekommst, kannst du anfangen, deiner Tante ein bisschen Geld zu schicken, dann braucht sie diesen Wayne vielleicht nicht mehr.«

Tom ist klug. Vielleicht der klügste Mann, den ich kenne. Warum nur musste er sich gleich verloben? »Wie soll ich das anstellen, Tom? Ihm die Idee schmackhaft machen?«

»Du bist eine Kincaid. Mit dem Pfund musst du wuchern. Rede ihm ein, dass du genauso bist wie er, nur eben im Rock. Manchmal bist du das nämlich.«

»Glaubst du das wirklich?«

»Das ist kein Kompliment.«

9

Ich muss den Duke allein erwischen, deshalb folge ich ihm am nächsten Morgen, als er zur Hintertür hinausgeht, auf die Veranda.

Ich werde das schaffen. Habe gestern Abend und heute nach dem Aufstehen vor dem Spiegel geübt. »Lass mich für dich fahren.«

Der Duke schiebt die Hände in die Taschen, und seine Augen blinzeln gereizt, wie immer, wenn jemand ihm mit einer Bitte kommt, die er nicht erfüllen möchte. Er will mich abwimmeln und sich verdrücken, also stelle ich mich zwischen ihn und die Verandastufen.

»Ich bin eine gute Fahrerin.«

»Das hab ich gehört. Aber du hast zu tun. Du musst dich um Eddie kümmern.«

»Das kann Kat besser, als ich es je könnte. Eddie hat sie wirklich ins Herz geschlossen.«

»Autofahren ist nichts für Frauen.«

»Wieso?«

»Das ist harte Arbeit. Männerarbeit.«

»Als ich dir geholfen habe, die da zu bauen« – ich zeige auf die Steinmauer im Garten –, »hast du gesagt, dass ich hart arbeiten kann. Dass ich nach meinem alten Herrn komme.«

Der Duke spitzt die Lippen und spielt mit dem Kleingeld in seiner Tasche. »Wie gut bist du wirklich am Steuer?«

»Gib mir die Gelegenheit, es dir zu zeigen.«

»Du bist ganz schön keck, Frechdachs.«

»Das ist die Kincaid in mir.«

Der Duke unterdrückt ein Schmunzeln. »Ach, was soll's! Wir nehmen die Lizzie.«

Der Wagen steht im Kutschenhaus neben dem Packard. Der Duke steigt auf der Beifahrerseite ein, verschränkt die Arme und sieht zu, wie ich in den Wagen greife und Zündungs- und Gashebel ausrichte, nach vorne gehe, den Choke mit der rechten Hand ziehe und mit der linken kräftig die Kurbel drehe. Der Motor springt hustend an, und ich haste zur Fahrerseite, stelle Zündung und Gas neu ein, klettere hinters Lenkrad, löse die Handbremse und trete das linke Pedal ganz durch, um den ersten Gang einzulegen. Die Lizzie tuckert los. Ich steuere sie gemächlich die Einfahrt hinunter – meinen alten Bollerwagenparcours –, biege dann auf die Crooked Run Road, und als wir die Schotterstraße nach Wrightsville erreichen, lege ich den zweiten Gang ein und gebe Gas, beschleunige auf dreißig, dann auf den geraden Strecken bis auf fünfdreißig Meilen.

Der Duke beobachtet meine Hände, die zwischen Gashebel und Lenkrad wechseln, aber er behält seine Gedanken für sich. Nach zehn Minuten klopft er mit den Fingern aufs Armaturenbrett und sagt: »Okay, ich hab genug gesehen. Dreh um.«

Ich könnte ihm imponieren, indem ich auf die Bremse steige und das Lenkrad herumreiße, aber das könnte zu draufgängerisch wirken, deshalb wende ich lieber rasant in drei Zügen, links in einen Feldweg, im Rückwärtsgang nach rechts, und wieder geradeaus nach Caywood.

»Das war gekonnt«, sagt der Duke. »Du kannst gut lenken und schalten.«

Der Duke ist niemand, der mit Komplimenten um sich wirft, deshalb weiß ich, er meint es ehrlich, doch als ich schon glaube, ihm endlich mit etwas imponiert zu haben, schiebt er nach: »Aber wer für mich fährt, muss noch einiges mehr können.«

»Das schaff ich schon.«

»Glaubst du, der Job macht Spaß? Glaubst du, er ist ein Abenteuer?« Ich blicke geradeaus auf die Straße, aber ich spüre den bohrenden Blick des Duke auf mir. »Du kurvst den ganzen Tag über holprige Landstraßen, frisst Staub, kriegst Schwielen an Händen und Hintern, versuchst, Geld von Mietern zu kassieren, die dir keins geben wollen und nur rumjammern, wie schwer das Leben ist. Willst du das wirklich machen, anstatt zu Hause zu bleiben und einem Dreizehnjährigen Privatunterricht zu geben?«

»Ja. Kat kann besser mit Eddie umgehen, kann ihn besser überzeugen, Dinge anzugehen, indem sie ihm das Gefühl gibt, es wäre seine Idee. Du hast gesagt, ich käme nach dir. Ich will arbeiten, so wie du.«

»Mir schwebt was anderes für dich vor.«

Nicht widersprechen, aber auch nicht einlenken. Den Mittelweg finden. »Ich weiß. Du willst, dass ich heirate und dir einen Haufen Enkel schenke.« Ich biege auf die Main Street und parke im Schatten einer Platane. »Und das werde ich auch, irgendwann. Aber im Moment brauchst du einen Fahrer.«

»Du glaubst wirklich, du willst diesen Job?« Die Augen des Duke werden schmal. »Weißt du was? Ich geb ihn dir. Für eine Woche. Mal sehen, wie du dich machst. Mein Gefühl sagt mir, du wirst auf allen vieren angekrochen kommen und um deinen alten Job betteln. Und aus reiner Herzensgüte werde ich ihn dir zurückgeben. Aber wenn du nach dieser Woche weiter als Fahrerin arbeiten willst, wird Kat Eddies Hauslehrerin, und es gibt kein Zurück. Klar? Komm mir nicht im August mitten in einer Hitzewelle an und bitte darum, deinen kleinen Bruder in einem angenehm kühlen Haus unterrichten zu dürfen.«

»Danke.«

»Bedank dich am Ende der Woche.« Der Duke öffnet die Autotür. »Eins noch. Erwarte nicht, dass du in irgendeiner Weise bevorzugt wirst. Der Colonel hat mich früher auch nicht besser behandelt als andere, und bei dir werden wir es genauso halten. Ich werde dich fair behandeln, aber dich niemandem vorziehen.«

Hauptsächlich treibe ich Mieten ein. Mieten und Schulden. Oder Bezahlung in Naturalien. Und der Duke hatte recht, es ist eine furchtbare Arbeit, anstrengend und staubig, schwitzig und schmierig, undankbar und endlos. Und ich liebe sie. Der Duke hat überall in Claiborne County Mieter, meistens arme Leute, denn wer zur Miete wohnt, kann sich keine eigenen vier Wände leisten. Sie wohnen in schäbigen Häuschen wie das von Tante Faye oder in dunklen, beengten Wohnungen über irgendwelchen Läden oder auf Farmen, die schwer zu bewirtschaften sind, weil das Land so steil ist, dass sie darüber scherzen, sie müssten das Saatgut mit Schrotflinten in die Felder schießen.

Die Mieter mit Jobs im Sägewerk oder in den Lagerhäusern und beim Straßenbau zahlen bar. Manche zahlen mit Kincaids, so nennen wir die Bezugsscheine, die wir in der Kaufhalle ausgeben. Kleine Farmer zahlen mit Mais, Tabak, Schinken, Eiern, Säcken voll Walnüssen oder Kartoffeln, Gläsern mit eingelegten Gurken oder eingemachtem Obst, aber hauptsächlich mit selbst gebranntem Whiskey – und wir machen all das in der Kaufhalle zu Geld.

Die Routen, die ich abfahren muss, habe ich schnell raus, die Mieter einzuschätzen dauert länger. Sie wollen ihre Not verbergen, aber es ist offensichtlich, dass selbst Familien, bei denen Vater und Mutter unter einem Dach leben, noch größere Mühe haben, über die Runden zu kommen, als Tante Faye und ich früher in Hatfield. An meinem dritten Arbeitstag halte ich vor einem gepflegten schmalen Haus, nicht weit vom Finch River entfernt. Die Familie heißt Mead, wie ich dem ledergebundenen Kassenbuch entnehme, das der Duke mir gegeben hat. Drei Dollar und fünfzig Cent an jedem Fünfzehnten des Monats. Wäsche flattert an der Wäscheleine, und eine Frau mit einem quengelnden Baby auf dem Arm öffnet die Tür. Sie sieht nicht viel älter aus als ich, aber ihr Gesicht wirkt müde und verhärmt, und ihr Rücken ist so gebeugt, als hätte sie schon ihr ganzes Leben lang eine schwere Last getragen.

»Hallo. Ich bin Sallie Kincaid.«

»Hab schon von Ihnen gehört«, sagt sie. »Sie sind die Tochter vom Duke und wollen die Miete kassieren. Die Sache ist die, Miss Kincaid, wir sind diesen Monat knapp dran.«

Hinter ihr steht ein Mann im Halbdunkel und starrt zu Boden, als könnte er sich nicht überwinden, mir in die Augen zu sehen. Das muss Mr Mead sein, der sich genauso wenig überwinden kann, mich um Aufschub zu bitten, deshalb tut seine Frau das jetzt.

»Wir sind nicht faul.« In ihrer Stimme liegt ein trotziger Unterton. »Carl arbeitet im Sägewerk an der Säge. Harte Arbeit. Aber das Baby ist krank geworden. Es brauchte Medizin, und wir hatten nichts auf die Seite gelegt, deshalb mussten wir was von dem Geld für die Miete nehmen.«

Womöglich will sie mich auf die Probe stellen, herausfinden, ob ich ein weiches Herz habe, zu leichtgläubig oder nachgiebig bin. Aber das gepflegte Haus und der beschämte Ehemann, die roten Augen der Frau und das offenbar von Koliken gequälte Baby sagen mir, dass sie anständige Leute sind, die gerade eine schlimme Zeit durchmachen. »Ich schreib mir auf, dass ihr einen Monat im Rückstand seid«, sage ich. »Wir finden schon einen Weg. Sagt mir demnächst vorher Bescheid, wenn ihr ein Problem habt, die Miete zusammenzukriegen. Kann ja mal vorkommen. Und dann finden wir eine Lösung. Aber sagt mir unbedingt vorher Bescheid. Der Duke mag keine Überraschungen.« Das Baby stößt einen kläglichen Schrei aus. »Ich schau in ein paar Tagen wieder vorbei. Falls es dem Kleinen dann nicht besser geht, sage ich Dr. Black, er soll mal nach ihm sehen. Ist der beste Arzt im ganzen County.«

Wieder zurück in der Kaufhalle gebe ich dem Duke das Kassenbuch und erkläre ihm, was bei den Meads los war. Er nickt zustimmend. »Du musst erkennen können, wer sich bloß drücken will und wer wirklich in Not ist. Musst wissen, wann du bei den Leuten die Zügel lockern kannst und wann du sie anziehen musst. Ich hab ja gesagt, das wird hart.«

»Und du müsstest mich mit einem dicken fetten Knüppel verprügeln, wenn du mich dazu kriegen willst, dass ich aufgebe.«

Der Duke lacht. »Die Leute scheinen dich zu mögen.«

»Das liegt an der Kincaid in mir.«

»Möglich.« Der Duke verschränkt die Hände hinter dem Kopf, als würde er mich mit ganz neuen Augen sehen.

»Ich muss nicht erst bis Ende der Woche warten, um dir zu sagen, dass ich den Job haben will«, sage ich. »Also, hab ich ihn?«

Er nickt. »Du hast ihn.«

»Eins noch.«

»Was denn?«

»Du bezahlst mich doch, oder? Dasselbe, was du sonst deinem Fahrer zahlst.«

Der Duke überlegt einen Moment und nickt dann erneut.

»Klingt fair. Und ich hab ja gesagt, dass ich dich fair behandeln werde.«

Ich grinse von einem Ohr zum anderen wie ein Kind und muss daran denken, wie es sich anfühlte, die Anerkennung des Duke zu bekommen, damals, als ich ihn vergötterte, damals, als ich sein Frechdachs war. Auch er grinst, als würde er ebenfalls daran denken, wie es sich anfühlte, von seinem Frechdachs vergöttert zu werden.

Am Ende der Woche zahlt Cecil Dunbar allen, die für Kincaid Holdings arbeiten, ihren Lohn aus, und ich stehe mit den Übrigen zusammen in der Warteschlange. Keine Vorzugsbehandlung. Cecil zählt meine fünf Dollar ab – einen Dollar pro Tag für fünf Tage Arbeit. Zurück im Großen Haus stopfe ich zwei Dollar in einen Strumpf und verstecke ihn unter meiner Matratze. Die anderen drei kommen in einen Briefumschlag für Tante Faye. Ich schreibe ihr ein paar Zeilen, dass sie mit dem zusätzlichen Geld Wayne nicht mehr brauchen wird und dass ich ihr noch mehr schicken werde, falls sie ihn rausschmeißt. Aber das kann ich nicht machen, ich kann meiner dreiundvierzigjährigen Tante, die mich großgezogen hat, keine Vorschriften machen. Ich kann lediglich hoffen. Also werfe ich den Zettel weg und schicke ihr das Geld mit lieben Grüßen.

10

In der ersten Septemberwoche setzt eine spätsommerliche Hitzewelle ein. Das Thermometer steigt auf fast vierzig Grad, die Kastanien am Straßenrand sind welk, und die Pappeln werfen gelbe Blätter ab. Die Trockenheit verwandelt die Flüsse in Rinnsale, und bei dem dichten Staub, der auf den Straßen aufgewirbelt wird, kann ich manchmal kaum noch etwas erkennen. Ich will meinen Job nicht aufgeben, aber als ich am Donnerstagabend zur Kaufhalle zurückkehre, fühle ich mich verschwitzt und müde und verdreckt. Der Duke sitzt an seinem Schreibtisch. Er hat das schwarze Jackett ausgezogen, die Krawatte gelockert, und in den Achselhöhlen seines weißen Hemdes sind dunkle Schweißflecke. Ein rotblonder Bursche in einem dieser hellblauen Seersucker-Anzüge sitzt geschniegelt und frisch neben ihm auf Cecils Stuhl.

»Sallie, das ist Seymour Johnson, der Bruder vom Sheriff«, sagt der Duke. »Seymour, das ist meine Tochter.«

Das ist also der Bekannte von Kat, der Mattie und Sheriff Earl gesagt hat, der Duke sollte sie kennenlernen. Er steht auf, groß und schlank. Als er lächelt, blitzen seine weißen Zähne in dem sonnengebräunten Gesicht, und Fältchen bilden sich in den Winkeln seiner hellgrünen Augen.

»Miss Kincaid. Sogar noch hübscher, als mir gesagt wurde.«

»Sie sollten sie mal sehen, wenn sie sich den Dreck von der Straße abgewaschen hat«, sagt der Duke mit einem Grinsen.

Dann nimmt dieser Fremde meine Hand und schüttelt sie, und ich schüttele zurück, aber er macht etwas Merkwürdiges: Während er mit der rechten Hand schüttelt, legt er die linke auf meine Hand und drückt sie sanft, wobei er mir die ganze Zeit tief in die Augen blickt, und ich bin sprachlos. Weiß nicht, was ich sagen soll. Vielleicht liegt es daran, dass ich von der Hitze ganz benommen bin, vielleicht auch daran, dass mich noch nie ein Mann so angesehen oder meine Hand auf diese Art gehalten oder mir gesagt hat, wie hübsch ich bin, jedenfalls stehe ich bloß da und starre ihn an und spüre, wie seine starken Hände meine Hand drücken.

Der Duke räuspert sich, und plötzlich kann ich wieder denken. Mehr oder weniger. »Ich weiß nicht, was Sie gehört haben«, antworte ich diesem Seymour, »und ich glaube, ich will's gar nicht wissen, aber willkommen in Caywood, Mr Johnson.«

Ich entziehe Seymour meine Hand und reiche dem Duke das Kassenbuch. Meistens kontrolliert er die Zahlen sofort, doch diesmal legt er das Buch auf seinen Schreibtisch, ohne einen Blick hineinzuwerfen. »Seymour ist einer von diesen Profi-Baseballspieler, aber er sagt, er hat keine Lust mehr, damit sein Geld zu verdienen. Er würde lieber einen richtigen Job haben. Bei uns.«

»Baseball verändert sich gerade«, sagt Seymour. »Die Fans interessieren sich nicht mehr für raffinierte Spielzüge. Die wollen nur noch Homeruns sehen.«

»Und saubereren Baseball«, sagt der Duke mit einem Schmunzeln.

Seymour zuckt die Achseln. »Deshalb wird's für mich Zeit aufzuhören.«

»Wahrscheinlich.« Der Duke steht auf, wie er das immer tut, wenn er ein Gespräch beenden will.

Seymour nickt. »Ich habe Ihre Zeit lang genug beansprucht, Duke. Aber denken Sie bitte darüber nach, was ich gesagt habe.«

»Das werde ich. Ach ja, Kat hat Sie für morgen Abend zum Dinner eingeladen.«

Seymour salutiert zackig mit zwei Fingern, greift nach meiner Hand und drückt sie erneut, ehe er geschmeidig wie ein Panther den Raum verlässt. Ich beobachte durch das Einwegfenster, wie er sich entfernt, leichtfüßig und schnell.

Er blickt sich kurz um, und ich senke die Augen, weil ich fürchte, dass Seymour mich dabei ertappt hat, wie ich ihm hinterherschaue. Aber natürlich kann er nur den Spiegel sehen.

»Der Junge hat unter zweifelhaften Umständen mit Baseball aufgehört«, sagt der Duke. »Aber es ist nicht schlimm, ein paar Regeln zu brechen. Machen wir hier ja andauernd.«

»Wirst du ihn einstellen?«

»Möglich. Durchaus möglich.« Er zieht eine Zigarre aus seiner Tasche und schneidet sie an. »Er würde einen guten Ehemann abgeben.«

»Du hast es ja ganz schön eilig, mich unter die Haube zu bringen.«

»Du hast Tom gesagt, er soll nicht auf dich warten, und jetzt hat er eine andere. Aber du wirst auch nicht jünger, und es gibt da draußen jede Menge Männer, die Sallie Kincaid für eine richtig gute Partie halten.«

Am nächsten Abend kommt Seymour zusammen mit Mattie und Sheriff Earl zum Dinner. Kat ist vor lauter Vorfreude ganz aus dem Häuschen und sagt Nell, sie soll Seymours Lieblingsgericht kochen, geschmorten Kalbsbraten, und ich frage mich, wie gut sie diesen Baseballspieler eigentlich kennt. Ich frage mich das noch mehr während des Essens, überlege, ob zwischen den beiden mal was war, denn Kat lacht eine Idee zu laut über Seymours Scherze, und immer, wenn er etwas Neckisches sagt, schlägt sie ihm mit ihrer Serviette auf den Kopf, und irgendwann setzt er sein verschmitztes Lächeln auf und sagt, da er den Duke mit seiner entzückenden neuen Frau bekannt gemacht habe, könnte der Duke sich wenigstens erkenntlich zeigen, indem er ihm einen Job gibt.

Der Duke stößt ein kurzes knurrendes Lachen aus, aber ich merke ihm an, dass er das überhaupt nicht lustig findet und so tut, als würde Seymour nur scherzen. Dann fängt Sheriff Earl an, Seymour zu hänseln, indem er behauptet, er habe in Wahrheit mit Baseball aufgehört, weil er gegen seine eigene Mannschaft gewettet hat, und Seymour sagt, natürlich habe er gegen seine eigene Mannschaft gewettet, wenn die keinerlei Gewinnchancen hatte, aber er habe nie ein Spiel manipuliert – und er lacht, als wäre das ein Scherz, und dann revanchiert er sich und hänselt Sheriff Earl damit, dass der ihm als großer Bruder das Werfen beigebracht habe, selbst aber nie gut genug gewesen sei, um Profi zu werden.

Dann fängt Seymour an, über das Leben als Baseballprofi zu sprechen. Wir hören alle zu, aber Eddie, der Baseball so intensiv verfolgt wie ein Schweinefarmer die Preise für Bauchfleisch, ist völlig fasziniert von Seymours Geschichten über Siegesserien und Pechsträhnen, über handfeste Auseinandersetzungen zwischen Spielern und Schlägereien mit den Fans auf der Tribüne, über superschnelle Würfe und Auszeiten und Fehlwürfe und Querschläger und über Seymours Spezialität, eine Unachtsamkeit der gegnerischen Mannschaft auszunutzen, um zur nächsten Base zu rennen.

Die beiden fangen an, über zu hoch oder zu schlecht bewertete Spieler zu fachsimpeln, rasseln dabei Statistiken über Erfolgszahlen von Schlagmännern, Werfern oder Fängern herunter.

Ich taxiere diesen Seymour, und nach einer Weile beuge ich mich unwillkürlich vor, um ihm zu lauschen. Vielleicht hat er es mit den Regeln nicht allzu genau genommen, aber er hat etwas an sich, dem man nur schwer widerstehen kann – und ich habe das Gefühl, er weiß das, ist daran gewöhnt, dass Jungs ihn um ein Autogramm bitten, Männer ihm die Hand schütteln und Frauen ihm schöne Augen machen. Seymour liebt es, im Mittelpunkt zu stehen, liebt es mindestens so sehr wie der Duke, und dann sehe ich zum Duke hinüber. Zu Beginn des Abends hatte er im Mittelpunkt gestanden – er öffnete den Wein, prostete allen zu, erzählte Witze –, aber jetzt ist er schweigsam und missmutig, ein mürrisches Lächeln im Gesicht, während er diesem ehemaligen Baseballspieler zuhört, der seinen Sohn und seine neue Frau und seine Tochter betört, diesem Schnösel, der ihn an seinem eigenen Tisch zur Randfigur macht.

Gestern im Büro war Seymour ganz geschickt darin, die Signale des Duke zu deuten, aber heute Abend scheint er dessen veränderte Stimmung nicht zu bemerken, und seit der Duke schweigt, redet Seymour umso mehr, lacht lauter, gestikuliert ausladender.

»Wenn du die Chance siehst, zur nächsten Base zu laufen, musst du sekundenschnell reagieren, denn sonst ist sie vertan«, erklärt er Eddie und schnippt mit den Fingern. Er greift nach der Flasche mit dem teuren, ausländischen Wein – obwohl doch der Duke immer Wein nachschenkt – und füllt sein Glas erneut. »Du musst die Gelegenheit beim Schopfe packen, du kannst nicht lange drüber nachdenken. Du musst einfach losrennen.«

»Dieses klammheimliche Erobern einer Base ist ein billiger Trick«, sagt der Duke.

»Nichts für ungut, Duke«, sagt Seymour, während er Kats Weinglas auffüllt. »Ich bin hier der Baseballprofi, und wenn man auf die Art zur nächsten Base kommt, bietet sich manchmal die Möglichkeit zu punkten, und in einem engen Spiel kann das den Unterschied zwischen Sieg oder Niederlage ausmachen.«

»Es ist reine Angeberei«, sagt der Duke. »Die meiste Zeit werden Spieler sowieso abgeworfen, wenn sie's versuchen.«

Kat blickt nervös zwischen dem Duke und Seymour hin und her, aber Seymour hört nicht auf. »Bloß weil du abgeworfen wirst, heißt das noch lange nicht, dass der Versuch falsch war«, sagt er. »Wenn du nur losrennst, wenn es eine todsichere Angelegenheit ist, bringst du es nicht weit.«

Der Duke hat gern bei jeder Diskussion das letzte Wort, aber ehe er etwas erwidern kann, wendet Seymour sich Eddie zu. »Ich weiß, worin du richtig gut wärst, Junge, und was du bei deinem Verständnis von Statistiken ernsthaft in Erwägung ziehen solltest, nämlich eine Baseballmannschaft managen oder sogar irgendwann eine besitzen. Menschenskind, vielleicht solltet ihr Kincaids in diese Richtung gehen, eure eigene Baseballmannschaft gründen.«

»Ich werde auf keinen Fall einen Haufen erwachsene Männer dafür bezahlen, dass sie in kurzen Hosen rumlaufen«, sagt der Duke. »Und mein Sohn wird ins Familienunternehmen einsteigen. Danach in die Politik.«

Schweigen senkt sich über den Tisch. Seymour schaut sich um, scheint endlich zu begreifen, dass er zu weit gegangen ist.

»Ich hab eine Idee«, meldet Kat sich zu Wort. »Wir machen am Samstag ein Picknick. Am See. Um uns von der Hitze zu erholen. Jungen und Mädchen, Männer und Frauen, alle zusammen. Das wird in diesem Sommer die letzte Gelegenheit sein, schwimmen zu gehen.

11

Der Packard hält neben dem Steg auf der felsigen Landzunge, die in den Finch Lake ragt. Der See ist lang und schmal, und die Berghänge auf beiden Seiten – zu steil für Ackerbau oder Holzeinschlag – sind dicht mit dunkelgrünen Bäumen bewachsen. Auch das Wasser ist dunkelgrün, so dunkel, dass es fast schwarz wirkt, und am anderen Ende des Sees schwingt sich eine stählerne Eisenbahnbrücke über das Wasser. Ihre gebogenen schwarzen Stützen sehen aus dieser Entfernung zart aus, nahezu filigran.

Ich steige aus und schirme die Augen gegen die Vormittagssonne ab. Kat hat eine ziemlich große Gruppe für unser Picknick zusammengetrommelt. Alle aus dem Großen Haus plus Mattie und Sheriff Earl, meine Cousine Ellen mit zwei Freundinnen, außerdem Seymour sowie George und Casey Bailey, die beiden jungen Deputys, die Earl wie seine eigenen Söhne behandelt.

Unter meiner Straßenkleidung trage ich lediglich meinen Badeanzug aus Strickjersey, und als ich das Kleid abstreife, komme ich mir vor wie ein gerupftes Huhn. Noch nie habe ich vor so vielen Menschen so viel nackte Haut gezeigt. Wir Kincaids sind Landratten, keine Wasserratten, und Schwimmen heißt für uns, als Kinder in kleinen Flüssen und Froschtümpeln zu planschen. Aber Anfang des Sommers hat Kat für mich diesen Badeanzug bestellt, und ich war ein paarmal mit ihr und ein paar anderen Frauen schwimmen. Sie hat auch für Eddie und den Duke Badeanzüge besorgt, und die tragen sie nun zum ersten Mal. Ich schaue zu, wie die anderen ihre Kleidung ablegen – die Hände und Gesichter der meisten Männer sind walnussbraun, aber ihre Arme und

Beine sind blass –, und sie tun so, als wäre alles ganz normal. Dabei kann sich keiner erinnern, dass Männer und Frauen in Claiborne County je zusammen schwimmen waren, und deshalb sind alle in aufgekratzter Stimmung.

Als Letzter kommt Seymour in einem schicken Saxon Roadster mit schwarzer Motorhaube und gelben Türen angefahren. Unter seiner Straßenkleidung trägt er einen ärmellosen schwarzen Badeanzug, der seine sehnigen Schultern und die langen, muskulösen Beine betont, die mit dichten rotblonden Haaren bedeckt sind. Ich kann die Augen nicht abwenden.

Seymour trabt locker auf den Steg, und als er das Ende erreicht und die Arme hebt, erhasche ich einen Blick auf die rotblonden Haarbüschel in seinen Achselhöhlen. Ich versuche wegzuschauen, doch es gelingt mir nicht, und alle anderen gucken auch hin. Seymour hüpft zweimal, macht am Rand des Stegs einen Handstand und stößt sich ab, um nach einem Überschlag in der Luft platschend im Wasser zu landen. Er taucht wieder auf, geht in Rückenlage und schwimmt dann mit wedelnden Beinen und kreisenden Armen in Richtung gegenüberliegendes Ufer.

Sheriff Earls Deputys stürmen johlend über den Steg und springen ins Wasser. Der magere kleine Eddie tut es ihnen gleich, und auch der Duke, dessen Bauch im Badeanzug wabbelt, springt hinterher.

Ich renne bis zum Ende des Stegs, dass meine nackten Füße laut auf den Holzbrettern klatschen, und springe aus vollem Lauf in den See, wie die Männer es gemacht haben. Das Wasser ist erfrischend kühl, aber nicht kalt, und als ich wieder auftauche, schüttele ich meine nassen Haare, und George Bailey bekommt die Tropfen ins Gesicht. Er lacht und rächt sich, indem er mich bespritzt.

Wir sehen zu, wie die anderen Frauen langsam die Holzleiter herunterklettern und dann vorsichtig in den See eintauchen. Kat gleitet durchs Wasser, ihre Arme bewegen sich geschmeidig und langsam wie Reiherflügel, während die anderen Frauen ungelenk im Kreis paddeln, die Köpfe gereckt, damit ihr Haar möglichst nicht nass wird, aber alle sind ausgelassen und übermütig, und es wird viel herumgealbert und gekichert und gekreischt.

Nachdem wir uns etwa eine Stunde im Wasser getummelt haben, strecken sich die Männer auf den Felsen aus und sonnen sich, während die Frauen große Hüte zum Schutz gegen die Sonne aufsetzen und dann Picknickdecken ausbreiten, auf denen sie Brathähnchen, Maisbrot, grüne Bohnen, Holundertorte und natürlich süßen Eistee verteilen.

Ich setze mich in meinem tropfnassen, schweren Badeanzug neben den Duke auf eine rot-weiß karierte Decke. Seymour holt einen Ball und zwei Baseballhandschuhe aus seinem Roadster, ruft dann Eddie zu sich und erklärt ihm, welche Griffe er für welche Wurftechnik verwendet – mal hält er den Ball mit den Fingerspitzen, mal drückt er die Finger auf die Nähte des Balls, mal reibt er Spucke ins Leder. Nach einer Weile, als schon alle zuschauen, fängt Seymour an, Eddie die richtige Wurfhaltung zu zeigen, dass man seitlich stehen muss, mit der Schulter zum Schlagmal, wie man das linke Knie vor dem Wurf anhebt, den linken Fuß aufsetzt, den Ball schleudert und das rechte Bein danach herumschwingt. Seymour macht ein paar Probewürfe mit Casey Bailey als Fänger, dann gibt er Eddie den Ball. »Probier's mal«, sagt er.

Eddie studiert den Ball in seiner Hand, dann – ich fass es nicht! – nimmt er die Wurfhaltung ein. Seymour korrigiert Eddies Schultern und dreht den Ball in seiner Hand ein bisschen, und dann holt Eddie aus und wirft. Und gar nicht mal so schlecht. Der Ball klatscht in Caseys Handschuh.

»Hier, Kumpel«, sagt er zu Eddie und wirft ihm den Ball zurück. »Versuch's noch mal.«

Kat bringt dem Duke einen Teller mit Hähnchen und Bohnen und ein Glas Eistee, und wir schauen zu, wie Eddie erneut wirft. Diesmal landet der Ball genau in Caseys Handschuh, ein bisschen tief, aber schon wieder gar nicht schlecht.

»Dein Sohn hat Seymour richtig ins Herz geschlossen«, sagt Kat. »Du könntest ihn als Eddies Trainer einstellen, damit er den Jungen körperlich in Form bringt. Du sagst doch immer, dass er das braucht. Ich könnte vormittags mit ihm an seinen Lektionen arbeiten, und nachmittags könnte Seymour übernehmen.«

Es stimmt, der Duke sagt das andauernd, aber jetzt ringt er sich bloß ein säuerliches Lächeln ab, wie neulich beim Dinner, als Seymour den ganzen Tisch unterhalten hat. »Ich könnte so einiges tun«, sagt er.

Er stellt seinen Teller mit Hähnchen auf der Decke ab, steht auf, stemmt die Hände in die Hüften und blickt über den See zu der Brücke hinüber. »Einen Ball schmeißen können heißt noch gar nichts«, sagt er in die Runde. »Als ich ein kleiner Junge war, sind wir von der Brücke da gesprungen. Wer kommt mit?«

»Hank, lieber nicht«, sagt Kat.

»Hab das gemacht, seit ich acht war.«

»Ich halte das für keine gute Idee.« Kat schaut sich um. »Findet ihr nicht auch, dass das keine gute Idee ist?«

»Willst du jetzt eine Abstimmung machen?« Der Duke sieht sie kopfschüttelnd an. »Okay, stimmen wir ab. Ich bin dafür, dass wir's machen. Also machen wir's. Wer kommt mit?«

»Ich bin dabei«, sagt Seymour. Sheriff Earl und die Deputys nicken.

»Sonst noch wer?« Der Duke sieht uns an.

Der Sprung von der Eisenbahnbrücke ist für die Jungs in Claiborne County die klassische Mutprobe. Ich selbst habe das nie gemacht, bin nicht mal da raufgeklettert. Ist Springen mutig? Oder völlig tollkühn? Beides natürlich. Und natürlich mache ich mit. Vielleicht kann ich den Duke so dazu bringen, mich einmal mehr mit anderen Augen zu sehen. »Ich auch.«

Der Duke nickt. »Eddie?«

»Bitte nicht, Hank, er ist doch noch ein Kind«, fleht Kat.

»Stimmt das?«, will der Duke von Eddie wissen. »Bist du noch ein Kind?«

Eddie zögert. Er sieht Kat an, die den Kopf schüttelt, dann Seymour, der ihm zuzwinkert und unmerklich nickt.

»Ich komm mit«, sagt Eddie.

»Das wäre geklärt«, sagt der Duke.

Kat hat recht. Eddie sollte das nicht tun. Er sieht entschlossen aus, aber auch ängstlich, wie damals, als er als Dreijähriger in den Bollerwagen stieg. Das war meine Schuld, und vielleicht bin ich auch diesmal schuld. Wie hätte Eddie sich weigern können, nachdem seine Schwester erklärt hat mitzumachen? Vielleicht sollte ich sagen, dass ich es mir anders überlegt habe, dass es mir doch zu riskant ist, aber Eddie wird jetzt keinen Rückzieher mehr machen. Falls ihm was passiert, werde ich mir das nie verzeihen.

Trotzdem folge ich dem Duke am See entlang. Wir alle, mit nassen Haaren und nackten Füßen. Die heiße, drückende Luft riecht nach dem Wasser des Sees und ist erfüllt vom Zirpen der Zikaden. Vor uns hüpfen erschreckte Frösche in Sicherheit, als wir uns nähern, und überall um uns herum schwirren und schillern spatzengroße Libellen im hohen Gras. Wir suchen uns unseren Weg über Felsbrocken, springen manchmal von Stein zu Stein, waten durch warmes, schlammiges Flachwasser, halten nach Schlangen Ausschau und erreichen schließlich den Fuß des Berges unterhalb der Brücke.

»Ich wette, ich bin als Erster oben!«, ruft Seymour und klettert eilig den Hang hoch. Der ist steil und dicht bewachsen mit Zwergeichen, dünnen Pappeln, Gleditschien, blutroten Essigbäumen, Dornengestrüpp und wildem Wein, und es gibt keinen erkennbaren Pfad, also folgen wir Seymour, krabbeln hinauf, suchen Halt an Ranken und Ästen, hieven uns über Felsvorsprünge, treten Steine los.

Wir erreichen das Bahngleis und setzen uns auf die Schienen. Ich bin nass geschwitzt und außer Atem, verdreckt und mit Dornen übersät, meine Knie sind blutig, Hände und Füße aufgeschürft. Eddie sitzt zwischen Seymour und dem Duke. Auch er ist verschwitzt und außer Atem, aber für jemanden, der die freie Natur hasst, hält er sich ganz gut. Ich schaue mir das Bahngleis genauer an. Es kommt aus dem Tunnel in dem Berg vor uns, verläuft über die Brücke und verschwindet dann in einem Tunnel in dem Berg hinter uns. Der Stahl schimmert silbern in der Mittagssonne, so hell, dass es fast in den Augen wehtut, aber die Befestigungsschrauben der Schienen sind mattschwarz, und die Holzschwellen unter ihnen riechen nach Teer.

Nach ein paar Minuten steht der Duke auf, gähnt und reckt sich. »Wir müssen bis in die Mitte gehen«, sagt er, »wo das Wasser am tiefsten ist.«

Wir folgen ihm schweigend hinaus auf die Brücke. Alle bewegen sich mit Bedacht und Vorsicht, und Eddie hält die Arme seitlich ausgestreckt wie ein Seiltänzer. Rechts und links von uns ist nur die reglose Luft, und zwischen den Schwellen sind bloß Lücken und der Blick auf den glatten, schwarzen See tief, tief unter uns. Wenn ich nach unten schaue, wird mir schwindelig, aber ich muss es tun, um zu entscheiden, ob ich kurze verkrampfte Schritte von Schwelle zu Schwelle machen soll oder ungelenk große, indem ich nur auf jede zweite trete. Ich entscheide mich für die kurzen bedächtigen Schritte, denn hier oben musst du auf alles ganz genau achten, du kannst dir keine Unachtsamkeit erlauben, und jeder kurze Schritt fühlt sich an wie ein kleiner Triumph.

Schließlich erreichen wir die Mitte der Brücke und stellen uns entlang der Schienen auf. Die kleinen Vierecke der Picknickdecken sehen aus wie Briefmarken, und Kat und die anderen Frauen sind winzige Figuren, die auf dem Steg stehen, die Augen mit den Händen gegen die Sonne abschirmen und uns beobachten.

Niemand hat es besonders eilig zu springen. Seymour albert herum, rudert mit den Armen, als würde er das Gleichgewicht verlieren, und der Duke tut so, als würde er ihn schubsen, und dann werfen beide den Kopf in den Nacken und lachen, har-har-har, als wäre das alles einfach zum Brüllen.

In dem Moment höre ich das Rumpeln des Zugs.

Es kommt aus dem hinteren Tunnel. Das Rumpeln wird lauter, und die Schienen erzittern. Das weiße Scheinwerferlicht der Lokomotive taucht im Innern des dunklen Tunnels auf. Der Lokführer muss uns gesehen haben, denn die Zugpfeife ertönt laut und eindringlich.

»Jetzt wird's Zeit!«, ruft Seymour. »Denkt nicht nach. Springt!«

Sheriff Earl springt und gleich darauf die Deputys.

Sie fallen durch die Luft unter uns, werden kleiner und verschwinden in kleinen weißen Wasserfontänen auf der schwarzen Oberfläche des Sees.

Jetzt sind nur noch Seymour, der Duke, Eddie und ich auf der Brücke, und der Zug kommt näher, wird lauter, die Lok dröhnt, die Pfeife gellt, die Stahlräder kreischen, und weiße Funken sprühen von den Schienen. Er wird unmöglich rechtzeitig zum Stehen kommen.

»Eddie, spring!«, schreit der Duke.

Eddie starrt nach unten in den See.

»Dann du, Sallie!«, ruft Seymour. »Verschränk die Arme und kreuz die Füße.« Er schlingt die Arme um seine Schultern, um es mir zu zeigen. »Denk nicht nach. Spring!«

Ich tu's. Ich springe hoch und nach vorn. Es fühlt sich an, als würde ich einen Moment lang wie schwerelos in der Luft hängen, dann falle ich. Alles verlangsamt sich, und ich scheine ewig durch diesen großen leeren Raum zu stürzen – die Luft reißt mein Haar nach oben, zerrt an meinem Badeanzug, die schwarze Oberfläche des Sees rast auf mich zu –, und ich habe Zeit zu denken, also tue ich, was Seymour gesagt hat, verschränke die Arme vor der Brust und kreuze die Füße.

Ich pralle aufs Wasser. Hart. Ein jäher Schmerz. Ich schieße hinein, tauche in die Tiefe. Das Wasser ist hier kälter, und ich werde noch tiefer nach unten gezogen. Hier ist es regelrecht eisig, und ich werde langsamer, bis ich schließlich zum Stillstand komme. Ich öffne die Augen. Nichts. Alles ist tintenschwarz. Allmählich treibe ich aufwärts, aber ich weiß nicht, ob ich so lange die Luft anhalten kann, deshalb versuche ich, schneller nach oben zu strampeln, und das Wasser wird wärmer, und das Schwarz ist jetzt ein trübes Grau, aber meine Lunge schmerzt und ist kurz davor zu platzen – ich weiß nicht, ob ich es schaffen werde –, also strampele ich weiter, bis ich durch die Wasseroberfläche ins Sonnenlicht stoße, keuchend, würgend, nach Luft ringend.

Ich blicke gen Himmel, zu der grellen, grellen Sonne hinauf, und zur Brücke, und da sehe ich, wie die dampfende Lokomotive mit schrillem Pfeifen aus dem Tunnel gerast kommt – der Lokführer lehnt aus dem Fester und winkt hektisch. Seymour packt Eddie an der Hand. Sie sind winzig. Sie springen. Sie fallen zusammen durch die Luft, dann lässt Seymour Eddies Hand los, und sie entfernen sich voneinander und werden größer, bis sie ihre volle Größe haben und Gischt spritzend ins Wasser schießen.

Als Letzter springt der Duke. Anfangs fällt er langsam, doch dann spreizt er Arme und Beine, und ich frage mich, was er da macht und warum, denn er kippt nach hinten und rudert dann mit Armen und Beinen, als wollte er fliegen, gerät dadurch jedoch mit den Füßen weiter nach oben und mit dem Kopf nach unten. Irgendwas stimmt nicht. Er ist jetzt fast flach rücklings ausgestreckt und schon ganz nah, und alles geht so schnell, dass es vor meinen Augen verschwimmt, und ich schreie, aber ich kann meine eigene Stimme nicht hören, denn in dem Moment donnert die Lok über uns hinweg, und der Duke schlägt aufs Wasser auf, und es explodiert in einer gewaltigen, heftigen Fontäne.

Der Zug verschwindet im Tunnel, und außer den rumpelnden Waggons ist alles still, und ich starre auf die Stelle, wo der Duke untergegangen ist, und er kommt wieder hoch, treibt aber bloß auf der Stelle, reglos.

TEIL II

12

Cecil Dunbar sitzt am Kopfende des Nussbaumtisches, sieht das Testament des Duke durch und klopft dabei mit seinem Füllfederhalter auf die Tischplatte. Der Klang hallt durchs Esszimmer, in dem wir uns alle versammelt haben, und das Haus fühlt sich jetzt so leer und still an, dass das Klopfen laut wirkt, zu laut, fast ohrenbetäubend.

Eddie sitzt mit gesenktem Kopf neben Cecil. Er hat in den letzten vier Tagen kaum ein Wort gesprochen. Ich habe dem Duke geschworen, Eddie zu beschützen, und er sieht wirklich schutzbedürftig aus, aber wie schützt man einen Menschen vor Trauer? Beim kleinsten Geräusch schreckt er hoch, und wenn er durchs Haus irrt, wirkt er zerbrechlich wie ein Libellenflügel. Seine Haut ist so wächsern und dünn, dass man die blauen Adern in Händen und Schläfen pochen sieht. Manche suchen in ihrer Trauer Trost bei anderen, aber Eddie ist jemand, der sich in die dunklen Winkel seiner Seele verkriecht, und ich habe ihn noch nicht weinen sehen.

Kat dagegen weint ununterbrochen. Eddie hat wenigstens uns Kincaids, an die er sich halten kann, aber Kat ist umgeben von Menschen, die sie kaum kennt, mit Ausnahme ihres Freundes Seymour. Ansonsten ist sie ganz allein, dabei ist sie die Art von Frau, die sich nach dem Trost anderer sehnt. Während der Totenwache nickte sie dankbar jedem zu, der ihr welchen spendete, selbst Fremden, die ein paar verlegene Beileidsworte murmelten.

Wie Eddie habe auch ich nicht geweint. Das erstaunt mich. Während meiner Zeit in Hatfield kreisten meine Gedanken ständig um den Duke, und ich durchlebte jeden Moment des Tages, an dem er mich fortschickte, stellte mir vor, was ich alles anders machen würde, wenn ich die Chance dazu bekäme, und ich machte Pläne, wie ich dem Duke, sollte er mich je wieder in sein Leben lassen, beweisen würde, dass ich nicht die Enttäuschung war, für die er mich hielt. In den letzten Wochen hatte ich das Gefühl, dass ich kurz davor war, genau das zu erreichen, ihn dazu zu bringen, mich mit anderen Augen zu sehen, ihn vielleicht sogar für mich einzunehmen, vielleicht sogar eines Tages mit ihm über Mama sprechen zu können.

Jetzt wird es niemals dazu kommen. Jetzt werde ich immer mit einem Gefühl der verpassten Chancen und versäumten Gelegenheiten leben müssen. Das tut weh, aber es ist nicht die Art von Schmerz, die Tränen fließen lässt.

»Fangen wir an«, sagt Mattie. Sie und Sheriff Earl sitzen am anderen Tischende mit meiner Halbschwester Mary, die den weiten Weg aus Mercer County gekommen ist, wo die Familie ihrer Mama lebt. Sie ist die Tochter von Belle, der ersten Frau des Duke, und ich bin ihr nur ein Mal begegnet, als sie kurz nach Eddies Geburt das Große Hause besuchte. Ich war fünf, und sie war fünfzehn. Damals fand ich sie alt, dabei war sie jünger als ich jetzt. Wie ich von Tante Faye weiß, hat Mary dem Duke niemals verziehen, dass er sich von ihrer Mutter scheiden ließ. Ihre Miene ist hart und verschlossen, ihr dunkles, zu einem Zopf geflochtenes Haar hochgesteckt, und über ihrem Herzen prangt eine Trauerbrosche mit dunklen Haaren darin, die vermutlich von ihrer verstorbenen Mama stammen.

Cecil hört auf, mit seinem Füllfederhalter zu klopfen, und

streicht sich mit einer Hand über das schüttere, silbergraue Haar, das er glatt zurückgekämmt trägt. Cecil, der Berater des Duke, der einzige Mann, dem er vertraut hat, will uns dazu bringen, nach vorne zu schauen, uns, für die eine Welt ohne den Duke als Mittelpunkt unvorstellbar war.

»Wie ihr wisst«, sagt er, »war der Duke in Bezug auf wichtige Dokumente äußerst gewissenhaft. Im letzten Jahr hat er sein Testament zweimal geändert«, fährt Cecil fort, »einmal nach Janes Tod und ein weiteres Mal, nachdem er Kat geheiratet hatte.« Dann schiebt Cecil seine Brille höher auf die lange dünne Nase und fängt an zu lesen: »Ich, Henry Edward Kincaid, verfüge im Vollbesitz meiner geistigen und körperlichen Kräfte …«

Cecil fährt in Juristensprache fort, erklärt uns, was wir bereits wissen, dass es nämlich die seit Generationen gepflegte Familientradition der Kincaids ist – eine Tradition, die für ein gerüttelt Maß an Neid und Zorn gesorgt hat –, dem ältesten Sohn alles zu vererben. Nur wenn es keinen Sohn gibt, erbt die älteste Tochter. Wenn du's zerstückelst und verteilst, sagte der Duke oft, ist nach ein paar Generationen alles weg. Also fallen das Große Haus, die Kaufhalle, der Grundbesitz, die Holding und die Wertanlagen allesamt an Eddie.

Cecil blättert um und liest weiter. »Meine Töchter, Mary Kincaid und Sallie Kincaid, erhalten jeweils zweitausendfünfhundert Dollar Mitgift, falls und wenn sie heiraten.«

Das sieht dem Duke mal wieder ähnlich. Selbst aus dem Jenseits versucht er noch, mich dazu zu bringen, mir einen Ehemann zu suchen.

»Meine Gattin«, liest Cecil vor, »Katherine Howard Kincaid, erhält fünfhundert Dollar.«

»Aber wo soll ich leben?« Kats Stimme klingt heiser und verwirrt.

Cecil hebt einen Finger. »Dazu kommen wir noch.« Er liest weiter. »Im Falle meines Todes wird meine Gattin, die Einwilligung meines Erben vorausgesetzt, weiter im Großen Haus, Crooked Run Road 9236, wohnen. Dennoch verbleibt das Große Haus im Besitz meiner jeweiligen, der Erbfolge entsprechenden Erben.«

»Also«, sagt Mattie und zieht das Wort in die Länge, um zu signalisieren, was sie von den Regelungen hält. »Die Frau, die meinen kleinen Bruder vor weniger als zehn Wochen geheiratet hat, wird in dem Haus wohnen, in dem ich geboren wurde und aufgewachsen bin?«

»Die Einwilligung des Erben vorausgesetzt«, erwidert Cecil.

»Und was ist mit dem Erben?«, fragt Mattie.

»Er ist minderjährig, sagt Sheriff Earl. »Wer soll sich um ihn kümmern?«

Cecil rückt seine Brille gerade. »Darauf geht das Testament nicht ein.«

Das ist eigenartig, schließlich war Eddies Zukunft dem Duke sehr wichtig. Er wird seine Gründe gehabt haben, und ich überlege, ob ich fragen soll, welche das sind, als Kat aus ihrer Lethargie erwacht.

»Eddie bleibt selbstverständlich hier bei mir«, sagt sie. »Ich bin seine Stiefmutter. Ich habe ihn unterrichtet und für ihn gesorgt. Außerdem ist seine Schwester Sallie hier. Eddie gehört hierher. Zu mir.«

»Du bist nicht mal blutsverwandt«, entgegnet Mattie.

»Genau«, sagt Sheriff Earl. »Eddie sollte bei uns wohnen.«

»Oder wir sollten hier einziehen und auf ihn aufpassen«, erklärt Mattie. »Ich bin immerhin die große Schwester des Duke.«

»Es wird das Beste sein, wenn Eddie zu mir kommt«, wirft Mary ein. »Ich bin das älteste Kind des Duke, und Mercer

County ist ein gottesfürchtiger Ort. Offen gestanden, Claiborne County ist zu unmoralisch für einen Jungen wie ihn.«

Das bringt mich wirklich in Rage. Eddie leidet gerade aus vielerlei Gründen, aber der Umstand, dass sein Zuhause angeblich in einem unmoralischen County liegt, gehört nicht dazu, und ich kann nicht länger den Mund halten. »Vielleicht sollten wir Eddie selbst fragen. Er ist ein kluger Junge.« Ich sehe ihn an. »Eddie was willst du?«

Er starrt noch immer auf die Tischplatte, das Gesicht verborgen, und wieder breitet sich diese hohle Stille im Raum aus. Endlich sagt er, ohne aufzublicken: »Ich will, dass alles so bleibt, wie es ist. Ich will mit dir und Kat im Großen Haus wohnen.«

»Nun gut.« Cecil klopft wieder mit seinem Füllfederhalter auf den Tisch. »Als Erbe ist es dein Recht, das zu entscheiden. Du bist noch minderjährig, aber doch alt genug, dass deine Wünsche berücksichtigt werden sollten.« Er sieht Mattie an. »Eddie bleibt bei seiner Stiefmutter Katherine Howard Kincaid und seiner Schwester Sallie Kincaid im Großen Haus.«

Cecil schiebt das Testament in seine Aktentasche, dann blickt er in die Runde und nickt. Alle stehen auf, und Stühle schrammen geräuschvoll über den Boden. Die anderen gehen hinaus, aber ich war seit dem tödlichen Unfall des Duke nicht mehr mit Cecil allein, deshalb bleibe ich noch, um mit ihm reden.

Cecil war nie ein robuster oder kräftiger Mann, aber jetzt sieht er eingefallen, verloren aus, mit grauer Haut und einem leichten Zittern in den Händen. Seit der Duke das Kommando übernommen hatte, war Cecil an seiner Seite, und ich muss an den Löwenbändiger in diesem Zirkus denken, der jedes Jahr nach Caywood kam. Er war schmächtig, wie Cecil, aber er konnte das wilde Tier dazu bringen, sich auf den Rücken zu rollen und zu schnurren. Doch irgendwann starb der Löwe. Der Dompteur blieb beim Zirkus, als Kartenabreißer, aber er sah aus wie ein Geist, und mir wurde klar, dass der Mann den Löwen zwar gezähmt hatte, aber der Löwe dem Mann sein Herz gegeben hatte. Vielleicht ist das auch bei Cecil so.

»Cecil, du kümmerst dich die ganze Zeit um uns, aber auch dich hat sein Tod schwer getroffen.«

Er starrt ins Leere. »Mir fallen ständig irgendwelche Dinge ein, die ich ihm sagen muss, die er erledigen muss – wir erledigen müssen.«

»Wer wird denn jetzt die Leitung von Kincaid Holdings übernehmen?«

»Sheriff Earl ist der Schwager des Duke. Bis zu Eddies Volljährigkeit gibt es eigentlich sonst niemanden. Mattie wird ihm zur Seite stehen.«

»Wenn der Duke doch in solchen Dingen so gewissenhaft war, warum hat er dann keinen Vormund für Eddie benannt?«

»Er hat zwar kürzlich sein Testament geändert, aber in Wahrheit hat er nicht damit gerechnet, so bald zu sterben. Und du weißt ja, wie der Duke war, er hat Leute gern gegeneinander ausgespielt – Gleichgewicht der Kräfte nannte er das. Mattie und Sheriff Earl werden schon die Leitung der Geschäfte übernehmen, und er wollte nicht, dass seine Schwester auf dumme Gedanken kommt oder versucht, irgendwelche Pläne umzusetzen, die sie immer schon hatte. Aber er wollte auch nicht, dass Kat auf dumme Gedanken kommt.«

Wir gesellen uns zu den anderen auf der vorderen Veranda. Ich bin überrascht, dass auch Seymour Johnson dort steht. Er tippt an seinen Hut, als Mary an ihm vorbeigeht. Eddie und ich beobachten unsere Schwester auf dem Weg zu ihrem Studebaker. Sie ist untersetzt und schwerfällig. Als sie sich umdreht, winke ich, und sie nickt uns zu, ihr Blick noch immer hart und verschlossen.

»Sie hat's furchtbar eilig wegzukommen«, sagt Eddie zu mir.

»Ich hatte gehofft, sie würde über Nacht bleiben«, sage ich. »Dann hätten wir drei vielleicht Gelegenheit gehabt, uns nach so vielen Jahren ein bisschen kennenzulernen.«

Kat legt eine Hand auf Eddies Arm. »Ich brauch frische Luft, Herzchen. Lust auf einen Spaziergang?«

»Was dagegen, wenn ich mitkomme?«, fragt Seymour, und die drei gehen die Stufen hinunter. Fast hätte ich mich ihnen angeschlossen – ich könnte selbst ein bisschen frische Luft gebrauchen –, aber ich kann mich gerade noch bremsen. Ich bin nicht eingeladen worden.

»Dein Bruder umkreist diese Frau wie ein Aasgeier«, sagt Mattie zu Sheriff Earl in dem lauten Flüsterton, den sie immer benutzt, wenn sie will, dass andere Leute sie hören. Aber sie sagt die Wahrheit.

Auf der Beerdigung war Seymour Johnson geradezu galant zu Kat. Er half ihr aus dem Packard und auf ihren Stuhl, und als sie schluchzend am Grab zusammenbrach, war es Seymour, der ihr ein Taschentuch reichte.

»Und sie wird Eddie nicht loslassen, oder?«, fragt Sheriff Earl.

»Die Frau mag ja vorläufig im Großen Haus wohnen«, sagt Mattie zu Cecil, »aber nichts darin gehört ihr. Deshalb werde ich den Familienschmuck an mich nehmen – zur sicheren Aufbewahrung. Wir wollen doch nicht, dass irgendwer auf die Idee kommt, ihn zu verscherbeln.«

»Könnte ratsam sein«, sagt Cecil.

»Kat Howard gehört nicht zur Familie«, sagt Mattie an mich gewandt. »Irgendwer muss auf unsere Erbstücke aufpassen.«

Ich schaue Mattie nach, die ins Haus verschwindet. Unsere Erbstücke? Das ist die Höhe! In Matties Augen war ich immer die Außenseiterin, ein Eindringling, keine Kincaid, sondern eine Powell, die in Hatfield hätte bleiben sollen, und jetzt, da sie ein Zerwürfnis kommen sieht, gehöre ich auf einmal zur Familie, und wir sollen gemeinsame Sache machen. Mattie ist mindestens genauso ein Schlitzohr wie der Duke es war.

Sie kommt mit der Rosenholzschatulle zurück und nimmt eine Brosche von der Größe und Farbe einer Pflaume heraus. »Die hat der Colonel meiner Mutter geschenkt, als er aus dem Krieg zurückkam. Jedes Teil in dieser Schatulle wurde einer Kincaid-Frau von einem Kincaid-Mann geschenkt, entweder aus Dankbarkeit oder aus schlechtem Gewissen. Jedes Teil hat eine Geschichte, und ich kenne sie alle.«

Die Steine könnten Rubine sein oder Granate oder bloß Strass – ich kann den Unterschied nicht erkennen –, aber die Brosche bedeutet Mattie womöglich ebenso viel, wie Mamas Mondsteinkette mir bedeutet. Deshalb soll sie sie haben. Ich bin jedenfalls froh, dass ich mir die Halskette genommen habe, als sich die Gelegenheit bot. Sonst hätte ich sie vielleicht nie wiedergesehen.

Mattie packt die Schmuckschatulle hinten in ihren Buick. »Du hast Matties Mutter Edith nicht mehr kennengelernt«, sagt Cecil zu mir. »Sie war der helle Kopf hinter dem Colonel. Mattie hat viel von ihrer Mutter. Sei auf der Hut.«

13

Ich kann nicht schlafen.

Ich liege im Bett und denke immerzu daran, dass Eddie gesagt hat, er möchte mit Kat und mir im Großen Haus bleiben. Wir haben jetzt beide unsere Eltern verloren, aber für Eddie muss es ein härterer Schlag sein, weil er erst dreizehn ist und noch um seine Mutter trauerte, als sein Daddy starb. Ich ahne, was er gerade durchmacht, aber ich weiß nicht, wie ich ihm das glaubhaft vermitteln kann.

Der Nachtwind bewegt die Vorhänge. Frische Luft. Ich brauche einen Spaziergang. Den Spaziergang, den ich nicht mit Eddie und Kat gemacht habe.

Draußen ist der Mond eine dünne Sichel, der Himmel pechschwarz, und die Sterne sind unglaublich hell. Jetzt, wo das große Haus Elektrizität hat und das Licht angeht, sobald man einen Schalter umlegt, achte ich nicht mehr so sehr auf den Mond und die Sterne wie früher in Hatfield.

Die niedrige Steinmauer fühlt sich hart und kalt an meinem Hintern an, als ich mich daraufsetze und hinauf in das leuchtende Sternenmeer schaue. Als Eddie und ich über die Sonnenfinsternis sprachen, erzählte er mir auch, dass die Sterne den ganzen Tag lang am Himmel stehen und wir sie bloß nicht sehen können, weil die Sonne so hell ist. Man braucht die Dunkelheit der Nacht oder eine Finsternis, wenn der Mond die Sonne kurz verdeckt, um das Leuchten der Sterne wahrzunehmen. Die meisten Dinge kann man nicht im Dunkeln sehen, doch andere – wie die Sterne – sieht man nur im Dunkeln. Seit dem Tod des Duke sitze ich im Dunkeln und warte darauf, dass sich etwas zeigt, das aus sich heraus leuchtet.

Das Frühstück am nächsten Morgen ist eine stille, traurige Angelegenheit – es wird wenig gegessen, nicht gesprochen –, und noch ehe der Tisch abgeräumt ist, gehen Eddie und Kat ins Wohnzimmer. Da verbringen sie neuerdings die meiste Zeit, die roten Samtvorhänge zugezogen. Ich hoffe auf den Klang des Klaviers, höre aber nur noch mehr Stille.

Als Jane starb, war Eddie in tiefer Trauer, spielte aber immer noch diese schönen, wehmütigen Lieder. Jetzt ist er tränenlos, distanziert und kühl. Manchmal liest er oder spielt mit Kat Karten. Oder er tut gar nichts, sitzt bloß mit hängenden Schultern in einem Ohrensessel, springt dann unversehens auf und tigert durchs Wohnzimmer, als würde er etwas suchen, das er nicht finden kann. Kat sitzt auf dem Rosshaarsofa, befingert ihren Ehering, dreht ihn, reibt mit den Fingerspitzen darüber, tupft sich mit einem Taschentuch die Augen, und von Zeit zu Zeit stößt sie, anscheinend ohne es zu merken, ein leises Seufzen oder Wimmern aus.

Ich hingegen komme klar, zumindest rede ich mir das ein. Aber ich bin schnippisch und reizbar, und wenn jemand versucht, mich zu umarmen oder mir sein Beileid auszusprechen, stoße ich ihn weg. Der Gedanke, dass eine Umarmung oder eine paar Worte mich trösten könnten, kommt mir vor wie blanker Hohn.

Und ich gehe wieder arbeiten. Damit missachte ich nicht etwa das Andenken des Duke. Damit ehre ich sein Motto. Auf Trab bleiben, hat er nach Janes Tod immer gesagt, auf Trab bleiben.

Auf der Fahrt in die Stadt kommt mir Tante Faye in den Sinn. Sie war auf der Beerdigung des Duke, und sein Tod hat sie offenbar schwer getroffen. Wir hatten nicht viel Gelegenheit, miteinander zu reden, ich weiß nur, dass sie von einer kinderlosen alten Witwe dafür bezahlt wird, ihr den Haushalt zu machen und ein bisschen Gesellschaft zu leisten. Es war jedoch nicht zu übersehen, dass sie kaum über die Runden kommt. Sobald ich kann, fahre ich rauf nach Hatfield, heute allerdings noch nicht. Zuerst muss ich mit Mattie und Earl sprechen. Mich vergewissern, dass ich meinen Job behalte. Mattie scheint es auf Kat abgesehen zu haben, deshalb ist alles möglich. Ich denke an Cecils Mahnung: Sei auf der Hut.

Auf der Main Street entrollen Ladenbesitzer, die ihre Geschäfte nach dem Tod des Duke geschlossen hatten, die Markisen. Sie tragen dicke Zeitungstapel auf den Bürgersteig, Stühle für Kunden, die sich kurz setzen wollen, und Kisten mit leeren Limonadenflaschen, die an die Abfüllanlage zurückgegeben werden. Alle gehen wieder zur Tagesordnung über. Gut so.

Als ich gerade die Kaufhalle betrete, fliegt die Tür zum Büro des Duke auf, und Seymour kommt heraus. Er ist rot im Gesicht und scheint verärgert. Dann sieht er mich. »Sallie, wie geht's dir?«

Die Frage ist mir seit dem Tod des Duke zigmal gestellt worden, und ich weiß nicht, ob ich je Worte dafür finden werde, was ich denke oder wie es mir geht. Ich weiß auch nicht, ob ich das will, deshalb sage ich bloß: »Ich kann noch immer nicht fassen, dass er tot ist.«

»Kann ich mir vorstellen. Der große Duke Kincaid hat dieses County fünfundzwanzig Jahre lang geführt, als wär's sein eigenes Reich. Ihr werdet ihn alle vermissen, das ist sonnenklar.« Seymour schüttelt den Kopf. »Und jetzt? Bist du hier, um den Ring zu küssen?«

»Was soll das denn heißen?«

»Wirst du schon früh genug merken.«

Durch die offene Bürotür sehe ich Sheriff Earl in dem

Eichenholzdrehsessel des Duke sitzen, flankiert von Mattie und Cecil.

»Sallie, komm rein«, ruft Sheriff Earl.

»Und schließ die Tür«, fügt Mattie hinzu.

Earl wirkt nervös und fehl am Platz hinter dem Schreibtisch des Duke, als hätte er kein Recht, dort zu sitzen, und wüsste das auch. Er und Seymour haben als Kinder und Jugendliche ihrem Daddy geholfen, den mageren Boden seiner erfolglosen Tabakfarm zu beackern, und in die Familie Kincaid einzuheiraten war Earls Ausweg wie Baseball Seymours Ausweg war. Manche in Caywood meinten, die Schwester des Duke habe unter ihrem Stand geheiratet, doch als Mattie dann Mrs Johnson wurde, machte der Duke Earl zum Sheriff. Earl hat ihn stets mit »Boss« angeredet, und jetzt ist er selbst der Boss. Aber das hat er nur Mattie zu verdanken, was weder sie noch er jemals vergisst.

»Große Veränderungen stehen bevor, Sallie«, sagt Mattie, nimmt den Brieföffner des Duke mit dem Elfenbeingriff in die Hand und dreht ihn zwischen den Fingern. Sheriff Earl mag ja fehl am Platz wirken, Mattie hingegen scheint sich hier ganz wie zu Hause zu fühlen.

Cecil deutet auf die Stapel Kassenbücher auf dem Schreibtisch. »Sheriff Earl und Mattie wollen sämtliche Bücher überprüfen.«

»Von vorne bis hinten«, sagt Mattie. »Und dann werden hier ganz andere Saiten aufgezogen.«

»Was heißt das?«

»Das sagen wir dir, sobald wir mit der Überprüfung durch sind. Die Frage ist, Sallie, bist du bereit, uns zu unterstützen?«

»Mein Bruder war gerade hier und hat nach einem Job gefragt«, sagt Sheriff Earl. »Bildet sich ein, er könnte meine rechte Hand werden. Aber Seymour geht es immer nur um sich.«

»Zum Beispiel, als er uns gegenüber angedeutet hat, dass Kat einen neuen Mann sucht«, sagt Mattie. »Da hat er gedacht, das würde ihm einen Vorteil verschaffen.«

»Seymour ist nicht loyal«, erklärt Sheriff Earl. »Bist du loyal?«

Warum zum Teufel fragt man jemanden, ob er loyal ist? Welcher Dummkopf würde da Nein sagen? Ich sehe Cecil an, und er lächelt schwach. Wir wissen beide, dass der Duke niemals gefragt hätte, ob jemand loyal ist. Er hätte es einfach gewusst. Aber Earl ist nicht der Duke. Dennoch, und obwohl ich nicht weiß, von welchen großen Veränderungen sie reden, nicke ich. »So loyal, wie der Tag lang ist.«

»Dann hast du jetzt die Gelegenheit, das zu beweisen«, sagt Sheriff Earl.

»Heißt das, ich kann meinen Job behalten?«, frage ich.

»Aber ja. Du gehörst zur Familie.« Mattie zeigt mit dem Brieföffner auf mich. »Aber eins rate ich dir.« Und dann sagt sie ganz langsam: »Enttäusch uns nicht.«

Der heutige Tag war lang. Und anstrengend. Die Menschen hier mögen keine Veränderungen, und das Ableben des Duke bedeutet, dass Veränderungen unausweichlich sind. Manche Leute liebten den Duke. Andere fanden ihn hochmütig, herrschsüchtig und anmaßend. Aber alle hatten das Gefühl, dass er im Notfall für sie da sein würde. Jetzt fragen sie sich besorgt, wie es wohl weitergeht, mit ihnen und mit dem County. Den ganzen Tag lang habe ich Leuten versichert, dass alles gut werden wird – und mir alle Mühe gegeben, selbst daran zu glauben.

Die Frösche haben ihr Abendkonzert beendet, als ich mir

Hände und Gesicht an meinem Waschtisch sauber schrubbe. Als ich mein Nachthemd anziehe, stoße ich mit den Fingern an die Zimmerdecke, denn die Räume im steinernen Flügel des Hauses sind niedrig. Nach Eddies Geburt hat der Duke mich hier untergebracht, weil Jane sich beschwerte, ich würde mit meinen Albträumen das Baby aufwecken. Zuerst fühlte ich mich abgeschoben, verbannt – damals, als ich noch nicht wusste, wie es sich anfühlt, wirklich verbannt zu werden –, aber das Zimmer der Alten Ida lag direkt neben meinem, und sie erzählte mir, was vor langer Zeit in dem Wald geschehen war, wo das Große Haus jetzt steht, Geschichten, so sagte sie, die ihr die Steine in den Mauern erzählt hatten, Geschichten über Geister, die wussten, was passiert war und was noch kommen würde, Geschichten über Kinder, die fliegen konnten, und über sprechende Tiere, und ich begann, dieses Zimmer mit dem schiefen Dielenboden aus Kiefernkernholz und den fast einen halben Meter dicken verputzten Feldsteinmauern zu lieben. Es ist robust. Es passt zu mir. Der einzige Ort im Großen Haus, den ich immer mein Eigen nennen konnte und in den ich sofort wieder einzog, als ich aus Hatfield zurückkam.

Ich will mich gerade ins Bett legen, da klopft es an der Tür.

»Ich bin's, Kat.«

»Komm rein.«

»Hier drin war ich noch nie«, sagt sie und setzt sich neben mich aufs Bett. »Es ist gemütlich.«

»Im Sommer kühl, im Winter eiskalt. Nach den ersten Frostnächten mache ich mir jeden Abend Feuer im Kamin.«

»Ein behagliches kleines Zimmer für eine Person«, sagt Kat. »Weißt du, ich fühl mich komisch, so allein in dem großen Schlafzimmer des Duke.«

»Es gibt doch genug andere Zimmer im Haus.«

»Das würde sich auch komisch anfühlen. Am besten, ich sag, wie es ist. Ich gehöre nicht in das Bett vom Duke. Das denken die Leute doch. Dass ich nicht hierhergehöre.« Sie packt fest meinen Arm, zieht mich näher, und ich kann den Sherry in ihrem Atem riechen. »Ich bin schuld, dass der Duke tot ist.

»Ach Kat, red dir das nicht ein.«

»Es stimmt aber, und das weißt du auch. Wenn ich nicht den Vorschlag mit dem Picknick gemacht hätte. Wenn Seymour nicht dabei gewesen wäre, wenn er nicht alle ermuntert hätte …« Sie verstummt. »Und jetzt bin ich Witwe. Schon wieder. Ich bin schuld, dass der Duke gestorben ist, und die Leute wollen mich weghaben.« Das hat sie an der Art gemerkt, wie die Leute sie beäugten, ihr auswichen, sie mieden, als sie einmal in der Stadt war, daran, dass die wenigen Nachbarn, die aus Anteilnahme Essen vorbeibrachten, fadenscheinige Ausreden erfanden, um nicht noch kurz hereinzukommen. »Ich weiß, alle denken, ohne den Duke habe ich hier im Großen Haus nichts zu suchen.«

Niemand, mit dem ich heute geredet habe, hat sich nach Kat erkundigt – weder Mattie noch Sheriff Earl noch irgendeiner der Mieter –, und ich bin ziemlich sicher, dass sie recht hat. Die Leute denken, dass sie ohne den Duke nicht ins Große Haus gehört, und sie können nicht anders, als Kat – zumindest teilweise – für seinen Tod verantwortlich machen.

»Kat, du hast hier genauso viel verloren wie alle anderen«, sage ich.

»Ich bin ganz allein. Ich hab nur Eddie. Und dich. Und Seymour.«

»Seymour?«

»Er war heute hier. Hat gesagt, dass er es wieder und wieder im Geist vor sich sieht, dass er sich Vorwürfe macht, weil er den Duke davon hätte abhalten sollen, zu der Eisenbahnbrücke hochzuklettern. Ich hab ihm gesagt, dass ich mir auch Vorwürfe mache. Aber dann haben wir beide eingesehen, dass kein Mensch den Duke von irgendwas hätte abhalten können, was er sich in den Kopf gesetzt hatte. Es tut gut, mal mit jemandem darüber reden zu können.«

Kat schläft ein, den Kopf in meine Armbeuge gelegt, und obwohl es zu zweit ein bisschen eng in meinem Bett ist, lasse ich sie schlafen.

Am nächsten Morgen steht Nell in der Küche am Hoosierschrank und knetet einen Teig auf dem ausziehbaren Zinkbord.

»Milchbrötchen für Eddie«, sagt sie und siebt Mehl mit leichter Hand.

»Wie hält er sich, was meinst du?«

Nell schüttelt den Kopf. »Gar nicht gut. Der Junge ist am Boden zerstört. Der Ärmste. So ganz allein. Die Witwe auch. Am Anfang hatte ich keine besonders gute Meinung von ihr, aber sie tut mir leid, ehrlich. Gestern ist kein Mensch zu Besuch gekommen, außer Seymour Johnson.«

14

Drei Wochen sind seit dem Picknick am See vergangen. Eddie und Kat verbringen noch immer viel Zeit im Wohnzimmer, bei geschlossenen Vorhängen, aber heute ist der erste Samstag nach dem Zahltag, der geschäftigste Tag des Monats, und Leute aus dem ganzen County sind in die

Stadt gekommen, deshalb bin ich in der Kaufhalle und helfe Mr Lewis hinter dem Tresen.

Zwei kleine Jungen mit hellbrauner Haut studieren die Süßigkeiten hinter der Glasscheibe und debattieren in leidenschaftlichem Flüsterton, was sie kaufen würden, wenn sie einen Penny hätten. Sie heißen Isaac und Calvin, und ihr Daddy, Abraham Crockett, ist einer unserer Mieter. Gerade unterhält er sich hinten im Büro mit Mattie und Sheriff Earl, und ich stecke Isaac und Calvin zwei Pfefferminzbonbons zu, denn ich weiß, wenn ihr Daddy zurückkommt, wird er so wütend sein wie ein gereizter Bulle.

Die Mieter haben Tante Matties Vorstellungen von dem, was sich ändern soll, nicht gut aufgenommen.

Sie und Sheriff Earl haben die Durchsicht der Bücher abgeschlossen und fanden das Ergebnis unbefriedigend. Sie wussten, dass die meisten Mieter nicht mal einen Vertrag haben – bloß mündliche Abmachungen, die per Handschlag mit dem Duke oder sogar noch mit dem Colonel besiegelt worden waren – und dass sie seit Jahren dieselbe Miete zahlen. Der Duke hat die Mieten niedrig gehalten, weil das bei den Wahlen Stimmen brachte, und als Vorsitzender der Demokratischen Partei in Claiborne County entschied der Duke, wer für welches Amt kandidierte, und deshalb ist Cecil Bürgermeister geworden und Earl Sheriff. Doch als Mattie sich die Zahlen genauer anschaute, wusste sie sofort, wie sie leichte Beute machen konnte. Sie war sicher, dass niemand es wagen würde, bei der nächsten Wahl gegen einen Kincaid-Kandidaten anzutreten, und schickte an alle Briefe mit Mieterhöhungen.

Das hat die Leute hart getroffen. Sie sparen sich das Geld vom Munde ab, sammeln Kleingeld in Kaffeedosen mit der Aufschrift MIETE, die sie ganz hinten im Küchenschrank verstecken und nur in echten Notfällen anrühren. Da Mattie immer das Gefühl hatte, um ihr Erbe betrogen worden zu sein, sollte man meinen, dass sie barmherziger mit anderen bedauernswerten Menschen umgehen würde. Dem ist nicht so. Im Gegenteil, offenbar ist sie wild entschlossen, allen zu beweisen, dass sie genauso hart ist wie der härteste Mann da draußen.

»Du weißt nicht, wie schwer es die Leute haben«, hielt ich ihr vor.

»Wage es nicht, mir zu sagen, was ich weiß und was ich nicht weiß, Sallie Kincaid«, erwiderte sie. »Wir setzen die Mieten fest. Deine Aufgabe ist es, sie einzutreiben. Diese Leute haben den Duke jahrelang ausgenutzt. Die können ihren Schinkenspeck ruhig ein bisschen dünner schneiden.«

Die Mieter ließen ihren Zorn an mir aus, und ich kam mir ungefähr so nutzlos vor wie Zitzen an einem Ziegenbock – nicht bereit, etwas Unrechtes zu verteidigen, aber unfähig, es rückgängig zu machen. Ich konnte ihnen nur raten, sich direkt bei Mattie und Sheriff Earl zu beschweren.

Und genau das macht Abraham Crockett gerade im Büro des Duke. Plötzlich geht die Bürotür auf, und Abraham kommt heraus, ein großer Kerl, farbig, mit ein paar Sommersprossen im Gesicht, und die Wut, die er verströmt, bringt die Luft fast zum Flimmern. Er und der Duke haben als Kinder zusammen gejagt und geangelt, und ich erinnere mich, dass ich sie früher oft zusammen lachen sah, dass der Duke Abraham auf den Rücken klopfte, wenn der ihm eine große Schnappschildkröte für sein Lieblingsessen brachte, Schildkrötensuppe. Ich habe Abraham immer gemocht. Er ist Prediger, wohnt auf der Hopewell Road, und sein Name taucht häufig in der Kolumne »Unsere Farbigen« auf, die regelmäßig in der *Claiborne Gazette* erscheint, aber einige Leute sind der Ansicht, Abraham habe ein zu freches Mundwerk, sei nicht respektvoll genug, bilde sich ein, die Regeln würden nicht für ihn gelten, außerdem wisse er nicht, was sich gehört – er erlaubt seiner Frau zum Beispiel nicht, bei Weißen zu putzen –, und sie sagen, mit dieser Haltung werde Abraham Crockett sich eines Tages noch viel Ärger einhandeln.

»Es ist unrecht«, verkündet er für alle hörbar mit seiner lauten, tiefen Stimme.

Mattie und Sheriff Earl kommen hinter Abraham aus dem Büro. Inzwischen starren alle zu ihnen hinüber. »Abraham«, sagt Mattie, »wem die neuen Konditionen nicht gefallen, kann ja ausziehen.«

Abraham sieht mich an. Ich erwidere seinen Blick, hoffe, er erkennt, dass ich zu ihm halte, aber falls ja, lässt er es sich nicht anmerken. »Haben Sie gehört, Miss Kincaid?«, sagt er. »Ich kann ja ausziehen.«

»Pass auf, was du sagst, Junge«, warnt Sheriff Earl ihn.

Abraham ignoriert ihn. Er schaut zu seinen Söhnen hinunter, die ihre Pfefferminzbonbons lutschen. »Kinder, her mit den Bonbons.« Seine Jungs neigen die Köpfe, und die Pfefferminzbonbons fallen in Abrahams ausgestreckte Hand. »Crocketts nehmen keine Almosen.« Abraham wirft die klebrigen Bonbons in den Spucknapf.

»Junge«, knurrt Sheriff Earl, »jetzt werd mal nicht –«

»Ich bin schuld«, sage ich rasch. »Ich hab den Jungs die Bonbons gegeben, ohne ihren Daddy vorher zu fragen.«

Bitte, Abraham, denke ich, bitte, tu jetzt nichts Unüberlegtes, sag nichts Trotziges, das Sheriff Earl und all die weißen Gaffer in Rage bringen könnte. Aber er schluckt nur, schluckt schwer, während er seine Empörung wieder tief in seinem Innern verstaut, wo sie wohnt. Dann nickt er mir zu, als würde er jetzt sehen, dass ich auf seiner Seite bin. »Miss Kincaid, mein aufrichtiges Beileid. Hab den Duke mein ganzes Leben lang gekannt. Hatte ihn richtig gern.«

»Danke, Mr Crockett.«

Abraham setzt seinen Hut auf und schiebt seine Söhne zur Tür hinaus. Die Glocke bimmelt, dann folgt Stille, eine Erleichterung, die man förmlich schmecken kann. Der Moment ist vorüber. Nichts ist zu Bruch gegangen, kein Blut vergossen worden.

Am späteren Vormittag hält ein glänzender roter Stephens-Roadster genau vor der Kaufhalle. Der Fahrer, der aussteigt, könnte einer Wildwest-Show entsprungen sein; er trägt einen breitkrempigen Hut, einen Schafsfellmantel, der ihm bis zu den Knien reicht, und eine Reithose, die in gelben, ledernen Schnürstiefeln steckt.

»Schau sich einer Little Jimmy Bond an«, sagt Mattie.

»Vor sechs Monaten hat der Bursche noch ein ausgemergeltes Maultier geritten«, erklärt Sheriff Earl.

Die Türglocke ertönt, als Little Jimmy, der schon ohne Schuhe über einen Meter achtzig misst, hereinkommt und an den Kartenspielern neben dem Ofen vorbeischlendert. »Morgen zusammen«, sagt er.

Little Jimmy, der jüngste der sechs Bond-Brüder, knöpft mit tabakfleckigen Fingern seinen Schafsfellmantel auf und stützt einen Ellbogen auf die Theke. Er nimmt sich ausgiebig Zeit, unsere Waren zu studieren – während er sich von den anderen Kunden studieren lässt –, dann fordert er mich laut auf, ihm drei Meter von unserer allerbesten Spitze, sechs Dosen Kautabak, sechs Schachteln Schrotmunition Kaliber zwölf und den ganzen Topf Lakritz auf dem

Regal hinter mir zu geben. Ich suche die Sachen zusammen, während Mr Lewis alles in die Kasse eintippt. Little Jimmy greift in einen seiner gelben Stiefel und zieht ein dickes Bündel Geldscheine heraus. Er nimmt einen Zwanziger und schnippt ihn mir mit seinen gelb verfärbten Fingern hin, als würde er Spielkarten verteilen. Dann hält er den Lakritztopf hoch.

»Lust auf 'ne Stange?«, fragt er mich.

»Danke, nein.« Ich will keine blöde Lakritzstange von Little Jimmy Bond, diesem Angeber mit den hohen Lederstiefeln und dem fetten Geldbündel, will sie genauso wenig, wie Abraham wollte, dass seine Kinder die Bonbons behalten, die ich ihnen geschenkt hatte.

»Na denn, ich wünsche allerseits noch einen schönen Tag.« Little Jimmy grinst mich an und nimmt das Päckchen, das ich geschnürt habe. Als er an den Kartenspielern vorbeikommt, hält er ihnen den Lakritztopf hin. Auch von ihnen will keiner etwas von Little Jimmy annehmen. Ein Almosen. Wer es anbietet, hält sich für großzügig, aber er signalisiert damit auch, dass er etwas hat, was die andere Person nicht hat, dass er sogar so viel davon hat, dass er's verschenken kann.

Mattie geht zum Fenster und beobachtet, wie Little Jimmy wieder in seinen flotten roten Roadster steigt.

»Earl«, sagt sie, »der Junge hat zu viel Geld in den Fingern.«

»Und wir wissen auch, woher«, sagt Sheriff Earl.

Sheriff Earl und Mattie wohnen auf dem Hügel oberhalb vom Gerichtsgebäude, in einem Fertighaus von Sears. Ich erinnere mich noch an den Tag, als es im Bahnhof ankam. Ich war fünf Jahre alt und traute meinen Augen nicht. Das ganze verdammte Haus wurde in zwei Waggons geliefert, oder jedenfalls sämtliche Teile dafür – Türen, Knäufe, Fenster, Stromkabel, Spülbecken, Dachschindeln –, und Tante Mattie ließ es von Earls Deputys zusammenbauen wie aus einem riesigen Baukasten. Es ist so modern wie ein Haus nur sein kann, mit Zentralheizung und einem Innenklo, und es ist ebenso hoch wie breit und ebenso tief wie hoch, mit grün-weiß gestreiften Markisen und einem betonierten Weg bis zur Haustür. Wenn Mattie schon nicht im Großen Haus wohnen durfte, dann wollte sie auf jeden Fall das modernste Haus der Stadt haben.

Ich klopfe an, und Mattie macht auf. Sie hat mich zu einer Besprechung herbestellt, weit weg von all den Augen und Ohren in der Kaufhalle, wie sie sich ausdrückte, aber sie hat mir nicht verraten, worum es bei dieser geheimnisvollen Besprechung gehen wird oder wer noch alles daran teilnimmt.

»Pünktlich«, sagt sie und setzt ein Lächeln auf, dasselbe Lächeln, mit dem sie die weiß behandschuhten Ladys begrüßt hat, doch es verschwindet sofort wieder. »Alle anderen sind schon da.«

Ich überhöre das einfach. Mattie hat immer irgendwas zu beanstanden, sie kann nicht anders. Es liegt in ihrer Natur. Sie geht vor mir her ins Wohnzimmer. Ein burgunderrotes Sofa steht auf einem burgunderroten Teppich, und auf sämtlichen Sessellehnen und Tischplatten liegen Zierdeckchen. Gerahmte Scherenschnitte hängen an der Wand, und in einem Glasschrank sind nicht nur Porzellanteller mit den Konterfeis verschiedener Präsidenten ausgestellt, sondern auch eine Kopie des Porträts von Matties Mama Edith.

Aus dem Esszimmer sind Männerstimmen zu hören. Als wir eintreten, sitzen Sheriff Earl und Cecil am Tisch. Außerdem Earls vier Deputys in ihren braunen Uniformen mit den hellbraunen Krawatten, den auf Hochglanz gewienerten Lederstiefeln und Pistolengürteln, die bei jeder Bewegung knarzen. Ich rücke mir einen Stuhl zurecht und werfe Cecil einen Was-ist-los-Blick zu, doch er antwortet mit einem Keine-Ahnung-Achselzucken. Auf dem Tisch steht nichts zu trinken oder zu essen bereit, das Ganze ist also rein geschäftlich.

»Wir haben euch alle herbestellt –«, beginnt Sheriff Earl.

»Weil es höchste Zeit ist, etwas zu unternehmen«, fällt Mattie ihm ins Wort. »Es geht um das viele Geld, das Kerle wie die Bonds mit dem Verkauf von schwarzgebranntem Whiskey verdienen.«

»Wieso müssen wir da etwas unternehmen?«, frage ich. In unserer Gegend haben die Leute schon immer Whiskey gebrannt, besonders oben in den Bergen, wo der magere Ackerboden und die steilen, steinigen Hänge keine großen Ernteerträge abwerfen. Das hat noch nie jemanden gekümmert, und keiner musste irgendwelche Steuern zahlen oder sich an irgendwelche Vorschriften halten. In Virginia war es schon immer illegal, seinen eigenen Whiskey herzustellen und zu verkaufen, aber niemand – weder der Duke noch die Deputys noch die Bonds – hat sich um das Gesetz geschert. Jetzt, wo Alkohol durch die Prohibition im ganzen Land verboten ist und Trinker, die einen Vorrat anlegen wollen, alles kaufen, was sie in die Finger kriegen, trägt so ein Jimmy Bond auf einmal gelbe Lederstiefel und fährt einen kirschroten Roadster. »Jetzt haben die Leute, die nie viel Geld hatten, endlich die Chance, auch mal was abzubekommen«, sage ich.

»Du sprichst mir aus der Seele«, sagt Mattie. »Diese Burschen verkaufen nicht bloß die ein oder andere Flasche unter der Hand. Die sind ernsthaft ins Geschäft eingestiegen, und in diesem County müssen für jedes Gewerbe, völlig egal ob Friseurladen oder Anwaltskanzlei oder Mühle, Steuern gezahlt werden.«

»Und deshalb wird ab jetzt jeder, der Whiskey verkauft, eine Brennereisteuer zahlen«, sagt Sheriff Earl.

Das wird nicht gut ankommen. Die Leute, denen es ohnehin schon schlecht geht, werden das zutiefst ungerecht finden – so etwas hätte der Duke niemals gemacht. Cecil sagt kein Wort, aber ich kann mich nicht zügeln. »Der Duke hat Steuern verabscheut. Ich glaube, wenn er hier wäre, würde er das nicht gutheißen.«

Matties Augen nehmen denselben erbosten Ausdruck an wie die des Duke, sobald es jemand wagte, ihn zu kritisieren. »Wofür hältst du dich, dass du mir sagst, was der Duke – er ruhe in Frieden – für richtig gehalten hätte? Ich habe den Duke besser gekannt als ihr alle. Er war mein kleiner Bruder, und die Wahrheit ist, dass mein Bruder vor lauter Trauer um Jane und dann, weil er völlig überhastet diese neue Frau geheiratet hat, nicht mehr auf das Geschäftliche konzentriert war.«

»Wenn der Duke hier wäre«, sagt Sheriff Earl, »würde er die Idee nicht nur unterstützen, er würde behaupten, sie käme von ihm.«

»Als Bürgermeister bin ich der Meinung« – Cecils Stimme ist leise, aber bestimmt –, »dass der Duke die Idee dem Bezirksrat vorgetragen hätte. Um alle mit ins Boot zu holen.«

»Wir wollen den Bezirksrat da raushalten«, sagt Mattie. »Deshalb seid ihr hier. Wir gründen ein spezielles Komitee, ein geheimes Komitee, um die Steuer zu erheben.«

»Und wohin soll das Geld aus dieser neuen Steuer fließen?«, fragt Cecil.

»Auf ein Sonderkonto«, sagt Mattie. »Um unsere Bedürftigen zu unterstützen.«

»Und wer hat Zugriff auf dieses Konto?«, will Cecil wissen.

»Ich und Earl«, sagt Mattie. »Aber alle hier im Raum bekommen einen Anteil. Du, Cecil. Ihr Deputys. Und du, Sallie.«

Ich frage mich, warum ich mit dabei sein soll, und Mattie scheint meine verwunderte Miene zu bemerken, denn sie fügt hinzu: »Du gehörst zur Familie. Es ist nur richtig, dass jeder in der Familie einen Anteil bekommt. Deiner gilt auch für Eddie. Du bist die einzige Verwandte, die dein Bruder im Großen Haus hat, deshalb bekommst auch du einen Anteil dafür, dass du da drüben Augen und Ohren offen hältst.

»Ich will ja nicht schwarzmalen«, sagt Cecil, »aber die Leute werden das für Erpressung halten.«

»Ist mir schnurzegal, für was sie das halten«, erwidert Mattie. »Das County hält die Straßen instand, über die diese Burschen ihre schweren Whiskeyladungen kutschieren. Das nutzt die Straßen ab, und irgendwer muss das bezahlen.«

»Meine Männer und ich sorgen für Recht und Ordnung«, sagt Sheriff Earl, »also für den Schutz, den diese Burschen brauchen, um die Geschäfte zu machen, mit denen sie auf einmal so viel Geld verdienen.«

»Den gibt's nicht umsonst«, stellt Mattie klar.

»Mir gefällt das nicht«, sagt Cecil.

»Muss dir auch nicht gefallen«, erwidert Mattie.

Cecil belässt es dabei. Als rechte Hand des Duke war es Cecils Aufgabe, ihm Ratschläge zu geben. Der Duke traf sämtliche Entscheidungen. Meistens hörte er auf Cecil, aber wenn nicht, konnte Cecil nichts dagegen machen. Und jetzt ist es Mattie, die nicht auf ihn hört.

»Das wird niemandem gefallen«, sage ich, obwohl ich weiß, dass Mattie sich von mir nicht umstimmen lassen wird. »Die Leute haben noch nie eine Whiskeysteuer bezahlen müssen.«

»Die Leute haben immer was gegen Veränderungen, und dann gewöhnen sie sich doch dran, und das Leben geht weiter«, sagt Mattie.

»Ich hab noch nie irgendwen verhaftet, weil er in diesem County Whiskey gebrannt oder verkauft hat«, mischt Sheriff Earl sich ein. »Und darauf bin ich mächtig stolz. Aber wenn die Burschen nicht zahlen, hetz ich ihnen meine Deputys auf den Hals.«

»Und du wirst ihnen das erklären, Sallie«, sagt Mattie.

»Ich?«

»Das ist der zweite Grund, weswegen du hier bist. Weswegen du einen Anteil bekommst. Du bist die Tochter des Duke. Sie werden es besser aufnehmen, wenn sie es von dir hören.«

15

Es ist kein Geheimnis, wer in Claiborne County Whiskey brennt und wer nicht – alle wissen es, außer denjenigen, die es nicht wissen wollen –, und Sheriff Earl schickt seine Deputys George und Casey mit mir los, um mit den Schwarzbrennern zu reden. Ich zerbreche mir nicht den Kopf darüber, ob es richtig oder falsch ist, legal oder illegal, ein unerlaubtes Geschäft zu besteuern. Mattie hat mehr als deutlich gemacht, dass sie mich dafür bezahlt zu tun, was sie mir sagt, und in diesem Fall ist es das Eintreiben dieser unsinnigen Steuer. Oder vielleicht sollte man besser von Abgabe, Gebühr, Tributzahlung, Gewinnbeteiligung, Beitrag, Erpressungs- oder Bestechungsgeld sprechen, denn wie man es nennt, hängt ganz davon ab, ob man das Geld einkassiert oder bezahlt.

George und Casey sind verdammt gut darin, Sheriff Earl und Mattie zu verteidigen und den Whiskeybrennern einzureden, sie sollten den Armleuchtern in Washington die Schuld geben, weil die das Prohibitionsgesetz erlassen haben, das Herstellung und Verkauf von »berauschenden alkoholischen Getränken« zu einer Straftat macht. Die meisten Whiskeybrenner stöhnen angewidert auf oder machen abfällige Bemerkungen: Wir mussten uns noch nie an irgendwelche Vorschriften halten, das ist ungerecht, das ist nicht in Ordnung, die nehmen's von den Lebendigen, mit unserem Land geht's den Bach runter, seit diese gierigen Pinkel in Washington uns zwingen, Einkommensteuer zu zahlen, das ist Kommunismus, jawohl, das ist schlichtweg unamerikanisch.

Aber wenn sie länger mit George und Casey reden, geben sie irgendwann zu, dass sie jetzt, wo man Alkohol nicht mehr legal kaufen kann, ein bisschen mehr Geld verdienen als früher, klar, vielleicht auch mehr als nur ein bisschen, und einer nach dem anderen lenkt ein, und wir können immer mehr Namen auf unserer Liste abhaken. Bis wir zu den Bond-Brüdern kommen.

Die Bond-Brüder sind Raufbolde, rau wie Reibeisen und noch bodenständiger als die Kincaids. Sie sind dafür bekannt, dass sie unter sich bleiben, ihre Cousinen heiraten und einen Whiskey brennen, der einem fast die Kehle verätzt. Im Winter 1905 raffte die Grippe ihre Ma und ihren Pa dahin – die Ma nur wenige Stunden nach dem Pa. Niemand in ihrer Verwandtschaft konnte alle sechs Jungs bei sich aufnehmen, und als ein Onkel den fünfjährigen Little Jimmy abholen wollte, zog Billy, der Älteste, der damals fünfzehn

Jahre alt war, einen Revolver und erklärte, er würde jeden abknallen, der versuchte, die Familie auseinanderzureißen. Alle sechs Bond-Brüder blieben zusammen in ihrem Elternhaus und sorgten füreinander. Sie leben noch immer dort, und einige von ihnen haben jetzt selbst Kinder.

Das Haus liegt versteckt zwischen Kiefern am Ende einer steilen Zufahrt oberhalb von Ortney Hollow, einem engen, einsamen Tal in den Bergen. Es ist ein verschachteltes, windschiefes Gebäude mit schludrigen Anbauten, die die Brüder aus Teerpappe zusammenzimmern, wenn mal wieder einer von ihnen heiratet. Als die Zwillinge und ich ankommen, sehen wir Little Jimmys kirschroten Roadster vor dem Haus, und daneben steht ein Lastwagen Marke Eigenbau, den die Bonds aus irgendwelchen Fahrzeugteilen zusammengeschraubt haben. Der Hof quillt über von rostigem Werkzeug, alten Autoreifen, verrottenden Fässern, Motorteilen, Rohrstücken, losen Brettern, Bergen von Holzspänen und Schotter, Brennholz und Hauklötzen. Aber irgendwie hat das alles eine Ordnung. Die Bonds haben harte Zeiten durchgemacht, in denen sie mit dem wenigen, was sie hatten, zurechtkommen mussten und ganz auf sich selbst gestellt waren. Sie leben nach dem Grundsatz, dass man niemals etwas wegwerfen sollte, weil es eines Tages noch mal nützlich sein könnte.

Die Brüder sind alle draußen vor dem Haus. Little Jimmy sitzt in seinen gelben Lederstiefeln auf den Verandastufen und reinigt den Lauf einer Schrotflinte mit einem Putzstock. Neben ihm knacken Jonah und Al Walnüsse mit der stumpfen Seite eines Beils. Rick steht neben einem Holzhaufen, eine Axt in der Hand. Trotz der Oktoberkühle hat er sein Hemd ausgezogen, und die Hosenträger hängen ihm lose um die Taille. Vor ihm ist Jesse dabei, die Scheite aufzustellen, die Rick spaltet. Weiter hinten, im Schatten der Veranda, sitzt Billy mit ein paar Frauen und Kindern auf einer langen Bank.

Sie sind allesamt schlaksige Burschen mit breiten Schultern, glänzenden dunklen Augen und diesen markanten Bond-Wangenknochen, und sie starren uns an, als wir aus dem Wagen steigen. Wir Kindcaids hatten so unsere Probleme mit den Bonds, und ich mache mich auf einen kleinen Schlagabtausch gefasst.

»Tagchen«, sage ich.

Billy kommt halb die Verandatreppe herunter, die Daumen in die Hosentaschen gehakt. »Lange nicht gesehen.«

»Ich bin geschäftlich hier.«

»Klar.«

»Billy, die Bonds und die Kincaids kennen sich schon sehr lange –«

»Und wir sind immer auf Abstand geblieben.«

»Das ist wahr.«

»Und ihr habt euch immer eingebildet, ihr wärt was Besseres als wir.«

»Billy, du weißt, dass das nicht stimmt.«

»Ich weiß jedenfalls, dass die Kincaids uns Bonds wie den letzten Dreck behandelt haben. Ihr habt euch immer genommen, was ihr wolltet. Euer Grandpa hat meinen Grandpa um achtundachtzig Morgen gutes Ackerland betrogen.«

»Mein Grandpa hat das Land anständig und ehrlich gekauft«, widerspreche ich. »Er hat's nur zu einem guten Preis bekommen.«

Und das ist die reine Wahrheit. Zumindest hat der Duke die Geschichte immer so erzählt. Der Colonel hatte während des Bürgerkriegs Karriere gemacht, sodass er am Ende ein Regiment der Virginia-Kavallerie führte, und als er nach Kriegsende nach Hause kam, hatte er zwei Satteltaschen voller Geldscheine dabei. Er verriet nie, woher er das Geld hatte – manche sagten, er habe einen Waggon mit Lohngeldern aus den Nordstaaten ausgeraubt, andere behaupteten, er habe eine Bank in Pennsylvania überfallen. Dem Claiborne County, in das er zurückkehrte, ging es sehr schlecht, Söhne und Ehemänner auf fernen Schlachtfeldern begraben, das Vieh beschlagnahmt, Ernten niedergebrannt, Scheunen abgerissen, um Feuerholz daraus zu machen. Sklavenhalter, die den Krieg begonnen hatten, schluchzten in ihre zerlumpten Taschentücher, rangen die Hände, weil ihre Sklaven alle weg waren, und Landbesitz, der vor dem Krieg hundertfünfzig Dollar pro Morgen gebracht hatte, ging jetzt für zwei Dollar weg. Mit dem Geld aus den Satteltaschen fing der Colonel an zu kaufen. Und die Bonds verkauften. Kaufe, wenn die Leute Geld brauchen, sagte der Duke jedes Mal, wenn er die Geschichte erzählte, und verkaufe, wenn sie welches haben.

»Er war ein Halsabschneider«, sagt Billy. »Ein Wegelagerer ohne Gewehr.«

»Dein Grandpa hat möglichst schnell Geld gebraucht. Und er hat's gekriegt«, sage ich. »Aber ich bin nicht den ganzen Weg hergekommen, um diesen alten Streit wieder aufzuwärmen.«

»Ich weiß, weshalb ihr hier seid. Hab alles drüber gehört. Ihr fahrt rum und erzählt den Leuten, sie müssten irgendeine erfundene Brennereisteuer zahlen.«

»Das ist eine neue Vorschrift vom Sheriff.«

»Vorschrift? So nennst du das? Ich nenn's Wucher. Noch mehr Wucher.« Billy kommt herunter in den Hof und auf mich zu, bleibt so dicht vor mir stehen, dass wir uns fast berühren. Ich kann seinen Schweiß riechen, seinen Tabakatem, aber ich weiche nicht von der Stelle. »Wir haben uns den Buckel krumm geschuftet, *Miss Kincaid*, sind kaum über die Runden gekommen, und jetzt, wo wir endlich anfangen, ein bisschen Geld zu verdienen, tauchst du mit diesen beiden Witzbolden hier auf und sagst, wir sollen es rausrücken, weil der Sheriff eine neue Vorschrift erlassen hat?«

Billy ist kein Dummkopf. Ich weiß, dass er recht hat, und das sieht er mir auch an. Aber ich lasse einen Vortrag vom Stapel, den ich aus allem, was Mattie und Sheriff Earl zu dem Thema gesagt haben, zusammenschustere.

»Das Herstellen und Verkaufen von Whiskey ist ein Geschäft, Billy, genau wie Haareschneiden und Pferdebeschlagen. Auch der Friseur zahlt Steuern, genau wie der Hufschmied, und die Leute, die Whiskey brennen, müssen ebenfalls Steuern zahlen. Für ihren Schutz. Und um die Straßen instand zu halten, über die deine Brüder und du euren Whiskey karren.«

»Schutz! Hat der Sheriff dir aufgetragen, uns das zu sagen? Der Duke würde sich für dich schämen, Sallie Kincaid, wenn er wüsste, dass du dich gegen deine eigenen Leute wendest, dich von diesem Schwächling von Sheriff vor seinen Karren spannen lässt. Ich hab deinen Dad mein ganzes Leben lang gekannt, wie hatten so unsere Meinungsverschiedenheiten, aber im Großen und Ganzen hat er uns in Ruhe gelassen. Wir haben nie um irgendwelche Gefallen gebeten. Er hat uns keine Schwierigkeiten gemacht. Und jetzt tauchst du mit den Handlangern vom Sheriff hier auf und erzählst uns was von Vorschriften und Steuern und Schutz.« Er zeigt mit dem Daumen auf die Deputys. »An dem Tag, an dem wir welche wie die beiden da brauchen, um uns zu beschützen, sagen wir Bescheid.«

Casey tritt vor, eine Hand auf der Pistole an seiner Hüfte, und Little Jimmy schiebt blitzschnell zwei Patronen in seine Schrotflinte, klappt sie zu und zielt auf uns.

»Wollt ihr's etwa mit der ganzen Polizei von Claiborne County aufnehmen?«, sagt George.

Der Lauf von Little Jimmys Flinte ist so nah, dass ich ihn berühren könnte. Es ist nicht das erste Mal, dass ein geladenes Gewehr auf mich gerichtet ist, und ich weiß, dass nicht die Waffe Grund zur Sorge ist, sondern die Person, die sie hält. Ich blicke an dem Lauf entlang und in Little Jimmys starre Augen. Er meint es ernst.

»Droh nie einem Bond«, sagt Little Jimmy, »wenn du nicht gegen alle Bonds kämpfen willst.«

»Oha, Leute.« Ich hebe beide Hände. Sie zittern nicht, aber ich spüre das Blut in den Fingerspitzen kribbeln. »Wir sind nicht hier, um einen Krieg anzufangen.«

»Freut mich zu hören«, sagt Billy. »Und jetzt, *Miss Kincaid*, solltet ihr machen, dass ihr wegkommt.«

Wir gehen rückwärts auf die Lizzie zu, ich mit noch immer erhobenen Händen, George und Casey mit einer Hand auf ihren Pistolen.

»Sheriff Earl wird das nicht hinnehmen«, ruft Casey.

»Ich hab noch nie schlecht geschlafen, weil ich mir Sorgen mache, was der Sheriff wohl denkt«, sagt Billy.

Es wird gemunkelt, dass die Bonds sich im Laufe des Sommers eine neue große Destille aus Kupfer gebaut haben und dass die irgendwo in dem unwegsamen Dornengestrüpp der Berge im Westen von Claiborne County versteckt ist, wo die kalten Bäche Wasser für einen ausgezeichneten Whiskey liefern. Mattie und Sheriff Earl haben mich und die Deputys beauftragt, die Brennerei zu finden, und deshalb fahre ich auf meiner üblichen Tour langsamer, wenn ich auf Nebenstraßen unterwegs bin, suche den Himmel über Baumwipfeln nach einer Rauchfahne ab, lausche auf das verräterische Pochen einer Brennerei, während ich mir die ganze Zeit einrede, dass ich ja bei all dem kein Mitspracherecht habe, dass ich nur mache, was mir gesagt wird. Aber diese Selbstbeteuerungen fühlen sich allmählich verdammt fadenscheinig an.

Als ich noch in Hatfield war und mitbekam, wie Farmer versuchten, dem mageren Boden Ernten abzuringen, nur um zu erleben, dass er bei schweren Regenfällen weggespült wurde, dachte ich oft, dass es schön sein müsste, eine bezahlte Arbeit zu haben. Du gehst hin, arbeitest deine Stunden ab, und am Ende des Monats kriegst du dein Geld, egal wie das Wetter ist. Jetzt, wo ich so einen Job habe, wird mir klar, dass nicht der Regen das Problem ist, sondern die Launen des Bosses. Manchmal sind die Dinge, die von dir verlangt werden, so dumm, dass du die Augen verdrehst, aber du erledigst sie trotzdem. Aber wenn du für deinen Boss etwas machen sollst, von dem du weißt, dass es falsch ist, und du machst es trotzdem, dann nagt das an deiner Seele.

Eine Woche nach der Unterhaltung mit Billy halte ich vor dem Gemischtwarenladen bei Pogue's Crossing, um eine Limonade zu trinken. Ein vor den Karren eines Kesselflickers gespanntes Maultier ist an das Verandageländer gebunden. Drinnen schüttelt der Kesselflicker den Kopf, während er dem Ladeninhaber erzählt, dass er versucht hat, sein Maultier an der Brücke über den Deep Run zu tränken, das Tier aber nicht trinken wollte. »Das war immer sauberes Wasser«, sagt er, »aber jetzt nicht mehr.«

Ich fahre zum Deep Run, parke neben der Brücke und schiebe mich durch Eschenahorn und vertrockneten Wasserhanf zum Ufer. Es ist ein hübscher Bach, wie alle in dieser Gegend. Klares, eiskaltes Wasser rauscht gurgelnd durch das steile felsige Bett. Ich schöpfe mit beiden Händen Wasser und hebe es an die Nase. Das ist er, kaum wahrnehmbar, aber doch da, der säuerlich sumpfige Geruch von fermentierter Maische.

Ich sehe kein platt gedrücktes Unkraut, keine Spur von einem Pfad, der hinauf in die Berge auf der anderen Flussseite führt, also verstecke ich die Lizzie in einem Zedernwäldchen und gehe hinter einem umgestürzten Baumstamm neben der Brücke in Deckung.

Ein Schwarm Gänse fliegt über mich hinweg, Flügel im Takt schwingend, Hälse gereckt, laut schreiend in der stillen Luft. Sie sind so nah, dass ich ihre schwarzen an den Schwanz gedrückten Füße sehen kann. Die Leitgans lässt sich zurückfallen, eine andere übernimmt ihren Platz, und die sich wellenden Linien schließen die Reihen, ganz ohne Zank, ohne Streit, alle im Einklang, jede mit der Aufgabe befasst, die ganze Schar am Leben und in Bewegung zu halten. Bei ihnen sieht das alles so einfach aus.

Gelegentlich kommen Fuhrwerke vorbei, auch ein paar Autos, und die Sonne wärmt meinen Rücken durch die Bäume hindurch. Jagen bedeutet Warten, sagte der Duke gern, und wenn man nie mit leeren Händen nach Haus käme, würde man es nicht Jagen nennen. Endlich, am späten Nachmittag, kommt der Lastwagen Marke Eigenbau um die Kurve, den ich vor dem Haus der Bonds gesehen habe, und hält mitten auf der Straße.

Billy, Rick und Little Jimmy springen heraus. Billy zieht ein paar lange Bretter von der Ladefläche, während Rick und Little Jimmy dicke Jutesäcke abladen. Billy legt die Bretter über den Bach und die Pflanzen am Ufer, dann schleppen die drei die Säcke über die Bretter und in den Wald, ohne Spuren zu hinterlassen. Billy kommt allein zurück, wirft die Bretter auf den Lastwagen und fährt davon. Das Ganze hat höchstens drei Minuten gedauert.

Ich muss diese Bond-Brüder bewundern, wie sie zusammenarbeiten, sich ins Zeug legen. Sie sind nicht einfach bloß Raufbolde, diese Burschen haben Mut und Grips, und ich bin stark versucht, das, was ich gesehen habe, für mich zu behalten. Aber ich kann mich nicht von Mattie und Sheriff Earl bezahlen lassen und so tun, als wüsste ich nicht, was ich weiß, denn Dinge verschweigen ist genauso schlimm wie eine glatte Lüge, und wenn jemand dahinterkommt, bin ich gefeuert – und das zu Recht. Wieder zurück in der Kaufhalle, erzähle ich Mattie und Sheriff Earl deshalb von dem Lastwagen und den Jutesäcken und den Brettern. Am nächsten Morgen führt Sheriff Earl seine Deputys über den Deep Run und rauf in den Wald. Sie nehmen Morris Nelson mit, den Besitzer und Redakteur und einzigen Reporter der *Gazette*, und in der Woche darauf steht es auf der Titelseite:

SHERIFF LÄSST SCHWARZBRENNEREI AUFFLIEGEN

Der Artikel schlägt einen munteren Ton an, bezeichnet die Aktion als eine »geistvolle Schlacht« und stellt das Ganze so dar, als wären Sheriff Earl und seine Deputys tapfere Helden und die Bonds feige Schurken. Da die Kaufhalle der größte Anzeigenkunde der *Gazette* ist, hat Morris, der Speichellecker, früher nur Artikel geschrieben, von denen er annahm, dass der Duke sie lesen wollte, und jetzt sieht es so aus, als würde er das schreiben, was Mattie und Sheriff Earl seiner Meinung nach lesen wollen.

Ich dagegen muss immerzu an die Geschichten denken, die ich als Kind über Whiskey-Aufstände und Steuereintreiber gehört habe, über Razzien und Schießereien, über eine fast fünfhundert Pfund schwere Frau, die von Gesetzeshütern als »greifbar, aber untragbar« bezeichnet wurde und die sechzehn Kinder großzog, indem sie Maiswhiskey herstellte – und in diesen Geschichten waren die Schwarzbrenner stets die Guten und die Steuereintreiber die Bösen.

Als ich noch mit Tante Faye in Hatfield die blutbefleckten Lacken auswusch, habe ich mich sauberer gefühlt als jetzt.

16

Die Standuhr tickt gleichmäßig, als ich in die Diele trete, doch ansonsten ist es still im Großen Haus. Ich habe mir angewöhnt, zum Lunch nach Hause zu kommen, wenn ich kann, um nach Eddie und Kat zu sehen, und ich rechne damit, sie im Wohnzimmer vorzufinden, doch es ist leer. Die Vorhänge sind geöffnet, und Staubkörnchen tanzen in einem Sonnenstrahl, der auf das Klavier fällt – das Klavier, auf dem in den sechs Wochen seit dem Tod des Duke niemand mehr gespielt hat.

Auch der Rest des Hauses ist leer, nur Nell steht am Hoosierschrank und knetet Teig für die Milchbrötchen, die noch immer so ziemlich das Einzige sind, was Eddie in diesen Tagen zu sich nimmt.

»Wo sind denn alle?«, frage ich.

»Seymour hat Kat und Eddie auf eine Spritztour mitgenommen.« Nells Stimme ist tonlos. »Hat gesagt, sie wären zum Abendessen zurück.«

»Gut.«

»Im Packard.«

»Klingt vernünftig. In Seymours Roadster würden sie zu dritt kaum reinpassen.«

»Ich weiß, ich bin bloß das Dienstmädchen, aber das gehört sich nicht.«

»Wenigstens holt Seymour sie mal aus dem Haus.«

»Kat ist eine trauernde Witwe. Sie sollte nicht mit einem unverheirateten Mann durch die Gegend fahren.«

Ich will mich nicht mit Nell darüber streiten, deshalb setze ich mich gar nicht erst hin, sage, ich hätte nur wenig Zeit, und packe das Eiersalatsandwich, das sie für mich gemacht hat, in Wachspapier ein.

Ein gutes Stück die Crooked Run Road hinunter halte ich an und esse Nells Sandwich. Ich habe noch immer ihre Stimme in den Ohren: »Das gehört sich nicht.« Sie könnte recht haben. Die Ladys mit den weißen Handschuhen werden sich das Maul zerreißen, wenn sie die Witwe des Duke auf einer Spritztour mit einem unverheirateten Mann sehen – Seymour am Steuer des Packards, als gehörte er ihm, ihr einziger Begleiter ein dreizehnjähriger Junge auf der Rückbank. Aber solange es Eddie und Kat besser geht, soll mir das egal sein.

Als der Duke zum ersten Mal andeutete, Seymour wäre ein geeigneter Ehemann für mich, war ich nicht gerade begeistert von der Idee. Aber ich muss zugeben, der Mann hat etwas an sich, das mir den Kopf verdreht. Seymour ist ebenso sehr auf Aufmerksamkeit aus, wie der Duke es war, doch der Duke wollte immer im Mittelpunkt stehen, wohingegen Seymour bisweilen auch dir einmal Aufmerksamkeit schenkt. Und wenn er das tut, hast du das Gefühl, dass er etwas in dir sieht, etwas Besonderes, das allen anderen entgangen ist.

Genau das scheint er jetzt mit Kat und Eddie zu machen. Ich habe die meiste Zeit gearbeitet und war nicht zu Hause, wenn Seymour zu Besuch kam, aber sie haben mir erzählt, dass er jeden Tag vorbeischaut und ihnen Geschenke mitbringt. Wildblumen oder eine Tafel Schokolade für Kat. Eine Hasenpfote oder ein Kartenspiel für Eddie, und einmal auch einen Gedichtband von irgendeinem irischen Schriftsteller. Seymour bringt Eddie zum Lachen. Kat hat die Vorhänge wieder geöffnet, um das Licht hereinzulassen, und sie gehen alle zusammen spazieren. Und jetzt machen sie eine Spritztour.

Ich möchte gern glauben, dass Seymour einfach nur ein Gentleman ist, der eine trauernde Witwe tröstet. Aber schon bei der Verlesung des Testaments hat Mattie gesagt, Seymour würde Kat wie ein Aasgeier umkreisen, und Nell glaubt offensichtlich auch, dass er ein Auge auf die Witwe des Duke geworfen hat. Womöglich war ich zu sehr damit beschäftigt, auf Trab zu bleiben, sodass ich keinen Blick dafür hatte, was gerade vor meiner Nase vor sich geht. Vielleicht will ich es schlicht nicht wahrhaben. Ich muss herausfinden, welche Absichten Seymour in Bezug auf Kat verfolgt. Falls sich da wirklich etwas anbahnt, wird es höchste Zeit, darüber nachzudenken, was sich gehört und was nicht.

Als ich abends nach Hause komme, bin ich fest entschlossen, ein offenes Wort mit Seymour Johnson zu reden. Ich öffne die Haustür und höre Stimmengewirr, dann Eddies helles Lachen. Die drei sind im Wohnzimmer und sehen aus, als hätten sie beim Pferderennen einen Batzen Geld gewonnen.

»Sallie ist da«, sagt Seymour. »Jetzt können wir anstoßen.«

Eine Flasche von dem teuren Champagner, den der Duke nur bei besonderen Anlässen aufmachte, steht auf der Marmorplatte des Beistelltischs. Seymour füllt vier Gläser, hebt seines und sieht Kat an. »Auf meine frisch angetraute Frau.«

Heiße Röte schießt mir ins Gesicht. »Auf deine *was*?«

»Ich bin jetzt Mrs Seymour Johnson«, sagt Kat lachend, als könnte sie es selbst nicht fassen.

»Unser Eddie war mein Trauzeuge«, erklärt Seymour.

»Warum hat mir keiner was davon gesagt?« In meinem Kopf brodelt es, doch ich muss ruhig bleiben, klar denken, mir überlegen, wie ich reagieren soll.

»Mir haben sie's auch nicht erzählt«, sagt Eddie. »Es war eine Überraschung. Ich hab gedacht, wir würden nur ein bisschen herumfahren, und dann waren wir plötzlich am Rathaus von Roanoke.«

Seine Augen schimmern trotzig, als hätte er sich auf Seymours Seite geschlagen und wollte Einwände meinerseits im Keim ersticken.

»Überraschungen machen das Leben lebenswert«, sagt Seymour. »Also, Sal, willst du uns nicht gratulieren?«

Seymour hält mir ein Champagnerglas hin, in dem die winzigen Bläschen perlen. »Ich brauch frische Luft«, sage ich.

Die Scheinwerfer durchschneiden die Dunkelheit, und in ihrem Lichtstrahl leuchten die Augen einer Hirschkuh im Gebüsch am Straßenrand auf. Ich hatte gedacht, hier in der Gegend wären Hirsche so stark bejagt worden, dass es keine mehr gibt, aber das Tier starrt mich an, als würde es sich fragen, was zum Teufel ich hier mache. Ich frage mich dasselbe. Normalerweise laufe ich nicht vor Problemen davon, aber ich bin aus dem Haus gestürmt, und ehe mir richtig bewusst wurde, was ich tat, saß ich schon in der Lizzie und war auf dem Weg nach Hatfield, um Tante Faye zu besuchen, vielleicht ein paar Tage bei ihr zu bleiben, denn ich musste einfach weg. Von den beiden. Den Jungvermählten.

Auf halber Strecke durchs Tal ist mir noch immer übel. Richtig schlecht. Bin ich eifersüchtig? Kann sein. Verletzt? Ein wenig. Aber im Grunde wollte ich nie Mrs Seymour Johnson werden.

Mir ist übel, weil diese Heirat schlicht und ergreifend falsch ist. Sie ist übereilt. Sie ist rücksichtslos. Sie beleidigt das Andenken des Duke. Sie beleidigt alle im County, die noch immer um ihn trauern.

Was haben die zwei sich bloß dabei gedacht?

Kat gehört offensichtlich zu den Frauen, die stets einen Mann an ihrer Seite brauchen, der sie beschützt, sie umsorgt. Sie kann nicht mal für eine angemessene Trauerzeit allein durchs Leben gehen.

Was Seymour betrifft, da scheint Mattie recht zu behalten. Er ist ein Aasgeier, ein schamloser Mitgiftjäger. Kat hat keine Mitgift, aber sie sorgt für einen Jungen, der ein Vermögen geerbt hat und in fünf Jahren darüber verfügen wird.

Und was ist mit Eddie? Obwohl er mich so trotzig angesehen hat, ist er doch wie ein hilfloser, aus dem Nest gefallener Jungvogel, der vor allem Schutz sucht. Seymour hat ihn an die Hand genommen, genau wie damals, als Eddie auf der Eisenbahnbrücke vor Angst erstarrte. Aber wenn Seymour wirklich ein Gauner ist, kann ich Eddie nicht mit den Jungvermählten allein lassen. Ich bremse ab und halte auf der Straße Ausschau nach einer Wendemöglichkeit.

Am nächsten Morgen steht Nell am Spülbecken und schrubbt eine gusseiserne Bratpfanne. Sie nickt mir zu, ohne zu lächeln, sagt aber nichts. Von mir aus. Ich gieße mir eine Tasse Kaffee ein und setze mich an den Tisch. Der einzige Mensch, mit dem ich reden möchte, ist Eddie, um herauszufinden, was er denkt.

»Es ist unanständig«, platzt es aus Nell heraus, als könnte sie ihre Gedanken nicht länger für sich behalten. »Einfach unanständig.«

»Das werden viele Leute genauso sehen.« Und ich gehöre dazu. Aber es auszusprechen würde uns beide nur weiter in Rage bringen. Ich habe mich letzte Nacht schwer angestrengt, ruhiger zu werden, und ich gebe mir alle Mühe, für mein Gespräch mit Eddie ruhig zu bleiben. »Es ist nun mal passiert«, höre ich mich sagen. »Da nützt kein Jammern. Und du musst zugeben, das Haus ist um einiges fröhlicher, wenn Seymour Johnson hier ist.«

»Es soll aber jetzt nicht fröhlich sein«, sagt sie. »Es ist ein Trauerhaus.«

Ich bin bei meiner zweiten Tasse Kaffee und lasse mir Nells unverblümte Worte durch den Kopf gehen, als ich zum ersten Mal seit dem Tod des Duke das Klavier höre. Eddie sitzt allein auf der Klavierbank, sein schmaler Rücken ist gerade, schwankt aber ganz leicht, wie immer, wenn er spielt. Er hört nicht auf, als ich mich neben ihn setze und zuschaue, wie seine schlanken Hände kundig und elegant über die Tasten gleiten. Die Musik ist wehmütig und schön, ein Labyrinth von Tönen, die sich in Variationen wiederholen, eines seiner Lieblingsstücke, das er hauptsächlich auf den schwarzen Tasten spielt.

»Hast du gut geschlafen?«, frage ich.

»Nicht besonders.«

»Ich auch nicht. Wird eine Weile dauern, sich dran zu gewöhnen.« Ich warte darauf, dass Eddie etwas erwidert, und als er nichts sagt, versuche ich, ihm eine Reaktion zu entlocken. »Es kam ziemlich plötzlich.«

»Der Duke hat Kat auch ganz kurz nach Mutters Tod geheiratet.«

»Heißt das, du findest es richtig?«

Eddie hört auf zu spielen, und seine Augen nehmen wieder diesen trotzigen Ausdruck an. »Klar.«

»Mattie wird das nicht hinnehmen.«

»Es geht sie nichts an.«

Er spielt weiter. Er hat einen Daddy verloren, der nie einen Hehl daraus machte, dass er sich seinen Sohn anders gewünscht hätte. Das muss bei dem Jungen gemischte Gefühle ausgelöst haben. Vielleicht war er insgeheim sogar erleichtert, und falls ja, hat er sich wahrscheinlich selbst dafür gehasst. Womöglich hat er deshalb mit dem Klavierspielen aufgehört. Jetzt ist Seymour im Haus – Seymour, der dir das Gefühl geben kann, dass er etwas Besonderes in dir sieht –, und Eddie spielt wieder Klavier.

»Ich wünschte, sie hätten mit der Heirat noch gewartet«, sage ich.

»Was hätte das geändert?«, fragt Eddie.

Genau in dem Moment kommen Kat und Seymour ins Wohnzimmer. Wir sagen einander guten Morgen, aber ich kann ihnen kaum in die Augen sehen, weil ich daran denken muss, dass die Witwe des Duke und der Mann, der mir den Kopf verdreht hat, die Nacht gemeinsam im Bett des Duke verbracht haben.

Als wir die Küche betreten, steht Nell am Herd. Obwohl sie uns den Rücken zugewandt hat, ist ihre Missbilligung deutlich spürbar. Sie stellt einen Teller mit Rührei auf den Tisch. »Frühstück ist fertig«, sagt sie. »Ich zieh mich dann mal zurück.«

Sie rauscht von dannen, und die Küchentür schwingt hinter ihr zu.

»Tja«, sagt Kat, »jetzt kennen wir ihre Meinung. Was ist mit dir, Sallie?«

»Du denkst, es war zu früh«, sagt Seymour zu mir.

»Wenn ihr schon wisst, was ich denke, warum fragt ihr mich dann? Seymour, das hier ist kein Baseballspiel, wo du dir die nächste Base schnappst, sobald du die Gelegenheit dazu siehst.«

»Sallie, eins solltest du wissen«, schaltet Kat sich ein. »Die Heirat war meine Idee. Eddie und ich waren so allein. Allein mit unserer Trauer in diesem großen leeren Haus. Seymour war der Einzige, an den ich mich wenden konnte, der Einzige, der Eddie und mich davor bewahrt hat, völlig zu verzweifeln.«

»Wenn du den Mann verlierst, den du liebst, dann musst du eine Zeitlang mit diesem Verlust leben. Du rennst nicht gleich los und suchst dir einen anderen, der seinen Platz einnimmt. Damit trittst du deinen Verlust mit Füßen.«

»Ich habe keine Zeit, angemessen um den Duke zu trauern, Sallie. Mattie hat unmissverständlich klargemacht, dass sie findet, ich sollte nicht mehr hier wohnen. Dass das Haus ihr gehören sollte. Dass sie hier leben und sich um Eddie kümmern sollte. Ich bin keine Kämpferin, Sallie, ich brauche einen Mann, der für mich kämpft. Ich brauche einen Ehemann. Eddie braucht einen Daddy. Wir brauchen einen Mann im Haus.«

»Das gilt auch für dich, Sallie«, sagt Seymour. »Mattie will dich zurück nach Hatfield schicken, genauso wie sie Kat zurück nach Danville schicken will.«

Ich frage mich, ob das stimmt. Es ist durchaus möglich. Mattie war nie der Meinung, dass ich hierhergehöre. »Mag sein«, sage ich. »Aber ihr habt übereilt gehandelt.«

»Manchmal muss man einfach mutig sein«, sagt Seymour.

»Und jetzt müssen wir vier zusammenhalten. Allen zeigen, dass wir eine Familie sind.«

»Wir vier sind jetzt eine Familie?« Kat ist sechs Jahre älter als Seymour, und sie mögen ja als Ehepaar durchgehen, aber er ist bloß acht Jahre älter als ich.

»Ganz genau«, sagt Seymour. »Wir sind eine Familie. Wir fahren gleich zu Mattie. Heute noch. Erklären ihr alles. Komm doch mit, Sallie.«

Familie. Damals in Hatfield wollte ich mehr als alles andere auf der Welt Teil meiner Familie sein, doch seit ich wieder hier bin, bricht meine Familie auseinander. Eddie zuliebe muss ich im Großen Haus bleiben, aber mit Seymours und Kats neuer Familie will ich nichts zu tun haben.

»Ihr habt geheiratet. Das ist eure Sache. Aber ich werde nicht allen und jedem erzählen, dass ich das wunderbar finde. Den Gefallen werde ich euch nicht tun. Und, Seymour, wenn Mattie es erfährt, macht sie dir die Hölle heiß.«

Als ich ein paar Stunden später vor der Kaufhalle halte, sieht Mattie mich durchs Schaufenster und kommt nach draußen gestürmt.

»Es ist widerlich.« Die Muskeln an ihrem Hals zucken. »Abscheulich. Der Duke ist kaum unter der Erde, und dieser Blutegel, der Bruder meines Mannes, heiratet seine Witwe. Sie ist noch in der Trauerzeit.« Mattie packt meinen Arm, quetscht ihn regelrecht. »Hast du davon gewusst?«

»Nein. Die haben mich genauso überrumpelt wie dich.«

»Ja, natürlich.« Sie drückt die Finger an die Schläfen. »Die haben keinem vorher was gesagt. Sie haben es verschwiegen, weil sie gewusst haben, dass wir es verhindern würden.« Sie atmet tief durch. »Billigst du das?«

»Nein. Es ist viel zu früh. Das steht fest.«

»Gut. Aber ich hatte dir gesagt, du sollst Augen und Ohren offen halten, Sallie. Der Duke hat darauf vertraut, dass du Eddie beschützt, und dann passiert so was.«

»Eddie ist einverstanden.«

»Weil Seymour den Jungen um den Finger gewickelt hat. Du hättest ihn heute Morgen hören sollen, als sie alle bei uns waren. Wie er Seymour in Schutz genommen hat, als wäre er sein Anwalt. Sallie, wenn du es hättest kommen sehen, hätten wir noch rechtzeitig was dagegen unternehmen können.«

»Was denn, bitte? Als sie gestern aus Roanoke zurückgekommen sind, waren sie schon verheiratet.«

»Gestern?« Die Farbe weicht aus Matties Gesicht. »Wo haben sie die Nacht verbracht? Sag jetzt bitte nicht, dass sie im Schlafzimmer vom Duke geschlafen haben.«

Meine Wangen werden rot, und ich senke den Blick.

»Was für eine Verdorbenheit. Im Bett meines toten Bruders. Entsetzlich.« Mattie holt wieder tief Luft. »Seymour hält sich für sehr schlau, so wie er das alles eingefädelt hat. Aber er ist raffinierter, als ihm guttut. Das wird böse enden. Lass dir das gesagt sein.« Erneut packt sie meinen Arm. »Sallie, du und Eddie, ihr müsst bei Sheriff Earl und mir wohnen.«

»Das wird Eddie nicht wollen. Und wenn Eddie bleibt, bleibe ich auch.«

»Tja, dann merk dir eines, Sallie Kincaid, es ist deine Aufgabe, deinen Bruder zu schützen, dem Jungen die Augen dafür zu öffnen, was hier vor sich geht, dass die beiden ihn nur benutzen. Ich kann mich auf dich verlassen, ja?« Sie studiert mein Gesicht. »Du bist doch nicht etwa auf ihrer Seite, oder?«

»Ich versuche, auf niemandes Seite zu sein.«

Mattie legt den Kopf schief. »Dann schäm dich, Sallie Kincaid. Du wolltest unbedingt nach Caywood zurückkommen, deinen Platz in der Familie Kincaid einnehmen, hast bei jeder sich bietenden Gelegenheit rumposaunt, dass du die Tochter des Duke bist, und jetzt, beim ersten Anzeichen von Streit in der Familie, willst du dich raushalten. Aber wenn du wirklich eine Kincaid bist, kannst du es dir nicht leisten, die Sache auszusitzen.«

17

Es ist Anfang Dezember. Letzte Nacht war es klirrend kalt. Zeit zum Schweineschlachten. Ich lege gerade ein weiteres Scheit aufs Feuer, als Kat an meine Tür klopft. Sie setzt sich aufs Bett, legt die Hände auf ihren Bauch und reibt ihn sanft. »Sallie, ich glaube, ich bin schwanger.«

»Glückwunsch.« Das ging ja schnell. Kat und Seymour haben vor fünf Wochen geheiratet.

»Die Sache ist die, Sallie, es muss vom Duke sein. Dass ich mit Seymour« – sie wird rot –, »dass ich mit Seymour zusammen war, ist noch nicht lange genug her.«

Ich spüre einen Kloß im Hals. Der Duke hätte also das vierte Kind bekommen, das er sich gewünscht hatte. Wenn er nur nicht so versessen darauf gewesen wäre, allen zu beweisen, dass er höher klettern und weiter springen kann als Seymour. Ein weiteres Kincaid-Kind. Ein weiteres Geschwister für Eddie und mich. Und Mary.

Ein neues Leben sollte ein Grund zur Freude sein, aber wenn eine Familie auseinanderbricht, kann ein Baby die Kluft weiter vertiefen. Ich frage mich, ob Kat schon den

Verdacht hatte, guter Hoffnung zu sein, als sie geheiratet hat, und es deshalb so eilig hatte.

»Was sagt Seymour dazu?«

»Er weiß es noch nicht. Ich musste es einfach jemandem erzählen, deshalb erzähle ich's dir. Aber sonst darf es niemand wissen.«

»Du musst es Seymour sagen.«

Kat schüttelt den Kopf. »Als er mich geheiratet hat, wusste er nicht, dass ich mit dem Kind eines anderen schwanger bin. Damit hat er nicht gerechnet. Er wird mich deswegen anders sehen.«

»Seymour ist für Eddie fast wie ein Vater geworden. Ein Neugeborenes wird er noch lieber mögen.« Seymour und Eddie haben sich in letzter Zeit mit Kat überwiegend im Haus aufgehalten, den Sport- und Wirtschaftsteil der Zeitung studiert und sogar in eine Aktie investiert, die ordentlich Gewinn abgeworfen hat. Seymour sagt ständig, die Lage würde sich schon wieder beruhigen, das wäre bloß eine Frage der Zeit. Vielleicht hat er recht, und die Neuigkeit, dass Kat ein Baby vom Duke erwartet, könnte sogar hilfreich sein. »Kat«, sage ich. »Vielleicht beschwichtigt das sogar Mattie. Es ist das Kind ihres Bruders. Und sie würde dich endlich als Teil der Familie sehen.«

»Mattie wird niemals glauben, dass es vom Duke ist.« Kat schüttelt den Kopf, als hätte sie das bereits durchdacht. »Sie wird behaupten, es wäre von Seymour, dass ich mich schon vor der Heirat mit ihm eingelassen hab, gleich nachdem der Duke gestorben ist. Oder sogar noch davor. Sie wird sagen, ich versuche nur, das Baby als seins auszugeben. Das wird sie überall rumerzählen, und die Leute werden ihr glauben. Die sind sowieso schon schlecht auf mich zu sprechen. Deshalb darf es niemand wissen.

Geheimnisse und Lügen. So sollte man kein Baby in die Welt setzen. Doch Kat scheint fest dazu entschlossen. »Früher oder später werden die Leute es erfahren, Kat.«

»Ich weiß. Ich brauch bloß ein bisschen Zeit. Wenn ich noch etwas warte, kann ich Seymour einreden, es wäre seins.«

»Deinen Mann so anzulügen –«

»Oder ihn dazu bringen, so zu tun, als wär's von ihm. Das wäre vielleicht am besten. Wir können sagen, es kommt zu früh. Wir können es als Seymours Kind ausgeben.«

»Die Leute wissen, wie eine Frühgeburt aussieht. Kat, du denkst nicht klar.«

»Ich weiß, dass ich nicht klar denke, Sallie. Ich bin zweiunddreißig Jahre alt, war noch nie guter Hoffnung – hatte mich damit abgefunden, keine Mama zu werden. Seymour zu heiraten hat meine Probleme nicht gelöst, wie ich gehofft hatte. Natürlich kann ich keinen klaren Gedanken fassen, aber ich musste mit jemandem reden. Sallie, versprich mir, es niemandem zu erzählen.«

Kat klingt, als wäre sie am Rande eines Nervenzusammenbruchs. Ich nehme ihre Hand und drücke sie fest. »Versprochen.«

18

»Sallie Kincaid?« Die Stimme aus dem Telefonhörer klingt blechern und brüchig. Eine Frau.

»Wer spricht da?«

»Sie kennen mich nicht, und mein Name spielt keine Rolle, aber Faye Powell ist in Gefahr. Sie ist im Krankenhaus in Hatfield. Dieser Wayne ist wieder auf sie losgegangen.«

»Oh Gott. Ist es sehr schlimm?«

»Ihre Tante ist ganz schön verprügelt worden, aber sie wird schon wieder.«

»Gott sei Dank. Und Wayne? Hat man ihn festgenommen?«

»Er ist abgehauen. Aber seinetwegen rufe ich nicht an. Ich rufe an, weil die vorhaben, Ihre Tante wegzubringen.«

»Wegzubringen? Wohin denn?«

»In diese Anstalt in Marion. Die für Schwachsinnige. Dr. Pruitt hat beschlossen, dass Miss Powell weggesperrt gehört und unfruchtbar gemacht werden soll. Sie wird morgen abgeholt.«

Wenige Minuten später sitze ich in der Lizzie und rase Richtung Hatfield. Dieser Dr. Pruitt muss neu im Krankenhaus sein, und ich bin ihm noch nie begegnet, aber ich habe von dem Institut für Geistesschwache in Marion gehört. Ein etwas hochtrabender Name für eine Irrenanstalt. Als ich in Hatfield war, kursierten Gerüchte über Ärzte aus Einrichtungen wie die in Marion, die einfältige Menschen abholten und behaupteten, sie würden ihre Krankheiten behandeln, um sie dann heimlich und ohne ihre Einwilligung zu sterilisieren. Als wollten sie den Bestand einer Viehherde verbessern. Und jetzt hat einer dieser Ärzte das mit Tante Faye vor.

Sie mag flatterhaft und inkonsequent sein, und sie ist ganz auf sich allein gestellt, natürlich benötigt sie Hilfe, deshalb schicke ich ihr alles Geld, das ich entbehren kann, aber sie ist weiß Gott nicht schwachsinnig, und wir brauchen keinen selbsternannten Weltverbesserer, der über ihr Schicksal entscheidet.

Ich biege auf Hatfields schlammige Hauptstraße und bin erstaunt über den neuen kreideweißen Anstrich des Krankenhauses, als wollte es hinausposaunen, wie viel sauberer es ist als die schäbigen, verwitterten Häuser drum herum. Drinnen sitzt eine mir unbekannte Frau an einem Tisch, und an der Wand hinter ihr hängen Plakate über Hygiene und Krupp und Ringelflechte. Auch die sind neu.

Ich frage nach Faye Powell, und ihr Blick verrät mir, dass sie nicht die Frau ist, die mich angerufen hat. Sie sagt, ich soll warten, und verschwindet nach hinten.

Der Raum ist leer. Draußen kreischen Stärlinge, und ein Holztransporter rumpelt vorbei, seine Reifen platschen laut durch die Schlaglöcher. Ich denke nicht daran, hier rumzustehen und zu warten, bis dieser unverschämte Arzt mir mitteilt, ob ich meine eigene Tante besuchen kann oder nicht, also werfe ich einen Blick in das Patientenbuch des Krankenhauses, das aufgeschlagen auf dem Tisch liegt. Da steht es, in krakeliger Handschrift:

Faye Powell, eingeliefert 16. Feb. 1920
Prellungen & Platzwunden im Gesicht & leichtes Abdominaltrauma
Zi. 3. Verlegung ins Inst. für Geistesschwache (Marion), vorbehaltlich der Diagnose auf geistige Beschränktheit

Prellungen, Platzwunden. Wayne hat es schon einmal fertiggebracht, Tante Faye schwer zu verletzen, und im Grunde wusste ich, dass er es wieder tun würde. Das tun sie immer. Als ich ihn damals bei ihr im Bett sitzen sah, hatte ich die Flinte des Duke dabei. Ich hätte sie benutzen sollen.

Zimmer 3 ist gleich den Gang runter. Tante Faye sitzt aufrecht im Bett und inspiziert ihr blaues Auge in einem kleinen Spiegel. Sie stößt einen Freudenschrei aus, als sie mich sieht, doch dann spüre ich eine Hand auf meinem Arm. Es ist dieser neue Arzt, in einem gestärkten weißen Kittel. Er ist jung, das Gesicht faltenfrei, das Haar so kurz geschoren, dass er auch glatzköpfig sein könnte.

»Ich bedaure.« Seine Stimme ist höflich und duldsam und kalt. »Die Besuchszeit ist vorbei.«

»Die Frau ist meine Tante.«

»Kommen Sie morgen wieder.«

»Bis dahin ist sie weg.« Ich drehe mich zu Tante Faye um. »Der Arzt hier hat vor, dich in eine Irrenanstalt zu stecken. Morgen.«

Tante Faye blickt verwirrt. Der Arzt legt ihr eine Hand auf die Schulter, tut einfühlsam, will sie aber festhalten.

»Es ist nur zu Ihrem eigenen Besten, Miss Powell.« In derselben höflichen kalten Stimme sagt er zu mir: »Die Patientin leidet unter akuter Schwermut und Hysterie. Ein Ärztegremium wird begutachten, ob sie die Kriterien von geistiger Beschränktheit erfüllt.«

»Kein Ärztegremium wird irgendwas an ihr begutachten«, sage ich. »Tante Faye, ich hol dich hier raus.«

»Ich kann nicht nach Hause.« Sie sieht panisch aus. »Wayne –«

»Da bring ich dich auch nicht hin.«

Seymour und Eddie haben im Wohnzimmer Notizbücher und Zeitungen vor sich liegen, um Baseballspieler und Aktienkurse zu bewerten. Sie blicken überrascht auf, doch ehe sie etwas sagen können, erzähle ich ihnen, was sie wissen müssen, und kein Wort mehr: »Tante Faye war im Krankenhaus in Hatfield, aber der Arzt hat sie nicht richtig behandelt, deshalb hab ich sie mit hierhergebracht.«

Wenn Tante Faye verlegen ist oder sich schämt, plappert sie gern über alles Mögliche, nur nicht über das eigentliche Problem. Das hat sie auf der Rückfahrt getan, und das tut sie auch jetzt, während ich ihr helfe, sich zu waschen. Sie redet darüber, dass sie, du lieber Himmel, vor einer Ewigkeit, noch vor meiner Geburt, genau dieses Waschbecken geputzt hat, als sie hier Dienstmädchen war und erst für Belle und später dann für meine Mama gearbeitet hat, und jetzt ist sie in diesem Haus zu Gast, nicht zu fassen, das Leben ist schon seltsam, der Lauf der Welt, wie die Dinge sich doch ändern, dann bricht sie plötzlich ab.

»Danke, Sallie, danke, dass du mir heute geholfen hast. Ich hab für dich gesorgt. Ich war nicht immer eine Heilige, aber –«

»Du hast dein Bestes getan.«

»Ich hab mein Bestes getan. Bloß, Sallie … Du weißt nicht alles.« Sie seufzt. »Ich hätte Wayne nie bei mir einziehen lassen sollen, da hast du recht, das musst du mir nicht sagen, aber ganz ehrlich –«

»Du warst einsam.«

»So furchtbar einsam. Es ging nicht nur um das Geld. Ich war so einsam, seit du nicht mehr da warst.«

»Es tut mir leid. Ich weiß, es muss für dich ausgesehen haben, als hätte ich dich vergessen, aber –«

»Das spielt jetzt keine Rolle mehr, Schätzchen. Du hast mich heute gerettet. Das weiß ich. Ich bin jetzt eine andere. Die Zeiten, in denen ich mich mit Männern vom Roadhouse eingelassen habe, sind vorbei. Das schwöre ich.«

Sobald Tante Faye im Bett liegt, gehe ich zurück ins Wohnzimmer. Seymour und Eddie wechseln Blicke, als hätten sie etwas Peinliches zu besprechen. »Also, Sallie« – Seymour reibt sich das Kinn –, »verrat mir doch mal, wie lange deine Tante bei uns bleiben wird.«

»So lange wie nötig. Wieso?«

»Ich wollt's nur wissen.«

»Was dagegen?«

»Vielleicht«, sagt Eddie. Er starrt auf das Notizbuch in seinem Schoß, als wollte er mir nicht in die Augen sehen. »Mutter hätte sie nicht im Haus geduldet. Sie hat immer gesagt, Faye Powell wäre eine gefallene Frau.«

Ich bin sehr müde. Ist das alles, was die Leute denken werden, wenn sie Tante Faye sehen? Menschen, die nie Not gelitten haben, fällt es leicht, diejenigen zu verurteilen, die es schwerer im Leben hatten. Aber es würde nichts nützen, mit ihnen darüber zu streiten, wer gefallen ist und warum. »Deine Mama war eine fromme Frau, Eddie. Sie hat an die Vergebung der Sünden geglaubt. Das solltest du auch. Und Seymour, gerade du solltest dich nicht aufs hohe Ross setzen.«

»Ich habe nichts gegen die Ladys der Halbwelt, aber die Leute werden sich das Maul zerreißen. Das tun sie ohnehin schon.«

»Über deine Ehe«, stelle ich klar.

»Und jetzt haben sie noch mehr Anlass dazu«, sagt Eddie. »Vor allem Tante Mattie.«

»So wird sich die Lage nie wieder beruhigen«, sagt Seymour.

»Seymour, wenn es etwas gibt, wofür die Menschen in diesem County Verständnis haben, dann ist das Verwandtschaft in Not. Hier hat jeder irgendwann mal einem Taugenichts von Bruder oder Cousin oder Schwager aus der Klemme helfen müssen.«

Wieder wechseln Seymour und Eddie Blicke, als würden sie abwägen, was ich gesagt habe. »Warten wir ab, was Kat davon hält«, sagt Seymour.

»Was ich wovon halte?«

Kat steht in der Tür. Ihr Haar ist zerzaust, und sie hat ein schweres Umhängetuch über ihren Paisleybademantel geschlungen. Zwei Monate sind vergangen, seit sie mir von ihrer Schwangerschaft erzählt hat, und in letzter Zeit wirkt sie müde und kränklich, aber sie war immer schon mollig, und sie trägt stets das Umhängetuch, weil ihr angeblich kalt ist. Bislang hat niemand Verdacht geschöpft.

Sie setzt sich und schenkt mir ihr entwaffnendes Lächeln, also erzähle ich, was im Krankenhaus passiert ist, erzähle von Dr. Pruitt und seinem dummen Gerede von geistiger Beschränktheit. Kat schüttelt fassungslos den Kopf.

»Selbstverständlich bleibt Faye bei uns.« Ihre Stimme macht deutlich, dass es in der Sache keine Diskussionen geben wird. »Wir schicken sie auf keinen Fall zurück zu diesem Arzt. Sie gehört zur Familie, und Familie ist immer willkommen. Außerdem werden wir hier bald etwas mehr Hilfe brauchen.« Kat nimmt Seymours Hand und legt sie auf ihren Bauch. »Ich glaube nämlich, ich bin guter Hoffnung.«

Vor dem Frühstück am nächsten Morgen erwische ich Kat allein vor der Toilette.

»Danke, dass du mir und meiner Tante beistehst.«

»Sie gehört zur Familie«, wiederholt Kat mit einem Lächeln.

Familie. Ich vermute, Kat sieht in Tante Faye ein bisschen sich selbst. Auch sie weiß, wie es ist, eine alleinstehende Frau zu sein, an Menschen gebunden, die trotz all des Geredes von Familie doch mehr oder weniger Fremde sind. Als Kat damals anfing, in Eddies Unterrichtsraum zu kommen, dachte ich, sie würde mich verdrängen wollen, doch gestern Abend hat sie sich für mich eingesetzt. Genau wie das in einer Familie sein sollte. Ich war überrascht, dass sie ausgerechnet diesen Moment dazu nutzte, ihr Geheimnis preiszugeben, auf jeden Fall hat sie damit dem Streit um Tante Faye ein Ende bereitet.

»Hast du mit Seymour darüber gesprochen, von wem –«

Kat schüttelt knapp den Kopf und fällt mir ins Wort. »Ich hab's ihm nicht gesagt, und er hat nicht gefragt. Außerdem weiß ich nicht, ob das Kind wirklich vom Duke ist. Und was spielt das für eine Rolle? Es ist mein Baby. Seymour ist mein Mann. Und wir werden es großziehen. Nur das zählt.«

»Nur das zählt«, wiederhole ich und hoffe, dass es auch stimmt.

Beim Frühstück reden alle lebhaft und laut durcheinander. Seymour lässt sich darüber aus, dass er Vater wird und angeblich genau spürt, dass das Baby ein Junge ist. Eddie kann gar nicht aufhören, davon zu reden, dass er bald ein großer Bruder sein wird. Groß. Eddie war immer der Kleinste in der Familie, und so wurde er auch immer behandelt, aber das wird sich jetzt ändern. Kat strahlt förmlich vor Erleichterung, weil endlich alle wissen, dass sie Mutter wird und weil wir uns ehrlich für sie freuen.

Aber die Fröhlichste von allen ist Tante Faye, die Maisgrieß auf Eddies Teller häuft und davon redet, dass sie sich um den Haushalt kümmern wird, jetzt, da Kat mehr Ruhe braucht, und als Nell einen Teller mit warmen Brötchen auf den Tisch stellt, tätschelt Tante Faye ihr den Arm und sagt: »Mit der Hilfe dieser tüchtigen jungen Frau.«

Die Aussicht auf ein Baby hat sogar Nell besänftigt. Sie und Tante Faye legen gleich los und besprechen, wie sie die Ausgaben senken können, weil das Geld so knapp ist: Sie werden Kutteln und Nackenknochensuppe kochen, Pudding aus altem Brot zubereiten, Brennnesseltee gegen Kats morgendliche Übelkeit ansetzen und heruntergebrannte Kerzenstummel einschmelzen, um den Talg wiederzuverwenden. Vielleicht liegt es ja daran, dass Nell hier genauso kocht und putzt wie Tante Faye vor zwanzig Jahren, jedenfalls fassen die beiden sofort Zuneigung zueinander.

Wir hören uns beinahe so an, als wären wir wirklich eine große Familie.

Am späteren Vormittag fahren Tante Faye und ich noch einmal nach Hatfield, um ihre Sachen zu holen. Mein alter Bollerwagen steht zerbeult und verrostet auf der Veranda, dient nur noch als Wäschekarren. Ich werde ihn mit nach Hause nehmen. Meine Remington lehnt in der Schlafzimmerecke, wo ich sie zurückgelassen habe. Unbenutzt. Auch die nehme ich mit. Während Tante Faye ihre spärliche Garderobe in einen Karton packt, überprüfe ich die Gewehrkammer – es ist geladen –, wische dann den Staub von Lauf und Kolben und ziele aus dem Fenster auf ein Eichhörnchen, das über die Eisenbahngleise hüpft. Ich könnte es von hier aus treffen, das weiß ich – ich war schon immer eine gute Schützin.

Mir sind Langwaffen lieber als Kurzwaffen. Ich konnte dem Gefühl, eine Faustwaffe in der Hand zu halten, noch nie viel abgewinnen – so weit weg am Ende des Arms, wie ein Teppichklopfer oder ein Rührlöffel. Wenn du dagegen mit einem Gewehr zielst, ist es fast so, als würde es zu einem Teil von dir, der glatte Schaft hart an der Wange, der Kolben fest in die Schulterbeuge gedrückt, die linke Hand hält den Vorderschaft, dicht am Abzug, und du spähst über den langen, geraden Lauf durch die kleine Kimme des Visiers und weiter, den Blick auf das gerichtet, was dich bedroht – oder was du bedrohst –, und du lehnst dich nach vorne, nicht lässig nach hinten, sondern nach vorne, nach vorne – weil du die Lage beherrschst. Du beherrschst sie.

Und dann, mit nur einer ganz kleinen, sanften Krümmung des Zeigefingers – WUMM! – hast du zur Strecke gebracht, was du zur Strecke bringen wolltest: Eichhörnchen, Kaninchen, tollwütiges Opossum, hühnerreißenden Fuchs, kampfwütigen Mistkerl.

Und du bist jemand, den man ernst nehmen muss.

Ich senke die Remington und sehe das Eichhörnchen davonhüpfen.

Ich brauche ein Gewehr.

Das hatte ich mir genau hier in diesem Zimmer gesagt. Es war einen Tag, nachdem Tante Faye mit einem blauen Auge aus dem Roadhouse nach Hause gekommen war, weil einer ihrer Kunden ihr kein Zeichen seiner Wertschätzung geben wollte. Ich brauchte ein Gewehr, um zu verhindern, dass das jemals wieder passierte. Also durchforstete ich Tante Fayes abgegriffenen Katalog von Sears, Roebuck and Company. Darin wurde eine Winchester für siebenundzwanzig Dollar und fünfundneunzig Cent angeboten, ein richtig gutes Gewehr, das ich mir aber nie würde leisten können, und eine Marlin für dreizehn Dollar, die aber ebenfalls zu teuer war. Dann sah ich sie, eine Remington Kaliber zweiundzwanzig für drei Dollar. Die könnte ich vielleicht gerade so aufbringen. Mit dem Silberdollar, den der Duke mir für den Notfall geschenkt hatte, brauchte ich nur noch zwei Dollar zusätzlich. Ich musste bloß eine Möglichkeit finden, die zusammenzukratzen.

Ronnie Webb, ein schreckhafter Junge, der im Schulhaus von Hatfield in der Klasse für Zwölf- und Dreizehnjährige auf der Bank neben mir saß, hatte damit geprahlt, dass er sich das Geld für sein eigenes Gewehr verdienen würde, indem er seinem Pa nach dem ersten harten Frost helfen würde, Kastanien aufzusammeln. Ich fragte, ob sein Pa noch eine helfende Hand gebrauchen könnte, weil auch ich mir Geld für ein Gewehr verdienen wollte.

»Wozu brauchst du denn ein Gewehr? Du bist ein Mädchen.«

»Wir haben keinen Mann im Haus. Wir müssen uns selbst schützen.«

Am nächsten Tag sagte Ronnie, sein Pa hätte noch Platz für ein Kind mehr auf dem Wagen, aber wehe, ich wäre nicht fleißig.

Der harte Frost kam am darauffolgenden Freitag. Der Himmel war noch tiefschwarz, als ich das Haus der Webbs erreichte, wo die ganze Familie gerade im Licht von Laternen auf den Wagen kletterte. Alle trugen sie Schals und Mützen und Handschuhe gegen die Kälte. Mrs und Mr Webb stiegen vorne auf den Bock, und wir Übrigen drängten uns hinten auf den Jutesäcken zusammen. Mr Webb ließ die Zügel schnalzen, und das Maultier brachte uns über einen alten Ziehweg hinauf in die Berge. Die Sonne beleuchtete gerade die ersten Berggipfel, als wir die Kastanienbäume erreichten, die in der rötlich goldenen Morgendämmerung aussahen wie ein Heer von Riesen, manche fast dreißig Meter hoch, mit knorrigen, gut anderthalb Meter dicken Stämmen.

Durch den Frost waren die Nüsse von den Bäumen gefallen, und der Boden war übersät mit ihnen. Mr Webb sagte, wir müssten uns sputen, denn bald würden sich Bären, Hirsche, Wildschweine und Menschen über diese Kastanien hermachen, und in wenigen Tagen wäre nichts mehr da.

Ich schnappte mir einen Korb, sprang vom Wagen und machte mich sofort an die Arbeit. Mr Webb zahlte seinen Kindern und mir sechs Cent pro Korb, und ich musste vierunddreißig Körbe füllen, um mir die Remington kaufen zu können. Die Kastanien waren groß wie meine Faust und hatten stachelige Schalen, die an kleine Stachelschweine erinnerten und mir schon bald an Rock, Mantel, Handschuhen und Haaren hafteten, aber ich nahm mir nicht die Zeit, sie abzuklauben.

Ich füllte meinen ersten Korb, ohne mich von der Stelle bewegen zu müssen, und lief zu Mrs Webb hinüber, die schon dabei war, die Schalen von den Kastanien zu drehen und die samtigen, dunklen Nüsse in einen Sack zu werfen. Wortlos nahm sie meinen Korb, kippte den Inhalt auf den Wagen und machte dann einen Strich hinter meinem Namen auf ihrer Liste. Ein Korb war geschafft, blieben noch dreiunddreißig.

Das Sammeln mit den Handschuhen war beschwerlich, deshalb zog ich sie aus, aber als meine Finger taub vor Kälte und blutig von Kratzern waren, zog ich die Handschuhe wieder an. Ich füllte und leerte meinen Korb so oft – rasch, rasch, schneller, schneller –, dass ich Rückenschmerzen bekam, also kniete ich mich hin, doch dann taten mir die Knie weh, und ich verlegte mich wieder aufs Bücken.

Ich ließ den Lunch aus, und als die Sonne unterging, hatte ich einunddreißig Körbe gefüllt. Die Ausbeute war inzwischen magerer, die Sicht wurde schlechter, und mir tat alles so weh, dass ich mich zwingen musste weiterzumachen, aber mir fehlten noch immer drei Körbe. Ich ging zurück zu den Bäumen.

»Komm mal her«, rief Mr Webb.

Seine Kleidung hing an ihm herunter wie an einer Vogelscheuche, und sein grauer Bart fiel ihm bis auf die Brust, aber ich vermutete, dass er nicht annähernd so alt war, wie er aussah. Er redete nicht viel, und es war das erste Mal, dass er mich direkt angesprochen hatte.

»Ich muss noch drei Körbe machen«, erklärte ich.

»Für heute ist hier Schluss«, sagte er in einem Tonfall, der keinen Widerspruch von einer Dreizehnjährigen duldete.

Als wir am Haus der Webbs ankamen, kletterte ich vom Wagen und blieb stehen, um auf mein Geld zu warten. Selbst im Mondlicht konnte ich Mr Webbs finstere Miene erkennen.

»Du denkst doch nicht, dass ich dich gleich bezahle, oder? Ich kann dich erst bezahlen, wenn ich mein Geld habe. Komm morgen Abend wieder.«

Am nächsten Nachmittag durchsuchte ich den Wald oberhalb von Hatfield nach Kastanien, aber die waren schon alle aufgesammelt worden. Ich würde nicht genug Geld zusammenbekommen, um die Remington kaufen zu können. Und irgendwie beunruhigte mich auch Mr Webbs finsterer Gesichtsausdruck vom Vorabend. Ich war bloß ein Mädchen, hatte niemanden, der für mich eintrat, und Mr Webb würde mich vielleicht übers Ohr hauen. Falls ja, was könnte ich dagegen machen? Ohne ein Gewehr nicht viel.

Als ich am Abend das Haus der Webbs betrat, knisterte ein Feuer in dem großen Feldsteinkamin, und die ganz Familie Webb saß dicht gedrängt um den Tisch herum. Alle Kinder schälten Kastanien und sahen zu, wie Mr Webb sein Geld stapelte, Pennys, Fünfcent- und Zehncentstücke und Vierteldollars. Ich wartete darauf, dass Mr Webb mich wieder finster musterte. Stattdessen sah er zu seiner Frau hinüber.

»Ma«, sagte er, »wie viele Körbe voll hat die kleine Kincaid gesammelt?«

Sie hätte zwanzig sagen können, und ich hätte nicht nachweisen können, dass das falsch war. Ich ballte die Fäuste und reckte das Kinn vor.

»Einunddreißig.«

Meine Fäuste öffneten sich. Ich hatte mich geirrt. Ich kam mir mies vor. Aber ich war auch erleichtert. Es würde keinen Streit geben. Und ich brauchte nur noch vierzehn Cents für meine Remington. Ich lächelte beide matt an.

»Die Sache ist die«, sagte Mr Webb, »der Preis für Kastanien war nicht der, mit dem ich gerechnet hab.«

Sofort war ich wieder kampfbereit. Er wollte mich also doch übers Ohr hauen. Gleich würde er behaupten, die Kastanien hätten weniger eingebracht als erwartet, und ich könnte es nicht widerlegen.

»Die Krankheit, die da vom Norden runterkommt, tötet die Bäume ab«, sagte Mr Webb. »Hat sich rausgestellt, dass Kastanien jetzt Mangelware sind. Deshalb hab ich mehr pro Sack bekommen, als ich dachte. Also zahl ich dir jetzt sieben Cent pro Korb statt sechs.«

Manche Leute sagen, sie hassen es, wenn jemand sie eines Besseren belehrt, aber ich war heilfroh, dass ich mich geirrt hatte. Ich würde mein Gewehr bekommen und sogar noch Geld übrig haben, um für Tante Faye etwas zu kaufen. Am liebsten hätte ich Mr Webb umarmt, aber ich glaubte nicht, dass ihm das gefallen würde, deshalb sagte ich bloß: »Das ist sehr großzügig von Ihnen, Sir.«

»Ich komm dann auf zwei Dollar, siebzehn Cent.« Mr Webb zählte acht Vierteldollar, ein Zehncentstück, ein Fünfcentstück und zwei rote Pennys ab. »Mein Junge sagt, du sparst auf ein Gewehr.«

»Ja, Sir.«

Er sah mich mit kleinen stechenden Augen unter buschigen grauen Brauen an. Es lag keine Spur von Sanftheit darin. »Wenn du dein Gewehr gekauft hast, komm damit her, dann zeigen wir dir, wie man richtig damit umgeht.«

19

Der Frühling ist dieses Jahr zu früh dran und bringt den verwunderten Zaubernussstrauch dazu, kecke gelbe Blütchen zu treiben, und als ich am Abend zum Großen Haus zurückkomme, sehe ich, dass sie die Verandasessel in den Garten getragen haben, um die Wärme dort zu genießen. Ich setze mich dazu, schließe die Augen, spüre die Sonne im Gesicht.

Drei Tage sind vergangen, seit ich Tante Faye hergeholt habe. Mattie fragt ständig, wie die Lage »da drüben« ist, und ich antworte stets, es sei alles in bester Ordnung, ohne ein Wort über Kats Zustand zu verlieren, denn Kat will es ihr selbst sagen. Ich habe auch noch kein Wort über Tante Faye verloren. Das würde Mattie wahrscheinlich auf die Palme bringen. Geht sie nichts an, rede ich mir ein, aber wie ich selbst immer sage: Verschweigen ist fast so schlimm wie Lügen, und deshalb fühlt sich alles irgendwie falsch an, so wie die Zaubernuss, die im Februar blüht.

Meine Augen sind noch immer geschlossen, als ich das Summen einer Biene höre, ebenso verwundert wie der Zaubernussstrauch. Kat und Seymour reden darüber, am kommenden Wochenende Mattie und Sheriff Earl zu besuchen, um ihnen von Kats Schwangerschaft zu erzählen. Das könnte die beiden erweichen, sie werden es akzeptieren müssen – wer freut sich denn nicht über ein Baby? –, und ich denke, dass ich sie diesmal möglicherweise begleiten werde, zusammen mit Tante Faye. Ich habe nichts zu verbergen, und wenn wir ihnen zeigen, dass wir zusammenstehen, werden sich die Wogen vielleicht, nur vielleicht, doch noch glätten.

Dann höre ich ein Auto.

Ich öffne die Augen. Der Buick von Mattie und Sheriff Earl kommt die Einfahrt hoch. Wir stehen auf. Mattie, Sheriff Earl und die Bailey-Zwillinge steigen aus dem Wagen. Sheriff Earl hat ein Blatt Papier in der Hand. »Ich habe hier einen Beschluss von Richter Barrow.«

»Der uns das Sorgerecht für Eddie zuspricht«, sagt Mattie. »Wir nehmen ihn zu uns.«

»Kommt gar nicht in Frage.« Seymour spricht mit seiner lauten Baseballstimme.

»Ich bin Eddies Tante«, sagt Mattie.

»Und ich bin seine Schwester.« Mattie starrt mich wütend an, aber ich halte ihrem Blick stand und starre genauso wütend zurück.

»Du bist nicht alt genug, um sein Vormund zu sein«, sagt Mattie. »Der Junge hat hierzulande nur eine Blutsverwandte, die alt genug ist. Und das bin ich.«

Sheriff Earl hält das Blatt hoch. »Richter Barrow ordnet an, dass Mattie von heute an Eddies gesetzlicher Vormund ist, weil dieses Haus zu einem« – er liest vom Papier ab – »verderblichen Umfeld geworden ist.«

Mattie zeigt mit dem Finger auf Kat und Seymour. »Dass ihr beide so schnell geheiratet habt, war schon Schande genug.« Sie wendet sich mir zu. »Aber jetzt, wo du deine Tante, eine ortsbekannte Prostituierte, hier wohnen lässt, ist dieses Haus für den Sohn des Duke untragbar geworden.«

Sie hat also davon erfahren. Ich bin sprachlos und stehe bloß da, starre Mattie entgeistert an.

»Eddie kommt mit uns.«

»Nein, tu ich nicht«, sagt Eddie. »Ich bleib hier.«

»Darüber hast du nicht zu bestimmen«, sagt Mattie. »Du bist minderjährig.« Sie legt eine Hand auf Eddies Rücken.

»Wir müssen entscheiden, was für dich am besten ist, junger Mann. Wir tun das, weil du uns am Herzen liegst.«

»Eddie ist mein Stiefsohn«, sagt Kat.

»Und er kommt mit niemandem mit«, sagt Seymour und stellt sich vor Eddie.

Die Deputys treten vor, und Mattie sagt: »Mach das Ganze nicht schwerer als nötig.«

Dann fassen die Deputys Eddie an den Armen und bugsieren ihn in den Buick. Türen knallen, der Motor heult auf, und ich kann Eddies verstörtes, fassungsloses Gesicht sehen, als er durchs Heckfenster zu uns zurückschaut, während wir schweigend dastehen und der Wagen langsam davonfährt.

Wir bleiben bis nach Mitternacht auf, diskutieren, was wir tun sollen – was klug ist, was richtig ist, was erfolgversprechend ist –, machen uns Sorgen darum, wie Eddie das verkraftet, fragen uns, was Mattie und Sheriff Earl ihm wohl erzählen. Wir geben uns selbst die Schuld, geben uns gegenseitig die Schuld, geben Mattie die Schuld, und mir kommt der Gedanke, dass genau so etwas passiert, wenn du deinen Mittelpunkt verlierst, die Sonne, um die alle anderen kreisen. Ich traue meinem Kopf nicht mehr und meinem Herzen auch nicht, deshalb rufe ich nach einer schlaflosen Nacht Cecil an. Louise, seine Frau, erzählt mir, dass er gerade einen Schwindelanfall hat, und ich soll es am Nachmittag noch mal versuchen. Dann rufe ich die Pension an, in der Tom wohnt, doch er ist im College. Ich weiß nicht, wen ich sonst um Rat fragen kann.

Beim Frühstück beteuert Seymour, dass er heute mit Eddie reden wird, koste es, was es wolle, dass ihn niemand aufhalten wird, weder Mattie noch Sheriff Earl noch die

Deputys, aber wir Übrigen starren bloß schweigend auf unsere Teller. Uns fällt nichts ein, was wir sagen könnten.

Als Nell anfängt, den Tisch abzuräumen, hören wir, wie die Haustür geöffnet und wieder geschlossen wird. Schritte nähern sich durch die Diele, forsch und selbstbewusst. Es gibt nur eine, die nicht hier wohnt, aber hereinkommt, ohne anzuklopfen, als würde das Haus ihr gehören – und tatsächlich, Mattie kommt durch die Schwingtür in die Küche gerauscht.

Alle stehen auf, aber niemand sagt etwas. Mattie mustert uns der Reihe nach. Sie hat die Oberhand, und das weiß sie.

Schließlich mache ich den Mund auf. »Wie geht's Eddie?«

»Dem geht's gut«, sagt Mattie. »Er ist einsichtig. Wir haben mit ihm geredet, und er ist einsichtig. Ich bin hier, um seine Bücher zu holen.«

»Ein paar sind im Unterrichtsraum«, sage ich. »Ein paar in seinem Zimmer.«

»Nell, such alle zusammen«, befiehlt Mattie. »Mit euch anderen hab ich was zu besprechen.«

Nell starrt Mattie einen Moment lang an, dann wischt sie sich die Hände an ihrer Schürze ab und geht durch die Schwingtür nach draußen.

»Du hast gesagt, Eddie ist einsichtig«, sagt Seymour zu Mattie. »Was sieht er denn ein?«

»Er sieht allmählich ein, dass ihr ihn ausgenutzt habt.«

»Das ist eine gottverdammte Lüge!«, schreit Seymour. »Eine Lüge und eine Beleidigung.«

Mattie ignoriert ihn und konzentriert sich auf mich. »Den beiden geht's nur um sich.« Sie deutet mit dem Kinn auf Seymour und Kat. »Die wollen sich Eddies Geld unter den Nagel reißen, wenn er es bekommt.«

»Wir lieben Eddie«, sagt Kat.

»Liebe.« Mattie spuckt das Wort förmlich aus. »Das nennst du Liebe?« Wieder sieht sie mich an. »Sie erfüllen ihm jeden Wunsch, sie verdrehen ihm den Kopf mit ihrem Gerede, dass er eine Baseballmannschaft besitzen oder Konzertpianist werden kann, aber ihnen geht's gar nicht darum, was für den armen Jungen am besten ist.« Sie wendet sich erneut an Kat und Seymour. »Ihr gehört nicht zur Familie. Ihr habt keine Wurzeln in unserem County.«

»Ich bin der Bruder deines Mannes«, sagt Seymour. »Wenn ich nicht zur Familie gehöre –«

»Du bist kein Kincaid, Seymour«, fällt Mattie ihm ins Wort und tritt auf ihn zu, baut sich dicht vor ihm auf. »Du bist bloß ein Gauner, der seine große Chance gewittert hat, als der Duke verunglückt ist und seine Witwe plötzlich ganz allein war. Es sei denn …« Sie stockt.

»Es sei denn, was?«, frage ich.

»Es sei denn, das Ganze ist ein Komplott, Sallie. Es sei denn, es war alles von Anfang an so geplant. Seymour sorgt dafür, dass der Duke eine Frau kennenlernt, mit der er selbst mal was hatte. Nachdem der Duke sie geheiratet hat, taucht Seymour rein zufällig hier auf und stachelt den Duke an, etwas Verrücktes zu machen, das ihn das Leben kostet, und kaum ist er unter der Erde, heiratet Seymour seine Witwe, um an Eddies Erbe zu kommen.«

»So war das nicht.« Kats Stimme ist schneidend. Sie hakt sich bei Seymour ein. »Die Heirat war meine Idee.«

»Gut möglich, Kat«, sagt Mattie. »Gut möglich, dass du mit ihm unter einer Decke steckst, dass du den Duke verführt und auf eine rasche Heirat gedrängt hast, ehe irgendwer mehr über dich rausfinden konnte als das, was Seymour uns erzählt hat. Und dann hast du den Duke angefleht, nicht von der Brücke zu springen, weil du genau wusstest, dass du ihn damit erst recht dazu bringen würdest.«

»Das ist völlig absurd«, sagt Kat.

»Wirklich?«, sagt Mattie. »Was denkst du, Sallie?«

»Kat hat recht. Es ist absurd.« Aber hat Mattie nicht vielleicht doch den richtigen Riecher? Nein. Unmöglich. Aber selbst wenn sie falschliegt, klingt es, als könnte sie recht haben, und wenn sie so mit Eddie geredet hat, kann ich mir vorstellen, dass er ihr womöglich glaubt.

Mattie studiert mich, als wüsste sie, was ich denke. »Seit Seymour hier ist, hat diese Familie nur Schlimmes erlebt, oder etwa nicht, Sallie?«

»Es ist viel passiert …« Ich stocke. Seymour und Kat sehen mich gespannt an, und ich komme mir vor wie eine Zeugin, die vor Gericht gegen Freunde aussagen muss. »Aber als ich zurückgekommen bin, haben so einige mir die Schuld an allem gegeben.«

»Tod. Skandal. Die Leute suchen nach Erklärungen. Sie werden die Geschichte glauben, werden sie schlüssig finden. Meinst du nicht auch, Sallie?«

»Die Version hast du Eddie erzählt, oder?«, frage ich.

Matties Augen glitzern. »So allmählich versteht er, wie alles zusammenhängt.«

»Wahrheit hin oder her«, entgegne ich.

»Es ist die Wahrheit, glaub mir«, sagt Mattie.

»Hast du irgendwelche Beweise?«, will Seymour wissen.

Matties Blick ruht weiter auf mir. »Es sind einfach zu viele Zufälle, Sallie. Überleg doch mal. Nur so ergibt alles einen Sinn.« Sie wendet sich wieder an Seymour und Kat. »Die Leute werden mir glauben. Und ich werde sie mächtig gegen euch aufwiegeln. Dann kann ich für nichts garantieren.« Sie hält kurz inne. »Weil ihr beide hier bei uns keine

Freunde habt, keine Verbündeten, keinen Besitz, rein gar nichts.«

Kat lässt sich auf einen Stuhl sinken, als wäre ihr von der Auseinandersetzung so schwindelig geworden, dass sie sich nicht mehr auf den Beinen halten kann.

»Eddie hat mir verraten, dass du ein Kind erwartest. Könnte vom Duke sein, könnte von Seymour sein. Das weißt nur du, und vielleicht weißt nicht mal du es.« Mattie beugt sich vor und stützt beide Hände auf den langen Kiefernholztisch. »Deshalb mache ich dir jetzt ein Angebot. Der da« – sie zeigt auf Seymour – »ist mir völlig egal. Ich gebe dir eintausend Dollar, wenn du die Stadt verlässt, Kat. Noch heute.« Mattie zieht einen Umschlag aus ihrer Handtasche und hält ihn hoch. »Ich hab's hier. In bar.«

»Willst du mich bestechen?« Kat klingt, als bekäme sie nur schwer Luft.

»Bestechung. Bezahlung. Bonus. Anreiz. Nenn es, wie du willst.« Mattie öffnet den Umschlag und zieht einen dicken Packen Scheine heraus. »Eintausend Dollar. Das ist viel Geld.« Ihre Stimme wird weicher. »Mehr, als der Duke dir hinterlassen hat. Genug, um irgendwo neu anzufangen.«

Alle schweigen.

Matties Angebot ist so dreist, so unerwartet, dass wir alle überrumpelt sind. Sie beherrscht jetzt den Raum, verunsichert uns mit ihrer lauten Stimme, den ausladenden Gesten, und plötzlich begreife ich, dass die Kincaid in ihr zum Vorschein gekommen ist, denn sie klingt und verhält sich ganz ähnlich wie der Duke.

Dann begreife ich noch etwas.

Mattie hat das alles von Anfang an kommen sehen. Ihre Empörung angesichts von Kats und Seymours Heirat war gespielt. Sie wusste, wie einsam Kat nach dem Tod des Duke war, und sie machte allen, die es hören wollten, in ihrem typischen lauten Flüsterton klar, dass Kat kein Recht hatte, im Großen Haus zu wohnen. Mattie wusste, dass Kat sich Seymour zuwenden würde, ihrem alten Freund, ihrem einzigen Freund. Vielleicht wollte sie sogar, dass es passiert. Sie wusste, es würde ganz Caywood gegen Kat aufbringen. Kat hatte geglaubt, die Heirat würde ihre Stellung stärken, doch Mattie war klar gewesen, dass ihre Schwägerin dadurch die Verachtung der Leute auf sich ziehen würde. Vielleicht hatte Mattie sogar gewusst, dass sich ihr so die Möglichkeit bieten würde, das Sorgerecht für Eddie zu bekommen.

Ich bin quasi ein blödes, schwerfälliges, Scheuklappen tragendes Kutschpferd gewesen, weil ich so darauf bedacht war, auf Trab zu bleiben und nach vorne zu schauen – »Rumgrübeln nützt nichts« –, dass ich nur gesehen habe, was direkt vor meiner Nase war, und nicht das, was um mich herum vor sich ging. Aber Mattie hat alles gesehen. Sie wusste, dass Tante Faye schon immer Probleme mit Männern hatte. Womöglich war es sogar Mattie, die dem Arzt gesagt hat, er soll Tante Faye als geistig beschränkt einstufen, weil sie wusste, ich würde sie dann ins Große Haus mitnehmen. Cecil meinte, Mattie habe den Verstand ihrer Mutter. Sei auf der Hut, warnte er mich. Ich hätte auf ihn hören sollen.

»Du hast es gewusst, Tante Mattie. Du hast das alles vorausgesehen.«

Mattie kann ein Lächeln nur schwer verbergen, aber sie sagt: »Ich habe keine Ahnung, was du meinst.«

Wieder spricht sie Kat an. »Das Angebot gilt bis heute Abend.« Sie stopft das Geld zurück in den Umschlag. »Denn sobald Eddie die Zusammenhänge erkennt, besorgen wir uns einen Gerichtsbeschluss, der dich aus dem Großen

Haus vertreiben wird. Du hast nämlich kein Recht, hier zu leben. Und dann musst du mit leeren Händen verschwinden.«

Kat und Seymour sehen einander an. Sie beißt sich auf die Unterlippe, er blickt grimmig. Sie können nicht mit Eddie reden, können nicht herausfinden, ob der Junge Matties Behauptungen tatsächlich glaubt. Vielleicht ist das alles nur ein großer Bluff, aber können sie dieses Risiko eingehen?

»Du brauchst bestimmt ein bisschen Bedenkzeit«, sagt Mattie zu Kat. Sie klatscht den Umschlag auf den Tisch. »Ich lasse das Geld hier.« Sie klopft mit dem Zeigefinger darauf. »Und heute Abend hole ich es mir wieder. Falls es dann noch da ist.«

Kat und Seymour gehen nach oben ins Schlafzimmer des Duke, um zu beratschlagen. Eine Stunde später kommen sie zurück in die Küche. Kat trägt die Gobelinreisetasche, mit der sie vor gerade mal sechs Monaten angekommen ist.

»Wir haben die Sache von allen Seiten betrachtet, Sallie, und ich sehe einfach keine andere Möglichkeit.« Kat stellt die Reisetasche auf den Boden. »Mattie hat mehr als deutlich gemacht, was mit uns passiert, wenn wir bleiben.«

»Wenn Mattie erst mal anfängt, diese Lügen über mich zu verbreiten«, sagt Seymour, »stellt mich kein Mensch in der Stadt mehr ein, nicht mal zum Ausheben von Gräben. Wir haben hier keine Zukunft.«

»Und wir müssen auch an das Baby denken«, sagt Kat. »So wie die Dinge liegen, ist das hier kein Ort, um unser Kind großzuziehen.«

Sie werden zunächst nach Roanoke fahren, haben sie beschlossen, und dann vielleicht nach Danville. Vielleicht würden sie ganz aus Virginia weggehen, so Seymor, und ihr Glück in Atlantic City oder sogar in Kalifornien versuchen.

»Wenn ihr fortgeht«, sage ich, »wird Eddie glauben, dass Mattie recht hat, dass es euch nur um sein Geld ging.«

»Deshalb musst du ihm erklären, dass wir nicht so sind, wie Mattie uns darstellt«, sagt Seymour, »dass wir das auch für ihn tun, um ihm das Leben einfacher zu machen. Sag ihm das, Sallie. Sag ihm, dass er uns fehlen wird.«

»Sag ihm, dass wir ihn lieb haben«, fügt Kat hinzu.

»Dass wir beide ihn lieb haben«, sagt Seymour.

Seymour steckt den Umschlag ein. Kat nimmt ihre Gobelinreisetasche. »Es ist besser so«, sagt sie. »Ich habe hier nie hingehört.«

Kat und Seymour gehen zur Haustür. Ich muss an meine erste Begegnung mit Seymour denken, wie ich ihm hinterherschaute, als er mit diesem leichtfüßigen Gang durch die Kaufhalle schritt, wie er sich umdrehte. Jetzt ist die Leichtfüßigkeit verschwunden, und er dreht sich nicht um.

Am Abend höre ich die Haustür auf- und zugehen, dann Matties forsche, selbstbewusste Schritte. Sie kommt in die Küche marschiert, sieht, dass der Tisch leer ist, der Umschlag weg, und lächelt mich an.

»Ich hab gewusst, dass sie es nehmen.«

»Meinst du, Mattie zieht heute schon hier ein?«, fragt Tante Faye.

»Sie war noch nie jemand, der lange fackelt«, sagt Nell vom Herd aus.

»Du hast dich doch immer gut mit ihr verstanden«, sage ich zu ihr.

»Meistens jedenfalls.«

»Ich nicht«, sage ich.

Gestern, nach Seymours und Kats Abreise, war ich bei Cecil. Er sagte, er habe den Gerichtsbeschluss gelesen, und Mattie habe uns tatsächlich in der Hand. Kat und Seymour hätten keine andere Wahl gehabt, als das zu tun, was sie getan haben.

Sheriff Earl und Mattie werden mit Eddie ins Große Haus ziehen, da bin ich mir sicher, und Tante Faye und mich werden sie zurück nach Hatfield schicken, auch da bin ich mir sicher. Nell stellt einen Teller mit Brötchen auf den Küchentisch. Ich habe gestern kaum etwas gegessen und habe auch heute Morgen keinen Appetit, aber die Brötchen sind warm, frisch aus dem Ofen, wie Eddie sie am liebsten mag. Eddie. Ich muss ihm klarmachen, dass Kat und Seymour ihn wirklich gernhatten, und zwar bevor Tante Faye und ich nach Hatfield aufbrechen. Er ist nicht mehr der verletzte Dreijährige, der er war, als ich das Große Haus zum ersten Mal verließ, er ist ein kluger junger Mann, hat seinen eigenen Kopf. Diesmal wird er meine Briefe beantworten, das weiß ich.

Die Haustür öffnet und schließt sich, genau wie gestern. Das muss Mattie sein. Schritte nähern sich durch die Diele, aber sie klingen anders. Mattie kommt durch die Küchentür. Irgendetwas ist passiert. Irgendetwas stimmt nicht. Ich habe Mattie wütend erlebt, entschlossen, hämisch, triumphierend – eine Frau, die nie um eine Antwort verlegen ist –, aber so habe ich Mattie noch nie gesehen. Ihr Gesicht ist aschfahl. Das Haar ungekämmt. Die Augen glasig.

»Mattie, was ist los?«, frage ich.

»Eddie«, sagt sie. Sonst nichts.

»Was ist mit ihm?«

»Ich hab's ihm erzählt. Gestern Abend. Das mit Seymour

und Kat. Dass sie das Geld genommen haben und abgereist sind. Dass das der Beweis dafür ist, dass es ihnen nur um sich selbst ging.«

»Wie hat er es aufgenommen?«

»Ich hab's für ihn getan. Damit er die Dinge sieht, wie sie nun mal sind.«

»Mattie! Was ist passiert?«

»Der dumme Junge. Ich hab ihn geliebt. Ich hab es für ihn getan. Ich hab ihn geliebt.«

TEIL III

20

Der Himmel ist grau. Schwer. Bleiern. Wässriger Schnee platscht gegen das Fenster und rutscht nach unten.

Ich liege im Bett. Aber ich kann nicht schlafen. Schon seit drei Tagen nicht. Seit es passiert ist. Ich habe aufgehört zu weinen. Jetzt liege ich nur da, niedergedrückt vom Gewicht meiner Arme und Beine. Sobald ich die Augen schließe, beginne ich, langsam zu kreisen, kann oben und unten nicht mehr unterscheiden. Wenn ich doch mal wegdämmere, sehe ich Eddies Sarg in die frostige Erde sinken und bin ruckartig wieder wach.

Eddie, du warst es, der gesagt hat, dass alles mit allem verbunden ist, und jetzt versuche ich, die Teile zusammenzufügen, das Geschehene zu begreifen, aber allein schaffe ich das nicht. Du bist so viel schlauer als ich. Ich brauche dich, damit du es mir erklärst. Aber du hast keinen Abschiedsbrief hinterlassen.

Du hast uns keinen deiner letzten Gedanken verraten, nichts von dir preisgegeben, nur das Buch, das Seymour dir geschenkt hat, das hast du neben dir auf dem Boden liegen lassen, das Buch von diesem irischen Schriftsteller, ein langes Gedicht aufgeschlagen, manche Zeilen unterstrichen.

Dort währt die Liebe gar so lang,
Hier ist sie rasch vorbei,
Der bricht dabei in Tränen aus,

Dem kostets keine Reu,
Denn jeder mordet, was er liebt,
Nicht jeden brichts entzwei.

Das stimmt. Wir haben dich umgebracht. Wir alle.

Jeder Mensch, den du geliebt hast, hat dich verlassen. Du warst völlig allein. Es gab niemanden, der deine Hand gehalten hätte. Also bist du in Matties Badewanne gestiegen. Dort hast du es getan.

Liebster Eddie. So klug, so talentiert, so sanft. Aber du glaubtest, dass alle dich für ihre eigenen Zwecke benutzt haben und dich zu etwas machen wollten, das du nicht warst, um »den Kincaid in dir zu wecken«.

In einem hatte Mattie recht. Ich hätte es kommen sehen müssen. Ich hätte sehen müssen, wie sehr du leidest, hätte sehen müssen, was Seymour dir bedeutet, hätte ihn nicht gehen lassen dürfen, hätte den Mund aufmachen, irgendwas tun sollen. Wenn ich es hätte kommen sehen, hätten wir eine Lösung gefunden, du und ich, wir hätten es schaffen können. Aber ich habe es nicht gesehen. Und jetzt ist es zu spät. Jane hatte recht. Ich war eine Gefahr für dich. Ich hätte nie zurückkommen sollen.

Der nasse Schnee schlägt ans Fenster, schwerer jetzt, peitscht gegen die Scheibe.

Das Quietschen der Türangeln weckt mich. Ich muss tief und fest eingeschlafen sein. Ich öffne die Augen und starre die verputzte Steinmauer nur wenige Zentimeter vor mir an.

»Sallie, Schätzchen, ich hab hier was, das wird dir guttun.« Tante Fayes Stimme klingt hoffnungsvoll. Sie hat versucht, mir löffelweise Suppe einzuflößen und mich mit kleinen

Happen Toast zu füttern, aber beim Anblick von Essen dreht sich mir der Magen um.

»Lass mich in Ruhe.« Meine Stimme ist rau und heiser.

Tante Faye setzt sich auf mein Bett. Ich spüre ihre Hand auf der Schulter. »Sallie, du musst etwas essen.«

»Hab keinen Hunger.«

»Und dein Feuer hier ist fast runtergebrannt.«

Ich sehe zu, wie sie mit einem Schürhaken im Kamin stochert, und dann ein Scheit auflegt. Sie hat ein Tablett auf den Hocker neben dem Bett gestellt. Toast und heißen Tee. Eine kleine Glasvase mit einer einzelnen Blume. Eine Kanadische Blutwurz.

»Sallie, ich weiß, du bist in tiefer Trauer, aber du musst essen, wieder zu Kräften kommen. Deine Schwester Mary ist auf dem Weg hierher, um ihre Besitzansprüche anzumelden.«

Ihre Besitzansprüche.

Ja, wir sind das alles bei der Testamentseröffnung durchgegangen: Der älteste Sohn ist Alleinerbe, und falls er ohne Kinder oder jüngere Brüder stirbt, geht alles an die älteste Tochter. Und das ist Mary Montgomery Kincaid. Mary, deren Hass auf den Duke ebenso groß war wie der ihrer Mama.

Von mir aus. »Soll sie doch. Ist mir egal.«

»Es darf dir aber nicht egal sein, Sallie. Und du musst Vernunft annehmen. Du kannst dir nicht weiter die Schuld geben für das, was passiert ist.«

»Kann ich. Tu ich.«

»Es gibt viele, die Grund haben, sich schuldig zu fühlen.« Auch Tante Fayes Stimme klingt rau. Ihr Gesicht ist verquollen, die Augen rot. Für sie war es mindestens ebenso schlimm wie für mich, und trotzdem redet sie mir gut zu. »Wenn ich nicht zurück in das Große Haus gekommen wäre …«

Sie spricht den Satz nicht zu Ende, setzt sich wieder aufs Bett und greift nach der Blutwurz. Die ist klein, schlichte weiße Blütenblätter umringen die hellgelbe Mitte.

»Weißt du noch«, sagt sie, »wie du in Hatfield jedes Jahr gegen Ende des Winters mit der ersten Blutwurz des Jahres in der Hand nach Hause gerannt kamst? Diese Bergblumen sehen zart aus, aber sie sind zäh, und die kleine Blutwurz hat sich von nichts und niemandem aufhalten lassen, hat sich durch den gefrorenen Boden ans Licht gekämpft, um uns zu zeigen, dass der Frühling trotz der bitteren Kälte nah war. Du musst wie diese kleine Blutwurz sein, Sallie. Du musst dich durch Kälte und Dunkelheit nach oben kämpfen. Und wenn du es schon nicht für dich selbst tun willst, dann tu's für diejenigen, die dich brauchen. Also iss.«

21

Tiefer Nebel liegt auf dem Boden, die Spätwintersonne ist bloß ein verschwommener Schimmer. Ich blicke aus dem Wohnzimmerfenster die Einfahrt hinunter, und alles wirkt weich und farblos. Wie Mary. Ein weicher und farbloser Nebel, so dicht, dass du das, was vor dir ist, erst siehst, wenn es dir ins Gesicht schlägt.

Ich weiß so wenig über Mary, nur, dass ihre Mama, Belle, kurz mit dem älteren Bruder des Duke, Arthur, verheiratet war. Doch der starb bei einem schrecklichen Bootsunglück während ihrer Flitterwochen, und der Colonel bestimmte, dass der Duke Belle heiraten sollte. Anfangs waren sie glücklich, aber elf Jahre später lernte der Duke meine Mama kennen und ließ sich von Belle scheiden, die daraufhin mit Mary zurück zu ihrer Familie in Mercer County zog.

Als ich Mary das erste Mal begegnete, war ich fünf. Eddie war gerade geboren, und der Duke ließ seine älteste Tochter kommen, weil er wollte, dass sie ihren kleinen Bruder kennenlernte. Der Duke hat fast nie über Mary oder ihre Mama geredet, und ich brannte darauf, meine große Schwester kennenzulernen. Ich dachte, sie wäre genau wie ich, nur eben zehn Jahre älter, aber Mary verhielt sich eher wie eine Erwachsene, nicht wie ein Kind, wollte weder spielen noch auf Bäume klettern und blieb die meiste Zeit ihres Besuchs für sich.

Am letzten Abend vor ihrer Heimfahrt kam sie zu mir und sagte, sie müsste mir unbedingt ein Märchen erzählen: Es waren einmal ein edler Prinz und eine schöne Prinzessin in einem verwunschenen Land, und die verliebten sich ineinander. Sie heirateten und bekamen eine Tochter und waren alle sehr glücklich, bis eines Tages eine böse Hexe beschloss, dass sie den Prinzen für sich allein haben wollte. Sie verhexte ihn und brachte ihn dazu, seine Frau mit der Tochter fortzuschicken. Die Hexe heiratete den Prinzen, doch dadurch verlor sie ihre bösen Kräfte, und der Zauber verflog. Da durchschaute der Prinz die Hexe und begriff, dass sie ihn überlistet und getäuscht hatte. Also tötete der Prinz die Hexe.

»Die Geschichte mag ich aber überhaupt nicht«, sagte ich.

»Du sollst sie auch nicht mögen. Du sollst daraus lernen.«

»Wie soll ich denn aus so einer scheußlichen Geschichte was lernen?«

»Sie ist scheußlich, Sallie, aber sie ist auch wahr.« Marys Stimme war leise, ihre Augen sanft. »Der Prinz darin ist der Duke, die Prinzessin meine Mutter, und deine Mutter ist die Hexe.«

»Mama war keine Hexe. Sie konnte nicht zaubern.«

»Sie war eine Hure, Sallie, und sie hat den Duke verhext.« Mary sah mich mit einem Lächeln an, das kein Antwortlächeln erwartete. »Ich erzähle dir das zu deinem eigenen Besten, damit du, wenn du mal groß bist, niemanden verhext.«

Damals wusste ich nicht, was das Wort »Hure« bedeutete, aber Mary sprach es so verächtlich aus, dass ich es gar nicht wissen wollte. Sie war auch die Erste, die mir gegenüber behauptete, der Duke hätte Mama getötet, und als ich später andere danach fragte, bekam ich nie eine Antwort. Mary wollte mich an diesem Tag verletzen, und das hat sie, keine Frage. Aber inzwischen ist mir klar geworden, wie sehr auch sie verletzt war. In die Verbannung geschickt, genau wie ich. Vielleicht haben wir ja noch mehr gemeinsam.

Oder auch nicht. Mary könnte darauf aus sein, das Unrecht zu rächen, das ihr und ihrer Mama angetan wurde, es der Tochter jener Frau heimzuzahlen, die den Duke verhext hat. Sie könnte Tante Faye und mich zurück nach Hatfield schicken und Nell gleich mit loswerden, aber wir drei sind fest entschlossen, alles zu tun, was wir können, damit Mary sich willkommen fühlt.

Durchs Wohnzimmerfenster sehe ich einen schwarzen Studebaker – ein altes Modell mir Kühlergrill und Scheinwerfern aus Messing – in die Auffahrt biegen. Mary ist da. Nach ihrem Besuch zu Eddies Geburt ist sie erst zur Testamentseröffnung wieder nach Claiborne County gekommen. Seit dem Tod ihrer Mama vor sieben Jahren lebt sie bei deren Familie, den Montgomerys, vierzig Meilen weiter östlich. Mary ist hier in der Gegend eine Fremde, kennt weder das County noch seine Menschen, aber jetzt gehört alles ihr.

Ein Mann mit einem steifen Priesterkragen steigt aus dem Wagen. Reverend Phillip Canon ist Marys Pastor – und ihr frischgebackener Ehemann. Wir Kincaids hatten gedacht, Mary würde nie heiraten, aber als die Nachricht von Eddies Tod in Mercer County ankam, machte Reverend Canon ihr einen Heiratsantrag, weil er meinte, Mary brauche einen Mann, der in der Wildnis von Claiborne County auf sie aufpasst. Eine unverheiratete Frau, die zu Geld gekommen ist, lockt Mitgiftjäger an wie verschütteter Zucker die Ameisen.

Ich rufe Tante Faye und Nell, und wir gehen auf die Veranda. Der Reverend stellt einen Überseekoffer ab, Mary hakt sich bei ihm ein, und sie kommen den gepflasterten Weg herauf. Sie bewegt sich langsam, eine schwergewichtige, aber würdevolle Frau, und sie blickt mit dunklen, ernsten Augen unter ihrem schwarzen Hut zu uns hoch.

»Mary, herzlich willkommen.« Meine Stimme klingt fremd in meinen Ohren. Ich habe sie in letzter Zeit, während all der Tage im Bett, nicht oft benutzt. Ich stelle ihr Nell und Tante Faye vor. Sie nickt beiden höflich zu und stellt ihren Mann vor. Mit seinem jungenhaften Gesicht, das irgendwie nicht zu seinem dichten grauen Haarschopf passt, sieht er besser aus, als ein Geistlicher aussehen sollte.

Ich strecke die Hand aus, um seine zu schütteln. »Reverend.«

Er drückt meine Fingerspitzen. »Bitte, nenn mich Phillip.«

Ich öffne die Tür, und Mary geht vor uns ins Haus. »Es ist schön, dich zu sehen, Schwester«, sagt sie zu mir, während Phillip ihr aus dem schwarzen Mantel hilft. »Wenngleich die Umstände tragisch sind.«

»Durch eigene Hand«, sagt Phillip.

»Möge Gott seiner Seele gnädig sein.« Mary schüttelt den Kopf.

»Eddie war kein Sünder«, sage ich.

»Da täuschst du dich.« Phillips Tonfall ist freundlicher als seine Worte. »Wer sich das eigene Leben nimmt, macht sich gottgleich. Nur Gott hat das Recht, Leben zu nehmen und zu schenken.«

»Das kannst du so nicht sagen.« Ich habe meine Gefühle noch immer nicht im Griff, und seine Haltung empört mich. »Keiner von uns weiß, was Eddie empfunden hat. Was ihm durch den Kopf ging.«

»Richtet nicht, auf dass ihr nicht gerichtet werdet«, meldet Nell sich zu Wort. »Vergebet, so wird euch vergeben.«

Nell ist schlagfertiger, als ich dachte, und mein Stolz darauf ist fast größer als meine Sorge, wie meine Schwester respektlose Widerworte von einem Dienstmädchen aufnehmen wird.

»Du bist bibelfest«, sagt Mary zu Nell. »Das weiß ich zu schätzen.«

»Ach, Mary, ich glaube, wir sind alle noch ziemlich aufgewühlt«, sage ich, erleichtert, dass meine Schwester offenbar gewillt ist, Nell gegenüber Nachsicht walten zu lassen.

Dann platzt Tante Faye unvermittelt heraus: »Mrs Canon, ich werde ein paar Stunden brauchen, aber bis heute Abend habe ich meine Sachen gepackt und bin weg.«

»Ich gehe mit ihr«, sage ich. Ich kann Tante Faye nicht noch mal allein lassen. »Das hier ist jetzt dein Haus, Mary.«

»Sallie, du bist meine kleine Schwester. Selbstverständlich bleibst du hier.« Sie tätschelt meinen Arm. »Wir können nicht für die Sünden unserer Eltern zur Rechenschaft gezogen werden.« Dann richtet sie sich an Tante Faye. »Miss Powell, mein Gatte und ich glauben an Buße. Vergebung. Erlösung. Uns ist gesagt worden, dass Sie die Sünden Ihrer Vergangenheit bereuen. Sie können gern bleiben.«

»Mary«, sage ich, »das ist sehr gütig von dir, wirklich hochanständig.«

»Was ist mit mir?«, fragt Nell.

»Du auch, Nell. Wir werden viel Arbeit haben –«

»In diesem County aufzuräumen«, fällt Phillip ihr ins Wort.

»… und werden jede Hilfe brauchen, die wir bekommen können«, sagt Mary abschließend.

»Mary, das hab ich nicht erwartet«, sage ich. Sie ist nicht die Mary, vor der ich mich gefürchtet habe, eine Mary, die sich rächen will und jetzt in der Lage ist, es zu tun. Vielleicht finden wir ja doch noch zueinander. »Wie können wir dir nur danken?«

»Da wird sich ein Weg finden«, sagt Mary.

Zwei Stunden später sitzt Mattie weit vorgebeugt auf dem Rosshaarsofa und redet auf Mary und Phillip ein. Sheriff Earl ist an ihrer Seite.

»Ich habe getan, was ich konnte, um den Jungen zu retten«, sagt sie, »aber als ich ihn zu uns ins Haus geholt habe, war es schon zu spät.«

Als die beiden auftauchten, um Mary und Phillip zu begrüßen, da fing Mattie, kaum hatte sie Hallo gesagt, auch schon davon an, was mit Eddie passiert ist. Sie lässt sich darüber aus, dass Seymour die treibende Kraft war, er zusammen mit Kat. »Die beiden haben Eddie Lügen über seine Blutsverwandten eingetrichtert, Mary, ihn gegen uns aufgebracht, als er noch ganz krank vor Trauer war. Und das war einfach zu viel für den armen Kleinen. Er war zu jung, um es zu durchschauen.«

Mattie redet ununterbrochen, steigert sich fast in eine Hysterie, als versuchte sie, sich selbst zu überzeugen, als fürchtete sie, dass schon bei der geringsten Pause die Zweifel in ihr aufsteigen würden. Schließlich verstummt sie und drückt die Hände auf ihre rot geränderten Augen. Für einen Moment denke ich, dass sie losschluchzen wird. Stattdessen schüttelt sie den Kopf, als müsste sie sich sammeln, und Sheriff Earl legt einen Arm um ihre Schultern. »Meine Frau«, sagt er leise, »ist nicht mehr sie selbst, seit es passiert ist.«

Das stimmt. Mattie ist nicht mehr sie selbst. Ihre Augen wirken grimmig und verzweifelt zugleich, sie zittert, aber anscheinend nicht vor Angst, sondern vor Erschöpfung, als wäre es eine furchtbare Strapaze, hier zu sitzen und zu reden.

»Ich hätte Eddie nach dem Tod des Duke mit zu mir nehmen sollen«, sagt Mary. »Dann wäre er noch unter uns.« Das ist alles. Sie versucht nicht, Mattie zu trösten, pflichtet ihr nicht bei, dass alles Seymours Schuld ist, bestätigt nicht mal, dass Mattie keine Schuld trifft. Sheriff Earl und Mattie wechseln Blicke. Offenbar hatten sie sich mehr von Mary erhofft, und in der darauffolgenden peinlichen Stille bringt Nell ein Tablett mit Tee und sorgsam arrangierten geviertelten Sandwiches herein.

Mary nimmt den Deckel von der Teekanne und schnuppert. »Ich trinke Oolong«, sagt sie zu Nell. »Von Tetley. Bitte bestell ihn. Und schneide ab jetzt die Kanten von den Sandwiches ab.«

Nell wird rot und murmelt mit niedergeschlagen Augen: »Jawohl, Ma'am.«

Ich hatte nicht damit gerechnet, dass Mary so versöhnlich sein würde, aber ich hatte auch nicht damit gerechnet, dass sie so verdammt wählerisch und vornehm ist. Daran werden wir uns gewöhnen müssen.

»Deine Mutter hat auch immer die Kanten abgeschnitten«, sagt Mattie. »Und sie hat Oolong getrunken.«

»Ja, das hat sie.«

Mattie nimmt ihre Teetasse und führt sie zum Mund, verharrt aber mitten in der Bewegung und betrachtet die Tasse. Ich weiß noch, wie sie mal zu mir sagte, sie kenne jeden einzelnen Silberlöffel und Porzellanteller in dem Haus, das eigentlich ihr gehören sollte, und jetzt sitzt Mattie der neuen Dame des Hauses gegenüber, der Tochter ihres kleinen Bruders, einer Frau, die alles erbt, was sie hätte erben sollen. Es war damals ungerecht und ist auch jetzt ungerecht, aber so ist es nun mal.

»Mary, wie du bestimmt weißt, haben Sheriff Earl und ich seit dem Tod des Duke Kincaid Holdings geleitet«, fährt Mattie fort, »stellvertretend für Eddie, und wir werden das selbstverständlich weiter tun, so lange du es wünschst.«

»Damit du dir alle Zeit nehmen kannst, dich hier einzugewöhnen«, erklärt Sheriff Earl, »die Leute kennenzulernen, zu verstehen, wo das Geld herkommt und wo es hingeht.«

»Mein Gatte ist ein sehr fähiger Mann«, sagt Mary.

»Apropos Geld«, sagt Phillip. »Meine Frau und ich haben sogar drüben in Mercer County von eurer Brennereisteuer gehört.«

»Damit erlaubt ihr den Menschen nicht nur gesetzeswidriges Verhalten« – Marys Stimme ist streng –, »ihr profitiert sogar davon.«

»Das Geld ist für die Instandhaltung der Straßen«, erklärt Sheriff Earl. »Für die Unterstützung von Witwen und Waisen.«

»Notwendige Ausgaben«, fügt Mattie hinzu.

»Es ist rechtswidrig«, sagt Phillip.

»Ich will, dass das aufhört«, sagt Mary.

»Natürlich, wenn du meinst.« Sheriff Earl hat seine versöhnliche Stimme angeschlagen, die er einsetzt, wenn er verhindern will, dass eine üble Situation eskaliert. »Diese Brennereisteuer war ohnehin eher so was wie ein Testlauf.«

»Es geht nicht nur um die Steuer. Das Herstellen von Whiskey ist falsch und muss aufhören.« Mary sieht mich an. »Als unser kleiner Bruder starb, habe ich Gott gefragt, warum. Dann wurde es mir klar. Gott will mich hier haben. Er hat eine Aufgabe für mich.«

»Nämlich aus diesem County einen gesetzestreuen, gottesfürchtigen Ort zu machen«, erklärt Phillip.

»Mir ist durchaus bewusst, dass ihr meine Tante und mein Onkel seid«, sagt Mary zu Mattie und Sheriff Earl, »aber mein Mann und ich verzichten gern auf die Dienste von Whiskeyprofiteuren.«

Mattie steht auf. Ich rechne damit, dass sie aus der Haut fährt, Gift und Galle spuckt, doch stattdessen klingt ihre Stimme ruhig und kalt, und ich sehe ihr an, dass sie ihr Kincaid-Temperament mühsam im Zaum hält. »Du bist gerade erst angekommen, Mary Montgomery Canon. Du und dein neuer Pastorengatte mitsamt euren selbstgerechten Vorstellungen. Ihr habt noch nicht mal ausgepackt. Ihr habt keine Ahnung, wessen Hilfe ihr brauchen werdet. Und wenn ihr das endlich begreift, wird es zu spät sein.«

22

Cecil schließt die Tür zum Keller der Kaufhalle auf. Er sieht noch immer erschöpft aus, aber er fühlt sich verpflichtet, Mary und Phillip die Einzelheiten von Kincaid Holdings zu erklären. Bislang gefällt ihnen nicht, was sie hören. An ihrem ersten Tag habe ich sie durchs County gefahren, heute Morgen lassen sie sich die Kaufhalle zeigen, und Cecil hat ihnen bereits die Bücher vorgelegt. Als er ihnen eröffnete, dass der Laden Whiskey in Zahlung nimmt und dass Mieter mit Whiskey bezahlen, wenn sie knapp bei Kasse sind, waren die beiden entsetzt.

»Ihr lagert Whiskey hier im Gebäude?«, fragte Mary. »Das will ich sehen.«

Deshalb sind wir jetzt hier. Cecil führt Mary und Phillip die Treppe hinunter und schaltet das Licht ein. Etliche nackte Glühbirnen werfen ihr grelles Licht auf die mit Flaschen gefüllten Regale. Sie enthalten Bier und Holunderwein sowie Pfirsich-, Birnen- und Apfelbrände. Aber hauptsächlich Whiskey. Weißen Whiskey. Aberhunderte Liter in Einmachgläsern, Tonkrügen, Limonadenflaschen, Milchflaschen, Medizinflaschen, so ziemlich in allem, was man mit einem Korken verschließen kann. Manche sind mit einer jahrealten Staubschicht bedeckt, manche so glänzend sauber, als wären sie erst diese Woche ins Regal gestellt worden.

Ich weiß noch, wie ich zum ersten Mal hier unten war. Ich war sieben, hatte mich in dem kleinen Büro des Duke aufgehalten, bis ein paar Männer hereinkamen und er mir sagte, ich solle verschwinden, die Erwachsenen hätten was zu besprechen. Also stromerte ich durch die Kaufhalle, belauschte Kunden und fragte mich, was die Erwachsenen wohl zu besprechen hatten. Dann sah ich, dass die Tür zum Keller offen stand. Normalerweise war die abgeschlossen, Kinder hatten keinen Zutritt, also schlich ich natürlich die Treppe hinunter. Es kam mir vor, als hätte ich durch Zufall eine verbotene Schatzkammer entdeckt, so etwas wie Ali Babas Räuberhöhle. Dann kam Tom mit einer Flasche in der Hand um die Ecke.

»Du hast hier nichts verloren«, herrschte er mich an. So kannte ich ihn gar nicht.

»Warum? Was ist das hier?«

Tom fing mit zwölf oder dreizehn an, Botengänge für den Duke zu erledigen, und manchmal ließ er mich mitkommen und beantwortete alle Fragen, mit denen ich ihn löcherte. Jetzt sah er mich an, als überlegte er, ob er ehrlich zu mir sein sollte. Sein Gesicht wurde sehr ernst. »Hier lagern wir die Ware.« Er sprach leise, fast flüsternd, und ich wusste, dass er mir etwas sehr Wichtiges verriet, ein Geheimnis der Erwachsenenwelt. »Whiskey.« Er hielt die Flasche hoch. »Für Kunden.«

Whiskey. Ich wusste, dass der Duke, wie die meisten Männer in Claiborne County, Whiskey trank, und ich wusste auch, dass manche Leute das für falsch hielten. »Wieso tust du so, als wär das ein Geheimnis?«, fragte ich Tom.

»Er ist unversteuert und unverzollt.« Tom riss einen Bogen Packpapier von einer Rolle und machte sich daran, die Flasche einzuwickeln. »Das heißt, er ist illegal.«

Mein Daddy, der Mann, der in Claiborne County das Sagen hatte, tat etwas Verbotenes? Hieß das, er war ein Verbrecher? Hieß das, er war böse? Das konnte nicht sein. Er war doch mein Daddy, der Duke. Er sorgte für uns alle. Aber er brach das Gesetz. Das hatte Tom gerade gesagt. Es war, als würde ich zum ersten Mal die wahre Welt der Erwachsenen sehen, die geheime Welt, die sie vor uns Kindern verbargen, in der die Dinge anders waren, als sie schienen. Ich fragte mich, ob das, was der Duke mit den Männern oben zu besprechen hatte, das, was ich nicht mitbekommen sollte, mit dieser Welt des Whiskeys zu tun hatte, damit, das Gesetz zu brechen.

»Kommt der Duke ins Gefängnis?«, fragte ich.

»Aber nein.« Tom hatte die Flasche eingewickelt und band ein Stück Schnur darum. »Sieh mal, Sallie, es gibt alle möglichen Gesetze. Lokale Gesetze, bundesstaatliche Gesetze, Bundesgesetze, Gesetze des bürgerlichen Rechts, des Zivilrechts, Gottes Gesetze. Und dann gibt es die Gesetze des Duke. Manche Gesetze sind wichtig und manche sind albern.«

»Aber wenn's so viele verschiedene Gesetze gibt, wie weiß man dann, an welche man sich halten muss?«

»Gesetze, die von Leuten gemacht wurden, die irgendwo weit weg sitzen, sind nicht so wichtig. Wichtig sind die Gesetze, die von den Menschen hier gemacht wurden, den Menschen, die für dich sorgen. Wie der Duke.«

Damals glaubte ich das. Ich glaube es noch immer. Genau wie die meisten in Claiborne County, ohne groß darüber nachzudenken. Sie akzeptieren es, so wie man akzeptiert, dass Hähne morgens krähen und Motten in Kerzenflammen fliegen. Tatsache ist, jahrelang hat sich kein Mensch außerhalb von Claiborne County dafür interessiert, was wir hier oben machen. Jetzt kommen irgendwelche Leute von außerhalb und wollen uns erzählen, was richtig und was falsch ist.

Ich sehe zu, wie Mary und Phillip schweigend an den Regalen entlanggehen, den Whiskey inspizieren, und ich weiß, dass die Gesetze des Duke ihnen keinen Pfifferling wert sind. Mary dreht sich zu mir um, und ihr Gesicht strahlt beseelt. »Ich habe dir gesagt, dass ich eine Aufgabe zu erfüllen habe, Sallie, eine Mission. Ich habe dir gesagt, warum Gott uns Eddie genommen hat. Das alles hier wird sofort nach draußen gebracht«, befiehlt sie, auf die Regale deutend. »Ich will, dass es vernichtet wird.«

»Das ist unser Lagerbestand«, sagte Cecil. »Er ist Tausende Dollar wert.«

»Es ist illegale Ware«, sagt Phillip. »Und es ist Gift, schlicht und einfach.«

»Ich weiß, du hast den Duke vergöttert«, wendet sich Mary an mich, »aber er hatte eine Vorliebe für Whiskey. Laut meiner Mutter mehr als bloß eine Vorliebe. Und die hat ihn dazu gebracht, sich mit anderen Frauen einzulassen.« Tränen steigen ihr in die Augen, und sie wischt sie rasch weg. »Mutter hat gesagt, dass der Whiskey schuld war am Scheitern ihrer Ehe. Nachdem wir aus dem Großen Haus ausgezogen waren, hat sie ihr ganzes Leben dem Kampf gegen den Alkohol gewidmet. Und an Mutters Sterbebett habe ich ihr versprochen, diese Arbeit fortzuführen, damit keine Ehefrauen mehr betrogen, keine Kinder mehr im Stich gelassen, keine Familien mehr zerstört werden. Verstehst du, Sallie? Jetzt geh und hol ein paar Mitarbeiter nach unten.«

Ich selbst kann Whiskey nicht viel abgewinnen – nach ein paar Schlückchen wird mein hitziges Temperament noch hitziger und meine laute Stimme noch lauter –, aber für die meisten Menschen in Claiborne County gehört Whiskey zum Alltag wie der Morgenkaffee und das Abendgebet, er ist praktisch eine Arznei, die jegliche Schmerzen von Körper und Geist lindert. Doch Mary hat recht. Alkohol kann Familien zerstören. Dutch Weber war betrunken, als er den Streit anfing, der ihn das Leben kostete. Seit Eddies Tod plagen mich Selbstzweifel, deshalb sehe ich zu Cecil hinüber. Er nickt kaum merklich. Ich gehe nach oben, hole Garland, den Verkäufer im Obergeschoss, und Ernest, den Regalauffüller, und wir fangen an, Flaschen in Kisten zu packen und sie in den Hof hinter der Kaufhalle zu schleppen.

Passanten bleiben stehen und gaffen. Die meisten kenne ich vom Sehen, und als ich sie mit Marys Augen betrachte, ihre geflickten Jacken, fleckigen Schürzen und die verschlissenen, an den Knien ausgebeulten Arbeitshosen sehe, fällt mir auf, was für ein bunt zusammengewürfelter Haufen sie sind. Sie stehen einfach da, stumm und bedrückt, und dann kommt Sheriff Earl dazu und will wissen, was los ist.

»Sie und Ihre Deputys sollten hier mit anfassen«, sagt Phillip. »Ihr solltet Recht und Gesetz wahren.«

Sheriff Earl wirft einen Blick auf die gestapelten Kisten, schaut dann die Umstehenden an. Sie beobachten ihn, warten ab, ob er die Befehle von Mary und Phillip ebenso ausführen wird, wie er früher die des Duke ausgeführt hat.

»So wie ich das sehe, ist die Prohibition ein Bundesgesetz, kein lokales. Das Sheriff's Department setzt die örtlichen Gesetze durch. Außerdem, Reverend, haben Sie meiner Erinnerung nach gesagt, Sie bräuchten die Hilfe meiner Frau und mir nicht. Wenn Sie also wild entschlossen sind, Ihr privates Eigentum zu vernichten, nur zu. Aber die Polizei von Claiborne County wird dabei keinen Finger rühren.«

Sheriff Earl wendet sich ab, und einige Zuschauer nicken zustimmend. Phillip weist Garland an, Äxte zu holen, und ruft: »Irgendwelche Freiwilligen?«

Einer der Umstehenden ist Chalky Hurd, der noch immer die Stelle im Postamt hat, die der Duke ihm verschafft hat. Ich habe gehört, dass Chalky Antialkoholiker geworden ist, nachdem er Dutch getötet hatte, und jetzt tritt er vor, und Phillip reicht ihm eine Axt.

Mary nickt zustimmend, als Phillip auch mir eine Axt hinhält. Der Hickorystiel ist glatt und abgegriffen von den vielen schwieligen Händen, die mit dieser Axt Bäume gefällt und Feuerholz für den Winter gehackt haben. Alle Augen sind auf mich gerichtet, und ich fühle mich von Mary und Phillip mächtig in die Enge getrieben. Ich weiß, dass die Menschen es als Verrat empfinden werden, wenn die Tochter des Duke den Whiskey des Duke vernichtet, den manche von ihnen selbst gebrannt haben.

Dennoch, als Tom mir damals die vielen verschiedenen Gesetze erklärte, wusste er mit seinen dreizehn Jahren selbst noch nicht so genau, wie die Welt funktioniert, aber in einem hatte er ganz sicher recht. Entscheidend sind die Gesetze, die von den Menschen gemacht werden, die dir nahestehen, von denen du abhängig bist. Und das ist von jetzt an Mary.

Ich nehme die Axt.

23

Abraham Crockett steht neben dem prächtigen alten Zürgelbaum in seinem Hof aus festgestampfter Erde, den seine Frau regelmäßig fegt, damit dort kein Gras wächst, in dem sich Schlangen verstecken können. Mary und Phillip begleiten mich auf meiner Tour, schütteln Mietern die Hand, besichtigen ihre Häuser und verteilen Broschüren mit reißerischen Geschichten darüber, wie Trunksucht Männer, Frauen und Kinder zugrunde richten kann. Außerdem lassen sie die Leute wissen, dass die Kincaids von nun an keinen Whiskey mehr als Mietzahlung akzeptieren werden.

Die Mieter sind verwirrt und wütend – die Menschen hier handeln mit Alkohol, seit das County erstmals besiedelt wurde –, doch bislang hat sich keiner von ihnen mit Mary und Phillip angelegt. Ich weiß, falls das überhaupt jemand tut, dann Abraham Crockett.

Und natürlich, er sieht mich verwundert an und fragt: »Was denkt sie denn, wie wir sie bezahlen sollen?« Wir. Abraham ist das inoffizielle Oberhaupt der Hopewell Road, und er spricht im Namen all der Schwarzen, die hier wohnen.

Ich wünschte, ich könnte unter vier Augen mit Abraham

reden, ihm sagen, was mir gestern eingebläut wurde, dass Mary nämlich jetzt die Gesetze macht und wir sie befolgen sollten. Mal sehen, was draus wird. Ich wünschte auch, ich hätte eine Antwort auf seine Frage, aber es gibt im Augenblick vieles, was ich mir wünsche.

Gloria, Abrahams Frau, und ihre fünf Kinder beobachten uns von der Veranda des kleinen Hauses aus, das noch nie einen Eimer Farbe gesehen hat. Hinter dem rostigen Blechdach sind die knapp fünf hügeligen Hektar Land zu sehen, die Abraham von uns gepachtet hat und auf denen er den Mais anbaut, aus dem er den Whiskey brennt, mit dem er seine Miete bezahlt. Abrahams Whiskey gleitet sanft durch die Kehle, sagen die Leute, und überfällt dich dann von hinten.

»Sie bauen Mais an«, sagt Mary.

Abraham richtet seine Aufmerksamkeit auf sie. »Betreibe Landwirtschaft, seit ich ungefähr so groß war.« Er streckt eine Hand aus. »Und, Ma'am, keiner erzielt 'nen besseren Ertrag als Abraham Crockett.«

»Dann ist es doch ganz einfach«, sagt Phillip. »Sie verkaufen den Mais, statt Whiskey draus zu machen, und bezahlen mit dem Geld Ihre Miete und die Pacht.«

Abraham wirft mir einen Blick zu, als würde er seinen Ohren nicht trauen. »Reverend, Sir«, sagt er zu Phillip. »Sie sollen ein guter Prediger sein, wie ich gehört hab, aber, und das sage ich mit allem Respekt, Sir, ein Farmer sind Sie nicht. Erlauben Sie mir also, Ihnen ein bisschen was über meine Arbeit zu erzählen.« Abraham hat eine tiefe Predigerstimme, und jetzt spricht er langsamer, um jedem Wort Gewicht zu geben. »Ich bekomme fünf Dollar für eine Gallone Whiskey. Fünf Dollar. Der Mais, den ich dafür brauche, würde mir etwa fünf Cent einbringen.«

Abraham konnte seine Gefühle noch nie gut verbergen, und ich sehe Phillip an, dass er mächtig empört ist, doch ehe er etwas erwidern kann, ergreift Mary das Wort. »Beten Sie zu Gott«, sagt sie sanft, aber bestimmt zu Abraham. »Er wird Ihnen helfen, anständige Arbeit zu finden.«

»Meine Arbeit ist anständig, Ma'am.« Abrahams Stimme klingt ebenso sanft und bestimmt. »Keiner hat sich je über die Qualität von Abraham Crocketts Whiskey beschwert. Und, Sir, Sie sind bibelfest, deshalb muss ich Sie nicht an das 1. Buch Mose erinnern, wo steht: ›Gott gebe dir vom Tau des Himmels und von der Fettigkeit der Erde und Korn und Wein die Fülle.‹«

Obwohl er *Sir* und *Ma'am* sagt, obwohl seine Stimme sanft und sein Auftreten höflich ist, zitiert da ein Schwarzer die Heilige Schrift, um einem Weißen – noch dazu einem Mann Gottes – zu erklären, was richtig und was falsch ist. Phillip ist außer sich.

»Zitier du mir nicht die Bibel, Junge«, blafft er. »Jesaja sagt, wer dem Alkohol anhängt, schaut nicht auf die Werke des Herrn.«

»Wir geben euch einen Monat«, sagt Mary. »Mietfrei. Um euch umzustellen und anständige Arbeit zu finden.«

»Danach«, stellt Phillip klar, »Zahlung in bar.«

Abraham reckt zornig das Kinn vor. Hinter ihm auf der Veranda hat Gloria die Hände in die Hüften gestemmt. Sie und die Crockett-Kinder sind alle im Chor von Abrahams Kirche, und er prahlt gerne damit, dass die Vögel verstummen und lauschen, wenn Gloria anfängt zu singen. Jetzt jedoch sieht sie nicht so aus, als würde sie gleich ein Lied anstimmen.

Phillip blickt mich an. »Hast du das gehört, Sallie?«

Während dieses unangenehmen Besuchs habe ich kein Wort gesagt. Eigentlich habe ich überhaupt nicht viel gesagt, seit Mary hier ist, und als ich endlich den Mund aufmache, kann ich den Klang meiner eigenen Stimme nicht leiden. »Ich hab's gehört.«

Anfang Mai klopfe ich an Abrahams Tür. Im April habe ich ihn ausgelassen, aber jetzt wird es Zeit, seine Miete zu kassieren. Mir graut davor. Abraham macht auf, und noch ehe er mich begrüßen kann, rede ich wild auf ihn ein, um das loszuwerden, was ich ihm schon im März sagen wollte. »Ich bin auf eurer Seite, Abraham, will es zumindest sein, aber ich muss meinen Job machen und versuche bloß, den Kopf einzuziehen.«

Abraham überrascht mich, indem er loslacht. »Miss Kincaid, wir Schwarze sind dran gewöhnt, den Kopf einzuziehen, das ist für uns ein Dauerzustand.«

Jetzt lache auch ich. »Tatsächlich? Und was war das, als du Marys Ehemann mit dem Bibelzitat in Verlegenheit gebracht hast?«

Abraham schmunzelt. »Na ja, sagen wir einfach, ich versuche, den Kopf einzuziehen, aber manchmal will er nicht unten bleiben.«

Er greift in seine Hemdtasche und zieht vier abgegriffene Fünfdollarscheine heraus.

»Wir Crocketts brauchen keine Mildtätigkeit von Ihrer Schwester. Hier ist die Miete für den letzten Monat und für diesen.« Er zwinkert mir zu. »Bestellen Sie Mrs Canon, ich hab zu Gott gebetet, und Er hat mir gesagt, was ich machen soll.«

Ich frage nicht, woher das Geld kommt. Muss ich auch nicht. Ich habe nämlich eine ziemlich genaue Vorstellung davon, was Abraham Crockett getan hat. Er ist selbst ins Geschäft eingestiegen, wie so ziemlich alle Whiskeybrenner in Claiborne County. Als Mary jeglichen Whiskeyhandel in der Kaufhalle untersagte, hat sie damit lediglich uns selbst verdrängt, den Zwischenhändler, wie Cecil sagt. Jetzt verkaufen unsere Whiskeybrenner ab Haus oder von ihren Fuhrwerken herunter oder aus dem Kofferraum ihrer Autos an schicke Anzugträger mit auswärtigen Kennzeichen, die die Hüte tief ins Gesicht ziehen und mit knapper, gehetzter Stimme fragen, was zu welchem Preis im Angebot ist.

»Ich hab mir gedacht, es wird höchste Zeit, dass Gloria in einem frisch angestrichenen Haus wohnt.« Abraham grinst und klopft mit den Knöcheln auf die Hausverkleidung. »Hat sie sich schon immer gewünscht.«

»Das ist eine schöne Idee, Abraham. Welche Farbe soll's denn sein?«

»Ich hab an Weiß gedacht, aber Gloria meint, Gelb ist fröhlicher.«

»Dieser Frau würde ich niemals widersprechen«, sage ich.

»Sie haben's erfasst.« Abraham lacht sein dröhnendes Lachen.

Als ich in der Kaufhalle ankomme, gehen Phillip und Cecil im Büro des Duke eine Zahlenkolonne in dem Heft mit den Außenständen durch. Mary hat Phillip die Leitung von Kincaid Holdings übertragen, und seitdem ist Mattie mehr oder weniger von der Bildfläche verschwunden, bleibt zu Hause, fühlt sich überall unerwünscht, trauert um Eddie, macht sich aber bestimmt auch Selbstvorwürfe, ganz gleich, was sie Mary erzählt hat. Sheriff Earl verbringt derweil seine Zeit auf dem Revier und überlässt es Cecil, mit Mary und Phillip fertigzuwerden.

Das ist keine leichte Aufgabe. Die beiden hören ebenso wenig auf Cecils Rat wie Mattie, aber sie lassen ihn mit dem anstrengenden Geschäftsalltag allein, und ich mache mir Sorgen, ob sein schwaches Herz das verkraftet.

»Die Zahlungseingänge sind zu niedrig«, sagt Cecil zu Phillip.

»Das ist der Preis für Gesetzestreue«, erwidert Phillip.

Ich reiche Cecil mein Kassenbuch mit der Geldtasche. »Einhundertzweiundachtzig Dollar.«

»Nicht schlecht«, sagt er. »Wie viele sind noch im Rückstand?«

»Drei oder vier, aber sie versuchen, das Geld zusammenzubringen, und ich hab gesagt, wir lassen ihnen noch etwas Zeit.«

»Was ist mit unserem Freund, Mr Crockett?«

»Abraham hat bezahlt. Bar. Für diesen Monat und den davor auch.«

»Hat er anständige Arbeit gefunden?«, will Phillip wissen.

»Hat er nicht gesagt. Aber er hat gesagt: ›Bestellen Sie Mrs Canon, ich hab zu Gott gebetet, und Er hat mir gesagt, was ich machen soll.‹«

Offenbar hat sich ein Anflug von Abrahams verschmitztem Tonfall in meine Stimme eingeschlichen, und Phillip hat ihn bemerkt. »War das ein Scherz?«

»Keine Ahnung.«

»Keine Ahnung? Findest du das witzig?«

»Sallie findet das nicht witzig, Phillip«, sagt Cecil.

»Mag sein. Nicht direkt vor meiner Nase. Aber es gibt Leute in diesem County, die die Prohibition für einen Witz halten. Sie lachen, Cecil, lachen über mich und meine Frau, hinter unserem Rücken. Sie halten uns für Narren, aber wir wissen, was vor sich geht, und eines garantiere ich Ihnen. Wenn wir es nicht allein schaffen, diesen Sündenpfuhl auszuheben, werden wir jemanden finden, der das kann. Und dann werden wir sehen, wer zuletzt lacht.«

24

Nell steht vor meiner Tür. Ich erkenne es an dem höflichen Klopfen, und ich denke, dass sie mir meinen Morgenkaffee bringt, wie sie es manchmal tut, obwohl ich ihr gesagt habe, dass ich nicht bedient werden möchte. Aber als ich ihr aufmache, steht sie mit leeren Händen da, Sorgenfalten im Gesicht.

»Kat ist wieder da«, sagt Nell. »Ihr Baby müsste jeden Tag kommen.«

»Was zum Teufel denkt Seymour sich dabei?«

»Kat ist allein.«

»Und wo ist Seymour?«

Nell schüttelt nur stumm den Kopf.

Ich kann Kat oben schreien hören. Das geht nun schon seit zwölf Stunden so. Sie meinte, ihr zweiunddreißigjähriger Körper würde das nicht verkraften, aber Tante Faye, die schon öfter Geburtshilfe geleistet hat, sagte Kat, sie habe schon älteren Frauen als ihr bei der Niederkunft beigestanden, Frauen, die bei einem Nadelstich in Tränen ausbrachen, und alle hätten die nötige Kraft aufgebracht, es durchzustehen. »Hab noch keine einzige verloren«, sagte Tante Faye. Dabei wissen wir alle, dass viele es nicht überleben.

Es ist Ende Juni und drei Wochen her, dass Kat mit ihrer Gobelinreisetasche wieder hier aufgetaucht ist. Aber die samtweiche, hoffnungsfrohe Frau von damals ist längst verschwunden. Seymour, so hat sie uns erzählt, hatte einen tödlichen Unfall, wurde in Knoxville von einem Betrunkenen mit dem Auto überfahren, deshalb liefere sie sich unserer Gnade aus. »Es gibt sonst niemanden, an den ich mich wenden könnte«, sagte sie. »Ich habe absichtlich nicht vorher angerufen, weil ich dachte, wenn ihr seht, wie verzweifelt ich bin, erbarmt ihr euch meiner und erlaubt mir zu bleiben.«

Mary zeigte sich der Situation gewachsen und hieß Kat willkommen. »Mütter und Babys haben einen besonderen Platz in meinem Herzen – und im Herzen Gottes«, sagte sie. »Aber das beweist erneut, wie recht ich habe. Whiskey zerstört das Leben eines jeden, der ihn anrührt.«

Mary verdient große Anerkennung dafür, wie freundlich sie Kat aufgenommen hat. Was mich betrifft, so hatte mich die Nachricht von Seymours Tod derart erschüttert, dass ich kaum ein Wort herausbrachte. Immer wieder musste ich daran denken, wie er damals am See Eddies Hand packte, als der auf der Eisenbahnbrücke vor Angst erstarrt war. Jetzt sind sie beide tot. Ich hoffe, dass Seymour glücklich war, dass er sich in den letzten Augenblicken, bevor er starb, darauf freute, Vater zu werden.

Kat fragte nach Eddie, und als wir ihr erzählten, was passiert war, versank sie in demselben hoffnungslosen Nebel wie ich nach Eddies Tod, machte sich Vorwürfe, weil sie Matties Geld angenommen hatte, weil sie Eddie verlassen hatte, weil sie geglaubt hatte, Seymour und sie könnten einfach fortgehen, ohne vom Schicksal eingeholt zu werden. Als schließlich ihr Wasser brach, war es erneut Mary, die das Heft in die Hand nahm. Man mag über Mary denken, was man will, aber sie glaubt fest daran, dass Mutterschaft – ein unschuldiges Leben zur Welt bringen und umsorgen – die höchste Bestimmung einer Frau ist, und sie half Kat, sich darauf zu besinnen, was vor ihr lag, an ihr Baby zu denken und an die Freude, die es ihr bringen würde.

Ich fülle ein Glas an der Küchenspüle mit frischem Brunnenwasser, klar und kalt, und ich leere es in einem Zug und gehe wieder nach oben. Es ist heiß und eng im Geburtszimmer, und wir sind alle in Schweiß gebadet, aber es liegt auch eine wilde Entschlossenheit in der Luft, weil uns bewusst ist, dass hier zwei Leben auf dem Spiel stehen, und wir den festen Vorsatz haben, unsere Aufgabe so gut wie nur möglich zu meistern.

Mary und Tante Faye knien zwischen Kats Beinen. Nell wringt am Waschtisch heiße Handtücher aus. Meine Aufgabe ist es, Kat zu beruhigen, ihre verschwitzte Stirn zu kühlen, also setze ich mich neben sie, und sie umklammert sofort meine Hand, als würde sie ohne mich untergehen. Ich war noch nie bei einer Niederkunft dabei, und sie ist chaotischer, blutiger, lauter, schmerzhafter, als ich es mir vorgestellt habe, und ich bin verdammt Stolz auf Kats Courage.

Tante Faye taucht immer wieder unter das blutige Laken über Kats Beinen. Ich kann nicht viel sehen, aber es ist offensichtlich, dass ihre Schultern arbeiten und ihre Arme sich bewegen. Dann stößt Kat einen Schrei aus, der wahrscheinlich im ganzen County zu hören ist.

»Schere!«, ruft Tante Faye.

Ich kann noch immer nicht erkennen, was sich da abspielt, doch einen Moment später richtet Tante Faye sich auf, das Baby in den Armen – aber, mein Gott, das Baby ist ganz blau. Irgendetwas stimmt nicht. Kat keucht und gräbt die Fingernägel in meine Hand. »Was ist los?«, fragt sie. »Was ist mit meinem Baby?«

Tante Faye schnappt sich ein Handtuch und rubbelt das Baby damit ab. Es fängt an zu kreischen, und vor unseren Augen verschwindet das Blau wie durch Zauberhand, die Haut des Babys färbt sich rosa, nimmt ein wunderbar lebendiges Rosa an.

»Ein Mädchen«, verkündet Tante Faye.

»Ein kostbares kleines Gottesgeschenk«, sagt Mary.

Kat hat Seymour vor ungefähr acht Monaten geheiratet, also könnten er oder der Duke der Vater sein. Aber wie Kat ganz richtig sagt: Das ist egal. Die Kleine ist unser Baby.

Sie weint. Sie ist winzig. Ihr Gesicht ist zerknautscht, die Augen fest zusammengepresst, nasse, blonde Haarsträhnen kleben an ihrem Kopf. Sie ist mit das Hässlichste, was ich in meinem Leben gesehen habe, aber in meinem Herzen schwillt Liebe zu diesem kleinen Wesen, eine Liebe, wie ich sie noch nie empfunden habe, eine so gewaltige Liebe, dass sie mir Angst macht.

Mary nimmt die Kleine hoch und spricht sanft auf sie ein. Das ist Marys größte Stärke, das zu tun, wozu Frauen ihrer Meinung nach geboren sind, und das Baby hört auf zu schreien.

Tante Faye drückt auf Kats Bauch, um die Nachgeburt herauszupressen, und ich bestaune noch immer den kleinen Pfirsichkopf des Babys und die klitzekleinen Finger, wie bei einem Opossum. Ich finde es unglaublich, dass diese winzigen Hände eines Tages einen Stift halten werden oder ein Nudelholz oder ein Lenkrad, dass sie jemanden ohrfeigen und streicheln, vor Angst zittern und vor Freude klatschen werden, und ich frage mich, zu was für einer Frau diese Hände gehören werden, was sie damit machen wird.

Kat setzt sich im Bett auf, blass und entkräftet, aber auf ihrem Gesicht zeigt sich ein schwaches Lächeln. Ich habe Kat immer für eine Mimose gehalten, aber sie hat die Geburt überstanden, genau wie Tante Faye gesagt hat.

»Ich hab mir noch nicht mal einen Namen überlegt«, sagt Kat.

»Die Gnade unseres Gottes hat dir dieses Baby geschenkt«, sagt Mary. »Ich finde, Grace wäre ein schöner Name.«

»Grace. Das ist hübsch. Gefällt mir.«

»Die kleine Grace hat Hunger«, mahnt Tante Faye.

Kat knöpft ihr Nachthemd auf, und Mary reicht ihr das Baby. »Ist schon komisch«, sagt sie.

»Was denn?«, frage ich.

»Dreimal verheiratet. Drei Ehemänner. Und jetzt, wo ich endlich ein Kind habe, bin ich allein.«

»Du bist nicht allein«, widerspreche ich.

»Kein Mann in Sicht.«

»Aber wir sind hier«, sagt Nell.

»Du bist nicht allein, und Grace wird nicht allein sein«, sagt Mary und fügt hinzu: »Und es gibt da noch etwas. Ich hab auf den richtigen Moment gewartet, und der ist jetzt gekommen. Es ist zwölf Wochen her, dass ich meine Monatsregel hatte.« Sie drückt einen Kuss auf den Kopf des Babys. »Kleines, du wirst jemanden zum Spielen bekommen.«

25

Das Konzert von Grillen und Baumfröschen dringt durch mein Schlafzimmerfenster, als Kat hereinkommt. Es ist spät, und ich wollte gerade mein Nachthemd anziehen, aber sie ist gekleidet, als erwarte sie Gäste. »Ich mag dieses kleine Zimmer«, sagt sie. »Ich weiß noch, wie du es beschrieben hast: ›Im Sommer kühl, im Winter eiskalt.‹« Sie lacht leise.

Als Kat noch mit dem Duke verheiratet war, lachte sie ständig, doch in den zwei Wochen seit der Geburt habe ich sie kein einziges Mal lachen gehört. Kat ist eine vollbusige Frau, aber als sie versuchte, die kleine Grace zu stillen, kam keine Milch. Das Baby brüllte los, und Kat bekam Panik. »Ist nicht schlimm, Liebes«, beruhigte Tante Faye sie. »Das passiert oft. In ein, zwei Tagen schießt die Milch ein.« Sie ließ eine Amme kommen, eine junge Frau namens Becca, die ein Stück die Straße runter wohnt und ihren zweijährigen Sohn gerade abstillt. Aber Kats Milch kam nicht. In den ersten Tagen sah sie mit Argusaugen zu, wenn Becca Grace stillte, dann gab sie es auf und setzte sich in der Zeit auf die Veranda.

Kats Gemütszustand ist allmählich bedenklich, deshalb bin ich froh, sie wieder lachen zu hören. Sie setzt sich auf mein Bett und fährt mit den Fingern über die Nähte der Steppdecke. Sie ist aus einem bestimmten Grund gekommen.

»Seymour fehlt dir bestimmt ganz furchtbar«, sage ich.

»Sallie, es gibt da etwas, das du wissen solltest. Seymour ist nicht tot.«

Hab ich richtig gehört? Lügt Kat mich an? Macht sie Witze? Ihre Miene ist ernst, aber ihr Gesicht erscheint mir wie das einer Fremden. Eigentlich kenne ich Kat Johnson überhaupt nicht. »Und warum hast du dann …?«

»Um alles nicht noch komplizierter zu machen. Wir haben beschlossen, getrennte Wege zu gehen.«

Ich versuche, Kat in die Augen zu sehen, doch sie starrt nach unten auf die Steppdecke.

»Es ist nämlich so«, fährt sie fort. »Seymour mag Frauen, aber Männer mag er lieber.«

»Das kann nicht sein.« Das kann einfach nicht sein. Kat irrt sich. Für mich, für alle in Claiborne County, ist die Vorstellung, dass ein Mann mit einem anderen Mann zusammen ist, schlicht unvorstellbar, ein Witz, den sich rüpelhafte Schuljungen erzählen, etwas, das Prediger als abscheuliches Laster bezeichnen, aber nichts, das jemals wirklich passiert. In Frankreich vielleicht, aber auf keinen Fall hier in Claiborne County. »Das kann nicht sein. Und schon gar nicht bei Seymour«, rutscht es mir raus.

»Glaub mir. Auch bei Männern wie Seymour kommt so was vor.«

»Aber er war doch so ein Schürzenjäger.«

»Ja, das war er, nicht? Ich glaube, mein erster Mann hat's gewusst. Deshalb hatte er auch nichts dagegen, dass Seymour mir Gesellschaft geleistet hat, wenn er auf Geschäftsreise war.«

»Ich kann das gar nicht glauben.«

»Tut mir leid. Ich weiß, du hattest immer eine Schwäche für ihn.«

»Das hast du gemerkt?«

»War kaum zu übersehen. Egal, du musst nicht wissen, wie ich das über Seymour herausgefunden habe, aber nachdem ich den Schock überwunden hatte, hab ich versucht, damit zu leben. Ich dachte sogar, ich könnte ihn vielleicht ändern. Aber jedes Mal, wenn er ohne mich ausgegangen ist, bin ich halb verrückt geworden, hab mich gefragt, mit wem er zusammen ist, was er wohl gerade macht. Und, Sallie, ich muss mit einem Mann zusammen sein, der mich will.«

»Eddie. Hat Seymour je …?«

»Nein. Da war nie etwas. Eddie war für ihn wie ein Sohn.«

»Was ist mit Grace? Seymour wollte sie doch mit dir zusammen aufziehen.«

»Das bringt mich zu dem Grund, warum ich hier bin. Sallie, ich habe viel nachgedacht, und ich habe beschlossen, wieder wegzugehen.«

Ich sehe sie entgeistert an. »Das geht nicht. Grace braucht Becca.«

»Ich werde Grace nicht mitnehmen.«

»Das kommt gar nicht in Frage, Kat. Was denkst du dir dabei?«

»Sallie, für mich gibt es hier keine Zukunft.« Kats Gesicht wirkt entschlossen. »Niemand in diesem County wird je vergessen, was passiert ist. Ich hätte Seymour niemals heiraten sollen. Das hat schließlich dazu geführt, dass Eddie getan hat, was er getan hat. Die Menschen werden mir nie verzeihen. Wenn ich hierbleibe, verbringe ich den Rest meines Lebens eingesperrt in diesem Haus.«

»Du bist nach der Geburt ein bisschen seelisch angegriffen. Tante Faye sagt, dass ist oft so bei Frauen, die gerade Mama geworden sind. Das geht vorbei.« Ich versuche sie aufzumuntern, aber in Wahrheit hat sie recht. Caywood wird sie niemals akzeptieren. Doch wen kümmert's? Grace braucht sie.

»Mein Entschluss steht fest«, sagt Kat.

»Deine Tochter einfach so im Stich lassen? Das kannst du nicht machen.«

»Erzähl du mir nicht, was ich machen kann und was nicht.« Ihre Stimme klingt schneidend, aber ihre müden Augen nehmen einen flehenden Ausdruck an. »Sallie, ich bin nicht wie du. Ich hab immer schon einen Mann an meiner Seite gebraucht. Und ich hab immer einen gefunden. Aber nach allem, was passiert ist, würde mich kein anständiger Mann in diesem County je heiraten. Ich bin nicht mehr die Jüngste, aber ich hab noch viele Jahre vor mir, und ich muss hier weg, mit dem Rest von Matties Geld irgendwo neu anfangen.«

»Du bist jetzt Mutter, Kat. Dein Baby braucht dich.«

»Ich bin nicht dafür geschaffen, Mutter zu sein. Das sagt mir mein Körper. Hat nicht mal Milch für das Baby. Mit dem Baby kann ich keine Arbeit annehmen. Und eine Frau mit Baby – die hat es schwer, wenn sie auf der Suche nach einem Ehemann ist.«

»Aber Grace ist doch deine Kleine.«

»Ich tue es auch für sie. Sie wird es besser haben, wenn du, Faye und Mary sie großziehen. Wenn ich nicht mehr hier bin, werden die Menschen irgendwann vergessen, dass ich Graces Mama war.«

»Sie ist deine Tochter.« Diesmal hat meine Stimme einen scharfen Ton. »Sie braucht ihre Mama.«

Kat steht auf. »Du bist ohne deine Mama aufgewachsen, und es hat dir nicht geschadet.«

Das denkst du, Kat, aber es hat mir geschadet. Das könnte ich ihr sagen. Ich könnte ihr sagen, dass die wenigen Erinnerungen an meine Mama verschwommen sind und ich sie schrecklich vermisst habe. Dass ich mich, wenn ich mitbekam, wie Jane den kleinen Eddie herzte, seine Hand hielt, mit ihm durch den Garten spazierte, ihn abends ins Bett brachte und ihn morgens wachküsste, oft fragte, wie es wohl wäre, eine Mama zu haben, die sich so liebevoll um mich kümmert, die mir zeigt, dass ich gewollt bin. Ich tat so, als wäre es mir egal, tat so, als wäre der Duke mein Ein und Alles – solange ich ihn liebte und er mich liebte, war alles in Ordnung. Aber ich werde nie das Gefühl loswerden, dass ich nicht gewollt war. Jedes kleine Mädchen, das seine Mutter verliert, wird immer ein Loch im Herzen haben, das durch nichts je ganz gefüllt werden kann. Ich habe das nie jemandem gesagt, es nie so klar gesehen, und jetzt könnte ich es Kat sagen, aber ich weiß, es wird nichts nützen, ich weiß, dass ihr Entschluss endgültig ist, dass sie deshalb lachen konnte, als sie hereinkam, und ich weiß auch, selbst wenn ich sie überreden könnte, den Gedanken an dieses neue Leben aufzugeben, von dem sie träumt, würde sie mir das nachtragen. Sie würde es Grace nachtragen.

Ich beschließe zu schweigen.

Aber ich kann es nicht. Ich kann nicht schweigen – ich würde es mir nie verzeihen –, deshalb sage ich: »Kat, es hat mir geschadet.«

»So ist es am besten für alle Beteiligten«, sagt sie, als hätte sie mich gar nicht gehört.

»Kat, ich vermisse meine Mama ganz furchtbar. Ich vermisse sie jeden einzelnen Tag.«

»Ich reise heute Abend ab. Ich möchte uns einen großen Abschied ersparen. Wenn die anderen morgen früh aufwachen, bin ich fort.«

Fort. Sie ist schon nicht mehr hier. Ich hole tief Luft und nicke.

Kat lächelt mich an. Es ist ein trauriges, aber dankbares Lächeln.

»Wirst du irgendwann zurückkommen?«, frage ich. »Um Grace zu besuchen, damit sie weiß, wie ihre Mama aussieht?«

Kat wiegt den Kopf hin und her, als wisse sie es nicht.

»Und wo willst du hin?«

Wieder wiegt sie den Kopf, als spiele das keine Rolle.

»Wirst du dich gut um Grace kümmern?«, fragt sie.

Wie soll ich Grace das geben, was sie gerade verliert? Was sage ich in ein paar Jahren, wenn ein kleines Mädchen mit einem Loch im Herzen mich fragt, warum ihre Mama weggegangen ist? Manche meinen bestimmt, dass wir ihr gar nichts erzählen sollen. Aber ich werde nicht lügen. »Eins verspreche ich dir, Kat. Grace wird sich nie ungewollt fühlen. Das werde ich nicht zulassen.«

26

Grace ist gerade am Spültisch gebadet worden, und ich halte das feuchte, zappelige kleine Geschöpf im Arm, während Tante Faye, eine Sicherheitsnadel zwischen die Zähne geklemmt, eine Windel auf dem langen Kiefernholztisch zu einem Dreieck faltet. Kat ist seit zwei Monaten fort, und seitdem kümmert sich Tante Faye um das Baby. Sie liebt es. Das Baby und die neue Aufgabe.

»Leg sie hier drauf«, sagt sie. »Schön vorsichtig.«

Ich tue, wie geheißen. Die Mutterrolle ist Tante Faye wie auf den Leib geschneidert. Sie hält das Baby, als hätte sie nie etwas anderes getan, aber wenn ich Grace nehme, verkrampfe ich mich so, dass sie nur noch mehr zappelt, und mein einziger Gedanke ist, lass die Kleine nicht fallen, egal was passiert, lass sie nicht fallen.

Tante Faye kreuzt die Zipfel der Windel über dem Bauch des Babys und steckt sie gekonnt fest, dann schiebt sie einen Finger unter den Rand der Windel, um zu prüfen, ob sie auch nicht zu eng sitzt. »Schön fest«, flüstert sie.

Die blauen Augen der Kleinen sind groß und neugierig. Sie fängt an, die Welt wahrzunehmen. Ich betrachte Graces Gesicht, suche nach Spuren von Seymour oder Kat. Oder vom Duke. Vielleicht ist es zu früh. Sie ist erst zehn Wochen alt und hat noch ein kleines Äffchengesicht. Jedenfalls hat sie Kats blondes Haar.

»Ich wüsste zu gern, wo Kat jetzt ist«, sage ich. »Wie es ihr geht.«

»Ich wette, sie ist in irgendeiner Hafenstadt. Da wimmelt es von Marineoffizieren, die aus dem Krieg zurückgekehrt sind und jetzt an Heirat denken.« Tante Faye trocknet das nasse Haar des Babys sanft mit einem Handtuch. »Ich wünschte, Mary würde aufhören, gegen sie zu wettern«, sagt sie. »Man soll niemanden verurteilen, solange man nicht selbst in seiner Lage war.«

Mary ist nicht nur fassungslos, dass Kat ihr Baby zurückgelassen hat, sondern empört und angewidert. »Welche Frau tut denn so was?«, fragt sie immer wieder. »Wie ein Kuhstärling, der seine Eier in die Nester anderer Vögel legt.« Aber sie liebt Grace und spielt mit dem Gedanken, sie zu adoptieren. »Eine Spielgefährtin«, sagt sie, »für mein eigenes Baby.«

Allmählich sieht man Mary die Schwangerschaft an, und ich versuche, ihr zu zeigen, wie sehr ich mich für sie freue. »Die Leute erzählen, dass Belle eine gute, liebevolle Mama war«, habe ich neulich zu ihr gesagt. »Und du wirst auch eine gute, liebevolle Mama sein.«

»Ich danke dir«, antwortete Mary. »Ich danke dir von Herzen.«

Mit dem Baby im Haus und einem zweiten unterwegs hatte ich gehofft, dass Mary zu beschäftigt sein würde, um sich noch groß mit den Whiskeybrennern von Claiborne County zu befassen. Damit lag ich gründlich falsch. »Ich will nicht, dass mein Baby an einem Ort zur Welt kommt, an dem so viel Sünde herrscht«, sagt sie immer wieder.

Mary ist fest entschlossen, die Schwarzbrenner zu vertreiben, noch bevor das Baby zur Welt kommt. Sie und Phillip haben Versammlungen abgehalten, auf denen Phillip leidenschaftlich gegen Alkohol gewettert hat, doch Sheriff Earl weigert sich nach wie vor, die Prohibition durchzusetzen, und die Whiskeybrenner gehen weiterhin ihren Geschäften nach. Deshalb sind Mary und Phillip vor ein paar Tagen den weiten Weg nach Richmond gefahren

– rund achtzig Meilen weiter östlich –, um mit dem Prohibitionsbeauftragten von Virginia zu sprechen und ihn zu bitten, Staatspolizisten nach Claiborne County zu schicken, damit die das Gesetz durchsetzen und Schwarzbrenner verhaften.

»Schlafenszeit.« Tante Fayes Stimme reißt mich aus meinen Gedanken. Sie nimmt das Baby, und als wir gerade in die Diele treten, geht die Haustür auf. Mary und Phillip sind aus Richmond zurück.

Marys Gesicht ist vor Begeisterung gerötet. »Wir haben genau den richtigen Mann für die Aufgabe gefunden.«

»Er ist schlau wie ein Fuchs und gefährlich wie eine Schlange.« Phillip klingt triumphierend. »Wir werden eurem Sheriff schon zeigen, wie man für Recht und Ordnung sorgt.«

Glen Lowe sieht weder wie ein Fuchs noch wie eine Schlange aus. Er trägt einen steifen Zelluloidkragen, eine silberne Brille mit Gläsern rund wie Silberdollars, und sein vor Pomade glänzendes Haar ist rasiermesserscharf gescheitelt. Er sitzt in einem der Ohrensessel im Wohnzimmer und hält eine Teetasse mit Unterteller in den Händen, die aussehen, als hätten sie noch nie einen Hammer gehalten.

Seine Frau Clara, die mich irgendwie an ein Vögelchen erinnert, hat ihr weizenblondes Haar hochgesteckt und nippt ihren Tee, während Phillip die seiner Ansicht nach erschreckend gesetzlosen Zustände in Claiborne County beschreibt.

Der Prohibitionsbeauftragte von Virginia hat Mary und Phillip bei ihrem Besuch in Richmond erklärt, er habe nur eine Handvoll Männer zur Verfügung und könne sie nicht jedes Mal losschicken, wenn sich jemand beschwert, dass irgendwer irgendwo in Virginia Whiskey kauft oder verkauft. Aber falls Mary und Phillip einen eigenen Ermittler engagieren wollten, um Beweise zu sammeln, würde er dem Mann die Vollmacht erteilen, Verhaftungen vorzunehmen. Und der Ermittler, den er ihnen empfahl, war Glen Lowe.

Phillip hat Lowe nach Caywood eingeladen, um den Auftrag zu besprechen, und jetzt sitzt das Ehepaar bei uns im Wohnzimmer. Lowe scheint Phillip aufmerksam zuzuhören, aber er behält seine Gedanken für sich und nickt nur gelegentlich, ohne Fragen zu stellen.

Als Phillip fertig ist, stellt Lowe seine Tasse auf den Tisch. »Ich brauche absolute Handlungsfreiheit«, sagt er. »Aufträge, bei denen mir die Hände gebunden sind, nehme ich grundsätzlich nicht an. Und es könnte handgreiflich werden.«

»Ich hoffe immer noch, dass es dazu nicht kommen wird«, sagt Mary, »dass die Menschen von ihrem Irrweg ablassen.«

»Hoffnung allein reicht nicht«, sagt Lowe. »Diese Situation verlangt nach harten Maßnahmen.«

»Wir sollten ihn nicht in Frage stellen, Mary«, sagt Phillip.

»Was meinen Sie mit handgreiflich?«, frage ich.

Lowe sieht mich an, und seine Augen glitzern hinter der silbernen Brille. »Das wird sich noch herausstellen.«

»Mr Lowe wird deine Hilfe benötigen«, sagt Phillip zu mir.

»Wobei?«

Ich überlege fieberhaft, wie zum Teufel ich mich aus der Sache rausreden kann, doch Lowe hebt seine kleine weiche Hand und sagt: »Die Hilfe der jungen Lady wird nicht nötig sein. Besorgen Sie mir einfach jemanden, der die Namen der unbeschilderten Straßen kennt.«

27

Im ganzen County wimmelt es von bis an die Zähne bewaffneten Fremden, also brauche auch ich eine Waffe.

Es ist dunkel, kurz nach neun, und der Oktobermond wirft lange bläuliche Schatten auf Caywoods leere Straßen. Alles ist ruhig. Die Häuser wirken verlassen – dunkel, Licht aus, Vorhänge zugezogen –, aber ich spüre Blicke auf mir, spüre die Angst der Menschen, die durch die Spalten dieser geschlossenen Fenstervorhänge spähen.

Lowe hat Chalky Hurd auf seiner täglichen Postzustellungsrunde begleitet, und Chalky hat ihm nur zu gern all die Geschäfte, Hütten, Tankstellen, Läden, Cafés und Kneipen gezeigt, in denen Einheimische Whiskey verkaufen. Lowe hat seine Zelte in der Bibliothek des Großen Hauses aufgeschlagen, die er jetzt seine Einsatzzentrale nennt. Dort diktiert er Clara Berichte und tapeziert die Wand mit Listen: Adressen, wo Alkohol verkauft wurde, sowie die Namen der Verkäufer.

Obwohl ich Mary damit in den Rücken falle, habe ich einigen Schwarzbrennern einen Wink gegeben, darunter auch Abraham. »Die Leute haben den Kerl mit Chalky rumfahren sehen und sich gedacht, dass da was im Busch ist«, sagte Abraham. »Wir haben Vorsichtsmaßnahmen getroffen, soweit es geht. Mal sehen, was als Nächstes passiert.«

Es passiert heute Abend. Lowe ist seit zwei Monaten hier, und endlich hat er seine Liste fertig. Ein Marshal von der Prohibitionsbehörde ist heute Nachmittag eingetroffen und hat rund zwei Dutzend Männer, die Phillip aus Mercer County kommen ließ, zu Deputys ernannt. Ein paar von unseren eigenen abstinenten Baptisten haben sich ihnen angeschlossen, und ich bin überrascht, dass Männer aus Claiborne County bereit sind, gegen ihre Nachbarn vorzugehen. Lowe hat alle mit Waffen und Dienstmarken ausgestattet und vor einigen Stunden losgeschickt, um Leute zu verhaften.

Die Nachricht von den Fremden hat sich im ganzen County verbreitet wie ein stürmischer Wind, und jetzt haben sich fast alle mit ihren Familien in ihren Wohnungen oder Häusern verkrochen und warten ab, wie handgreiflich es wohl wird.

Auch ich warte. Aber ich bin zu aufgewühlt, um im Haus zu bleiben, deshalb laufe ich ziellos draußen herum.

Ich hätte die Remington mitnehmen sollen, aber die liegt unter meinem Bett. Schließlich biege ich auf die Main Street. In der Kaufhalle brennt Licht. Im Büro des Duke gibt es eine Flinte. Die muss reichen.

Die Tür zum Laden ist abgeschlossen. Ich klopfe laut und fest, und Cecil kommt von hinten aus dem Büro. Seine Augen liegen tief in den Höhlen, und das Zittern seiner Hände ist schlimmer geworden.

»Geht's dir nicht gut, Cecil? Du gehörst ins Bett.«

»Nicht heute Nacht.« Cecil erzählt mir, dass Lowe wenige Stunden zuvor Sheriff Earl erklärt hat, er sei als Marshal des Staates Virginia gegenüber sämtlichen einheimischen Amtsträgern – Sheriff, Bürgermeister, Deputys – weisungsbefugt und übernehme ab sofort die Leitung der Strafverfolgung in Claiborne County. Er wollte die Schlüssel zum Gefängnis haben, und Sheriff Earl hat sie ihm ausgehändigt.

Cecil stützt sich an der Theke ab, damit seine Hände weniger zittern. »Sallie, wir sind im Belagerungszustand.«

»Deshalb bin ich hier. Ich will mir die Kaliber zwanzig holen.«

»Sallie, das kommt nicht in Frage.«

»Aber ich muss irgendwas tun.«

»Im Moment kann niemand irgendwas tun. Lowe und seine Männer haben die Waffen und die Dienstmarken. Außerdem haben sie das Prohibitionsgesetz auf ihrer Seite.«

»Wir können nicht einfach abwarten. Was hätte der Duke gemacht?«

»Er wäre fuchsteufelswild hier reingestürmt, um sein Gewehr zu holen, und hätte gesagt, dass wir irgendwas tun müssen. Und ich hätte ihm gesagt, es wäre am klügsten abzuwarten. Ich weiß, die Hände in den Schoß zu legen fällt nicht leicht. Weder dir noch dem Duke. Aber bei Männern wie denen muss man abwarten, bis sie einen Fehler machen. Und wenn man lange genug wartet, machen sie meistens einen.«

Ich tigere in der Kaufhalle auf und ab, bin mir nicht sicher, ob Cecil recht hat. Abwarten, das sagt sich so leicht, aber was werden die Schwarzbrenner machen, wenn diese Deputys bei ihnen auftauchen? Sich ergeben? Sich wehren? Bestimmt werden sie sich wehren. Und was passiert dann?

Durchs Schaufenster sehe ich Scheinwerfer auf der Main Street. Autos fahren an der Kaufhalle vorbei in Richtung Gefängnis, das am Platz vor dem Gericht liegt.

»Wir können hier nicht einfach bloß rumstehen«, sage ich.

»Werden wir auch nicht«, sagt Cecil. »Für all das muss es Zeugen geben. Aber die Flinte bleibt hier.«

Etliche Autos haben vor dem Gefängnis gehalten, und bewaffnete Deputys mit Fackeln in der Hand stehen auf der Straße. Phillip ist bei ihnen. Als er mich bemerkt, sieht er verblüfft und wütend aus, doch dann beginnen die Deputys, Männer in Handschellen aus den Autos zu zerren.

Ich sehe unseren Mieter Chuck Driscoll in einer verwaschenen Latzhose. An seinen Stiefeln klebt noch rote Erde, und ich vermute, dass er gerade auf seinem abendlichen Kontrollgang zur Scheune war. Als Nächster kommt Hobie Shotwell. Er trägt Weste und Krawatte, als hätte er in seinem Lehnsessel die Abendzeitung gelesen. Dann Billy Bond. Ein Auge ist zugeschwollen, aber mit dem anderen wirft er mir einen Blick zu, der besagt: Aha, du gehörst also auch zu denen – und mir fällt nichts Besseres ein, als den Kopf zu schütteln. Hinter Billy kommt Abraham Crockett, der Phillip mit unverhohlenem Hass anstarrt.

Cecil hatte recht. Wenn ich ein Gewehr hätte, wäre ich schwer versucht, es zu benutzen. Diese Männer sind Mieter, Pächter, Freunde, Bekannte, ich war bei ihnen zu Hause, ich kenne ihre Frauen und ihre Kinder. Und jetzt werden sie zusammengetrieben wie Vieh.

Dann kommt Lowe in seinem schwarzen Oldsmobile an. Er trägt hohe Militärstiefel und hat zwei Revolver umgeschnallt.

»Gute Arbeit«, ruft Phillip ihm zu.

»Das ist erst der Anfang.« Lowe schaut sich um, und sein Blick fällt auf mich. »Sie haben hier nichts zu suchen.«

»Miss Kincaid und ich sind hier, um uns zu vergewissern, dass alles ordnungsgemäß abläuft«, sagt Cecil. »So wie der Duke das gewollt hätte.«

»Wir halten uns nicht an die Regeln des Duke«, sagt Phillip.

»Das sehe ich«, sage ich. Cecil legt mir eine Hand auf die Schulter, zieht mich sanft zurück. »Offensichtlich ist es handgreiflich geworden.«

»Ich hab doch gesagt, es könnte so kommen.« Lowes Brille funkelt im Fackellicht.

28

Gloria ist auf der Veranda ihres frisch angestrichenen gelben Hauses, die Lippe geschwollen, die Kinder hinter ihr zusammengekauert.

»Alles in Ordnung?«, rufe ich.

»Seh ich so aus, als wär alles in Ordnung? Männer brechen mitten in der Nacht meine Haustür auf, schlagen mir ins Gesicht, verschleppen meinen Mann, und jetzt kommen Sie und fragen, ob alles in Ordnung ist?« Gloria klingt wütend, aber ihre Stimme bebt. Sie ist entsetzt. Natürlich. Alle sind entsetzt. Wütend und verstört. Genau wie ich.

In der vergangenen Nacht haben Lowes Deputys das County durchkämmt. Sie haben an Türen gehämmert, mit Gewehren gedroht, Dienstmarken gezückt, Menschen in Handschellen gelegt und jeden herumgestoßen oder geschlagen, der sich wehrte oder protestierte oder auch nur Fragen stellte.

Ich kassiere heute keine Mieten. Ich höre zu und kämpfe gegen die Wut an, die mit jeder Geschichte, die mir zu Ohren kommt, weiter anschwillt. Die Leute bestürmen mich, irgendwas zu unternehmen. Ich verspreche ihnen, dass ich das tun werde. Verspreche es auch mir selbst. Jetzt muss ich nur noch herausfinden, was das sein könnte.

»Gloria, was kann ich tun?«

»Meinen Abraham aus dem Gefängnis holen.«

»Das würde ich, wenn ich könnte, Gloria. Das weißt du.«

»Sie müssen Ihrer Schwester sagen, dass das aufhören muss.«

»Mary hört nicht auf mich.«

»Kincaids.« Gloria schüttelt den Kopf. »Die eine Schwester schickt Männer, die deine Familie zusammenschlagen, die andere kommt und fragt, wie's dir geht.«

Sie winkt mich zu sich auf die Veranda. Als ich die Stufen hochgehe, weichen ihre Kinder zurück. Sie vertrauen mir kein bisschen. Ich kann's ihnen nicht verdenken.

Die Haustür ist gesplittert und hängt schief in den Angeln. Drinnen ist alles ruhig, doch die Gewalt liegt noch in der Luft. Mehl, Bohnen und Glasscherben sind auf dem Boden verstreut. Es stinkt nach Whiskey.

»Die haben so ziemlich alles zertrümmert, was?«, frage ich.

»So ziemlich.« Gloria mustert mich, als wäre sie noch immer unsicher, ob ich Freund oder Feind bin. »Kann ich Ihnen vertrauen?«

»Gloria, ich will ehrlich zu dir sein. Im Moment fällt's mir schwer zu erkennen, was richtig und was falsch ist. Aber ich weiß genau, dass du und Abraham gute Menschen seid, und falls ich irgendwas tun kann, um euch zu helfen, dann sag's mir.«

Sie berührt ihre geschwollene Lippe, denkt nach. »Die haben nicht alles gefunden.« Sie zeigt durchs Fenster zum Hühnerstall, dessen Tür offen steht. Die Hühner sind draußen, picken auf der Erde herum. »Abraham hat Ihren Wink beherzigt und hundert Liter unterm Stroh versteckt. Mehr als genug für eine Kaution. Aber nach dem ganzen Aufstand hier haben wir keine Käufer mehr.«

Mary sitzt gegen Kissen gelehnt im großen Mahagonibett des Duke. Ihr Gesicht ist teigig, die Augen sind verquollen, und das dunkle Haar fällt ihr offen und schlaff um die Schultern. Die Schwangerschaft setzt ihr schwer zu. Sie hat fürchterliche Krämpfe, kann nichts bei sich behalten, und wenn sie hört, was ich ihr zu sagen habe, wird sie sich nicht besser fühlen, aber ich muss es sagen.

»Mary, hast du eine Vorstellung davon, was letzte Nacht passiert ist?«

»Recht und Gesetz wurden Geltung verschafft.« Ihre Stimme klingt seltsam tonlos.

Meine Schwester hält sich für eine gute Frau, eine gesetzestreue, fromme Frau, und ich wette, sie hat sich den ganzen Tag eingeredet, dass sie auf der richtigen Seite steht. »Du hast gesagt, du wolltest den Menschen von Claiborne County helfen. Ich habe das gehofft, habe geglaubt, dass du das schaffst. Aber, Mary, ich war gerade bei den Crocketts. Diese Deputys haben Gloria so fest geschlagen, dass ihre Lippe aufgeplatzt ist.

»Mr Lowe und seine Männer tun, was sie tun müssen«, sagt sie mit derselben tonlosen Stimme.

»Eine Mama vor den Augen ihrer Kinder schlagen? Und es geht nicht nur um die Crocketts. Diese Kerle haben im ganzen County Leute zusammengeschlagen.«

»Ich kann nicht weiter darüber reden. Ich brauche meinen Frieden. Ich brauche Ruhe.«

»Im Moment findet hier niemand seinen Frieden.«

»Bitte geh jetzt.«

Mary schließt die Augen. Kann sie wirklich so gleichgültig sein, wie sie klingt? So vorsätzlich ahnungslos? Bevor ich sie das fragen kann, kommt Phillip herein.

»Mary darf nicht gestört werden.« Seine Hemdsärmel sind bis zu den Ellbogen hochgekrempelt, und er sieht müde aus, aber auch angespannt, als stünde er unter Strom. Er bugsiert mich hinaus auf den Flur.

»Dein Mr Lowe und seine Deputys haben gestern Nacht

ja ganze Arbeit geleistet. Du nennst dich einen Mann Gottes, aber die Deputys, die du hergeholt hast, behandeln Menschen wie Vieh. Schlimmer noch.«

»Du hättest gestern Abend nicht zum Gefängnis kommen sollen, Sallie Kincaid. Das Ganze geht dich nichts an. Lass Mr Lowe seine Arbeit machen.«

»Weiß Mary überhaupt, was in ihrem Namen geschieht?«

»Lass Mary aus dem Spiel.«

»Sie ist schon mittendrin.«

»Und, Sallie, merk dir ab jetzt eins: Wenn diese Tür geschlossen ist, bleibt sie geschlossen.« Er versetzt mir einen Stoß und knallt die Tür zu.

Ist das Marys Revanche? Rächt sie sich an den Menschen von Claiborne County dafür, wie die sie und ihre Mama vor zwanzig Jahren behandelt haben? Oder glaubt sie wirklich, dass sie ihre Seelen rettet? Entweder sie weiß ganz genau, was vor sich geht, aber es kümmert sie nicht, oder sie weiß es nicht und will es auch nicht wissen.

So oder so, jetzt ist jedenfalls klar, dass meine Schwester und ich auf völlig verschiedenen Seiten stehen.

Die Glocke bimmelt, als ich die Tür zur Kaufhalle öffne. Es ist Samstag, normalerweise der geschäftigste Tag der Woche, doch der Laden ist fast leer.

Ich gehe nach hinten ins Büro des Duke, um mit Cecil über Gloria Crockett zu sprechen. Er ist nicht da, auf dem Schreibtisch liegt eine Sonderausgabe der *Gazette* mit der reißerischen Schlagzeile

NEGER WEGEN SCHWARZBRENNEREI
VERHAFTET

Der Artikel nennt den »sattsam bekannten Neger Abraham Crockett«, erwähnt aber keinen der anderen Festgenommenen mit Namen, sondern bezeichnet sie lediglich als »Whiskey brennende Komplizen«, was so klingt, als wäre Abraham der Anführer einer ganzen Bande von Schwarzbrennern.

So also soll die Geschichte erzählt werden. Dieser Speichellecker Morris Nelson schreibt jetzt Artikel, von denen er annimmt, dass Mary sie lesen will. Nichts in diesem Artikel ist durch und durch falsch, doch gleichzeitig ist er auch eine einzige große Lüge. Werden die Leute das schlucken? Sobald es Probleme gibt, sind hierzulande viele nur allzu schnell bereit, den Schwarzen die Schuld in die Schuhe zu schieben, und der Artikel wird diese Leute nur noch mehr aufstacheln und Menschen wie Gloria und ihren Kindern sowie Abraham, falls er je wieder auf freien Fuß kommt, das Leben noch schwerer machen.

Die Türglocke bimmelt erneut, und ich blicke durch das Einwegfenster. Es ist Tom Dunbar. Was macht er in Caywood? Als Tom vor mir steht, lächelt er, aber es ist ein aufgesetztes, müdes Lächeln.

»Ich weiß ja nicht, was du hier machst, Tom Dunbar, aber ich bin verdammt froh, dich zu sehen«, sage ich. »Mit dir und deinem Dad habe wir jetzt insgesamt zwei vernünftige Männer in Claiborne County.«

Ich hatte gehofft, das würde Tom ein Schmunzeln entlocken, aber er schüttelt bloß den Kopf. »Dieser ganze Wahnsinn hat Dad krank gemacht. Deshalb bin ich nach Hause gekommen.«

»Wie schlimm ist es?«

»Er braucht Ruhe. Trotzdem wollte er, dass ich ihm das hier hole.« Tom nimmt das Geschäftsbuch der Kaufhalle aus dem Regal.

»Darf Cecil Besuch bekommen? Ich kann dich nach Hause fahren. Oder ist das verboten, weil du ja jetzt verheiratet bist?«

Tom schenkt mir endlich das träge, warmherzige Lächeln, das ich so schätze. »Wir können ja eine Ausnahme machen.«

Draußen ist auch die Main Street nahezu menschenleer, obwohl es ein herrlicher Oktobertag ist.

»Ich werfe sie an«, sagt Tom und grinst. »Keine Bange. Diesmal mach ich's mit der linken Hand.«

Die Lizzie springt schon nach einer Drehung der Kurbel an, und er steigt neben mir ein. Ich bemerke seinen Ehering. Ich habe Tom noch nicht gesehen, seit er geheiratet hat. »Hast du deine Frau mitgebracht?«

»Amy konnte nicht mitkommen.«

»Und wie ist das Eheleben so?«

Tom nickt. »Bis jetzt ziemlich gut. Es ist schön, jemanden an meiner Seite zu haben.«

Jemanden an meiner Seite. So habe ich die Ehe noch nie betrachtet, und die Vorstellung gefällt mir. »Das freut mich für dich, Tom.«

Tom Dunbar ist verheiratet. Er und Amy hatten mich zur Hochzeit eingeladen – ein elegantes Fest in Georgetown, Fracks, Abendkleider, Musikkapelle, das volle Programm –, aber das war um die Zeit von Kats Niederkunft, deshalb konnte ich nicht weg. Ich bin froh, dass Tom glücklich ist, ehrlich, aber er wohnt weit weg in Georgetown mit seiner Angetrauten, und ich fürchte, dass er dort bleiben wird. Ich habe das Gefühl, einen Freund verloren zu haben, und ein Teil von mir wünschte, ich hätte mir auf die Zunge gebissen, statt ihm zu sagen, er solle nicht auf mich warten.

Wir fahren am Haus von Mattie und Sheriff Earl vorbei. Die Vorhänge sind geschlossen, aber ich weiß, dass sie da sind. Mattie lebt noch immer zurückgezogen, und Sheriff Earl hat sich nicht mehr blicken lassen, seit Lowe praktisch die Führung der Polizei übernommen hat. Ich weiß, ich sollte sie mal besuchen, aber das erledige ich später. Zuerst muss ich mit Cecil reden.

Das hohe, massive Haus der Dunbars steht dicht an der Straße, und die roten Backsteine schimmern durch die verblasste weiße Farbschicht. Cecil sitzt in einem Rollstuhl mit geflochtener Rückenlehne am Erkerfenster und wirkt gebrechlich, fast schon wächsern. Sein Gesicht ist in das weiche Licht des Südens getaucht, während er seiner Frau Louise lauscht, die ihm aus der *Gazette* vorliest. Den Artikel über Abraham Crockett.

»Der Duke hat immer gesagt, nichts würde ihn so beruhigen wie der Anblick von Cecil Dunbars weisem Gesicht«, sage ich. Cecil winkt schwach ab. »Aber, mein lieber weiser Cecil Dunbar, wenn du krank bist, solltest du vielleicht nicht Tom losschicken, damit er dir Arbeit nach Hause holt.«

»Ich sollte ein Machtwort sprechen«, sagt Louise. Sie ist eine kleine Frau mit leiser Stimme, die nie laut werden muss, um gehört zu werden. Sie hat mich immer behandelt, als wäre ich ihre Nichte, stets bereit, mich zu umarmen, wenn ich brav war, und mir den Hintern zu versohlen, wenn ich es nicht war. Im Moment macht sie keinen Hehl aus ihrer Besorgnis um ihren Mann, und ihre dunklen Augen, die denen von Tom so sehr ähneln, wirken angespannt und trüb. »Am liebsten würde ich ihm glatt verbieten, auch nur einen Finger zu krümmen.«

»Wenn ich die Zahlen hier durchgehen kann, wird mir ein Stein vom Herzen fallen«, erklärt Cecil.

»Ich sehe, ihr lest den Artikel über Abraham«, sage ich. »Deshalb bin ich hier.«

»Ich kenne den Mann schon fast mein ganzes Leben«, sagt Cecil. »Er und der Duke und ich sind als Kinder zusammen angeln gegangen.« Cecil schüttelt langsam den Kopf. »Hätte nie gedacht, dass es in Claiborne County so weit kommen würde.«

Ich setze mich neben Tom auf die gepolsterte Bank im Erkerfenster. »Ich war gestern bei Gloria und den Kindern. Sie hat eine geplatzte Lippe. Die Kleinen sind ganz krank vor Angst. Gloria auch, obwohl sie sich alle Mühe gibt, sich nichts anmerken zu lassen. Cecil, ich brauche einen Rat, und du bist derzeit so ziemlich der einzige Mensch weit und breit, der noch klar denkt.«

Louise legt ihm eine Hand auf die Schulter. »Cecil, ich will nicht –«

»Wird nicht lange dauern«, sagt er.

Ich erzähle Cecil von Abrahams hundert Litern, erkläre, dass Gloria den Whiskey verkaufen muss, um die Kaution für ihn aufzubringen, aber sämtliche Käufer von außerhalb verschwunden sind, weil die Deputys überall Straßensperren errichtet haben.

»Die beste Lösung für Gloria wäre es, den Whiskey irgendwie zu Billy Bonds Cousin Sinclair zu schaffen, drüben in Webster County«, sagt Cecil. »Der kauft von Leuten, denen er vertraut. Billy könnte das in die Wege leiten. Wie ich höre, hat er seine Kaution problemlos zahlen können.«

»Billy Bond und ich sind nicht gerade Busenfreunde.«

»Sprich mit ihm. Für ihn sollte auch was dabei rausspringen.«

»So viel Whiskey kann Gloria unmöglich rüber nach Webster County bringen. Da sind zu viele Straßensperren. Außerdem hat sie kein Auto.«

»Du aber.«

»Das gehört Kincaid Holdings, und ich brauch es für die Arbeit. Ich kann Gloria die Lizzie nicht leihen.«

»An Verleihen hab ich auch nicht gedacht.«

»Was denn, ich soll den Whiskey selber rüberfahren? Willst du mir das ernsthaft vorschlagen?«

»Ich mache keine Vorschläge, Sallie. Ich zeige dir Möglichkeiten auf, genau wie früher dem Duke. Die Entscheidung liegt bei dir.«

»Bei dir ist die Wahrscheinlichkeit geringer, dass sie dich anhalten«, stellt Tom klar.

»Du hast doch gesagt, du willst nicht einfach nur rumsitzen und nichts tun.« Cecil lächelt.

»Und du hast gesagt, dass du keine Vorschläge machst«, halte ich dagegen und lächele ebenfalls. »Das klingt aber sehr nach einem Vorschlag.«

»Die Risiken musst du allein abwägen.«

»Ich könnte geschnappt werden.«

Cecil nickt. »Das ist das eine. Und wenn du diese Tür erst mal aufgestoßen hast, könnte es schwer werden, sie wieder zu schließen.«

»Genug jetzt, Sallie«, sagt Louise. »Mein Mann ist erschöpft.«

Cecil sieht tatsächlich müde aus, aber in seinen Augen liegt ein zufriedenes Leuchten, als er mich anblickt, dasselbe Leuchten, das ich früher bei ihm sah, wenn er dem Duke etwas zuflüsterte und der Duke nickte.

»Ich hingegen mache gern Vorschläge, Sallie«, sagt Tom, »und jetzt habe ich einen: Lass mich mitfahren.«

29

Ich teste immer wieder das Spiel im Lenkrad. Billys Auge war noch immer dunkelviolett verfärbt, und anfangs war er ganz schön unleidlich, aber als ich ihm zehn Prozent Provision anbot, erklärte er sich einverstanden. Jetzt sind Tom und ich in westlicher Richtung unterwegs nach Webster County, und die überlastete Federung der Lizzie ächzt und stöhnt unter dem Gewicht von Abrahams hundert Litern im Kofferraum. Das Auto schlingert durch Kurven und keucht bei jeder Steigung.

»Wir hätten nachts fahren und kleine Nebenstraßen nehmen sollen«, sagt Tom.

Vielleicht hat er recht. Aber ich war der Meinung, dass wir am helllichten Tag unauffälliger wären und uns bis kurz vor der Countygrenze an meine üblichen Strecken halten sollten, wie ganz normale Leute, die nichts zu verbergen haben, und nicht wie zwei Blockadebrecher, die sich im Schutz der Dunkelheit über die Berge schleichen. Aber jedem, der genauer hinsieht, wird auffallen, dass die Lizzie eine schwere Fracht geladen hat, deshalb achte ich genau auf die Leute in den entgegenkommenden Autos. Alle scheinen uns misstrauisch zu beäugen. Andererseits beäuge ich sie ja auch misstrauisch. So ist das mittlerweile in Claiborne County. Alle beäugen sich gegenseitig.

Wir kommen zu dem Straßenabschnitt mit hohen Kiefern auf beiden Seiten und einem zimtfarbenen Nadelteppich auf dem Boden. Als wir den Wald hinter uns lassen, bemerken wir vor uns eine Schlange von wartenden Autos und Fuhrwerken. Wir kommen näher, und ich sehe eine schlammbespritzte Limousine vor der Schlange. Eine Straßensperre.

Zwei Männer mit Gewehren. Einer von ihnen ist Chalky Hurd. Der andere ist ein großer Kerl, den ich nicht kenne. Er hat seinen Schlapphut weit nach hinten geschoben, einen Fuß auf das Trittbrett des ersten wartenden Autos gestellt und beugt sich vor, um mit dem Fahrer zu reden.

Wir stecken ganz schön in der Klemme. Können nicht in der Schlange warten und dem großen Kerl Gelegenheit geben, das Auto in aller Ruhe zu untersuchen. Schnell wenden und abhauen geht auch nicht. Dann könnten wir genauso gut rufen: Wir sind die, hinter denen ihr her seid! Und mit unserer Whiskeyfracht würde uns die Limousine im Handumdrehen einholen.

Wir halten am Ende der Schlange, und Tom sagt kein Wort, aber ich weiß, was er denkt: Wir hätten nachts fahren sollen.

»Ich mach das schon«, sage ich.

Aber wie? Was würde der Duke tun, frage ich mich, und plötzlich ist es, als würde ich seine Stimme hören. »Wenn du ein Problem nicht lösen kannst und weder davor weglaufen, noch dich davor verstecken kannst, mach es zum Problem deines Gegners.«

Mach es zum Problem deines Gegners. Ich weiß selbst nicht genau, was in mich gefahren ist, aber ich drücke auf die Hupe, steure die Lizzie auf den Randstreifen und fahre rasant an der Autoschlange vorbei. Als ich die schlammverdreckte Limousine erreiche, steige ich auf die Bremse. Die vielen Liter Whiskey bringen die Lizzie ins Schlingern, aber das scheint niemandem aufzufallen.

»Bleib sitzen«, sage ich zu Tom.

»Sallie, was hast du vor?«

Ich schüttele den Kopf. Kann jetzt nicht reden. Ich greife unter meinem Sitz nach dem Revolver, den der Duke im Schreibtisch in der Bibliothek hatte. Noch immer habe ich keinen richtigen Plan, aber irgendwas hat mich gepackt, lässt mein Blut rasen, dass mir fast schwindelig wird; es ist, als würde mich ein starker Rückenwind vorwärtsdrängen, damit ich anfange, die Sache zum Problem meines Gegners zu machen, also los, denk nicht drüber nach, tu was. Ich öffne die Autotür.

»Sei vorsichtig«, sagt Tom.

Ich lasse den Motor laufen, steige aus der Lizzie und schiebe den Revolver betont langsam in meinen Gürtel.

»Tag, Chalky!«, rufe ich und winke ihm zu.

»Miss Kincaid!« Er winkt zurück.

Ich gehe zu den beiden Männern. »Ihr haltet hier den ganzen Verkehr auf.« Meine Kehle ist wie zugeschnürt. Ich hoffe, dass ich dadurch so richtig entrüstet klinge.

»Wer zum Teufel sind Sie?«, fragt der Große. Er hat eingefallene Wangen und vorstehende Zähne.

»Sallie Kincaid«, sagt Chalky. »Marys Schwester.«

»Lasst die Leute endlich weiterfahren.« Meine Stimme klingt jetzt besser. Fest. Ich schaue durch das Fenster in das erste wartende Auto. Am Steuer sitzt Nate Brown, der Inhaber des Futtermittelladens in Wrightsville. Er nickt mir zu und hebt grüßend einen Finger vom Lenkrad.

»Hallöchen, Nate. Ich kenn dich. Du bist in Ordnung.« Ich winke ihn durch.

»Das können Sie nicht machen«, schreit der große Kerl. »Ich hab hier das Sagen.«

»Ach ja?« Weiter so, Sallie. Bloß nicht einknicken. »Wie heißen Sie?«

»Horace Platt.«

»Tja, Horace Platt. Sie sind nicht mal von hier. Sie kennen niemanden, und niemand kennt Sie. Kein Wunder, dass hier ein Riesenstau ist.«

Ich ziehe den Revolver aus dem Gürtel und winke damit das nächste Auto durch, dann wende ich mich an Chalky. »Du kennst die Leute hier, Chalky. Ab jetzt übernimmst du.«

»Der Chef hat mir die Leitung übertragen«, sagt Horace Platt.

»Mr Lowe? Ich hebe seine Anweisung auf.«

»Das können Sie gar nicht. Dazu haben Sie kein Recht.«

Er klingt wütend, aber auch leicht eingeschüchtert. Zeit nachzusetzen. »Und ob ich das Recht habe. Ich bin die Tochter des Duke. Meine Schwester wollte diese Straßensperren, und ich auch. Ich bin entschieden dafür, das Recht durchzusetzen und Whiskeyschmuggler festzunehmen, aber sorgt gefälligst dafür, dass sich dieser verdammte Stau auflöst.« Ich schiebe den Revolver wieder in den Gürtel. »Und jetzt, zurück an die Arbeit.«

Ich klopfe Chalky auf die Schulter, wie der Duke das immer bei seinen Männern gemacht hat. »Bring Bewegung in die Sache«, sage ich noch und steige wieder in die Lizzie.

Tom starrt stur geradeaus. Ich lege den Gang ein, gerate ein bisschen ins Schleudern, als ich um die Limousine herumkurve, und fahre an Chalky und Horace Platt vorbei, die heftig miteinander debattieren.

»Sallie –«, setzt Tom an, doch dann verstummt er wieder.

Ich sage nichts. Mein Blut rast noch immer, ich atme schwer und meine Hände kribbeln, aber ich lächle auch – übers ganze Gesicht.

Ich schaffe das.

30

Becca, die Amme, sitzt am Küchentisch und stillt Grace. Wie sie so auf das Baby hinabschaut, sieht sie friedlich und zufrieden aus. So viele Frauen haben die natürliche Gabe, Mutter zu sein, aber je mehr ich mich bemühe, desto klarer wird mir, dass ich keine von ihnen bin. Ich werde alles tun, um mein Versprechen, dass ich mich um Grace kümmern werde, zu halten – ich würde mir eher ein Bein abhacken und es braten, als zuzulassen, dass das Kind Hunger leidet –, aber das mit den Muttergefühlen krieg ich irgendwie nicht hin.

»Sallie, wenn du fertig mit essen bist, spül ich deinen Teller«, sagt Tante Faye.

»Ich mach das schon«, sage ich.

Tante Faye nimmt meinen Frühstücksteller. »Bleib du mal schön sitzen und genieß deinen Kaffee.«

Mary hütet weiter das Bett, und Phillip ist rund um die Uhr mit Lowe und den Deputys draußen unterwegs, deshalb haben wir aufgehört, gemeinsam zu essen. Nell hält einen Topf Suppe und einen Stapel Pfannkuchen auf dem Herd warm und stellt eingelegte Gurken, Körbe mit Maisbrot und gekochten Eiern bereit, sodass wir uns bedienen können, wenn wir Hunger haben.

Mir ist das nur recht. Vor zwei Tagen sind wir für Gloria nach Webster County gefahren, und seitdem halte ich mich von Mary fern. Ich musste diese Lieferfahrt machen – ich musste nicht nur, ich wollte sie machen. Doch das bedeutet auch, dass ich meine Schwester hintergehe, wieder mal unaufrichtig bin, unter ihrem Dach lebe und gleichzeitig gegen sie arbeite. Falls sie das jemals erfährt, wird sie mich von Phillip auspeitschen lassen.

Ich trinke meinen Kaffee aus. Zeit, zur Arbeit zu gehen. Ich habe Gloria gebeten, Stillschweigen über die Lieferfahrt zu bewahren, aber anscheinend hat sich die Sache doch herumgesprochen, denn gestern erzählte mir Dale Crawford, der auf der Scrabble Road wohnt, dass seine Kinder barfuß herumlaufen müssen – und erwähnte ganz nebenbei, dass er meinen Wink befolgt und jede Menge Whiskey versteckt hat, nur für den Fall, dass ich einen Käufer weiß. Ich rechne damit, heute noch mehr solcher Geschichten zu hören. Cecil hat mich gewarnt, dass es schwer werden könnte, diese Tür wieder zu schließen, wenn ich sie einmal geöffnet habe. Es kann also durchaus sein, dass Tom und ich noch mal nach Webster County fahren. Aber falls wir das tun, dann nur nachts.

Ich gebe Grace und Tante Faye einen Kuss, verabschiede mich von Becca, und als ich gerade die Schwingtür aufstoße, klingelt das Telefon in der Diele. Nell geht ran.

»Für dich, Sallie«, sagt sie. »Jemand von der Hopewell Road.«

Auf der Hopewell Road hat niemand ein Telefon. Ich frage mich, wer da wohl anruft, und von wo. Gloria? Abraham? Gestern hat sie die Kaution bezahlt. Wer auch immer es ist, niemand von der Hopewell Road würde im Großen Haus anrufen, wenn es nicht unbedingt nötig wäre.

Ich greife nach dem Hörer.

Ein Schwarm Stare, dicht wie eine schwarze wirbelnde Rauchsäule, fliegt hoch, schwärmt auseinander und kommt wieder zusammen, ehe sich die Vögel auf dem prächtigen, alten Zürgelbaum niederlassen, wo sie zwitschern und flattern, als wäre es ein ganz normaler Tag. Aber nichts an diesem Tag ist normal, und der Baum wirkt überhaupt nicht mehr prächtig.

Die Menschen von der Hopewell Road haben sich auf dem gefegten Hof der Crocketts versammelt. Tom und ich bahnen uns einen Weg durch die schweigende Menge und nicken einigen stumm zu, bis wir vor dem schlichten Kiefernsarg auf der Veranda stehen und auf Abrahams kaltes Gesicht hinabblicken.

Ich wollte es erst nicht glauben. Abraham, dieser große Mann, der immer so herzlich, so eigensinnig, so schnell belustigt wie erbost war – so voller Leben. Abraham konnte nicht tot sein. Aber hier liegt er, und er sieht nicht friedvoll aus. Wie auch?

So etwas ist noch nie in Claiborne County passiert, und ich hätte es auch nie für möglich gehalten, dachte, bei uns wären die Dinge anders, dass wir nicht so mit Schwarzen umgehen würden, aber ich habe mich geirrt, denn letzte Nacht haben sie Abraham geholt, haben ihn aus seinem Haus geschleift, während Gloria die Kinder zurückhielt, und ihn an ebendiesem Zürgelbaum erhängt, auf dem jetzt die Stare hocken.

Gloria und ihre Kinder stehen neben dem Sarg, und ich sage ihr, wie leid es mir tut, doch sie weicht zurück und verschränkt die Arme. Ihr Gesicht ist unversöhnlich.

»Das war Ihre Schwester«, sagt Gloria. »Das wart ihr Kincaids.«

Sie schließt mich mit ein. Und wieso auch nicht? Ich habe mich Mary nicht widersetzt, als sie einen Mann anheuerte, der sagte, er würde harte Maßnahmen gegen die Menschen in diesem County ergreifen. Aber ich schätze, viele werden mit dem Finger auf andere zeigen. Manche werden sagen, es sei Abrahams Schuld. Lowe hatte Horace Platt, den Deputy von der Straßensperre, zu Abraham geschickt, sobald der auf Kaution aus dem Gefängnis kam, um ihm zu zeigen, dass er beobachtet wurde. Platt fing an, Abraham zu provozieren, und der nahm es eine Weile hin, ließ die gehässigen, verletzenden Bemerkungen mit eingezogenem Kopf über sich ergehen. Aber, wie Abraham selbst gesagt hat, manchmal wollte sein Kopf einfach nicht unten bleiben. Er gab Platt eine freche Antwort, woraufhin der ihn ohrfeigte, vor den Augen von Gloria und den Kindern. Abraham schlug zurück.

Deshalb sagen die Leute, dass ihm sein Stolz zum Verhängnis geworden ist. Mit Männern wie Platt legt man sich nicht an. Man duckt sich und hält still. Doch Abraham glaubte, wenn du zu lange stillhältst, bist du irgendwann kein Mann mehr.

Gloria nickt sechs breitschultrigen Nachbarn und Angehörigen zu, die am hinteren Ende der Veranda stehen, die Köpfe gebeugt, Hände auf dem Rücken gefaltet. Sie schieben behutsam den Deckel auf den Sarg.

Ich überlege, was ich sagen kann, als Tom das Wort ergreift. »Können wir irgendetwas für Sie tun?«, fragt er Gloria.

»Leiht mir das Geld für Zugfahrkarten nach Detroit.«

»Du darfst nicht weglaufen«, platzt es aus mir heraus. »Du darfst die nicht gewinnen lassen.«

»Sallie Kincaid, sie haben meinen Mann ermordet, haben meinen wunderbaren Abraham an einem Baum aufgehängt, und Sie reden von Gewinnen?« Glorias Stimme ist tief und schneidend. »Mir geht's nicht um Gewinnen. Mir geht's nicht um Rache. Mir geht's darum zu überleben. Mir geht's darum, meine Kinder am Leben zu halten. Sobald mein Mann unter der Erde ist, bringe ich meine Kleinen von hier weg, dahin, wo sie dich nicht umbringen, weil du schwarz bist.«

»Aber deine Familie ist hier. Abraham hat für mich fast zur Familie gehört.«

»Fast?« Gloria stößt ein bitteres Lachen aus und wendet sich den Männern zu, die neben dem Sarg stehen. »Will sie mir weismachen, dass sie's nicht weiß?« Dann sieht sie mich an und sagt langsam, als würde sie einem nicht besonders schlauen Kind etwas erklären: »Abraham war der Sohn des Colonels.«

Ich starre Gloria entgeistert an. Sie starrt zurück, hält meinem Blick stand.

Ich sehe Tom an.

Er zuckt mit den Schultern. »So genau weiß das keiner.«

»Abraham wusste es«, sagt Gloria. »Seine Mama hat's ihm gesagt. Die ganze Hopewell Road weiß es. Nicht alle Geburten schreibt man in die Familienbibel.«

Ist das möglich? Abrahams Mama Etta war die Schwester der Alten Ida, unserer Köchin, als ich klein war. Ich wusste, dass Etta manchmal im Großen Haus geholfen hat, als der Colonel noch lebte. Ich kenne die Geschichten, dass Abraham und der Duke früher zusammen jagen und angeln gingen. Ich suche in den Gesichtern von Glorias Kindern nach irgendwelchen Kincaid-Zügen, finde aber nichts. Vielleicht bin ich zu gut darin, Dinge zu übersehen, die ich nicht sehen will. Wenigstens hat der Duke zugegeben, dass er mein Daddy war. Wie muss sich das anfühlen, der Sohn des mächtigsten Mannes im County zu sein, aber wie ein peinliches Geheimnis behandelt zu werden? Mattie redet dauernd von Familie, von Zusammenhalten, davon, was es bedeutet, eine Kincaid zu sein – weiß sie von Abraham? Weiß Mary es?

»Gloria, lass uns mit Mary reden. Ihr erklären, dass deine Kinder Kincaid-Blut in den Adern haben. Dass ihr zur Familie gehört. Sie wird dich schützen.«

»Schutz von Mary Canon? Verstehen Sie es denn wirklich nicht, Sallie? Meine Kinder mögen ja Kincaid-Blut haben, aber sie werden nie zur Familie gehören. Mary hasst sie, weil sie der Beweis dafür sind, dass ihr Daddy fremdgegangen ist. Mein Mann und meine Kinder sind der Beweis dafür, dass der Colonel fremdgegangen ist. Noch dazu mit einer Schwarzen. Deshalb will ich so weit weg von euch, wie ich nur kann. Und ich würde Sie nicht darum bitten, mir das Geld zu leihen, wenn ich es irgendwo anders herbekommen könnte. Sie wissen, ich zahl es zurück. Ich hab ein bisschen was zur Seite gelegt, aber ich will mich nicht entscheiden müssen, ob ich mit meiner Familie in den Norden gehe oder ob mein Mann eine anständige Beerdigung bekommt.«

Die sechs Männer schultern den Sarg und tragen ihn vorsichtig die Stufen hinunter und durch die Umstehenden hindurch, und die Leute recken sich und klopfen sanft darauf. Sie bringen Abraham zu dem Friedhof für Schwarze, nicht zu dem Familiengrab, in dem der Duke und andere Kincaids ruhen – Abrahams weiße Verwandte.

Gloria wird ihre fünf Kinder allein durchbringen müssen, und ihr Leben wird sehr hart sein, härter als alles, was ich je durchmachen musste. Ich öffne meine Geldtasche und gebe ihr alles, was ich habe. »Das müsste für die Fahrkarten und die Beerdigung reichen«, sage ich. Aber Geld allein genügt nicht. Wenn Abraham zur Familie gehörte, dann gilt das auch für Gloria, und ich sollte ihr noch etwas anderes geben. Etwas Besonderes. Etwas, das sie als Familienmitglied ausweist. Ich nehme Mamas Mondsteinkette ab.

»Nimm das.« Ich möchte Gloria sagen, dass wir eine große Schatulle aus Rosenholz haben, voll mit Schmuck, den Kincaid-Männer ihren Frauen geschenkt haben, und dass der Colonel Abrahams Mama eine Halskette hätte schenken sollen – und noch verdammt viel mehr –, aber dieses Unrecht kann ich nicht wiedergutmachen. Ich möchte ihr sagen, dass diese Kette für mich, die Außenseiterin, die sich in der Familie nie richtig willkommen fühlte, eine Erinnerung daran ist, dass auch ich eine Kincaid bin, dass ich Gloria damit willkommen heiße, ihr zeige, dass wir, ob wir wollen oder nicht, eine Familie sind, dass Eddie recht hatte, wir sind alle miteinander verbunden. Doch das alles zu erklären, ist im Moment zu viel, deshalb gebe ich ihr die Kette und sage nur: »Das ist ein Familienerbstück. Der Duke hat es meiner Mama geschenkt.«

Gloria betrachtet die Kette unschlüssig. »Eine Schwarze mit so einem edlen Schmuckstück? Die Leute werden sagen, ich hätte es geklaut.« Sie gibt mir die Kette zurück. »Ich brauche kein Familienerbstück der Kincaids, aber ich danke Ihnen dafür, dass Sie mir Geld leihen.«

»Das ist keine Leihgabe.«

»Oh doch, das ist es.«

31

Auf unserem Rückweg von der Hopewell Road kommt Billy Bonds staubiger Lastwagen auf uns zugebraust. Die Scheinwerfer blinken auf, und ich halte an. Als Billy neben uns zum Stehen kommt, lehnt er sich aus dem Fenster.

»Der Hundesohn, den deine Schwester hergeholt hat«, sagt er, »erzählt überall rum, dass er den Saustall hier aufräumt, und zwar so lange, bis der letzte Dreck weggefegt ist.«

»So nennt er das, wenn er Menschen umbringt?«, frage ich.

Billy nickt. »Sogar die, die nicht viel für Schwarze übrighaben, fragen sich, wer als Nächstes dran ist. Es wird höchste Zeit, dass wir selbst das Gesetz in die Hand nehmen. Heute Abend treffen wir uns. Shortys Autowerkstatt. Sechs Uhr. Überlegt euch, ob ihr dabei sein wollt.«

Der Lastwagen fährt weiter die Plank Road rauf, zieht blauen Rauch hinter sich her. Ich habe Gloria gesagt, sie dürfte die nicht gewinnen lassen, aber eigentlich haben wir alle genau das getan, seit die Deputys hier angekommen sind. Wir haben sie gewinnen lassen. Haben uns eingeredet, wir könnten nichts tun, wären machtlos, und genau diese Haltung hat zu Abrahams Tod geführt.

»Ich geh hin«, sage ich zu Tom.

»Willst du dich ernsthaft an einem Aufstand gegen deine Schwester beteiligen?«

»Tom, unsere Schmuggelfahrt hat sich rumgesprochen. Wir können uns da nicht raushalten.«

Weil Tom mir nicht ausreden konnte, zu dem Treffen zu gehen, ist er mitgekommen, um aufzupassen, dass ich mir keinen Ärger einbrocke. Rund zwei Dutzend Männer drängen sich in Shortys Werkstatt, lehnen an Wänden, sitzen auf Reifenstapeln oder kauern auf dem ölverschmierten Boden. Die meisten haben Gewehre dabei. Mehr als nur ein paar Männer schielen in unsere Richtung, manche erstaunt, manche argwöhnisch.

»Was zum Teufel macht Mary Kincaid Canons Schwester hier?«, fragt einer so laut, dass alle es hören.

Billy steht in der Mitte der Gruppe. Er nickt mir zu und sagt zu dem Mann: »Ich hab sie eingeladen.«

»Eine Lady hat hier nichts verloren«, sagt ein anderer.

»Falls ich eine Lady sehe«, sage ich, »werd ich's ihr ausrichten.«

Dafür ernte ich ein paar Lacher. Offenbar sind die Männer froh, dass sie für mich nicht auf gute Manieren achten müssen.

Tom und ich suchen uns einen Platz im Schatten, neben einer Wandhalterung für Schraubenschlüssel, die mit öligem Staub überzogen sind. Billy schlägt vor, eine Art Bürgerwehr zu gründen, so ähnlich wie die Miliz der Siedler im Unabhängigkeitskrieg, aber die Männer fallen ihm laufend ins Wort, beschweren sich lautstark über die Ungerechtigkeiten, die ihren Familien angetan wurden, reden davon, diese verdammten Deputys zu teeren und zu federn, Brandbomben in ihre Autos zu werfen und Lowe mitsamt meiner Schwester und ihrem Mann aus Claiborne County zu verjagen.

Dann ruft Shorty plötzlich über den ganzen Tumult hinweg: »Da sind sie!«

Schlagartig verstummen alle.

Shorty stemmt das Tor hoch, das sich mit lautem Rumpeln Richtung Decke hebt, und im Dämmerlicht sehen wir rund vierzig Schritte entfernt ein Auto stehen. Vier Männer mit Gewehren steigen aus. Ich erkenne Chalky Hurd und Horace Platt, der für Abrahams Tod verantwortlich ist. Die anderen beiden sind mir nicht bekannt.

»Lasst eure Waffen fallen«, brüllt Platt.

»Das ist der Dreckskerl, der mir das blaue Auge verpasst hat.« Billy Bond flüstert beinahe, aber in der lautlosen Werkstatt ist seine Stimme deutlich zu hören.

»Ihr seid alle festgenommen«, ruft Platt.

»Dann komm doch her und führ mich ab«, schreit Billy.

Platt hebt sein Gewehr und feuert in die Luft.

»Die schießen«, schreit Billy. »Schießt zurück!«

Er sinkt auf ein Knie und zielt. Ein lauter Knall. Platt wirbelt herum und fällt zu Boden.

Chalky feuert ein Mal und macht einen Schritt auf Platt zu. Die Männer drängen aus der Werkstatt auf die Straße, Gewehre im Anschlag. Chalky und die beiden anderen drehen sich um und springen ins Auto. Die Reifen schleudern Schotter hoch, dann sind sie weg.

Platt liegt noch immer auf der Erde. Er bewegt sich nicht.

Shorty beugt sich über ihn, berührt sein Gesicht, ruft dann: »Der ist tot.«

Ich habe Gloria gesagt, wir würden ihn kriegen. Das hatte ich im Hinterkopf, als ich mich auf den Weg zu diesem Treffen machte. Rache. Die haben wir jetzt. Aber sie ist nicht süß, sie befriedigt nicht, sondern hinterlässt bei mir das mulmige Gefühl, dass wir etwas in Gang gesetzt haben, das wir nicht mehr aufhalten können, dass wir eine Tür geöffnet haben, die wir nicht mehr schließen können.

Ich höre ein leises Stöhnen.

Little Jimmy liegt zusammengekrümmt auf dem Boden und hält sich den Bauch.

Billy geht neben seinem Bruder in die Knie. »Er ist angeschossen. Wir müssen ihn ins Krankenhaus schaffen.«

32

»Ihr könnt hier nicht mit Waffen rein«, sagt Oberschwester Bertha Hynes mit einer Stimme, die es gewohnt ist, Befehle zu geben. »Wir versuchen hier, Menschen zu heilen.«

»Na und?«, sagt Billy Bond mit der Stimme eines Mannes, der sich nichts befehlen lässt. »Es ist noch nicht vorbei.«

Wir haben Little Jimmy nach hinten in den OP gebracht, und Dr. Black operiert ihn, während wir in der weiß gefliesten Ambulanz des Krankenhauses von Caywood warten.

Bertha mustert uns. Die meisten halten noch Gewehre in den Händen, und sie scheint zu dem Schluss zu kommen, dass Billy vielleicht recht hat, vielleicht ist es noch nicht vorbei, denn sie nickt und verschwindet nach hinten.

»Bist du bewaffnet?«, will Billy von Tom wissen.

Der schüttelt den Kopf. Billy hält ihm seine Pistole hin, und Tom betrachtet sie, als müsste er nachdenken, dann nimmt er sie.

»Ich weiß, dass du einen Revolver hast«, sagt Billy zu mir. »Geh ihn holen.«

Draußen ist der Himmel dunkel, und der Mond wird von einem matten Hof umringt. Das Hospital liegt auf dem Hügel, und unter mir leuchten die Lichter von Caywood. Es ist Abendessenszeit. Die Menschen bringen Speisen aus der Küche ins Esszimmer, setzen sich, sprechen Tischgebete. Und wir bereiten uns auf eine Schlacht vor.

Ich taste unter dem Fahrersitz nach meinem Revolver und stecke ihn mir in den Gürtel. Ich nehme die Remington von der Rückbank, wo sie liegt, seit Abraham ermordet wurde. Genau in dem Moment sehe ich eine Reihe von Autos auf die Main Street biegen, deren Scheinwerferkegel über die Ladenfronten gleiten, dann kommen sie die Straße zum Krankenhaus herauf.

Bei der Schießerei vor Shortys Werkstatt ging alles so schnell, dass mir keine Zeit zum Nachdenken blieb. Die habe ich jetzt, und ich bin zwar nicht gerade ruhig, aber auch nicht verängstigt, bloß hellwach. Ich bemerke die Ölschlieren auf der Straße, die das Mondlicht widerspiegeln, das leise Pfeifen eines fernen Zuges, den kalten Lauf des Revolvers an meiner Hüfte, das Gewicht der Remington in meinen Händen. Ich sauge die frische Nachtluft tief ein und gehe zurück in die Ambulanz.

»Sie kommen«, sage ich.
»Wie viele?«
»Zehn Autos.«
Bertha Hynes kommt zurück. Sie verschränkt die Arme und hört genau zu, während Billy ihr die Lage erklärt. Dass bewaffnete Männer auf dem Weg hierher sind. Dutzende. Sie nickt und verriegelt die Tür, er macht das Licht aus, und alle gehen an den Fenstern in Deckung.
Tom ist an meiner linken Seite, auf der anderen sind Billy und Schwester Bertha. Wir beobachten aus dem dunklen Raum heraus, wie die Autos in einer Reihe vor dem Krankenhaus halten, sodass ihre grellen Scheinwerfer genau auf uns gerichtet sind, wie die Augen wilder Tiere. Hinter diesen Scheinwerfern kann ich so gerade eben die Umrisse der Männer erkennen, die aussteigen und sich auf der Straße verteilen.
Nach einigen Momenten wird wütend am Türgriff gerüttelt.
»Aufmachen!« Es ist Lowe.
»Sie können nicht hier reinkommen und Ärger machen«, ruft Bertha durch die verschlossene Tür.
»Die Verbrecher da drin haben einen von meinen Deputys erschossen«, ruft Lowe zurück. »Wir haben Haftbefehle.«
»Ich mach die Tür nicht auf«, sagt Bertha. »Wir behandeln hier Kranke.«
Lowe hämmert mit solcher Wucht gegen die Tür, dass die Wand bebt. Schließlich hört er auf, und einen Moment lang ist alles still. Dann ein Schuss. Er schlägt in das schwere Eichenholz der Tür, und wir lassen uns alle zu Boden fallen. Ich liege da, eine Wange gegen das kalte Linoleum gedrückt, und die Scheinwerferkegel dringen durch das Fenster genau über mir, tauchen den Raum in gleißendes Licht.

Eine zweite Kugel schlägt in die Tür. Eine Pause tritt ein. Dann eröffnen die Männer draußen das Feuer. Über mir zerbirst das Fenster. Glasscherben regnen herab, und Kugeln prallen von den gefliesten Wänden.

Im hinteren Bereich schreien Patienten.

Als ich den Kopf drehe, um Billy anzusehen, knirschen Glasscherben und Schmerz fährt mir in die Wange. Ich hebe eine Hand ans Gesicht. Blut.

Billy dirigiert seine Brüder zu verschiedenen Fenstern, und sie gehen so ruhig und konzentriert in Position, als wären sie bloß auf der Jagd.

Billy zeigt auf ein Fenster und senkt die flache Hand – unten bleiben, soll das heißen. Ich gehe auf die Knie und spähe kurz nach draußen. Diese verflixten Scheinwerfer blenden. Ich ziele mit der Remington, drücke ab, und ein Schweinwerfer erlischt. Volltreffer.

Noch einmal. Zielen, abdrücken. Der nächste Scheinwerfer geht aus.

Mein Mund ist trocken, und von dem Kugelhagel klingeln mir die Ohren, aber ich fühle mich fast wie berauscht, während ich hier neben Männern knie, mit denen meine Familie seit Generationen im Streit liegt, und wir auf Männer schießen, die meine eigene Schwester angeheuert hat, Männer, die dachten, sie könnten in unser County kommen und machen, was sie wollen. Jetzt schießen wir zurück auf euch Hundesöhne, möchte ich schreien, wie gefällt euch das? Rechts von mir ist Billy so nah am Fenster, dass ich sein Gesicht sehen kann, und ich vermute, ihm geht's wie mir.

Ich schaue nach links. Doch Tom ist nicht mehr da. Ist er getroffen worden? Dann sehe ich ihn. Er kauert in einer Ecke im Schatten, schüttelt den Kopf, die Augen fest zusammengepresst, Hände auf den Ohren. Ich krieche zu ihm rüber und rufe seinen Namen, aber er hört mich nicht. Er ist woanders, und ich muss ihn zurückholen, also hole ich aus und schlage ihm ins Gesicht.

Toms Kopf fliegt zur Seite, und er starrt mich verwirrt an.

Ich spüre eine Hand auf meinem Arm.

»Lass ihn.« Es ist die tiefe, feste Stimme von Bertha Hynes. »Er hat den Schützengrabenschock. Vom Krieg.« Sie berührt Toms Schulter. »Komm mit, Tom. Ich brauche einen starken Mann, der mir hilft, meine Patienten auf den Boden zu legen, raus aus der Gefahrenzone.«

Tom wirkt noch immer benommen, aber er rappelt sich halb auf, und die beiden laufen geduckt nach hinten. Schützengrabenschock. Das »Woanders« war Frankreich, vermute ich, und Tom war wieder auf dem Schlachtfeld, kämpfte in dem Krieg, über den er nicht redet, den er aber nicht vergessen kann.

Ich werde jetzt nicht darüber nachdenken, darf mich nicht ablenken lassen, denn Lowes Männer haben uns umzingelt, und ich schieße weiter, bis ich keine Gewehrmunition mehr habe, dann ziehe ich meinen Revolver.

Die Patronen sind bald verschossen.

Bis auf eine. Ein letzter Schuss. Den spare ich mir auf, für den Fall, dass sie durch die Tür gestürmt kommen.

Kurz darauf geht auch den Bond-Brüdern die Munition aus. Niemand sagt etwas. Wir lauschen alle, wie die Schüsse von draußen weniger werden, dann ganz aufhören.

Jetzt haben auch Lowes Männer keine Munition mehr. Aber sie können sich Nachschub holen. Und das werden sie. Und dann werden sie die Ambulanz stürmen. Mit etwas Glück kann ich noch einen von ihnen erwischen, aber das ist auch alles. Ich frage mich, ob sie zulassen werden, dass wir uns ergeben, oder ob sie uns erschießen und hinterher behaupten, wir hätten uns der Festnahme widersetzt.

Zeit vergeht, aber ich weiß nicht, wie viel. Ein kalter Wind weht durch die geborstenen Fenster. Ich betrachte den Mond draußen, der jetzt hoch am Himmel steht. Noch immer habe ich keine Angst, fühle mich bloß wie taub, frage mich, was mit Tom ist. Und plötzlich bin ich mir sicher, dass er angeschossen wurde. Ich muss zu ihm.

Ich sage mir, dass ich jetzt höchstwahrscheinlich gefahrlos aufstehen kann, doch in dem Moment kommt Tom durch die Schwingtür herein. Vor Erleichterung vergesse ich fast, wo wir sind. Er setzt sich neben mich, und im Mondlicht sehe ich, dass einer seiner Hemdsärmel abgerissen ist und er einen blutigen Verband am Oberarm hat.

»Wie schlimm ist es?«

»Schwester Bertha sagt, ich hab Glück gehabt. Die Kugel hat den Knochen verfehlt. Wie geht's dir?«

»Mittelprächtig.«

Tom muss lächeln. Wir flüstern. Warum, weiß ich nicht. Es erscheint einfach angemessen. Ich frage, wie viele Leute hinten verletzt sind, aber Tom weiß es nicht. Dann schweigen wir.

»Ich wünschte, du hättest mich nicht so gesehen«, sagt er schließlich.

»Ich wünschte, ich hätte dich nicht geschlagen.«

»Davon habe ich nichts mitbekommen.«

»Ich wusste nicht, was ich machen soll.« Ich bin eine Weile still, denke über Tom nach, verletzt und verstört, ein Kriegsheld, aber kein Kämpfer. Mir wird klar, dass es zwei Arten von mutigen Menschen auf der Welt gibt, solche, die kämpfen, und solche, die diejenigen beschützen, die nicht kämpfen können. »Hast du je mit irgendwem darüber geredet?«

»Ein Mal. Mit Amy.« Er befingert den Verband an seinem Arm. »Sie meinte, ich hätte doch gewusst, worauf ich mich einlasse.«

Ganz schön gefühlskalt von einer Frau, so etwas zu ihrem Mann zu sagen. Ich schätze, auch ich kann gefühlskalt wirken, dennoch beschließe ich, dass ich diese Frau nicht leiden kann. »Wir wissen alle nicht, worauf wir uns einlassen.«

Wusste ich denn, worauf ich mich einließ, als ich mit den Bonds hierherkam? Oder als ich Tante Faye zurück ins Große Haus holte oder als ich Kat versprach, für Grace zu sorgen? Wenn wir hier nicht lebend rauskommen, was soll dann aus ihnen werden? Wird Mary für Tante Faye und Grace sorgen? Oder wird sie die beiden nach Hatfield schicken, sobald ihr eigenes Baby da ist? Und falls Mary die kleine Grace bei sich behält, wird sie sie so behandeln wie ihr eigenes Baby oder so, wie Jane mich behandelt hat? Kaum geduldet, nie geliebt und schließlich verbannt. Falls das geschieht, habe ich das Versprechen gebrochen, das ich Kat gegeben habe. Und Grace.

Wir schweigen wieder, sitzen stumm mit dem Rücken an die Wand gelehnt. Noch mehr Zeit vergeht, Stunden, vermute ich, und ich muss dauernd daran denken, wie Billy Bond sich gestern Nachmittag aus dem Fenster seines Lastwagens lehnte, um mir von dem Treffen in Shortys Autowerkstatt zu erzählen, und wie Tom mich davor warnte hinzugehen. Ich wusste wirklich nicht, worauf ich mich einlasse. Wenn ich die Zeit zurückdrehen könnte, was würde ich tun? Ich bilde mir ein, dass ich nicht streitsüchtig bin, aber wenn jemand auf mich losgeht, gebe ich nicht klein bei. Deshalb bin ich mir fast sicher, dass ich wieder so handeln würde.

Ich denke noch immer darüber nach, als ich ein schwaches Brummen höre. Weit weg. Motoren. Ich blicke durch die gesplitterten Fenster. Im Osten verblasst das Schwarz des Himmels zu Grau, und das erste Tageslicht lässt die Sterne verschwinden. Ein Konvoi von Militärlastwagen kriecht den Hügel herauf.

Tom tritt neben mich. »Die Nationalgarde.«

Die Lastwagen kommen rumpelnd näher und halten dann vor dem Krankenhaus. Soldaten mit aufgepflanzten Bajonetten springen heraus und formieren sich in einer Reihe. Ein Offizier, dünn wie eine Bohnenstange, setzt seinen Stahlhelm auf und zurrt den Kinnriemen fest.

In dem Moment kommt Lowe hinter einem Auto hervor. Lowe und der Offizier unterhalten sich kurz, beide die Hände auf die Hüften gestemmt, dann schüttelt Lowe wie angewidert den Kopf und gibt seinen Deputys mit der Hand ein Zeichen. Die klettern in ihre zerschossenen Autos und fahren davon.

Im Licht der Morgendämmerung, das durch die zerbrochenen Fenster dringt, sehe ich die zahllosen Einschusslöcher in den weiß gefliesten Wänden, sehe, dass der Boden mit Glassplittern und Patronenhülsen übersät ist. Billy steht auf, und seine Brüder folgen ihm nach hinten, um nach Little Jimmy zu sehen.

Schwester Bertha kommt durch die Schwingtür. Ihr weißer Kittel ist blutverschmiert.

»Wie geht's den Patienten?«, frage ich.

Sie schüttelt den Kopf. »Wir haben für den jungen Bond getan, was wir konnten, aber er hat's nicht geschafft. Ansonsten gibt's nur ein paar Schnittwunden von splitterndem Glas. Es ist ein Wunder. Tom Dunbar, du hast diese Nacht so einigen das Leben gerettet.«

»Wer hat denn die Nationalgarde verständigt?«, will Tom wissen.

»Ich hab den Gouverneur angerufen«, antwortet Bertha. »Und der Gouverneur hat die Garde losgeschickt.«

Die Tür zum rückwärtigen Teil des Krankenhauses öffnet sich, und die Bond-Brüder kommen mit grimmigen Gesichtern heraus. Sie tragen eine Bahre mit einem Körper unter einem weißen Tuch. Ein Paar gelbe Lederstiefel ragen unter dem Tuch hervor. Die Brüder gehen durch die zerschossene Tür nach draußen, und ich folge ihnen, halte noch immer meinen Revolver mit der letzten Kugel in der Hand.

Die Straße ist leer bis auf die Soldaten, die rund um das Krankenhaus in Stellung gegangen sind, die olivgrünen Lastwagen und die Hunderten Patronenhülsen aus Messing, die im kalten Morgenlicht glitzern.

Was jetzt?

Ein Offizier mit schwarzem Schnurrbart kommt mit flotten Schritten die Einfahrt herauf. Er beäugt den Revolver in meiner Hand, meinen Daumen auf dem Hahn.

»Ma'am«, sagt er. »Es ist vorbei. Stellen Sie den Kampf ein.«

Ich starre den Offizier einen Moment lang an. Er will, dass ich den Kampf einstelle? Mich geschlagen gebe? Ich stehe noch immer unter Spannung wie eine Sprungfeder. Bereit für die nächste Schlacht. Und bald muss ich Mary gegenübertreten.

»Ma'am, haben Sie gehört?« Seine Stimme ist jetzt eindringlich. »Es ist vorbei.«

Er irrt sich. Es ist noch nicht vorbei, genau wie Billy gesagt hat. Trotzdem schiebe ich den Revolver in meinen Gürtel.

33

Zurück im Großen Haus gehe ich direkt ins Bad. Ich sehe aus wie durch die Mangel gedreht. Ich wasche mir den Schmutz ab, Schießpulver und das getrocknete Blut von der Schnittwunde an meiner Wange. Ein Pflaster würde sie nur noch auffälliger machen, also verzichte ich darauf.

Tante Faye und Nell sind in der Küche und baden Grace. Sie ist so winzig, ihre Augen groß und rund und neugierig, der Kopf wackelig auf dem noch schwachen Hals. Sie weiß nichts von der Welt. Mag sein, dass ich nicht weiß, wie ich sie halten soll, aber ich hoffe inständig, dass ich dieses hilflose kleine Wesen beschützen kann.

»Gott sei Dank, du lebst«, sagt Tante Faye und umarmt mich mit nassen, seifigen Armen.

»Wo ist Mary?«

»Im Bett, wie immer«, sagt Nell.

»Ich muss mit ihr reden.«

»Gestern Abend hab ich ihr erzählt, du wärst in deinem Zimmer«, sagt Tante Faye. »Und heute Morgen hab ich ihr dasselbe gesagt. Dass du deine Periode hast und dich schlecht fühlst. Sallie, steckst du in Schwierigkeiten?«

»Ich weiß nicht. Aber viele Leute ganz sicher.«

»Das Telefon klingelt schon den ganzen Morgen«, sagt Nell. »Alles Leute, die Mary oder Phillip sprechen wollen, aber die wollen nicht reden.«

»Ich bin ihre Schwester. Mit mir wird sie reden.«

Hoffe ich.

»Wie war's?«, fragt Tante Faye.

»Hab nichts erreicht. Es war noch vergeblicher als mein

letzter Versuch, mit Mary zu reden. Phillip hat mich gar nicht erst zu ihr gelassen. Als ich wütend geworden bin und gegen die Tür gehämmert habe, hat er gerufen, ich soll verschwinden.« Ich blicke Tante Faye an und behalte für mich, dass Phillip gedroht hat, dafür zu sorgen, dass Tante Faye und ich das Große Haus für immer verlassen müssen.

»Phillip denkt doch wohl nicht, dass du etwas mit all den Unruhen zu tun hast, oder?«

»Klang nicht so.«

»Du solltest was essen«, sagt Nell.

»Hab keinen Hunger.«

Ich setze mich an den Tisch und fahre mit der Hand über die verschrammte Oberfläche. Die Küche ist so still.

Nell stellt mir einen Teller mit Brathähnchen hin.

»Falls du es dir anders überlegst«, sagt sie. »Schmeckt auch kalt gut, ich kann's dir aber gern aufwärmen.«

Ich bin nicht hungrig, aber das Hähnchen hat eine glänzende goldbraune Kruste, und dann dringt mir der rauchige, fettige Geruch von in viel Schmalz gebratenem Fleisch in die Nase. Ich nehme eine Hähnchenkeule – mir gefällt, dass sie praktisch einen eingebauten Griff hat – und beiße hinein. Die Haut ist knusprig von Nells pfeffrigem Buttermilchteig, und das Fleisch darunter ist kalt und zart. Als ich alles Fleisch vom Knochen genagt habe, drehe ich ihn um und esse das knorpelige Weiße am anderen Ende. Dann nehme ich noch einen Schenkel. Der Geschmack des Hähnchens und die Tatsache, dass ich verpflegt, gehegt und umsorgt werde, geben mir fast das Gefühl, wieder ein Mensch zu sein.

»Menschenskind, tut das gut.«

Lautes Klopfen an der Haustür lässt uns alle zusammenschrecken. Ich sage Nell, dass ich aufmachen werde. Falls es Ärger gibt, will ich diejenige sein, die sich ihm stellt.

Es ist dieser Offizier der Nationalgarde mit dem schwarzen Schnurrbart, der mir gesagt hat, ich soll den Kampf einstellen. Er steht auf der Veranda und scheint verblüfft, als er mich sieht, dann salutiert er zackig und nimmt seine Mütze ab.

»Hab nicht erwartet, Sie hier anzutreffen.«

»Ich wohne hier.«

Der Offizier zieht eine Augenbraue hoch. »Mir wurde gesagt, dass Mary Kincaid Canon hier wohnt.«

»Stimmt auch. Ich bin ihre Schwester. Sallie Kincaid.«

Sein Blick gleitet über mein Gesicht, taxiert mich. »Auf Befehl des Majors soll ich mit den führenden Bürgern der Stadt reden und herausfinden, was zum Donnerwetter hier eigentlich los ist. Könnte ich mit Mrs Canon sprechen?«

»Mary liegt im Bett. Sie ist in anderen Umständen und fühlt sich nicht gut.«

Der Offizier nickt. »Dann vielleicht mit ihrem Mann, Reverend Canon?«

In seiner Stimme höre ich den harten Tonfall der Leute aus den Bergen, aber er hat das förmliche Verhalten eines Militärangehörigen. Der Mann ist schwer einzuschätzen, aber ich will weiß Gott nicht, dass er mit Phillipp darüber spricht, was letzte Nacht passiert ist und wer alles dabei war. »Der Reverend möchte ebenfalls nicht gestört werden.«

»Könnte ich dann vielleicht mit Ihnen reden? Sie sind Mrs Canons Schwester. Das macht Sie doch zu einer führenden Bürgerin.«

»Das mit dem ›führend‹ bezweifle ich, aber ja, Sie können mit mir reden. Ich habe viel zu sagen.«

Als ich Tom bei seinen Eltern abgesetzt habe, erzählte Cecil, dass die Nationalgarde zwar das Krankenhaus gesichert hat, Lowes Männer aber noch den Rest der Stadt kontrollieren. Und nichts wird sie davon abhalten, noch mehr Leute zu verhaften.

»Ich bin Ihnen wirklich dankbar, dass Sie und Ihre Männer heute Morgen zur Stelle waren wie die rettende Kavallerie«, sage ich, während wir ins Wohnzimmer gehen, »aber Sie sollten lieber in der Stadt patrouillieren und diese Mörder verhaften, statt Hausbesuche zu machen.« Das klang ein bisschen barsch, und ich darf es mir nicht mit dem Mann verderben, deshalb schiebe ich rasch noch ein »Mit Verlaub« hinterher.

»Miss Kincaid, soweit ich weiß, wurden diese Männer von Ihrer Schwester und ihrem Gatten angefordert, und Mr Lowe und seine Gattin sind Ihre Gäste.«

»Nicht meine.«

»Nun, dann hätte ich eine ziemlich wichtige Frage an Sie, Miss Kincaid. Was genau haben Sie gestern Nacht im Krankenhaus gemacht?«

Ich räuspere mich. »Ich habe einen Verletzten hingebracht. Ist das ein Verbrechen?«

»Möglicherweise. Falls dieser Verletzte sich zufällig auf der Flucht vor dem Gesetz befand.« Wieder huschen seine Augen über mein Gesicht. Taxieren mich erneut. »Weiß Mrs Canon, dass Sie gestern Abend dort waren? Weiß Mr Lowe das?«

Ehe ich mir eine Antwort überlegen kann, fliegt die Haustür auf. »Clara!« Es ist Lowe. »Bring mir ein frisches Hemd und ein Sandwich«, ruft er. »Schnell. Ich muss gleich wieder los.«

»Nein«, flüstere ich. »Sie haben keine Ahnung.«

»Überrascht mich eigentlich nicht.«

Ich sehe Lowe an der Wohnzimmertür vorbeigehen. Er ist dabei, sein schmutziges weißes Hemd abzustreifen.

»Es gibt viel zu tun«, sagt er, und seine Stimme klingt aufgeregt und heiser.

Als er mich sieht, bleibt er stehen. Er weiß, dass ich im Krankenhaus war. Es ist vorbei, denke ich, doch dann sagt er: »Bis zum Abend kriegen wir das ganze verdammte Pack.«

Er weiß es also nicht. Aber er ist wild entschlossen weiterzumachen, den *Saustall* aufzuräumen, und ich verspüre den jähen Drang, den Schürhaken vom Kaminbesteck zu nehmen und sein selbstgefälliges, hämisches Gesicht zu Brei zu schlagen. Der Offizier tritt vor.

»Was machen Sie hier?«, fragt Lowe.

»Der Major hat mich beauftragt, nach den Kincaid-Ladys zu sehen.«

»Die Frauen in diesem Haus stehen unter meinem Schutz. Es geht ihnen ausgezeichnet.«

»Freut mich zu hören, Sir. Freut mich zu hören, dass die Ladys in diesem Haus unter dem Schutz eines Mannes stehen, der so hirnverbrannt ist, dass der Gouverneur sogar die Nationalgarde losschicken musste.«

Lowe verschlägt es die Sprache, und mich überkommt ein anderer jäher Drang, nämlich der, laut loszulachen und dem Offizier auf die Schulter zu klopfen. Er wendet sich mir zu und salutiert. »Ich würde empfehlen, Sie bleiben zu Ihrer eigenen Sicherheit im Haus, Miss Kincaid. Und falls ich irgendwas für Sie tun kann, fragen Sie bitte nach Lieutenant Douglas Rawley.«

Fünfzehn Minuten später beobachte ich vom Wohnzimmerfenster aus, wie Lowe in sein Oldsmobile steigt und die Einfahrt hinunterfährt.

Irgendwas wird passieren, das spüre ich, und ich muss

dabei sein. Ich schnappe mir meinen Mantel und laufe aus dem Haus.

Da ich vermute, dass ich den Patrouillen zu Fuß leichter ausweichen kann, lasse ich die Lizzie stehen. Der Tag ist sonnig, aber kühl, und ich klappe meinen Mantelkragen hoch. Hirnverbrannt. Irgendwie gibt mir dieses Wort wieder neuen Schwung.

Ich hatte erwartet, Lowes Männer in der Stadt zu sehen, doch die Straßen sind leer, und im Nu habe ich die Kaufhalle erreicht.

»Miss Kincaid!«, ruft Mr Lewis. »Hab gehört, dass Sie letzte Nacht dabei waren«, fährt er im Flüsterton fort. »Im Krankenhaus.«

Ich drücke nur kurz seinen Arm, weil ein Mann, den ich nicht kenne, auf uns zukommt. Er trägt einen karierten Mantel, den man sogar im Dunkeln sehen könnte.

»Miss Kincaid? Von der Familie Kincaid, die in Claiborne County das Sagen hat?«

»Hier hat niemand das Sagen. Deshalb stecken wir ja in diesem Schlamassel.«

Seine Augen leuchten auf. »Endlich mal jemand, der bereit ist zu reden. Ich bin Willard Smith. *Richmond Daily Record.*« Er zückt einen Notizblock und einen Bleistiftstummel. »Ich darf Sie doch zitieren, oder?«

Mich zitieren? In einer Zeitung? Mir ist egal, was der Lieutenant gesagt hat, ich gehöre nicht zu den führenden Bürgern, aber wenn ich meine Worte vorsichtig wähle, kann ich der Welt da draußen vielleicht begreiflich machen, dass Lowe hirnverbrannt ist. Ich nicke.

»Ich bin Sallie Kincaid.«

»Sind Sie mit dem verstorbenen großen Duke Kincaid verwandt, von dem wir sogar in Richmond gehört haben?«

»Ich bin seine Tochter.«

Er notiert sich das. »Dann erzählen Sie doch mal, Sallie Kincaid, was hier los ist.«

»Es ging ganz friedlich bei uns zu, bis Mr Glen Lowe hier aufgetaucht ist. Er hat das Gesetz in die eigenen Hände genommen und sich aufgeführt, als wäre er der gottverdammte Zar von Claiborne County.«

Ich gerate richtig in Fahrt, während ich ihm schildere, was alles passiert ist, und er schreibt hektisch mit. Dann sieht er auf seine Armbanduhr. »Ich muss das telefonisch durchgeben, damit es noch in die Frühausgabe kommt.«

»Sie können unser Telefon benutzen.« Ich führe ihn in das Büro des Duke. »Bitte als R-Gespräch.«

Er lässt sich verbinden, dann stockt er und lauscht einen Moment lang der Stimme am anderen Ende. »Das gibt's nicht.« Er sieht mich an.

»Mein Redakteur sagt, der Gouverneur hat eine Erklärung abgegeben. Ist gerade telegrafisch eingegangen. Er hat gesagt, Glen Lowe sei vor einer Woche die Befugnis erteilt worden, eine Razzia durchzuführen, sonst nichts. Niemand hat ihn befugt, ein Krankenhaus voller Patienten zu belagern. Gegen Ihren Zar werden Ermittlungen wegen Amtsanmaßung eingeleitet.«

Auf dem Platz vor dem Gefängnis stehen Lowes bewaffnete Deputys Wache, und ein paar weitere Reporter laufen herum. Smith erzählt ihnen von der Erklärung des Gouverneurs, und sie alle fangen an, nach Lowe zu rufen. Der Lärm lockt Ladenbesucher, Verkäufer und Händler an. Die Nachricht von der Erklärung des Gouverneurs spricht sich schnell herum, und die Leute fangen an, die Deputys anzuschreien. Sie machen ihrem Zorn Luft, verlangen Gerechtigkeit und beschimpfen sie wütend. Dabei haben sie sich noch einen Tag zuvor kleinlaut von denselben Männern herumkommandieren lassen. Ich klettere auf einen Wassertrog in der Mitte des Platzes, um besser sehen zu können.

Ein olivgrünes Auto der Nationalgarde mit Lieutenant Rawley am Steuer kommt angefahren und hält hinter einer verbeulten Limousine, in der vier Männer sitzen, die Hüte tief ins Gesicht gezogen. Ich erkenne den Fahrer mit dem langen Bart. Es ist Billy Bonds Cousin Sinclair aus Webster County. Lowe weiß, dass Billy Horace Platt erschossen hat, und Billy hat sich versteckt, aber ich vermute, er hat seinen Cousin in die Stadt geschickt, damit der beobachtet, was passiert. Und vielleicht eingreifen kann.

Dann fährt Phillip mit Clara vor, und sie bahnen sich ihren Weg ins Gefängnis. Kurze Zeit später kommen sie mit Lowe wieder heraus.

»Mit welcher Befugnis haben Sie gestern das Krankenhaus angegriffen?«, ruft Willard Smith.

Lowe wirft ihm einen bösen Blick zu, der Holz verbiegen könnte. »Ich habe die Befugnis.«

»Wer hat sie Ihnen erteilt?«, fragt ein anderer Reporter.

»Ich bin hierhergerufen worden, weil das Gesetz missachtet wurde«, sagt Lowe. »Ich habe nichts anderes getan, als das Gesetz durchzusetzen.«

Das wird mit wütendem Gemurmel, Pfiffen und leisen Buhrufen quittiert.

»Aber die gute Nachricht ist«, redet Lowe rasch weiter, »dass wir in Claiborne County aufgeräumt haben. Wir sind hier fertig. Und jetzt hat mich Mingo County in West Virginia gebeten, dieselbe Arbeit dort zu erledigen.«

Lowe stellt sich auf das Trittbrett seines Oldsmobiles. »Wartet ab, was wir in Mingo County erreichen!«

Er steigt zu seiner Frau ins Auto und fährt langsam durch die Menge. Als er in die Short Lane biegt, sehe ich, wie Sinclar Bond seine verbeulte Limousine auf die Straße lenkt und dem Oldsmobile in vorsichtiger Entfernung folgt.

Die Bonds wollen Rache, ganz einfach. Ich verstehe das, verstehe es, ohne zu behaupten, dass es richtig oder gerecht ist, aber auch Clara sitzt in dem Oldsmobile. Ich empfinde keine Zuneigung für die Frau, die Lowe geholfen hat, seinen Feldzug zu planen, als wäre sie seine Komplizin, aber sie zu töten wäre schlicht falsch.

Lieutenant Rawley steht an sein Auto gelehnt und zündet sich eine Zigarette an.

Ich laufe zu ihm hinüber. »Es wird was Schlimmes passieren.«

»Wie das? Der Ärger ist doch schon auf dem Weg nach Mingo County.« Er sieht mich mit einem schiefen Grinsen an. »Jetzt könnt ihr hier oben wieder das machen, was ihr immer macht.«

»Lassen Sie die Witzchen. Lowes Männer haben Little Jimmy Bond getötet« – ich zeige Richtung Short Lane, doch sowohl das Oldsmobile als auch die alte Limousine sind verschwunden –, »und jetzt sind die Bonds hinter Lowe und seiner Frau her.«

»Sind Sie sicher?« Sein Grinsen ist verflogen.

»Ich kenne die Bonds. Ich komme mit Ihnen.«

»Das ist gegen die Vorschriften. Und ich habe Befehl, die Leute hier im Auge zu behalten, aber« – er wirft die Zigarette auf den Boden und tritt sie aus – »wir sollten los.«

»Ich fahre. Ich kenne die Straßen.«

»Miss Kincaid, ich bin schon verrückt genug, mich einfach so von meinem Posten zu entfernen, aber ich bin noch lange nicht so verrückt, eine Zivilistin ans Steuer eines Autos der Nationalgarde zu lassen. Sie sollten nicht mal mit drin sitzen.«

»Von mir aus. Aber jetzt los.«

Als wir aus der Stadt raus sind, gibt er Gas, und wir brausen durch das Tal. Dann kommen wir in die Berge, und die Straße wird enger, mit Haarnadelkurven und schmalen Randstreifen.

Der Lieutenant ist ein guter Fahrer, das ist sonnenklar, aber diese Straßen sind vertrackt, und als wir an eine schwierige Stelle kommen, wo die Kurve sich immer mehr verjüngt, weiß ich, dass er sie zu schnell nimmt.

»Vorsicht«, sage ich.

Zu spät. Wir geraten ins Schleudern.

Er versucht gegenzulenken, doch der Wagen schlingert von der Straße und rutscht auf den matschigen Randstreifen.

Der Lieutenant gibt Vollgas. Die Reifen drehen durch, und Schlamm spritzt hoch. Er wechselt den Gang und gibt wieder Gas. Die Reifen drehen erneut durch. Er umklammert das Lenkrad so fest, dass seine Knöchel weiß werden, dann atmet er tief durch und sagt: »Setzen Sie sich ans Steuer.«

Er sucht im Gebüsch nach einem großen Ast und klemmt ihn vor einen Reifen. *Nicht zu viel Gas*, sage ich mir, und schiebe behutsam den Hebel hoch, spüre, dass die Räder greifen und wir langsam zurück auf die Straße rollen.

Der Lieutenant springt auf den Beifahrersitz. Wir sagen beide kein Wort. Wir haben gut drei Minuten verloren.

Ein paar Meilen weiter ragt links von der Straße eine Bergflanke auf, während es rechts steil nach unten geht, fast wie von einer Klippe. Frische Reifenspuren führen durch den Matsch auf dem Randstreifen bis zur äußersten Kante.

Ich halte an und stelle den Motor ab. Die Luft ist still, doch aus den Bäumen weiter unten ist ein Ticken und Zischen zu hören. Dann ein schwaches Wimmern.

34

Traurige Orgelmusik erfüllt die Tabernacle Southern Baptist Church. Marys Sitzbank ist ganz vorne, drei Meter von Lowes offenem Sarg entfernt, sodass ich sein Gesicht deutlich sehen kann. Clara sitzt neben dem Sarg und streichelt die Wange ihres toten Ehemanns. Sie ist durch den Unfall erblindet und trägt eine schwarzseidene Augenbinde. Wie sie da vorn so ganz allein sitzt, beweist sie eine innere Stärke, die ich ihr nicht zugetraut hätte.

Mary bewahrt Bettruhe, um ihr Baby zu schützen, und hat mich gebeten, zu Lowes Trauerfeier zu gehen, »um die Familie Kincaid zu vertreten«.

»Nach allem, was dieser Mann angerichtet hat, willst du, dass ich zu seiner Trauerfeier gehe?«

»Er hat es auf mein Geheiß getan. Und ich habe es für meine Mutter getan. Und für mein Kind.« Sie berührt ihren dicken Bauch. »Dafür kämpfen wir doch, oder? Damit unsere Kinder nicht so leiden müssen, wie du und ich gelitten haben.«

Reporter, fanatische Anhänger der Abstinenzbewegung und Leute, die einfach bloß neugierig sind, füllen die bis auf den letzten Platz besetzte Kirche. Phillip hält die Trauerrede, bezeichnet Lowe als heldenhaften Märtyrer, doch ich starre die ganze Zeit Clara an, und als ich mich einmal umdrehe, sehe ich, dass so ziemlich alle sie anstarren. Mit ihrer kerzengeraden Haltung und der schwarzen Seidenbinde wirkt sie tragisch und geheimnisvoll, sogar schön.

Kaum hat Phillip den Trauergottesdienst beendet, steht ein Reporter auf und nimmt Clara mit seiner Kamera ins Visier. Ein greller Blitz und ein lauter Knall. Clara zuckt zusammen.

Das Krankenhaus sieht so aus, wie ich mich fühle: angeschlagen, aber noch zu gebrauchen. Die zerschossenen Fenster sind mit Sperrholz vernagelt, und Leute kommen und gehen durch die große Eichentür. Dann holt mich die Erinnerung ein, und ich bin wieder dort, in der dunklen Ambulanz. Grelle Scheinwerfer, blitzendes Mündungsfeuer, das Knattern von Schüssen. Erlebt Tom das so? Ich habe eine Nacht in der Hölle verbracht. Er Monate.

Einmal habe ich ihn besucht, und er schien wieder ganz der Alte zu sein, trotz der Schlinge um seinen Arm, aber seine junge Frau Amy ist dennoch angereist, um ihn zu pflegen. Sie ist eine große, spitzzüngige Städterin, und sie hat keinen Hehl daraus gemacht, dass sie mir die Schuld an Toms Verletzung gibt. Womöglich hat sie ja recht, aber ich mag sie einfach nicht.

Ich werde reingehen und mich bei Schwester Bertha für alles bedanken, was sie in besagter Nacht getan hat, doch zuerst muss ich Lieutenant Rawley sprechen, ehe er die Stadt verlässt. Ich finde ihn unterhalb des Hügels, wo er seinen Männern hilft, Metallkisten und hölzerne Barrikaden in olivfarbene Lastwagen zu verladen.

»Ich höre, Sie verlassen uns«, sage ich.

»Der Gouverneur hat den Notstand für beendet erklärt.«

»Ich hatte noch keine Gelegenheit, mich dafür zu bedanken, dass Sie meinetwegen Ihre Vorschriften über Bord geworfen haben.«

»Der Major hat geschwankt, ob er mir einen Orden verleihen oder mich in den Knast schmeißen soll. Wie geht's denn Mrs Lowe?«

»Sie hält sich tapfer. Es steckt mehr in ihr, als ich dachte.«

Der Lieutenant zurrt einen Leinengurt fest und zieht probeweise daran. »Wie wär's mit einem kleinen Spaziergang?«

Ich werfe einen Blick auf seine Männer, die so tun, als würden sie nicht lauschen. »Wüsste nicht, was dagegen spricht.«

Wir schlendern die Elm Street hinunter. Der Lieutenant hat die Hände auf dem Rücken, und ich gehe ein wenig steif, die Arme verschränkt, damit unsere Ellbogen nicht aneinanderstoßen. Ein Ladenbesitzer kratzt Raureif von einem Schaufenster, der Schmied hämmert in seiner Werkstatt, eine Farmersfrau trägt an einem Arm einen Einkaufskorb und auf dem anderen ein warm eingepacktes Baby.

»Als wäre nichts geschehen«, sage ich. »Vielleicht kehrt ja jetzt der Alltag zurück.«

Der Lieutenant schüttelt den Kopf. »Ist nur eine Frage der Zeit, bis es wieder zu Kämpfen kommt. Wer so ein Prohibitionsgesetz erlässt, fordert die Menschen doch geradezu auf, es zu brechen. Aber sobald der Gouverneur pfeift, sind wir wieder hier.« Er streckt seine Hand aus. »Auf Wiedersehen, Sallie Kincaid.« Ich schüttele sie. »Fester Händedruck – hat mir schon immer bei Frauen gefallen.« Er entfernt sich ein paar Schritte, dreht sich dann aber um, als wäre ihm noch etwas eingefallen. »Miss Kincaid, ich bin verdammt froh, dass wir uns kennengelernt haben. Ich werde nie den Anblick vergessen, wie Sie mit dem Revolver in der Hand aus dem Krankenhaus kamen.«

Er schüttelt den Kopf und lächelt mich kurz an. »Muss schon sagen, eine Frau wie Sie ist mir noch nie untergekommen.« Er stockt, und dann erhellt sich sein Gesicht, als wäre ihm gerade noch etwas eingefallen, und er fängt an zu grinsen. »Für das, was ich Sie gleich frage, können Sie mir das Fell gerben, aber ich verlass mich gern auf meinen Instinkt, wenn der mir was sagt, also: Schon mal an Heirat gedacht?«

Heirat? Soll das ein Witz sein? Das Grinsen signalisiert mir, dass ich so tun kann, als wäre es ein Witz, aber er meint es auch halb ernst. Und er verlässt sich auf seinen Instinkt, genau wie der Duke. Dennoch, ich will da nicht zu viel hineininterpretieren. »Ich bin nicht fürs Eheleben geschaffen. Aber vielen Dank, Lieutenant. Ich fasse das jetzt mal als ein sehr schmeichelhaftes Kompliment auf.«

35

Ein Lederkoffer steht neben dem Überseekoffer, den Mary und Phillip aus Mercer County mitgebracht haben. Aber meine Schwester ist nicht in der Verfassung zu reisen.

»Wer will denn hier verreisen?«, rufe ich.

Phillip kommt aus der Bibliothek. Er trägt einen schwarzen Anzug und seinen Priesterkragen, und er führt Clara, die ihr schwarzseidenes Kleid und die schwarzseidene Augenbinde trägt, am Ellbogen.

»Wir gehen auf Tour«, sagt Phillip.

»Aber Mary –«

»Ich habe mit Mary geredet. Es entspricht auch ihrem Wunsch. So viele Menschen haben mich gebeten, vor ihnen zu sprechen. Und sie möchten Clara kennenlernen. Das ist unsere Ehrenrettung. Der Beweis, dass wir die ganze Zeit im Recht waren. Wir können das nicht ablehnen. Aber wir sind bald wieder da.«

Alles begann vor einem Monat mit dem Foto, das auf der Trauerfeier von Clara mit ihrer schwarzen Augenbinde gemacht worden war. Zeitungen im ganzen Land berichteten über Lowes Tod und brachten dieses Foto mit der Bildunterschrift »Die schöne blinde Witwe«. Dann kamen die Briefe. Die meisten waren adressiert an »Schöne Witwe Lowe, postlagernd, Caywood, Virginia«. Die Absender – Männer wie Frauen – schwärmten von Claras Tapferkeit, Reinheit, Aufopferung und Schönheit. Manchmal legten sie Geld bei oder Zeichnungen oder Gedichte oder sogar Heiratsanträge.

Unterdessen schrieb Phillip an führende Köpfe der Abstinenzbewegung und an Zeitungsredaktionen, erläuterte ihnen, dass er in Claiborne County aufgeräumt und damit »Gottes Werk« verrichtet habe. Daraufhin bekam auch er immer mehr Briefe, die ihn und Clara baten, bei Versammlungen der Abstinenzler aufzutreten.

»Was ist denn mit ›in Gesundheit und Krankheit‹?«, frage ich Phillip.

»Mary ist nicht krank, sie erwartet ein Baby. Bis dahin bin ich wieder zurück.«

Mary. Die treue, fromme, hingebungsvolle Mary. Sie hat alles getan, worum ihr Mann sie bat, und jetzt, wo sie ihn am dringendsten braucht, verschwindet er mit der schönen blinden Witwe, um sich vor jubelnden Massen in seinem Ruhm zu sonnen. Dieses ganze Getue um die Ehe ist doch fauler Zauber.

Von oben hören wir gedämpfte Schritte. Es ist Mary. Sie wirkt gespenstisch mit ihrem bleichen Gesicht und dem weißen Morgenmantel. Es ist das erste Mal, seit der Nacht der Schießerei, dass sie ihr Schlafzimmer verlässt. Sie umklammert das Geländer mit beiden Händen und kommt langsam die Treppe herunter, vorsichtig, aber entschlossen.

»Darling, ich hab gerade zu Sallie gesagt, dass diese Tour auch dein Wunsch ist«, sagt Phillip. »Das stimmt doch, nicht wahr? Wir werden uns gegenseitig vermissen, aber es ist ein Opfer, das wir beide erbringen müssen.«

Mary erreicht schwer atmend den Fuß der Treppe und hält sich am Geländerpfosten fest. »Ich spüre das Baby strampeln. Es ist ein Junge, das weiß ich einfach.« Sie nimmt Phillips Hand und legt sie auf ihren Bauch. »Hier.« Sie sieht Phillip in die Augen. »Fühl ihn.«

»Meine Güte, was für ein munterer kleiner Racker.« Phillip sieht auf seine Uhr. »Wir müssen unseren Zug erwischen.«

Er nimmt Mary in die Arme und küsst sie auf den Kopf. »So eine wunderbare Frau. Auf Wiedersehen, meine Liebe.«

36

Marys Magenkrämpfe werden immer schlimmer. Tante Faye ist besorgt – die morgendliche Übelkeit sollte nicht so lange andauern –, deshalb hat sie Dr. Black hergebeten. Marys Tür geht auf, und er kommt heraus.

»Wie geht's dem Baby?«, fragt Tante Faye.

Dr. Black schüttelt den Kopf und geht ein Stück den Flur hinunter. »Es gibt kein Baby.«

»Was soll das heißen?«, frage ich.

Er nimmt seine Brille ab. »Es gab nie eins.«

»Wir haben doch gespürt, wie es strampelt«, sagt Tante Faye.

»Manchmal ist der Wunsch einer Frau, Mutter zu werden, so stark, dass sie sich einbildet, sie wäre schwanger«, sagt Dr. Black leise. »Der Körper entwickelt dann sogar echte Symptome. Wir sprechen in solchen Fällen von einer Scheinschwangerschaft. Aber das ist nicht die Ursache von Mrs Canons Beschwerden.« Er klappt die Brille zusammen und schiebt sie in seine Tasche. »Sie hat Krebs.«

»Das kann nicht sein«, flüstert Tante Faye.

»Gebärmutterkrebs.« Er massiert die roten Stellen, die seine Brille auf dem Nasenrücken hinterlassen hat. »Daher die Schwellung.«

Ich starre Dr. Black an und begreife allmählich die harte, kalte Wahrheit seiner Diagnose. Das schwache Licht eines Wandleuchters wirft tiefe Schatten auf sein zerfurchtes Gesicht. Ich warte darauf, dass er anfängt, über Behandlungsmöglichkeiten und Heilungsaussichten zu reden, doch er bleibt stumm.

»Wie ernst ist es?«, frage ich schließlich.

»Ich fürchte, es besteht keine Hoffnung mehr.«

»Wie viel Zeit hat sie noch?«, fragt Tante Faye.

»Schwer zu sagen. Vielleicht ein paar Monate. Es tut mir leid.« Er nimmt sein Stethoskop ab, das er noch um den Hals hatte, und verstaut es in seiner Arzttasche.

»Was haben Sie ihr gesagt?«, frage ich.

»Das überlasse ich den Angehörigen.« Dr. Black schließt die Tasche. »Ich werde sie in meine Gebete einschließen. Sie alle. Ich finde selbst hinaus.«

Wir lauschen seinen schweren Schritten auf den Treppenstufen.

Was soll ich Mary sagen, was ist das Richtige? »Wenn ich sie wäre, würde ich es wissen wollen«, sage ich zu Tante Faye. »Wissen ist immer besser als Nichtwissen.«

»Mary ist nicht wie du. Es zu wissen wird sie zerstören. Lass Mary in dem Glauben, dass sie ein Baby erwartet. Gib ihr Hoffnung. Das würde ich mir wünschen. Hoffnung.«

Tante Faye geht in Marys Zimmer, und ich folge ihr. »Was hat der Arzt gesagt?«, fragt Mary.

Tante Faye setzt sich auf die Bettkante und streichelt Marys Haare. »Er hat gesagt, du brauchst Ruhe.«

»Das weiß ich«, sagt Mary. »Was noch?«

Sie richtet die Augen auf mich, und ich habe Mühe, ihrem Blick standzuhalten.

»Kann ich dir irgendwas bringen?«, frage ich.

»Meinen Mann. Ich brauche meinen Mann.«

Phillip und Clara sollen am Samstag im Imperial Hotel in Atlanta auftreten, deshalb schicke ich ein Telegramm an die Adresse.

MARY KRANK – KOMM NACH HAUSE

Phillips Antwort trifft am nächsten Tag ein.

KANN NICHT ABSAGEN – BETE FÜR EUCH –
MELDE MICH

Ich schicke ein zweites Telegramm.

DRINGEND – KOMM SCHNELLSTMÖGLICH

Der Samstag kommt und geht. Ebenso der Sonntag. Endlich, am Donnerstag, trifft ein dicker Umschlag aus dem Imperial Hotel ein. Mary setzt sich mit hoffnungsfrohen Augen auf, um den Brief zu lesen. Ich öffne die Vorhänge und schiebe das Fenster hoch, um ein bisschen frische Luft in das dämmrige, muffige Zimmer zu lassen. Mary hält sich den Brief dicht vor die Nase, studiert Phillips elegante

Schrift mit zusammengekniffenen, kurzsichtigen Augen, und ich kann sehen, wie die Hoffnung aus ihrem Gesicht weicht. Dann lässt sie den Brief auf die Bettdecke sinken und entfaltet den Packen Zeitungsausschnitte, die ihm beigefügt waren.

Ich setze mich neben sie und nehme den Brief.

Liebste Mary,
mit Gottes Hilfe wirst Du schnell genesen. Ich vermisse dich furchtbar & verspreche, sobald ich kann, an Deine Seite zurückzukehren, aber wir, Du & ich, sind kurz davor, den Traum zu verwirklichen, der uns zusammengeführt hat. Die Tour ist ein großer Erfolg, die Menschen drängen in unsere Versammlungen, & ich rede vor ausverkauften Sälen, wenngleich ich einräumen muss, dass vielen dieser guten Menschen mehr daran gelegen ist, Clara kennenzulernen, als die Vorträge meiner Wenigkeit zu hören. Sie ist eine wunderbare Gefährtin mit einem sanftmütigen & rechtschaffenen Gemüt, & sie ist überaus tapfer, & sie lässt Dich aufs Herzlichste grüßen. Ich werde erneut schreiben, wenn ich mehr Zeit habe, doch einstweilen werden unsere Tage & Nächte davon in Anspruch genommen, von Stadt zu Stadt zu reisen, um unsere Botschaft zu verkünden –, & wir haben Erfolg!

Dein Dich innig liebender Mann
Phillip

Ich falte den Brief zusammen. Mary studiert ein Foto in einem der Zeitungsausschnitte, als wäre darin eine Art Antwort verborgen, irgendein Hinweis, der den Brief erklären könnte.

»Du lieber Gott«, sagt Mary leise. Sie reicht mir den Ausschnitt.

Die körnige Fotografie zeigt Phillip, wie er in einer Konzertmuschel predigt, den Kopf in den Nacken gelegt, die Hände zum Himmel erhoben, während Clara in ihrem schwarzen Witwenkleid und mit schwarzer Augenbinde neben ihm sitzt und hingerissen zuhört. Über dem Foto steht die Schlagzeile:

FEURIGER ABSTINENZPREDIGER UND SCHÖNE WITWE BEGEISTERN DIE MASSEN

»Er kommt nicht zurück«, sagt Mary.

Der Wind rüttelt am Fenster. Womit könnte ich sie nur trösten? Mary sieht verloren aus, besiegt. Sie war tief verletzt, als der Duke ihre Mama wegen einer anderen Frau verließ, und jetzt hat Phillip sie mehr oder weniger genauso behandelt, sie allein zurückgelassen, ungewollt.

Ich kann ihr nicht sagen, dass sie ohne diesen wichtigtuerischen Schaumschläger besser dran ist. Aber ich werde sie nicht mehr anlügen. Es tut ihr nicht gut. »Nein, ich glaube nicht, dass er zurückkommt. Jedenfalls nicht in nächster Zeit.«

Sie schaut aus dem Fenster. »Er hat mich verlassen. Hat mich und das Baby verlassen.« Sie legt beide Hände auf ihren Bauch, stockt einen Moment, sieht dann mich an. »Da ist kein Baby, oder? Das hat der Arzt dir doch gesagt, hab ich recht?«

Mary starrt mich mit wildem Blick an. Sie hat dunkle Ringe unter den hellen fiebrigen Augen, als würde sie endlich alles so sehen, wie es ist. Ich lüge nicht. Ich nicke.

»Aber da ist etwas anderes in mir, ja?«

Ich nicke wieder.

»Und ich werde nicht mehr gesund werden.«

Bis auf das Rumoren im Heizkörper ist es still im Zimmer. »Niemand versteht, dass die Gerechten hinweggerafft werden, um vor dem Bösen verschont zu sein«, sagt Mary. »Jesaja. Schließ bitte das Fenster. Mir wird kalt. Und die Sonne ist zu grell.«

Ich gehe zum Fenster. Die kahlen Zweige des riesigen Walnussbaums schwanken im Wind – in seinen Wurzeln steckt ein Gift, das die meisten Pflanzen tötet –, und der nackte Boden darunter ist übersät mit faulenden schwarzen Nüssen. Ich schiebe das Fenster herunter und schließe die Vorhänge, und als ich mich zu Mary umdrehe, starrt sie mich mit diesen fiebrigen Augen an.

»Ich wäre eine gute Mutter gewesen, meinst du nicht?«

»Ja, das wärst du.«

Und es stimmt. Man kann über Mary sagen, was man will, aber sie glaubt an die Gnade und Heiligkeit der Mutterschaft. Sie hat geglaubt, sie würde den Willen Gottes erfüllen, indem sie ein unschuldiges Leben in eine Welt bringt, in der es so viel Böses gibt. Ich hoffe, sie glaubt, dass zumindest Gott noch bei ihr ist.

Ich setze mich neben sie.

»Sallie, du wirst bald eine sehr wichtige Person in diesem County sein, die wichtigste Person überhaupt.« Dann sagt sie mit einer fernen Stimme, fast so, als würde sie mit sich selbst sprechen. »Sallie Kincaid. Ausgerechnet. Mutter hat immer gesagt, auf dieser Familie ruhe ein Fluch. Ich dachte, ich könnte diesen Fluch aufheben, doch stattdessen hat der Fluch mich ereilt.« Sie packt meine Hand und drückt sie fest. »Versprich mir eines, Sallie, nicht nur um meinetwillen, sondern auch um deinetwillen, versprich mir, dass du die Arbeit fortführen wirst, die ich begonnen habe.«

Wie soll ich darauf antworten? Ich habe nicht gelogen, als sie nach ihrer Krankheit fragte, und ich will auch jetzt nicht lügen. »Ich werde tun, was meiner Meinung das Beste für die Menschen in unserem County ist.«

»Kannst du es nicht versprechen?«

»Ich verspreche …« Mary und ich sind einander so unähnlich, wie zwei Schwestern nur sein können. Unsere Geschichten ähneln sich in vielerlei Hinsicht, aber wir haben sie uns selbst völlig unterschiedlich erzählt. Wir haben versucht, uns zu verstehen, doch die meiste Zeit haben wir nur so getan, als ob. Jetzt, da sie mich am Ende unserer gemeinsamen Zeit bittet, ihr dasselbe Versprechen zu geben, das sie ihrer Mama gab, können wir nicht mal mehr so tun, als ob. »Ich verspreche, ich werde tun, was ich für das Beste halte.«

Mary wendet den Kopf zu dem schwachen Licht, das durch die Fenstervorhänge dringt. »Mutter hatte recht. Euch Powell-Frauen konnte man noch nie vertrauen.«

TEIL IV

37

Endlich dämmert der Tag herauf. Frühmorgendliches Sonnenlicht kriecht über das frostige Gras. Zunächst lässt es die Eiskristalle glitzern wie Diamanten, doch nach wenigen Augenblicken der Schönheit schmilzt das Eis, das Glitzern hört auf, und zurück bleibt nur nasses, welkes Gras.

Mary ist letzte Nacht gestorben.

Schneller als erwartet. Nur drei Wochen nach Phillips Brief. Doch am Ende schien Mary ihren Frieden gefunden zu haben. Sie sagte, ihr Gewissen sei rein, Gott rufe sie zu sich, und sie sei auf dem Weg in den Himmel, wo sie ihre geliebte Mutter wiedersehen würde.

Und Phillip ist tatsächlich nicht zurückgekommen.

Mary wollte neben ihrer Mama in Mercer County beigesetzt werden – kein Trauergottesdienst, kein gar nichts in Claiborne County –, also haben Tante Faye und ich sie gewaschen und ihr ein schlichtes weißes Kleid angezogen. Ich fragte mich die ganze Zeit, wie für jemanden mit so guten Absichten alles so schlimm enden konnte. Mary war sich vollkommen sicher gewesen, im Recht zu sein, doch ihre Mission, von der sie glaubte, sie würde Leben retten, zerstörte Leben, der Mann, der ihr Treue geschworen hatte, ließ sie im Stich, und die Schwangerschaft, von der sie glaubte, sie würde neues Leben hervorbringen, war keine und brachte sie um. Ich nahm mir vor, mir nie wieder irgendeiner Sache sicher zu sein.

Es war fast Mitternacht, als die Männer vom Bestattungsinstitut Singer & Sons Marys Leichnam abholten. Ich konnte nicht schlafen, sondern blieb auf, trank heißen, bitteren Kaffee und machte eine Liste von all den Dingen, die jetzt zu erledigen waren – Briefe an Marys Verwandte schreiben, Rechnungen bezahlen, Schulden eintreiben, neue Vereinbarungen treffen, Vertrauen wiederherstellen. Als ich die Liste fertig hatte, war es noch dunkel, dennoch zog ich ein schlichtes schwarzes Kleid an und fuhr los, um mit Cecil zu reden.

Jetzt sitze ich seit zwei Stunden vor dem Haus der Dunbars und warte darauf, dass drinnen Licht angeht. Warte darauf, Cecil meine Liste zeigen zu können.

Wir wissen beide, was im Testament steht. Ich werde alles erben. Den Grundbesitz und alle Unternehmen. Die Führungsposition. Und die Verantwortung. Aber das County steckt in der Krise, und ich habe keine Ahnung, was ich machen soll. Nein, das stimmt nicht. Ich habe Dutzende Ideen. Aber ich weiß nicht, ob sie was taugen.

Endlich geht Licht im Wohnzimmer an. Ich steige aus und überquere den Rasen. Das Gras im Schatten ist noch gefroren und knirscht unter meinen Schritten. Ich läute und trete dann ein, wie ich es immer mache.

Cecil sitzt in dem Rollstuhl mit geflochtener Lehne, fast so, als hätte er mich erwartet. Er registriert mein schwarzes Kleid.

»Sie ist tot, nicht wahr?«

Ich nicke.

Cecils Anblick erfüllt mich mit Schmerz. Ich umarme ihn, um seine Wärme und Stärke zu spüren, merke aber erschrocken, wie schmal und zerbrechlich seine Schultern sind, die Schultern eines Kindes, nicht die eines Mannes. Als die rechte Hand des Duke war Cecil jemand, dessen Wort Gewicht hatte, aber nur, weil der Duke auf ihn hörte. Seit dem Tod des Duke hat niemand mehr auf ihn gehört, und jetzt sitzt er nur noch hier, starrt aus dem Fenster und siecht dahin. Aber ich werde auf ihn hören. Ich ziehe einen Stuhl näher zu ihm.

»Mein liebes Mädchen.« Seine müden, sanften Augen blicken tief in mich hinein. »Ich kenne dich seit deiner Geburt. Ich habe mein ganzes Leben lang für deine Familie gearbeitet. Und jetzt kommt alles auf dich an.« Ich fühle mich damit völlig überfordert, aber das wird niemand erfahren. Nicht mal Cecil. »Es gibt so viel zu tun, Cecil.« Ich hole meine Liste aus der Tasche. »Ich hab ein paar Sachen aufgeschrieben. Dir fällt bestimmt auch noch einiges ein. Was hat deiner Meinung nach Vorrang?«

Cecil beginnt zu husten und hört nicht mehr auf, und die karierte Decke rutscht ihm vom Schoß. Ich ziehe sie wieder hoch und reiche ihm die Liste.

Er wirft einen kurzen Blick darauf. »Sallie, Liebes, ich kann dir dabei nicht helfen.«

»Wieso nicht?«

»Ich habe keine Kraft mehr. Ich habe gedacht, ich würde mich erholen, aber ich kann nicht mal mehr aus dem Stuhl hier aufstehen.«

»Du brauchst auch nicht aufstehen. Wir rollen den Stuhl einfach rüber ins Büro. Du musst nicht mal arbeiten. Nur zuhören und mir Ratschläge geben.«

»Sallie, es tut uns so leid.« Tom kommt ins Wohnzimmer, den Arm noch immer in der Schlinge.

»Ja, es tut uns wirklich leid«, sagt Louise, die gleich hinter ihm hereinkommt. In den Händen hat sie das gute Silbertablett, das sie nur für Besucher benutzt. »Aber Zuhören ist

Arbeit. Mein Mann darf nicht mal in die Nähe des Büros. Sonst fängt er wieder an, sich Sorgen zu machen. Und die Sorgen haben ihn überhaupt erst so krank gemacht.«

»Einen Rat will ich dir geben, Sallie«, sagt Cecil. »Du solltest in Erwägung ziehen zu heiraten. Du bist eine sehr tüchtige junge Frau, aber das Geschäftsleben ist hart, und du solltest einen Mann an deiner Seite haben.«

»Mary hat gedacht, das hätte sie«, entgegne ich. »Einen Mann an ihrer Seite.«

»Mary hat keine so kluge Wahl getroffen, wie du das tun wirst«, sagt Cecil. »Manche Leute denken bis heute, dass es falsch von deinem Vater war, sich von Belle scheiden zu lassen und deine Mutter zu heiraten, und dass es deshalb auch falsch ist, dass du etwas erbst, was anderen rechtmäßig zusteht. Du weißt, von wem ich rede. Ich glaube, das Testament des Duke ist unanfechtbar, aber da kommt einiges auf dich zu. Ein Ehemann an deiner Seite würde deine Position stärken. Und ein Sohn umso mehr.«

»Cecil, irgendwann werde ich eine Heirat in Erwägung ziehen, aber jetzt brauche ich einen Berater.«

»Ich wünschte wirklich, ich hätte die Kraft dazu.« Cecil lehnt sich in dem Rollstuhl zurück.

»Na bitte, das viele Reden hat ihn erschöpft.« Louise reicht mir eine Tasse Kaffee. »Trink das, und lass ihn in Ruhe.«

»Okay. Tut mir leid.« Ich nehme die Tasse, stelle sie dann ab. Ich brauche keinen Kaffee. Ich bin ohnehin schon zittrig, und mein Magen rebelliert. »Tom, es war doch immer geplant, dass du deinen Abschluss machst und dann zurückkommst und für den Duke arbeitest. Aber du brauchst keinen Abschluss. Komm jetzt zurück. Ich zahle dir das Gehalt, das du mit Abschluss bekommen hättest.«

»Wenn es nur nach mir ginge, würde ich das tun, Sallie. Sofort. Das weißt du, oder? Aber ich kann das nicht mehr allein entscheiden.«

»Was kannst du nicht allein entscheiden?« Toms Ehefrau Amy kommt die Treppe herunter, streicht sich das lange, helle Haar nach hinten und ordnet es mit ihren langen, bleichen Fingern. Sie setzt sich neben Tom, schlägt die langen Beine übereinander. Sie ist fast so groß wie er, und ich bin mir ziemlich sicher, dass sie eins von Toms Hemden trägt. Ich bin Amy bislang nur zweimal kurz begegnet. Sie hat den bissigen Humor der Städterin, der nicht mehr so lustig ist, wenn er sich gegen dich richtet.

»Ich hab Ihrem Mann gerade das Angebot gemacht, für Kincaid Holdings zu arbeiten«, antworte ich.

»Sie meinen, für Whiskeyschmuggler zu arbeiten.«

»Wir sind ein breit aufgestelltes Unternehmen in Privatbesitz. Er wäre mein Rechtsberater.«

»Und würde in Caywood wohnen?« Amy lacht, lässt ebenmäßige weiße Zähne aufblitzen. »Das ist nicht nur langweilig, es ist auch gefährlich. Mein Mann wäre bei der Schießerei dieser Hinterwäldler hier um ein Haar getötet worden. Ich war wütend auf ihn, als ich davon hörte. Auf euch alle.«

Sie sieht uns nacheinander an und macht unmissverständlich klar, dass sie uns alle meint. Dann legt sie eine Hand auf Toms Bein. »Weißt du, Schatz, ich finde, es wird allmählich Zeit, dass wir nach Georgetown zurückfahren. Dein Arm ist fast geheilt. Wenn ich gleich anfange zu packen, erwischen wir noch den Nachmittagszug.«

Wir schauen Amy nach, als sie, immer zwei Stufen auf einmal nehmend, die Treppe hinauf verschwindet.

»Die Frau hält nicht mit ihrer Meinung hinterm Berg«, sagt Louise.

»Ich werde versuchen, sie umzustimmen, Sallie«, sagt Tom, »aber sie kann genauso stur sein wie du.«

Tom folgt Amy nach oben. Cecil und Louise bleiben sitzen. Sie schweigen und scheinen weit, weit weg zu sein. Unerreichbar. Ich fühle mich so wie damals, als der Duke mich nach Hatfield verbannte. Völlig allein. Die beiden Männer, von denen ich glaubte, ich könnte auf sie zählen, werden nicht für mich da sein. Ich habe keine Angst vor harter Arbeit oder vor dem Spott der Schwarzmaler oder davor, mich mit meinen Feinden anzulegen – für all das bin ich bereit, doch ich weiß, dass ich jemanden an meiner Seite brauchen werde, nicht, um mir zu sagen, was ich tun soll, sondern um mir meine Möglichkeiten aufzuzeigen, mir zu raten, bedächtiger zu handeln oder schneller, weiterzumachen oder abzuwarten. Der Duke hatte so jemanden. Aber ich bin auf mich allein gestellt. Und ich weiß nicht, ob ich das schaffen kann.

38

Eine Schar von Menschen hat sich vor der Kaufhalle versammelt. Ich beobachte sie durch die große Schaufensterscheibe. Es sind Männer und Frauen, die sich früher an den Duke wandten, wenn sie Hilfe oder Rat oder Beistand brauchten, wenn sie das Gefühl brauchten, in den schlimmsten Situationen ihres Lebens nicht allein zu sein.

Jetzt sind sie unsicher, ob sie sich an mich wenden können, ob das neue Oberhaupt des Kincaid-Clans der Aufgabe gewachsen ist, dieses halbe Kind, das noch grün hinter den Ohren ist und vor nicht allzu langer Zeit Waschfrau in Hatfield war.

Ich öffne die Tür, die Glocke bimmelt, und ich gehe durch die Menge, nicke, lächle, schüttele Hände, nehme Umarmungen und Beileidsbekundungen entgegen, doch schon bald werden die Leute still. Alle treten ein Stück zurück, wie ein Publikum, und ich begreife, sie warten darauf, dass ich etwas sage, etwas, das ihnen vielleicht Trost oder Hoffnung spendet.

Ich atme tief ein und langsam wieder aus. »Wie ihr alle wisst, ist meine Schwester, Mary Canon, letzte Nacht von uns gegangen.« Ich stocke. Wie soll ich fortfahren? »Mary war eine gute Seele.« Dumpfes missbilligendes Raunen erfolgt, sogar ein paar Buhrufe werden laut. »Ruhe, alle zusammen. Meine Schwester hat getan, was sie getan hat, weil sie ehrlich glaubte, Gottes Werk zu tun, und dass Gott auf ihrer Seite war.« Ich stocke erneut, weil ich weiß, dass alles, was ich als Nächstes sage, gründlichst durchgekämmt und an Abendbrottischen wiederholt werden wird, dass es sich im ganzen County verbreiten wird. »Nun, Gottes Wege sind unergründlich, und wie es ein sehr viel klügerer Mensch als ich einmal formuliert hat: ›Ich werde euch nicht sagen, dass Gott auf meiner Seite ist, aber ich hoffe beim Henker, dass ich auf Gottes Seite bin.‹«

Ich ernte ein paar erleichterte Lacher.

»Meine gute Schwester war fest entschlossen, den Menschen von Claiborne County zu helfen, selbst wenn es uns das Leben kosten würde.« Das wird erneut mit Lachern quittiert, und ich muss daran denken, dass der Duke immer sagte, wenn du die Leute in Situationen zum Lachen bringst, in denen sie Angst vor Veränderungen haben – und sie haben immer Angst vor Veränderungen –, werden sie dich dafür lieben.

»Jetzt seht ihr vor euch eine magere, x-beinige junge Frau, die bis vor Kurzem mit ihrer Tante oben in den Bergen lebte, die schmutzige Bettwäsche von Kranken gewaschen hat und kaum über die Runden gekommen ist. Aber ihr wisst ja, wir Frauen aus den Bergen sind hart im Nehmen. Wir brauchen keine Sonnenschirme oder parfümierten Taschentücher. Wir können genauso gut wie die Männer einen Pflug führen, eine Kuh melken, einen Bock schießen und ein Schwein schlachten.«

»Jiiiehu!«, ruft eine Frau begeistert.

Ich hole tief Luft. »Ihr seht aber auch eine Kincaid vor euch stehen, geboren im Großen Haus, aufgewachsen zu Füßen des Duke, sein letztes noch lebendes Kind. Leute, wir haben schwere Zeiten vor uns, und ich werde nicht so tun, als hätte ich die Lösung für alles, und ich werde keine Versprechungen machen, die ich nicht halten kann. Aber eines schwöre ich euch. Ich bin auf eurer Seite. Ich werde für euch kämpfen. Ihr könnt mir vertrauen.«

Die Leute fangen an zu klatschen, und im ersten Moment denke ich, sie machen sich über mich lustig, doch dann sehe ich ihren Gesichtern an, dass sie es ehrlich meinen. Wir halten zusammen.

»Ich werde mit jedem von euch reden«, sage ich, »aber geduldet euch noch ein bisschen.«

Als die Bürotür hinter mir ins Schloss fällt, lehne ich mich dagegen, um mich zu beruhigen. Ich wische meine verschwitzten, zittrigen Hände an dem schwarzen Kleid ab. Der schwere Holzdrehsessel des Duke mit der halbrunden Rückenlehne – der Sessel, mit dem ich als Kind Karussell gespielt habe – kommt mir zu groß vor, als ich mich hineinsetze. Haben die Hände des Duke je gezittert? Ich bezweifle es.

Ich bin jeden Tag nach der Schule in dieses Büro gekommen, und einmal, da muss ich ungefähr sieben gewesen sein, lag ich nachmittags zusammengerollt in der Ecke und stellte mich schlafend, doch in Wirklichkeit beobachtete ich alles aus zusammengekniffenen Augen und lauschte, wie der Duke mit einer endlosen Reihe von Bittstellern und Ratsuchenden redete. Der Duke saß zurückgelehnt da, die Arme hinter dem Kopf verschränkt, während er zuhörte, dann beugte er sich vor und erklärte den Betreffenden mit erhobenem Zeigefinger, was er machen würde und was sie zu tun hätten. Gegen Abend, als der Duke sich über mich beugte, um mich hochzuheben, streckte ich die Arme nach ihm aus.

»Ich dachte, du schläfst, Frechdachs.« Er lachte und sagte mit seiner gespielt bösen Stimme: »Du hast mich ausspioniert, du kleiner Schlingel.«

»Wieso musst du allen bei ihren Problemen helfen?«, fragte ich.

»Weil ich das Sagen habe.«

»Ist das schwierig?«

»Und wie.« Er sah mir tief in die Augen. »Alle wollen das Sagen haben, wollen der Boss sein, aber keiner weiß, wie hart und undankbar der Job wirklich ist.« Er schüttelte den Kopf. »Klar, du darfst Befehle geben, aber dafür schlägst du dich dauernd mit Bauchschmerzen rum, musst Faulenzern in den Hintern treten, musst Nein sagen, wenn Leute dich um einen Gefallen bitten, musst lügen, falls nötig – und es ist oft nötig –, und die Schuld auf dich nehmen, falls was schiefgeht. Und auch das kommt oft vor. Trotzdem wollen alle deinen Job, oder sie wollen dir erklären, wie du ihn zu machen hast, oder sie wollen dich ausnutzen. Wenn du also ein guter Boss sein willst, musst du standhaft und unbeirrbar sein, großzügig und gütig, leutselig und umgänglich, aber du brauchst auch ein enorm dickes Fell, du musst berechnend sein, verschlagen, hinterhältig, brutal, ein knallharter Hund, und, falls nötig, richtig skrupellos. Und du darfst keiner Menschenseele vertrauen. Und für den unwahrscheinlichen Fall, dass du doch mal einen Mann findest, dem du vertrauen kannst, setzt du Himmel und Hölle in Bewegung, damit der Kerl bei dir bleibt.«

Das klang alles sehr wichtig, als wollte der Duke mir etwas sagen, das ich mir merken sollte, von dem er aber annahm, dass ich es noch nicht richtig verstand. Deshalb schwor ich mir, seine Worte nie zu vergessen.

»Aber warum willst du denn trotzdem das Sagen haben?«, fragte ich.

Er schmunzelte. »Weil es nichts Besseres gibt. Absolut nichts.«

Es ist früher Abend geworden, als ich endlich in die Lizzie steige, um nach Hause zu fahren, doch ehe ich den Motor anlasse, sinke ich nach hinten in den Sitz.

Das war ernüchternd.

Alle sind sie mit ihren Problemen zu mir gekommen, Männer, die ihre Mützen in den Händen drehten, und Frauen, deren abgelaufene Schuhe mit alten Autorreifen besohlt waren, alle nach Worten suchend, um ihre Notlage zu beschreiben, ohne dabei jämmerlich zu wirken, alle beschämt, weil sie das frisch gebackene Oberhaupt der Familie Kincaid um Hilfe bitten mussten, dieses junge Ding, an dessen Geburt sich manche von ihnen noch erinnern können. Doch alle sagten, es gebe sonst niemanden, an den sie sich wenden könnten.

Auf der Main Street sind die Leute auf dem Heimweg von der Arbeit, zumindest die Glücklichen, die Arbeit haben, die nicht von den hohen Preisen für Essen und Wohnen, von schlechter Ernte, Brennereisteuer oder bewaffneten

Kerlen, die ihren Whiskey vernichten, in die Knie gezwungen wurden. Manche haben mich angefleht, ihr Land zu kaufen, damit sie in die Stadt ziehen und sich Arbeit in einer Fabrik suchen können. Eltern leiden Hunger, damit ihre Kinder etwas zu essen haben, und Jugendliche betrinken sich sinnlos und brechen nachts in Lebensmittelläden ein, um Fleischkonserven zu klauen.

Immer wieder wurde mir von hungernden Babys berichtet, und das hat mich am meisten erschüttert. Ich habe versprochen, für Grace zu sorgen, und genau das versuchen all diese Menschen – für ihre Kinder zu sorgen. Den ganzen Tag über habe ich Kredite vergeben und Mieterhöhungen zurückgenommen. Außerdem habe ich allen gesagt, sie könnten wieder anfangen, Whiskey zu brennen, dass wir ihn ab sofort wieder kaufen. Natürlich brauchen die Leute auch dafür Geld, für Hefe und Zucker, für den Wiederaufbau ihrer zerstörten Brennereien. Und wenn wir ihnen den Whiskey wieder abkaufen wollen, werden auch wir Geld brauchen.

Ich habe Cecils Geschäftsbücher aus dem Safe geholt. Ich bin keine Buchhalterin, aber ich verstehe, wie viel Geld eingeht und wie viel Geld rausgeht, und unterm Strich ist Kincaid Holdings praktisch pleite. Die vermieteten Häuser, die Geschäfte, die Lager, das Straßenbauunternehmen werfen kaum Gewinn ab. Nach Durchsicht der Bücher bin ich fassungslos. Den Löwenanteil des Gewinns erzielen, besser gesagt erzielten wir mit Whiskey, früher, bevor Mary ihn verbot. Mit Whiskey, den die Leute in der Kaufhalle gegen so ziemlich alles eintauschen konnten, von Kaffee und Garn bis zu Nägeln und Schuhen, mit Whiskey, den wir im Keller lagerten und mit Preisaufschlag unter dem Ladentisch verkauften oder an Cafés und Kneipen lieferten, wo er dann noch teurer verkauft wurde.

Ich dachte, Whiskey wäre bloß ein Nebengeschäft, aber die langfingrige, scharfzüngige Frau, die Tom geheiratet hat, hatte recht. Wir sind Whiskeyschmuggler. Alles ist in Cecils säuberlicher, kerzengerader Schrift festgehalten, einschließlich des Vermerks: »Ca. $ 5000,00 Verlust durch Mary Kincaid Canons Vernichtung des Whiskeylagers.«

Die Sonne geht bereits unter, und Fledermäuse flattern im Dämmerlicht, als ich endlich die großen Steinpfeiler am Fuß unserer Einfahrt passiere. Ich habe letzte Nacht nicht geschlafen, ich hatte einen langen Tag und freue mich auf Nells Schweinekoteletts und ein heißes Bad und danach auf mein Bett. Doch als ich die Einfahrt hinauffahre, wird mir klar, dass mein Tag noch nicht zu Ende ist. Der Buick von Mattie und Sheriff Earl parkt vor dem Großen Haus. Natürlich ist sie hier.

Mit ihrem kräftigen Kinn, ihren breiten Schultern und großen Händen, mit ihrem forschen Gang und selbstbewussten Auftreten, selbst wenn sie im Unrecht war, hat Mattie immer ungemein stark gewirkt. Aber seit Eddies Tod hat sich das geändert. Als ich sie das letzte Mal sah, wurden sie und Sheriff Earl von Mary als Whiskeyprofiteure bezeichnet, woraufhin Mattie aus dem Großen Haus stürmte. Jetzt sitzt sie mit hängenden Schultern neben Sheriff Earl auf dem Rosshaarsofa; das Weiß ihrer Augen sieht gelblich aus, und über ihrem Gesicht liegt eine müde Trauer. Ihre resignierte Ausstrahlung erschüttert mich dermaßen, dass es einen Moment dauert, bis ich auf dem Beistelltisch die Schmuckschatulle aus Rosenholz bemerke, die Mattie an sich nahm, nachdem das Testament des Duke verlesen worden war.

»Unser Beileid zum Tod deiner Schwester«, sagt Sheriff Earl. Mattie nickt zustimmend.

Er spricht von meiner Schwester, nicht von ihrer Nichte. Sie haben Mary noch nicht vergeben. »Am Ende war sie sehr tapfer«, sage ich.

»Wir sind hier, um mit dir zu reden«, sagt Sheriff Earl.

»Darüber, wie wir alle zueinander stehen«, erklärt Mattie.

»Klingt gut.«

»Du führst jetzt die Geschäfte«, fährt Sheriff Earl fort. »Und so sollte es auch sein.«

Ich sehe Mattie an. »Tatsächlich?«

»So steht es im Testament des Duke«, sagt sie und kann es nicht lassen hinzuzufügen: »Natürlich hätte er nie gedacht, dass es so weit kommen würde.«

»Ist gut jetzt, Mattie«, sagt Sheriff Earl. »Wir waren uns einig.« Er wendet sich mir zu. »Sallie, als Sheriff möchte ich dir sagen, dass ich mit meinen Männern voll und ganz hinter dir stehe, das heißt, falls wir alle – falls ihr beide – euch einigen könnt. Es gibt eine Menge zu klären.« Earl steht auf. »Ich habe gesagt, was ich zu sagen hatte, und Mattie möchte kurz allein mit dir reden, deshalb geh ich jetzt auf die Veranda eine rauchen.«

Mattie und ich schweigen, bis wir hören, dass die Haustür geschlossen wird. »Die« – sie klopft auf die Schmuckschatulle – »gehört hierher.«

»Warum jetzt?«, frage ich. »Nach so langer Zeit?«

»Sie ist dein Eigentum. Fühlt sich falsch an, sie zu behalten.« Mattie rutscht mit ihren breiten Hüften auf dem Rosshaarsofa hin und her. »Aber ehrlich gesagt gibt es da einiges, das sich falsch anfühlt.«

Sie schaut sich im Zimmer um, sieht nach, ob die Porzellanfigürchen noch vollzählig sind, ob die gefransten Lampenschirme abgestaubt wurden, ob das Porträt ihrer Mutter auch gerade hängt. Sie kann nicht anders.

»Ich weiß, was du denkst«, sage ich. »Das Große Haus sollte dir gehören.«

»Ich bin nicht hier, um darüber zu reden.« Mattie fixiert mich mit ihrem grimmigen Blick. Trauer und Reue haben sie altern lassen, doch ihr Kampfgeist ist noch nicht erloschen. »Ich bin nicht hergekommen, um mich zu beklagen – darüber, dass ich die Erstgeborene bin, aber nicht geerbt habe, weil ich eine Frau bin, und stattdessen du jetzt alles geerbt hast, obwohl du eine Frau bist, und nicht mal die Erstgeborene. Und noch keine zwanzig Jahre alt.«

Matties Kampfgeist ist ungebrochen, aber sie ist auch verbittert. Empört. Ich kann es ihr nicht verdenken. Erbschaft ist Glücksache. »Du hast recht, Mattie. Es ist nicht gerecht.«

»Ich weiß es. Du weißt es. Der himmlische Vater weiß es. Aber ob nun gerecht oder nicht, so läuft das nun mal bei den Kincaids. Deshalb hab ich dir die hier gebracht.« Sie trommelt mit den Fingern auf der Rosenholzschatulle. »Ein Friedensangebot. Sheriff Earl hat mir erklärt, dass ich die Lage der Dinge akzeptieren muss. Und er hat recht. Aber ich bin nicht wegen Sheriff Earl hergekommen. Oder meinetwegen. Ich bin wegen meiner Tochter hier.«

»Ellen?« Meine Cousine war schon immer so etwas wie ein Mauerblümchen. Sie war an dem Tag da, als ich aus Hatfield zurückkam, und an dem Tag, als wir von der Eisenbahnbrücke sprangen. Ich hielt sie immer für ein liebes Mädchen, das im Schatten ihrer ehrgeizigen Mutter steht.

Mattie streicht mit beiden Händen über ihren Rock. »Du weißt, dass meine Ehe arrangiert war?«

Das verblüfft mich. Ich kann mir nicht vorstellen, dass irgendwer irgendwas für Mattie arrangiert, aber eigentlich ist das einleuchtend, denn so läuft das nun mal bei den Kincaids. Mattie war noch nie so offen zu mir, deshalb halte ich den Mund und lasse sie reden.

»Der Duke wollte seine Schwester unter die Haube bringen, und der Mann, den er sich dafür ausguckte, war Earl Johnson. Earl ist ein guter Mann. Ich beschwere mich nicht über ihn, aber ich hätte mehr sein können als nur eine Ehefrau. Sehr viel mehr. Jetzt redet Earl davon, Ellen unter die Haube zu bringen. Ich will nicht, dass es ihr so ergeht wie mir. Ich will, dass Ellen unabhängig wird. Wie du.«

»Du willst, dass deine Tochter so wird wie Annie Powells Tochter?«

»Nicht genau wie du«, sagt sie ein bisschen zu hastig. »Aber unabhängig. Du könntest sie für Kincaid Holdings arbeiten lassen. Ellen kann gut mit Zahlen umgehen. Vielleicht bekommt sie dann vielleicht sogar Lust zu studieren.«

Ich muss vorsichtig sein, klug handeln, umsichtig handeln, Leute auf meine Seite ziehen und an mich binden. Das schließt auch Mattie mit ein. Ich betrachte die Rosenholzschatulle. Seit dem Tod des Duke habe ich Mamas Halskette jeden Tag getragen, doch der Rest in der Schatulle interessiert mich nicht.

»Mattie, du solltest den ganzen Schmuck behalten.«

»Das ist eine große Geste, Sallie. Ich danke dir.« Sie klopft auf die Schatulle. »Sie hat schließlich meiner Mama gehört. Jedes Stück darin hat seine eigene Geschichte, und ich kenne sie alle.«

»Und was Ellen betrifft, ich könnte sie in der Kaufhalle gebrauchen. Sie kann Mr Lewis zuarbeiten, klein anfangen, sich Grundkenntnisse aneignen, genau wie ich. Als ich anfing, für den Duke zu arbeiten, hat er gesagt, er würde mich fair behandeln, aber er würde mich niemandem vorziehen. Dasselbe werde ich Ellen sagen.«

»Gut.« Ein Funke glimmt in Matties Augen auf. »Auch dafür danke ich dir.«

Wenn Ellen demnächst in der Kaufhalle arbeitet, wird Mattie natürlich ständig dort aufkreuzen, eine Mama, die nach ihrer Tochter sieht, wird sie sagen, aber natürlich wird sie anfangen, alle rumzukommandieren. Vielleicht habe ich gerade einen Riesenfehler gemacht. Vielleicht ist es aber auch keine schlechte Idee. Mir ist lieber, Mattie Johnson ist in meiner Nähe und zieht mit mir an einem Strang, als dass sie außen vor ist und darüber nachgrübelt, wie ungerecht alles ist, und vielleicht sogar gegen mich intrigiert.

Außerdem kommt Mattie dadurch endlich wieder aus dem Haus, und das wird ihr helfen, über Eddies Tod hinwegzukommen, und ihre unrühmliche Rolle dabei. Vielleicht wird es uns allen helfen, darüber hinwegzukommen.

Noch immer kann ich ihren Gesichtsausdruck nicht vergessen, den Ton ihrer Stimme, als sie und Sheriff Earl Eddie wegschleppten. Aber wie Tante Faye gesagt hat, viele haben Grund, sich deswegen schuldig zu fühlen, und ich glaube, wir alle haben getan, was wir für richtig hielten. Das gilt auch für Mattie.

»Vielleicht könntest du ja auch öfter mal in die Kaufhalle kommen. Ohne Cecil werde ich jemanden brauchen, der mir hilft, alles im Blick zu behalten.«

»Bietest du mir Arbeit an?«

»Ich würde dir dasselbe bezahlen wie Mr Lewis. Mal sehen, wie's läuft, ob wir uns vertragen.«

Der Funke in Matties Augen beginnt zu leuchten. Ich hoffe, ich habe jetzt nicht eine Tür geöffnet, die ich nur mit Mühe wieder schließen kann.

»Wir werden uns vertragen«, sagt sie. »Da mach dir mal keine Sorgen. Wir werden uns vertragen.«

39

Es ist frostig draußen – die Scheiben der Dielenfenster sind mit einer Eisschicht überzogen. Ich ziehe meinen Wollmantel an und betrachte mich im Spiegel. Ich bin jetzt die Chefin von Kincaid Holdings, mein zweiter Tag als die wichtigste Person im County, wie Mary sagte. Aber ich sehe nicht so aus, jedenfalls nicht in diesem Mantel mit den ausgefransten Ärmeln und dem abgewetzten Fellkragen.

Der Duke hat in seinem ganzen Leben nie Latzhosen getragen. »Du musst Eindruck machen«, sagte er oft. »Wenn du aussiehst wie ein kleiner Farmer, behandeln die Leute dich auch wie einen kleinen Farmer.« Dann wird mir etwas klar. Der Packard. Er gehört mir. Ich will geschäftlich nach Roanoke, und wenn ich den Packard nehme, mache ich vielleicht Eindruck.

Ich gehe zum Kutschenhaus, schiebe die Tür auf, und da steht er, lang wie eine Lokomotive und grün – das dunkle harte Grün eines nagelneuen Dollarscheins. Vor zwei Jahren, als ich sah, wie der Packard durch den kalten Nebel in Hatfield näherkam, hatte ich noch nie im Leben etwas so Schnittiges, so Kraftvolles, so Modernes zu Gesicht bekommen. Nie hätte ich gedacht, dass dieses Auto eines Tages mir gehören würde.

Jetzt ist die glänzende Motorhaube mit einer feinen Staubschicht überzogen, aber die Reifen sind prall gefüllt, einsatzbereit. Ich streiche mit einer Hand über die weichen Ledersitze, umfasse dann das Lenkrad aus gemasertem Walnussholz. Der Packard hat einen elektrischen Anlasser, ich muss ihn also nicht ankurbeln wie die Lizzie. Ich drücke einfach einen Knopf, und der Motor springt an, die Nadeln in den Anzeigen wippen einmal hoch, bleiben dann zitternd stehen, und ich kann das Pulsieren der sechzig Pferdestärken spüren, kraftvoll, aber leise. Er hat auch ein Gaspedal statt eines Hebels, und als ich den Gang einlege und sachte das Pedal betätige, rollt er so sanft an, dass ich es kaum spüre.

Ich sehe mich kurz im Rückspiegel. Dann bremse ich abrupt ab. Ich bin dieselbe Person, die ich vorhin im Dielenspiegel gesehen habe – ein schmalgesichtiges Mädchen, das in zwei Monaten zwanzig wird, einen verschlissenen Mantel trägt und versucht, gute Miene zum bösen Spiel zu machen. So ein schickes, teures Auto wie den Packard zu fahren wird mir nicht helfen, Eindruck zu schinden. Ich hab's mir noch nicht verdient. Ich trete in ziemlich große Fußstapfen, und es nützt nichts, der ganzen Welt vor Augen zu führen, dass ich sie nicht annähernd ausfülle.

Ich fahre den Packard zurück ins Kutschenhaus und stelle den kraftvollen Motor ab.

Roanoke. Ich war noch nie in einer großen, eleganten Stadt, hab immer nur davon geträumt. Sie ist sogar noch größer und eleganter, als ich dachte. Und lauter. Die Hauptstraße ist breit und gepflastert – hier bleibt man nicht im Schlamm stecken –, und sie ist mit hupenden Autos und bimmelnden Straßenbahnen verstopft. Über mir wird der Himmel von Hunderten sich kreuzenden Drähten und Kabeln zerschnitten wie von zahllosen dicken Spinnennetzen, und ich kann sie surren und summen hören. In den Schaufenstern eines Geschäfts, das einen ganzen Häuserblock einnimmt, stehen kopflose Frauenfiguren, die kurze Kleider tragen. An jeder Ecke warten Menschentrauben, und sobald ein Polizist in eine Trillerpfeife bläst, strömen sie über die Straße.

Das ist alles ziemlich überwältigend für eine Landpomeranze aus Claiborne County, und ich fahre ganz langsam, um möglichst alles in mich aufzunehmen. In meinem ganzen Leben musste ich noch nie nach dem Weg fragen, aber ich kann die Davis Street nicht finden, und als ich anhalte, um einen von diesen Roanoke-Polizisten zu fragen, hupt der Wagen hinter mir. Der Polizist schmunzelt, als fände er meine Art zu reden lustig, und der Wagen hinter mir hupt schon wieder. Schließlich finde ich die Werkstatt in der Davis Street, atme tief durch und rufe mir in Erinnerung, warum ich hier bin.

Nach dem Gespräch gestern mit Mattie habe ich viel nachgedacht. Es gibt etliche Leute wie sie in Claiborne County, Leute, die früher auf mich herabblickten, schlecht über meine Mama redeten und hinter meinem Rücken tuschelten, als ich aus Hatfield zurückkam, und jetzt fragen sich diese Leute, wie gut mein Gedächtnis ist, wenn es um alte Kränkungen geht. »›Vergeben und vergessen‹ ist zu fünfzig Prozent Bockmist«, sagte der Duke immer. »Vergeben, ja, aber vergessen – niemals.«

Vernünftige Einstellung, finde ich.

Ich bin bereit, offen und ehrlich mit diesen Leuten umzugehen, aber im Moment brauche ich jemanden an meiner Seite, jemanden, der keine eigenen Interessen verfolgt oder alte Feindschaften hegt, jemanden, dessen Loyalität ausschließlich mir gilt. Also jemanden, der keine Bindungen an Claiborne County hat.

Und ich hoffe, dieser Jemand ist genau hier.

Ich habe die Leitstelle der Nationalgarde angerufen und erfahren, dass Lieutenant Douglas Rawley, wenn er nicht im Dienst ist, in der Werkstatt auf der Davis Street in Roanoke Autos repariert, und jetzt sehe ich zwei Beine unter einem Auto hervorragen. Schmutzige Kakihose und abgelaufene Arbeitsschuhe.

»Lieutenant, könnte ich kurz mit Ihnen reden?«

Er gleitet auf einem Rollbrett unter dem Wagen hervor. Sein schwarzes Haar ist zerzaust, seine Stirn ölverschmiert.

»Ich bin nicht in Uniform, also nennen Sie mich ruhig Rawley.« Er wirft seinen Schraubenschlüssel in eine Werkzeugkiste, und sein Mund verzieht sich zu einem schiefen Lächeln. »Worüber möchten Sie denn reden, Miss Kincaid? Haben Sie noch mal über meinen Antrag nachgedacht?«

»Ich bin nicht gekommen, um mit Ihnen zu schäkern. Ich bin hier, weil ich Ihnen einen Job anbieten will.«

»Ach ja? Was müsste ich da machen?«

»Alles, was ansteht. Fahren. Mieten kassieren. Autos reparieren.«

»Wirklich nett von Ihnen, Miss Kincaid, aber wie Sie sehen, hab ich schon einen Job und repariere Autos.« Er streckt seine Hände aus und zeigt mir die vom Schmieröl dunklen Halbmonde seiner Fingernägel. »Das ist dreckige Arbeit, Miss Kincaid. Ich muss meinen Hintern also nicht rüber nach Caywood schwingen, bloß um zusätzlich Chauffeur zu spielen.«

Rawley öffnet die Motorhaube und nimmt einen Schraubenzieher. »Ich hab das mit Ihrer Schwester gehört – mein Beileid –, aber ich hab auch gehört, dass sich bei vielen die Trauer in Grenzen hält, weil sie in Claiborne County ein gottverdammtes Schlamassel angerichtet hat.« Er beugt sich über den Motor und schraubt an dem Vergaser herum. »Miss Kincaid, da kommt viel Arbeit auf Sie zu.«

»Und ich fange gerade damit an.«

»Werden die Leute wieder Whiskey brennen?«

»Das haben sie schon immer gemacht, und sie brauchen Geld.«

»Gut.« Rawley knallt die Motorhaube zu. »Das Problem ist nur – bei allem Respekt –, ihr Kincaids betreibt eure Geschäfte viel zu umständlich. Ihr wartet darauf, dass die Kunden zu euch kommen. Und dann verkauft ihr per Flasche. Zu den Niedrigpreisen von Claiborne County.«

»So war das schon immer.«

»Ich gebe Ihnen einen Tipp.« Er lehnt sich an das Auto. »Roanoke. Die Stadt hier ist ein Knotenpunkt. Leute kommen von überallher, um Whiskey zu kaufen. Wenn Sie Ihre Ware nach Roanoke schaffen, können Sie mit einer einzigen Fahrt fünfzig, sechzig Gallonen verkaufen. Dafür würden Sie mit Ihrem Flaschenverkauf in Claiborne County einen Monat brauchen.«

Ich schüttele den Kopf. »In Claiborne County haben wir die Kontrolle. Solange wir da bleiben, sind wir sicher. Woanders kann alle Mögliche passieren.«

»Das stimmt, Miss Kincaid. Ohne Risiko kein Gewinn. Das ist wie im Krieg. Man macht keine Geländegewinne, wenn man nur im Schützengraben hockt. Ich war in Frankreich. Oben in der Luft, aber ich hatte einen verdammt guten Blick auf die armen Schweinehunde, die da in den Schützengräben festsaßen.«

Rawley drückt den Anlasserknopf. Er horcht einen Moment auf den Motor, stellt ihn dann wieder ab. »Sie brauchen niemanden, der Autos repariert. Sie brauchen jemanden, der Ihnen den Weg nach Roanoke öffnet. Ich kenne die Stadt. Ich habe hier Kontakte. Wie gesagt, Sie stecken im Schlamassel, Miss Kincaid, und Sie brauchen jemanden, der keine Angst hat, aus dem Schützengraben zu springen. Falls Sie so einen suchen, einen, der sich einen Plan einfallen lässt, wenn die Kugeln fliegen, und den Plan, falls nötig, auch wieder ändert, einen, der mit Ihnen arbeitet – nicht für Sie –, dann, Miss Kincaid, bin ich Ihr Mann.«

»Sie sind verdammt von sich überzeugt, was?«

»Man hat mir schon Schlimmeres nachgesagt.«

Der Mann nimmt den Mund sehr voll, aber es steckt auch was dahinter. Das gefällt mir. Und wenn wir es schaffen, unseren Whiskey nach Roanoke zu schmuggeln, würde das Claiborne County im Handumdrehen wieder auf die Beine bringen. »Nur damit eins klar ist, ich bin nicht auf der Jagd nach einem Ehemann.«

»Tja, Miss Kincaid. Hoch zielen und schnell schießen, das ist mein Motto.«

»Wann können Sie anfangen?«

40

Tiefe Männerstimmen hallen durch Shortys Werkstatt.

Die Männer und ich überprüfen die sechs Autos, die wir bei unserer ersten Schmuggelfahrt nach Roanoke benutzen werden. Fünf davon werden jeweils achtzig Gallonen Whiskey transportieren, über dreihundert Liter. Deshalb haben wir die Aufhängung verstärkt, um die Last zu tragen, und die Rückbänke herausgenommen, um Platz zu schaffen. Das sechste Auto – meine Lizzie – wird nicht mit Whiskey beladen. Sie soll als Begleitfahrzeug dienen, die Kolonne anführen, vorausfahren, um die Straße vor uns zu kontrollieren, und sich zurückfallen lassen und für Ablenkung sorgen, falls ein Wagen sich von hinten nähert.

Rawley hat das Ganze mit militärischer Präzision organisiert.

»Sie kümmern sich um das Angebot, ich mich um die Nachfrage«, sagte er. Er fuhr nach Roanoke und kam mit Bestellungen von so ziemlich allen Tankstellen, Restaurants und illegalen Kneipen zurück, die er besucht hatte, und sie waren bereit, Roanoke-Preise zu zahlen.

»Die Leute in der Stadt sind durstig«, erklärte er mir. »Wir können so viel verkaufen, wie wir ranschaffen können.«

Sheriff Earl stellte eine Liste von Whiskeybrennern in Claiborne County zusammen, und wir beide suchten sie nacheinander auf. Ich bin genauso knapp bei Kasse wie ihr, sagte ich ihnen, und ich kann euch erst bezahlen, wenn ich verkauft habe, aber ich habe Kunden an der Hand, und wenn ihr mir euren Vorrat anvertraut, mache ich ihn an einem Tag zu Geld.

Was passiert, fragten sie alle, wenn ihr geschnappt werdet?

Wenn ich Glück habe, muss ich nur eine Strafe zahlen, erwiderte ich. Wenn ich Pech habe, wandere ich ins Gefängnis. Ihr würdet euren Whiskey verlieren, aber mehr auch nicht. Wir tragen das volle Risiko, und wenn es klappt, verdient ihr in einer Nacht mehr Geld als sonst in einem Monat.

Bis Sonnenuntergang waren uns rund vierhundert Gallonen zugesagt worden, genug, um die fünf Autos zu vollzuladen.

Ich trage ein Flanellhemd, eine Kakihose und Schnürstiefel und gehe in die Hocke, um die Reifen zu überprüfen. Der Luftdruck ist gut. In einem Rock könnte ich so etwas nicht machen. Ich habe mir angewöhnt, für die Arbeit an den Autos Männerkleidung zu tragen, und wenn ich das tue, ist mein Gang ausladender, und ich kann bedenkenlos einen Fuß auf den Kotflügel stellen oder mich im Schneidersitz auf den Boden setzen. Ich höre die Männer Witze reißen, höre Werkzeug klappern, und ich atme den Geruch von

Benzin, Öl, Gummi und Schweiß ein. Ich bin in der Männerwelt, und die hat etwas ungemein Anziehendes.

Ich stütze mich mit vollem Gewicht auf die Lizzie, um die Federung zu testen. Sie wippt gleich wieder hoch. Schön stramm. »Die Gute wird ein prima Begleitauto abgeben.«

»Sie reden die ganze Zeit davon, dass Sie den Begleitschutz machen, aber das ist viel zu gefährlich«, sagt Rawley. »Stimmt's, Shorty?«

»Ich halt mich da raus.« Shortys Kopf wackelt hin und her, wie immer, wenn jemand ihn in Verlegenheit bringt. »Ich bin bloß der Mechaniker.«

»Sie haben Mumm, Miss Kincaid, das muss ich Ihnen lassen«, sagt Rawley. »Aber für so eine Fahrt braucht man nicht nur Mut, sondern auch einen kühlen Kopf. Ich fahr den Begleitwagen.«

»Ich hab einen kühlen Kopf, da machen Sie sich mal keine Sorgen. Außerdem wird es dunkel sein, und ich kenne die Straßen hier in der Gegend. Und überhaupt, ich hab das zu bestimmen, nicht Sie.«

Gegen zehn Uhr kommt Sheriff Earl mit dem großen Lastwagen von Kincaid Straßenbau angefahren. Die Deputys George und Casey schlagen die Plane hoch, und Rawley stößt einen leisen Pfiff aus, als er die Menge an Whiskey sieht. Die kleinen und großen Gefäße haben alle möglichen Formen und passen daher nicht dicht an dicht hinten in die Autos, deshalb stopfen wir zusammengeknülltes Zeitungspapier und Jutelappen dazwischen, damit sie nicht zerbrechen. Als wir alles verladen haben, hängen die Autohecks knapp über dem Boden, und die Kühlerhauben zeigen nach oben.

»Wie Hunde, die in der Luft schnuppern«, sagt Shorty.

Kurz vor Mitternacht rollen wir das Werkstatttor so leise wie möglich hoch. Ich fahre als Erste los, schalte die Scheinwerfer ein und spähe in jede Gasse und Seitenstraße, ob mir etwas verdächtig vorkommt – jemand, der aus einem Fenster schaut, ein Fremder, der in einem parkenden Wagen sitzt oder in einem Torweg lauert –, doch die Straßen sind verlassen, die Häuser dunkel.

Jetzt ist es so weit. Es gibt kein Zurück.

Verbrecher. Whiskeyschmuggler. Schwarzbrenner. Blockadebrecher. Ich vergesse nicht für eine Sekunde, dass wir etwas Illegales tun, aber legal und illegal sind nicht immer gleichbedeutend mit richtig und falsch. Fragen Sie mal einen ehemaligen Sklaven. Von denen gibt's hierzulande noch viele. Manchmal bedeutet das sogenannte Gesetz doch bloß, dass die Reichen den Armen vorschreiben, da zu bleiben, wo sie hingehören.

Außerdem nehme ich mir nichts, was mir nicht zusteht, zwinge niemanden, etwas zu tun, was er nicht will. Ich helfe nur den Menschen von Claiborne County, die ohne eigenes Verschulden in Not geraten sind. Halte dich an das Gesetz und hungere. Oder brich das Gesetz und iss. Da gibt's nicht viel zu überlegen.

Außerhalb der Stadt schalte ich meine Scheinwerfer aus. Rawley fährt den Wagen hinter mir, und im Rückspiegel sehe ich, dass auch er seine Scheinwerfer ausmacht, und dann erlöschen nacheinander die Lichter der Autos hinter ihm, die von Shorty, Casey, George und Sheriff Earl gesteuert werden. Wir haben uns wegen des Vollmonds für diese Nacht entschieden, und er tut, was er soll – leuchtet kalt und ruhig, so hell, dass er blaue Schatten wirft.

Wenn wir das Tiefland schnell durchqueren und einigermaßen gut durch die Berge kommen, können wir in rund drei Stunden in Roanoke sein.

Sobald wir die Talsohle erreicht haben, beschleunige ich

die Lizzie auf dreißig Meilen die Stunde. Der Wind rauscht durch mein offenes Fenster, trägt den Geruch von heißem Motoröl, Geißblatt und mitunter von einem Stinktier herein. Ich vergewissere mich immer wieder, ob die Jungs bei meinem Tempo hinterherkommen, und hoffe, dass uns Überraschungen erspart bleiben, denn die überladenen Autos sind so schwerfällig wie Packesel und können weder abrupt wenden noch plötzlich anhalten.

Wir kommen zum Finch Mountain, und ich bremse ab, um die Haarnadelkurven vorsichtig zu nehmen. Als wir den Berg auf der Westseite wieder hinunterfahren, bleibe ich im niedrigen Gang, um die Bremsen zu schonen. Wir rattern über eine Eisenbrücke, die den James River überspannt, überqueren den Rathole Mountain und den Timber Ridge und gelangen in die Hügel nördlich von Roanoke, wo wir wieder beschleunigen können.

Wir sind noch keinem einzigen Auto begegnet.

Dann, ungefähr fünfzehn Meilen vor Roanoke, als wir gerade durch das Städtchen Fincastle fahren, bemerke ich im Rückspiegel knapp eine halbe Meile hinter uns zwei wässrig gelbe Autoscheinwerfer. Ich warte ein paar Sekunden ab und sehe wieder hin. Sie sind näher gekommen. Kurz darauf sind sie noch näher.

Ich schalte zweimal kurz das Licht an, das vereinbarte Zeichen, wenn Ärger droht, und gebe Gas, vergrößere den Abstand zwischen mir und dem Konvoi. Auf der Main Street von Fincastle biege ich mit Schwung in eine Seitenstraße, schalte die Scheinwerfer ein und wende, um zurück zur Hauptstraße zu gelangen. An der Kreuzung halte ich an. Rawley ist jetzt an der Spitze des Konvois, und ich sehe ihn vor mir die Main Street hinunterfahren, gefolgt von den vier anderen Autos.

Einige Augenblicke später kommt der Wagen, der uns verfolgt, die Main Street herunter. Ich warte, bis er so nah ist, dass dem Fahrer keine Zeit zum Nachdenken bleibt. Dann erst gebe ich kräftig Gas, fahre vor ihm auf die Straße und in die gleißenden Lichtkegel seiner Scheinwerfer, zwei blendend helle Punkte, die schnell auf mich zukommen. Der Fahrer steigt auf die Bremse, weicht nach links aus. Sein rechter Kotflügel touchiert meine Stoßstange. Das Schleifen und Knirschen von Metall auf Metall. Die Lizzie schlingert zur Seite, und ich werde gegen die Tür geschleudert.

Ich schaue zur Straße und sehe, wie sich die dunklen Umrisse von Sheriff Earls Auto entfernen. Dann stolpere ich aus der Lizzie und reibe mir die Schulter. Der andere Fahrer stößt die Tür seines Autos auf. Er ist ein großer Bursche, trägt Mantel und Hut, und als er in das Licht meiner Scheinwerfer tritt, sehe ich den Ledergurt eines Schulterholsters quer über seiner Brust. Noch ehe er seine Dienstmarke zückt, weiß ich, dass er ein Bundesbeamter ist.

»US-Zollbehörde. Was zum Teufel hat Sie geritten, junge Frau?«

»Oje, Mister, es tut mir wirklich leid. Ich hab gerade erst mit Autofahren angefangen und muss immer noch üben.«

»Mitten in der Nacht?«

»Das ist die beste Zeit dafür, Mister, weil kein Mensch unterwegs ist. Meistens jedenfalls. Mein Daddy bringt mich um, wenn er das Auto sieht.«

Der Mann schaut die Straße hinunter in Richtung Roanoke und unseres Konvois, doch von dem ist längst nichts mehr zu sehen.

»Sie sind entwischt, was?«, fragt er.

»Wer ist entwischt?«

Er starrt mich durchdringend an. »Ich kann mich nicht

entscheiden, ob Sie die schlechteste Autofahrerin sind, die mir je begegnet ist, oder die beste.«

»Wir haben's geschafft, Miss Sallie Kincaid.«

»Ja, das haben wir, Lieutenant.«

Rawley und ich gehen im Büro des Duke die Zahlen durch. Unsere erste Fahrt nach Roanoke war vor drei Monaten, aber die Leute in der Stadt wollten mehr, als wir hatten, also machten wir die Tour erneut und dann noch mal, und jetzt beliefern wir Roanoke einmal die Woche mit Whiskey. Jede Destillerie im County läuft Tag und Nacht auf Hochtouren, und neue schießen aus dem Boden wie Pilze nach einem Herbstregen, weil die Leute wissen, dass meine Jungs und ich ihnen auch den letzten Tropfen Whiskey abnehmen werden. Und wir zahlen einen guten Preis. Keiner muss sich darum kümmern, ihn selbst zu verkaufen, ihn einzulagern, bis ein Kunde vorbeikommt, und wir haben sogar angefangen, viereckige Blechkanister zu verteilen, weil die unzerbrechlich sind und sich viel leichter in den Autos verstauen lassen.

Manche Veteranen halten sich an die altbewährte Tradition der Whiskeyherstellung, lassen den Mais natürlich gären, testen sorgfältig den Alkoholgehalt, indem sie die Größe der Blasen überprüfen, die an die Oberfläche steigen. Dadurch dauert es mindestens eine Woche, bis der Whiskey geliefert werden kann, und da die Leute in Roanoke nach unserer Ware lechzen, beschleunigen die meisten Schwarzbrenner die Gärung, indem sie Hefe zusetzen oder einen Sack Zucker in die verbrauchte Maische kippen. Das so entstandene Getränk ist schärfer, flacher im Aroma und alles andere als weich im Geschmack. Die Leute nennen es Feuerwasser, Eselstritt, Schabau, Wummsgesöff, Wachmacher,

Fusel, Predigersprit und Pantherpisse, aber solange es ordentlich Feuer hat, ist den Leuten in Roanoke die Qualität ziemlich egal.

Deshalb haben die Menschen von Claiborne County, die jahrelang knapsen und darben mussten, die Krieg und Mangel erlebt haben und gezwungen waren, der harten, kargen Erde ihren Lebensunterhalt abzuringen, endlich ein bisschen Kleingeld in den Taschen und sind auf niemandes Mitleid oder Hilfe oder Almosen mehr angewiesen. Und sie haben angefangen, mich und meine Jungs als die Kincaid-Schmuggler zu bezeichnen.

Rawley blättert zurück zur ersten Seite des Kassenbuchs und fährt mit einem Finger die Spalte entlang, aus der hervorgeht, was wir für den Whiskey bezahlen, dann an einer anderen, aus der hervorgeht, was wir in Roanoke einnehmen, und er brummt zufrieden vor sich hin.

»Das meiste Geld im Whiskeygeschäft steckt im Transport.«

Er hat recht. Ich murmele zustimmend, doch in Wahrheit fällt es mir gerade schwer, mich auf die Zahlen zu konzentrieren. Das liegt an der Wärme, die Rawleys Körper ausstrahlt. Er ist nur ein paar Zentimeter von meinem Arm entfernt, und bei der kleinsten Bewegung meines Ellbogens würde ich ihn berühren. Und ich kann ihn riechen. Sein Geruch ist nicht unangenehm. Ganz im Gegenteil.

Ich vermute, Rawley weiß, dass ich in seiner Nähe ganz kribbelig werde. Er findet Mittel und Wege, mir zu zeigen, dass er auch kribbelig wird. Vor ein paar Wochen wollte er mit mir zur Luray-Höhle fahren und dort zwischen diesen Steinen herumspazieren, die aussehen, als wären sie aus geschmolzenem Wachs. Ich habe Nein gesagt. Einige Male hat er vorgeschlagen, in eine Filmvorführung zu gehen. Auch dazu habe ich Nein gesagt. Er findet immerzu irgendwelche Gründe, mit mir allein zu sein, meistens natürlich geschäftliche Gründe: zum Beispiel im Wald ein Sturmgewehr ausprobieren, um zu entscheiden, ob wir welche aus alten Armeebeständen kaufen sollen. Ich beschränke unsere Gespräche aufs Geschäftliche, aber selbst wenn wir die Bücher durchsehen, lachen wir beide ein wenig zu laut über unsere Witze und werfen uns häufiger Blicke zu, als wir müssten. So auch jetzt.

Rawley greift nach seiner Flasche Coca-Cola. Sie ist mit Wasserperlen bedeckt, als würde das Glas schwitzen, und ich beobachte aus dem Augenwinkel, wie er den Flaschenhals schräg an die Schreibtischkante hält und die Kappe mit einem gekonnten Fausthieb abschlägt. Er trinkt einen großen Schluck und hält mir dann, ohne mich anzusehen – wir studieren beide das Kassenbuch –, die Flasche hin.

Die zuckrige Flüssigkeit benetzt meine Zunge, und die Kohlensäure prickelt mir in der Nase, doch ich habe nur den einen Gedanken, dass ich gerade etwas an meine Lippen drücke, das kurz zuvor an Rawleys Lippen war. Es ist köstlich. Und aufwühlend. Beides gleichzeitig. Fast wie ein Kuss auf Distanz. Aber was weiß ich schon? Ich bin noch nie umworben, noch nicht mal geküsst worden.

Rawley schnappt sich die Packung Cracker Jack, die er zusammen mit der Coca-Cola mitgebracht hat. Seine Hände sind stark, aber schlank, mit leicht behaarten Knöcheln und dunklen Schmieröl-Halbmonden unter den Fingernägeln. Er schiebt den Daumen unter die Verschlusslasche und öffnet sie, greift hinein und wirft sich eine Handvoll Popcorn und Erdnüsse in den Mund. Wieder sieht er mich nicht an, als er mir die Packung hinhält und ich sie nehme.

Genau wie er werfe ich mir eine Handvoll von der Mischung in den Mund, und sie ist klebrig, salzig, süß und knusprig, alles auf einmal. Ich möchte sie mit Coca-Cola runterspülen, aber wenn ich nach der Flasche greife, könnte ich versehentlich Rawleys Hand berühren. Dann reicht er sie mir erneut. Die Flasche und die Packung wandern eine Weile zwischen uns hin und her, während wir darüber reden, den Fahrern vielleicht Zulagen zu zahlen. Plötzlich holt Rawley ein kleines hellblaues Spielzeug aus der Packung. Es sieht aus wie ein winziger Stern mit Noppen an den Spitzen.

»Hier.« Er legt ihn in meine Hand. »Für Sie.«

Es ist bloß ein wertloser kleiner Kreisel, aber er fühlt sich bedeutsamer an, wie ein Geschenk, ein Angebot, und ich umschließe ihn so fest mit der Hand, dass er sich in meine Haut gräbt, und dann lege ich ihn auf den Schreibtisch, weil ich noch nie geküsst worden bin und Rawley nicht der Erste sein darf. Trotz seiner Behauptung, dass er *mit* mir und nicht *für* mich arbeitet, zahle ich dem Mann Lohn, und wenn ich mich auf ihn einlasse, gibt das nur Ärger.

Rawley nimmt den Kreisel, zwirbelt ihn zwischen Daumen und Zeigefinger, und wir sehen beide zu, wie er sich dreht, ein blauer Wirbel, bis er langsamer wird, anfängt zu trudeln und schließlich umkippt.

Zwei Tage später kommen wir früh morgens von unserer Tour in Shortys Werkstatt an. Noch bevor ich mir den Straßenstaub vom Gesicht wasche, setze ich mich neben Rawley auf die Kühlerhaube. Wieder nehme ich seinen Geruch wahr, und obwohl er verschwitzt und staubig ist wie ich, werde ich kribbelig. Schon wieder. Aber ich muss mich auf das Geschäftliche konzentrieren.

Ich zähle sorgfältig das Geld, Rawley zählt es vorsichtshalber ein zweites Mal und stapelt die Scheine. Eintausendachthundertfünfundvierzig Dollar. Nach Auszahlung unserer Whiskeybrenner haben wir siebenhundertzwanzig verdient. Ich lege für jeden Fahrer, Rawley und mich eingeschlossen, vierzig beiseite und verstaue den Rest wieder in meiner Geldtasche, um es später bei der Caywood Bank & Trust auf das Konto von Kincaid Holdings einzuzahlen.

Rawley steckt zwanzig Dollar in sein Portemonnaie, holt dann einen Umschlag aus der Jackentasche und schiebt die anderen zwanzig hinein.

»Stottern Sie Schulden ab? Hat etwa ein Kredithai Sie in den Fängen?«

Er schüttelt den Kopf, und sein Gesicht nimmt einen seltsamen, fast verlegenen Ausdruck an. »Ich schick meiner Ma manchmal ein paar Dollar.«

Rawley hat noch nie über seine Familie gesprochen, und weil ich Distanz wahren wollte, habe ich ihn auch nie danach gefragt. Aber jetzt bietet er mir die Gelegenheit dazu.

»Sie wissen alles über die Kincaids«, sage ich. »Erzählen Sie mir was über die Rawleys.«

Er antwortet nicht sofort, sondern starrt auf den Umschlag. »Wir haben in Bluefield gewohnt, dem Teil der Stadt, der in West Virginia liegt«, sagt er nach einer Weile. »Pa war der beste Mechaniker weit und breit. Der Erste im County, der anfing, eigene Autos zu bauen. Bloß, dass er auf Dampf gesetzt hat.«

»Dampf? Die Motoren sind andauernd explodiert.«

»Ich hab ihm gesagt, Benzin wäre die bessere Lösung, aber Pa wollte nicht auf mich hören. Ich war ein Kind. Ich hatte doch keine Ahnung. Er wollte ein Auto bauen, von dem er dachte, es würde Henry Ford in den Ruin treiben.« Rawley schüttelt den Kopf. »Die verdammte Kiste ist in die Luft geflogen wie ein Fass Dynamit. Pa hat beide Hände verloren. Ma musste als Dienstmädchen arbeiten, um uns sieben Kinder durchzubringen. Hat sich drüben auf der anderen Seite von Bluefield kaputtgeschuftet.«

»Wo die Ladys mit den weißen Handschuhen wohnen.«

»Konnte gar nicht früh genug da wegkommen.«

»Das Gefühl kenn ich.«

41

»Wie kurz willst du's haben?«

»Kurz. Aber nicht zu kurz.« Ich setze mich auf den Stuhl, und Tante Faye legt mir ein Tuch um die Schultern.

»Dieser Rawley sieht wirklich gut aus.«

»Deshalb hab ich ihn aber nicht eingestellt.«

Ich will nicht über Rawley reden. Ich schaue mich in dem Raum um, den Jane ihr Boudoir nannte. Das Wort hab ich immer schon gehasst. *Buhdoar* klingt viel zu geziert, deshalb nenne ich es Ankleidezimmer. Aber meine paar Kleider hängen verloren zwischen größtenteils leeren Bügeln, und die Wände sind noch immer in Kats Kirschblütenrosa gestrichen. »Wir sollten das Zimmer hier irgendwann mal neu streichen.«

»Sollten wir.« Tante Faye fährt mit den Fingern durch mein nasses Haar. »Interessiert er dich?«

»Rawley? Nein.«

Das ist eine Lüge. Ich weiß noch, wie es war, wenn Eddie sein Klavier stimmte, wie die metallene Stimmgabel bebte. So fühle ich mich in Rawleys Nähe. Er bringt meine Stimmgabel zum Beben. Tante Faye mag eine Ahnung haben, aber niemand wird es erfahren.

»Bist du an irgendwem interessiert?«, fragt sie.

»Nein.«

»Vielleicht solltest du.« Tante Faye nimmt ihre Schere. »Du willst doch nicht allein durchs Leben gehen.«

»Ich mag mein Leben so, wie es ist.«

»Sallie« – sie schnippelt an meinen Haaren –, »du glaubst, du kannst alles allein schaffen, und du bist verdammt gut darin, aber auch du wirst älter, und dann wird das Leben schwieriger – und einsamer. Eine verheiratete Frau ist besser dran.«

Das hat Mary auch gedacht. Und als sie ihren Mann am meisten brauchte, hat er sie verlassen. Kat glaubte ebenfalls daran, und jedes Mal, wenn sie einen Ehemann verlor, hatte sie es so eilig, wieder zu heiraten, dass sie sich ihren zukünftigen Gatten gar nicht erst genauer angesehen hat.

Und das hat Mama gedacht.

»Du hast nie geheiratet«, sage ich.

»Ich hab es dir doch erzählt, es gab durchaus Männer, die um meine Hand angehalten haben, aber« – Tante Faye presst die Lippen aufeinander – »es waren nicht die Richtigen. Ich hatte nie wirklich eine Wahl. Aber du, Sallie, du hast sie.«

»Ich hab schon manchmal die Wahl gehabt und Entscheidungen getroffen, die sich später als falsch herausgestellt haben, meistens dann, wenn ich auf andere gehört habe. Jetzt bin ich niemandem mehr Rechenschaft schuldig. Und ich will auch nicht, dass irgendwer für mich sorgt. Mama hatte jemanden, der für sie sorgt, und du weißt ja, wie das geendet hat.«

»Das war eine schlimme Geschichte, was mit Annie passiert ist. Eine schlimme Geschichte.« Tante Faye zieht an meinen Haarspitzen. »Ist das kurz genug?«

»Nein. Kürzer. Was genau ist denn eigentlich passiert?« Tante Faye bleibt stumm. »Wir haben nie darüber geredet«, sage ich.

In der Nacht, als Mama starb, war ich im Großen Haus, aber ich war erst drei Jahre alt, verängstigt und verwirrt, und meine Erinnerungen daran sind wie eine Handvoll Scherben, die nicht zusammenpassen, die kein Ganzes ergeben. Ich erinnere mich an wütende Stimmen, die von Mama und die vom Duke, dann an einen lauten, scharfen Knall, und am nächsten Tag war Mama tot. Seitdem weiß ich nur aus dem gruseligen Märchen, das Mary mir erzählte, dass der Duke Mama angeblich getötet hat. Ins Gefängnis musste er jedenfalls nicht. Die Erwachsenen weigerten sich, meine Fragen zu beantworten, und ich lernte, keine mehr zu stellen.

»Wir haben nie darüber geredet«, wiederhole ich.

»Es tut zu weh«, flüstert Tante Faye. »Ist zu hässlich.«

»Nicht ein einziges Mal.«

Die Schere schnippelt neben meinem Ohr, und abgeschnittene Haare fallen mir auf die Schultern und in den Schoß.

»Du warst noch so klein, als es passiert ist.«

»Ich hab mich nur ein einziges Mal getraut, den Duke danach zu fragen, aber da hat er mich mit seinem eiskalten Blick angestarrt und gesagt: ›Sie ist tot. Drüber nachgrübeln nützt nichts.‹« Im Grunde wollte ich es auch gar nicht wissen. Ich hatte Angst davor, was ich erfahren würde. Ohne meine Mama war der Duke alles, was ich hatte, und ich wollte glauben, dass er unfehlbar war.

»Keiner sollte es auch nur erwähnen«, sagt Tante Faye. »Niemals. Als du zu mir nach Hatfield gekommen bist, hast du mich kein einziges Mal danach gefragt.« Sie sieht mich im Spiegel an. »Ich dachte, du wolltest es vergessen, es einfach hinter dir lassen.«

»Das hab ich versucht, aber ich kann's nicht. Nicht mehr.«

»Schätzchen, unter manchen Steinen sollte man lieber nicht nachschauen.«

»Ich will ja nicht, aber ich muss, Tante Faye. Ich habe sie so satt, diese Angst vor der Wahrheit, und ich sitze hier auf dem Stuhl, der mal meiner Mama gehörte, in dem Zimmer, das mal meiner Mama gehörte, und du redest davon, dass ich heiraten soll, aber keiner erzählt mir, was in der Ehe meiner Mama passiert ist. Deshalb frage ich dich. Was ist passiert?«

»Das ist eine lange Geschichte.«

»Wir haben Zeit.«

Tante Faye legt die Schere aus der Hand. »Es gibt vieles, was du nicht weißt, und das betrifft nicht nur deine Mama.«

»Dann erzähl's mir endlich.«

»Es gab Heimlichkeiten. Unschickliche Heimlichkeiten.« Sie blickt aus dem Fenster und streicht sich eine graue Haarsträhne hinters Ohr. »Zwischen mir und dem Duke.«

Jähe Hitze steigt mir ins Gesicht. Mein Daddy und die Schwester meiner Mama? Das kann ich nicht glauben. Ich starre Tante Faye im Spiegel an. Jemand hat mir mal gesagt, Tante Faye sei als junge Frau so schön gewesen, dass sie gute Männer vom rechten Weg abbrachte. Jetzt hebt die Nachmittagssonne die Fältchen hervor, die Jahre voller Schmerz und Kummer ihr um Augen und Mund eingegraben haben. Sie sagt die Wahrheit. »Hat der Duke deshalb auf Mama geschossen?«

»Oh nein, Schätzchen. Das war vor deiner Mama.« Tante Faye wendet sich vom Fenster ab und sieht mich an. »Die

Leute reden immer davon, dass Annie den Duke seiner Belle ausgespannt hat, aber um die Wahrheit zu sagen, sie hat ihn auch mir ausgespannt.«

Tante Faye zieht einen Kamm durch mein nasses Haar und sagt: »Weißt du was? Du hast recht. Kürzer. So sieht man das heute in den Illustrierten.« Sie greift wieder zur Schere. »Und wenn ich es mir recht überlege, es ist an der Zeit, dass du die ganze Geschichte erfährst.«

Haare fallen in meinen Schoß, während Tante Faye drauflos schnippelt. Dann beginnt sie zu reden. »Belle Montgomery war eine ehrbare Lady aus einer ehrbaren alten Südstaatenfamilie. Sie wirkten alle so vornehm. Alter Geldadel, würde man wohl sagen. Aber die Montgomerys hatten ihr ganzes Geld bis auf den letzten Penny in Anleihen der Konföderierten gesteckt, weil sie glaubten, der Krieg würde höchstens einen Monat dauern, und als er dann schließlich zu Ende ging, waren ihre Anleihen keinen Schuss Pulver mehr wert. Die Montgomerys waren völlig pleite. Diese alten Virginia-Familien hatten immer auf die Kincaids herabgeblickt, sie als Emporkömmlinge bezeichnet, aber als dann Arthur, der Bruder des Duke, um Belles Hand anhielt, hießen sie ihn willkommen. Der Colonel schmiss die aufwändigste Hochzeit, die das County je erlebt hatte. In den Flitterwochen sprang Arthur kopfüber in einen See, um Belles kleinen Pariser Hut herauszufischen, den der Wind ins Wasser geweht hatte. Er prallte mit dem Kopf auf einen Stein und starb, ohne noch einmal zu sich zu kommen.

Arthur war immer der Liebling des Colonels. Eigentlich jedermanns Liebling. Er war stark, sah gut aus, und alles flog ihm zu. Der Duke – damals wurde er bloß Henry genannt – war als Junge mager und linkisch, ging ständig auf Jagd, trank viel und versuchte, die Anerkennung des Colonels zu gewinnen, doch der Colonel war ein harter Mann und ließ deinen Daddy spüren, dass er seinem Bruder nicht das Wasser reichen konnte.

Nach Arthurs Tod war der Colonel am Boden zerstört, aber er wollte seine Verbindung zu dem piekfeinen Namen Montgomery nicht verlieren und beschloss, dass der Duke Belle heiraten sollte. Damals war der Duke gerade erst siebzehn, und er meinte, er könnte sich endlich den Respekt seines Daddys verdienen, indem er Arthurs Witwe zur Frau nahm und dem Colonel die Enkelsöhne schenkte, die der sich sehnlichst wünschte. Und damit die Linie der Kincaids fortführen würde.

Wie gesagt, als Junge war der Duke mager und linkisch, genau wie Eddie später. Deshalb war er so überzeugt davon, dass Eddie sich ändern würde, weil er selbst sich geändert hatte, für seinen Daddy. Der Colonel verachtete die Schwäche des Duke, und der Duke hasste die Schwäche seines eigenen Sohnes. Weil er Angst vor seiner eigenen hatte.

Ich hab oft gedacht, wie anders alles gekommen wäre, wenn Arthur« – Tante Fayes Stimme bricht kurz – »diesen kleinen Pariser Hut doch nur einfach hätte davontreiben lassen.«

Ich schweige, warte darauf, dass sie weiterredet.

»Tja«, sagt sie. »Belle hatte immer viel Hilfe im Großen Haus. Sie war vier Jahre älter als der Duke, und als sie mich als Wäscherin und Näherin einstellte, war sie nicht mehr taufrisch. Ich hatte damals eine tolle Figur, und dein Daddy fand von Anfang an Gefallen an mir. Es war schwer, ihm zu widerstehen – du hättest ihn in seinen besten Jahren sehen sollen, nicht mehr mager, ein kraftstrotzender Kerl –, und nach kurzer Zeit hatten wir ein Techtelmechtel, trafen uns heimlich oben im Steinflügel. Der Duke war gut zu mir, großzügig, gab mir kleine Schmuckstücke, Süßigkeiten und dann und wann auch etwas Geld. Als Geschenk natürlich, nicht als Bezahlung. Als Zeichen seiner Wertschätzung.«

Das Schnippen der Schere klingt seltsam laut. Ebenso wie das Rascheln von Tante Fayes Kleid, wenn sie die Arme bewegt. Ein Zeichen seiner Wertschätzung. So hat es also angefangen. So konnte Tante Faye sich einreden, dass es in Ordnung war.

»Wusste Belle Bescheid?«

»Belle war gut im Wegschauen. Ich war nicht die Erste. Das musste man hinnehmen, wenn man mit dem Duke verheiratet war.« Die Sache mit ihr und dem Duke ging ungefähr ein Jahr lang, sagt Tante Faye. Währenddessen arbeitete Annie als Dienstmädchen für eine Familie in Richmond. Da hatte sie ihre ganzen überkandidelten Träume von schönen Kleidern und Stoffen und Schmuck her. Aber das ging nicht gut, deshalb kehrte sie nach Caywood zurück, und weil sie wirklich geschickt mit Nadel und Faden umgehen konnte, stellte Belle sie als Näherin ein. »Annie war hübsch, keine Frage, aber sie hatte auch das gewisse Etwas. Eine elektrisierende Ausstrahlung. Sie zog immer sofort alle Aufmerksamkeit auf sich. Annie musste bloß ihr bezauberndes Lächeln aufsetzen und ein bisschen Bein zeigen, und schon waren die Männer verrückt nach ihr. Der Duke war da keine Ausnahme. Er hat sich Hals über Kopf in sie verliebt.«

Tante Faye zieht prüfend meine Haare auf beiden Seiten nach unten. »Nicht gleich lang.« Sie schneidet rasch noch ein wenig ab.

»Was hast du gemacht, als der Duke sich in Mama verguckte?«

»Was hätte ich denn machen sollen? Wie gesagt, ich hatte keine große Wahl.«

»Hat es Mama was ausgemacht, dass du eine Affäre mit dem Duke hattest?«

»Ja klar. Das war mit ein Grund, warum Annie sich nicht damit begnügen wollte, bloß die Geliebte zu sein. Und je länger sie den Duke zappeln ließ, desto mehr begehrte er sie. Er hat nichts erzwungen, das war nicht seine Art, aber ansonsten versuchte er alles.«

Tante Faye erzählt, dass Annie dem Duke sogar versprach, sie würde ihm den Sohn schenken, den er sich immer gewünscht hatte, falls er sich von Belle scheiden ließ, die seit Marys Geburt nicht mehr schwanger geworden war, und stattdessen sie zur Frau nähme. »Ich hab sie gewarnt, ›Sieh dich vor, Schätzchen, du spielst mit dem Feuer.‹ Weißt du, was deine Mama mir geantwortet hat? Sie hat gesagt: ›Ich mag Feuer.‹«

Tante Faye hält die Schere hoch. »Kurz genug?«

»Nein. Noch kürzer. Und nach einer Weile hat Mama bekommen, was sie wollte.«

»Das dachte sie jedenfalls.« Tante Fayes Stimme wird leise, als würde sie mir etwas verraten, was ich nicht wissen sollte. »Der Duke hat sich eingeredet, die Ehe mit der Frau seines Bruders wäre widernatürlich. Eine ›Entartung‹, so nannte er das. So kräftig sie auch sind, die Kincaid-Männer scheinen nicht viele Kinder zu zeugen. Trotzdem setzte sich im Duke der Gedanke fest, die ›Entartung‹ wäre die Ursache dafür, dass Belle ihm keinen Sohn geboren hatte, und mit dieser Begründung verlangte er schließlich die Scheidung. Belle verweigerte ihre Einwilligung. Sie war eine gottesfürchtige, fromme Frau, die an das Prinzip *bis dass der Tod euch scheidet* glaubte, aber Richter Barrow war mütterlicherseits mit den Kincaids verwandt und genehmigte die Scheidung.«

Mama hatte den Duke also nicht mit einer List dazu

gebracht, Belle loszuwerden, doch sie hatte ihm ein Versprechen gegeben, von dem sie wusste, dass sie es vielleicht nicht würde halten können. Und der Duke wusste das auch. Für ihn war das alles nur ein Vorwand, um zu tun, was er wollte, nämlich seine Frau verlassen und Annie heiraten. So viele Lügen. Lügen, die alle einschlossen. Bloß um der Ehe willen. Das Ganze ist einfach ekelhaft.

»Es war ein Riesenskandal.« Tante Fayes Erzählung nimmt einen fast sachlichen Ton an, als würden wir über etwas reden, das sie schon viele Male im Kopf hat Revue passieren lassen, sodass sie nicht merkt, wie überraschend jede neue Wendung für mich ist. »Damals waren Scheidungen noch etwas Unerhörtes. Hat Claiborne County in zwei Lager gespalten. Belle kehrte zur ihrer Familie nach Mercer County zurück. Sie nahm Mary mit, die muss da etwa neun gewesen sein. Ein paar von den Montgomerys redeten von Rache, aber das verlief im Sande. Und auf den Tag genau neun Monate später kamst du zur Welt.«

»Ein Mädchen.« Ich bin der Grund, warum die Ehe von Mama und dem Duke in die Brüche ging. Sie hatten alles auf eine Karte gesetzt – dass ich ein Junge wäre – und verloren.

Tante Faye nickt. »Sowohl der Duke als auch deine Mama taten so, als wären sie nicht enttäuscht, und beteuerten einander, das nächste Kind würde ein Junge.« Tante Faye streichelt mir mit der freien Hand den Kopf. »Keine Ahnung, ob es daran lag, dass du ein Mädchen warst, aber Annie war nicht gern Mutter. Ständig hat sie sich beklagt, dass sie immer zu Hause bleiben musste. ›Ich sitz hier fest‹, sagte sie oft zu mir. Oder: ›Ich vermisse das junge Ding, das ich mal war.‹ Sie wollte weiter so leben wie vor ihrer Heirat, trinken und flirten und auf Tischen tanzen.«

»Aber so kannst du leben, wenn du die Geliebte bist«, sage ich. »Von seiner Frau hat der Duke sicher etwas anderes erwartet.«

»Annie war wirklich schlau, das muss ich ihr lassen, hatte zahllose Ideen und zu allem eine Meinung, und sie sagte dem Duke ständig, was er machen sollte: Straßen planieren, ein Elektrizitätswerk bauen, modernere Kleidung in der Kaufhalle anbieten, ihr die Leitung des Geschäfts überlassen.«

»Und der Duke hat sich nie sagen lassen, was er machen soll.«

»Das hast du von ihm geerbt.« Über Tante Fayes Gesicht huscht ein Lächeln. »Jedenfalls, als du zwei Jahre alt warst, hatte Annie eine schreckliche Fehlgeburt – ein kleiner Junge –«

»Davon hat mir nie einer was erzählt.« Ich spreche fast im Flüsterton, aber ich denke, Himmelherrgott, in dieser Familie wird immer das verschwiegen, was besonders wichtig ist.

»Das war ein schwerer Schlag für sie. Für sie beide. Und dann erfuhr Annie, dass sie keine weiteren Kinder mehr bekommen konnte. Von dem Zeitpunkt an ging es bergab. Rapide bergab. Annie verwandelte sich in einen richtigen Drachen, und der Duke erfand ständig neue Gründe, warum er abends noch mal aus dem Haus musste. Wenn er dann zurückkam, schrien sie sich so laut an, dass die Fenster bebten.«

Tante Faye steckt die Schere in die Tasche und greift nach der kleinen silbernen Bürste. »Wie findest du's?«, fragt sie.

»Gut. Das reicht. Und was ist dann am Ende passiert?«

»Das war vor sechzehn Jahren. Am neunzehnten Mai. Den Tag werde ich nie vergessen. Der Duke ging nach dem

Dinner noch aus, und deine Mama machte sich über den Pfirsichlikör her. Fast vier Stunden lang kippte sie ein Glas nach dem anderen in sich hinein und wurde immer wütender, bis der Duke gegen Mitternacht nach Hause kam. Annie fing sofort an, ihn zu beschimpfen und zu beleidigen. Sie sagte Dinge, die keine Frau je zu ihrem Mann sagen sollte – über seine Manneskraft und so. Der Duke hatte auch getrunken, und er fing an zurückzubrüllen, bezeichnete Annie als Trinkerin und Hure und Schlampe. Ich konnte sie von der Küche aus hören.«

Und ich von meinem Zimmer aus. Daran erinnere ich mich.

»Die beiden hatten sich auch davor schon oft heftig gestritten, aber so schlimm war es noch nie. Deine Mama warf mit Sachen um sich, wenn sie wütend war – Porzellan, kleine Figürchen, schöne Kristallvasen –, und ich hörte Glas splittern. Dann hörte ich den Duke schreien: ›Leg das weg, Frau. Ich warne dich.‹ Und dann hörte ich den Schuss.«

»Den hab ich auch gehört.« Ich kann ihn nicht vergessen, diesen Knall, so sehr ich es versuche.

»Ich rannte in die Diele, und da kamst du die Treppe heruntergestürmt. Der Duke machte die Tür auf, er war in der Bibliothek, und ich sah die Pistole in seiner Hand. Er sagte: ›Bring die Kleine zurück in ihr Zimmer.‹ Ich hab dich nach oben getragen, und als ich wieder runterkam, stand der Duke noch immer an derselben Stelle, in der Tür zur Bibliothek, sodass ich nicht reinsehen konnte, und er sagte zu mir: ›Lass den Sheriff kommen.‹«

»Seinen Schwager.«

»Der Duke erzählte Sheriff Earl, dass Annie das Schwert des Colonels genommen hatte und damit auf ihn losgegangen war. Sheriff Earl und Richter Barrow entschieden, dass es eindeutig Notwehr war und der Fall gar nicht erst vor Gericht verhandelt werden musste.«

»Aber war es denn wirklich Notwehr?«

»Das wussten nur Annie und der Duke.«

Tante Faye fegt die Haarschnipsel von meinen Schultern.

»Nicht zu kurz?«, fragt sie.

»Nein, genauso wollte ich's haben.«

Sie schüttelt das Tuch aus. »Bitte sehr. Fertig.«

Ich betrachte mich im Spiegel. Eine Frau, die ich kaum wiedererkenne, starrt zurück. Sie ist älter. Kein Kind mehr und doch noch immer eine Tochter. Die des Duke. Die von Annie Powell. Zum ersten Mal beginnen die Scherben, sich zusammenzufügen. Und doch weiß ich nicht, ob Mama den Duke wirklich bedroht hat – oder ob das für ihn bloß ein Vorwand war, um die Ehefrau loszuwerden, die er nicht mehr wollte, genau wie zuvor bei Belle. Vielleicht war es beides.

Tante Faye legt den Kopf schief und lächelt mich unsicher an, weiß nicht, ob ich ihr irgendetwas von dem, was sie mir erzählt hat, übelnehmen werde. Mamas Schwester. Sie hat mit meinem Daddy geschlafen, und anders als Mama hat sie ihn sich zwar nicht angeln können, aber sie hat ihn überlebt.

Ich heirate niemals.

»Das war nicht leicht« – sie strafft die Schultern und atmet tief ein –, »dir das alles zu erzählen.«

»Tante Faye, ich hatte ja keine Ahnung, was du durchgemacht hast. Es muss die Hölle gewesen sein. War nicht ganz leicht für mich, das alles zu hören. Aber ich danke dir, dass du es mir erzählt hast. Und ich danke dir, dass du mich nach Mamas Tod aufgenommen hast.«

Tante Fayes Lächeln wird gelöster. Ich schaue sie an, sehe ihre müden Augen, das verhärmte Gesicht. »Ist schon komisch, gerade wolltest du mir noch die Ehe schmackhaft machen.«

Sie lächelt wieder, aber diesmal ist ihr Lächeln wehmütig. »Ja, das wollte ich tatsächlich.«

42

Die Straße führt uns nach Westen, über die Grenze nach Webster County und ins Cedar Valley. Es ist ein raues Fleckchen Erde. Magere Rinder, die Augen von Fliegen umringt, heben die Köpfe, um uns vorbeifahren zu sehen. Sie stehen schwanzwedelnd in der staubtrockenen Julihitze auf abgegrasten Feldern voller Granitfelsen und dünnen Zedern mit rissiger Borke. Die meisten Farmer sagen, nur eine tote Zeder ist eine gute Zeder, aber im Cedar Valley sind sie allgegenwärtig, Zedern verdrängen die Hecken, Zedern säumen die Straße, sprießen wie Unkraut, um brachliegendes Land zurückzuerobern.

Rawley kurbelt sein Fenster herunter. »Ich hab's dir schon mal gesagt, Sallie, und ich bleib dabei, das ist pure Zeitverschwendung.«

»Einen Versuch ist es wert.« Seit meinem Gespräch mit Tante Faye habe ich mich in die Arbeit gestürzt. Will über nichts anderes nachdenken. »Glaub mir, ich kann Billy zur Vernunft bringen. Ich verstehe ihn, und er versteht mich.«

Rawley fischt eine Zigarette aus seiner Packung. »Nicht bloß Zeitverschwendung, sondern auch noch taktisch unklug.«

»Jeder Narr kann einen Kampf anfangen. Wir haben uns gerade erst vom letzten erholt.«

Er zündet seine Zigarette an und bläst den Rauch aus dem Fenster. »Wenn du deinen Feinden zeigst, dass du verhandlungsbereit bist, bevor die ersten Schüsse fallen, werden sie denken, du hast Angst vor ihnen.«

»Wenn ein Kampf erst mal begonnen hat, nimmt er ein Eigenleben an. Das hast du doch in Frankreich gesehen. Da erschießt irgendein Wirrkopf irgendeinen Erzherzog, von dem noch nie einer was gehört hat, und im Handumdrehen führt die ganze verrückte Welt Krieg. Also ist es einen Versuch wert, mit Billy zu reden.«

Ich hatte gehofft, dass der jahrzehntelange Streit zwischen den Bonds und den Kincaids beendet wäre, nachdem wir uns gegen Glen Lowe und seine Handlanger verbündet hatten, doch die Fehden hier bei uns sind schwer zu begraben, besonders wenn die Bonds beteiligt sind. Diese Jungs hegen ihren Groll wie ein Stück Kautabak, das sie zwischen Wange und Zähnen verstauen, es dann wieder hervorholen und weiter drauf herumkauen, um noch ein bisschen mehr Geschmack herauszupressen, ehe sie es wieder wegpacken, aber sie spucken es niemals aus.

Eine Kneipenschlägerei hat den Zwist neu aufflammen lassen. Worum es dabei ging – Betrug beim Kartenspiel, eine Frau, ein geschmackloser Witz –, spielt keine Rolle. Wichtig ist, dass Billys Bruder Rick auf Deputy George Bailey losging, der für Sheriff Earl wie ein Sohn ist, was ihn in den Augen der Bonds zu einem Kincaid macht.

Diese Schlägerei zog eine zweite nach sich, die das klären sollte, was bei der ersten offengeblieben war. Aber diesmal schlugen sich etliche Bonds mit mehreren Verwandten und Freunden der Kincaids, und schon bald kam es regelmäßig zu Prügeleien, jeweils ausgelöst durch die vorangegangene. Vor zwei Tagen dann wurde George ausgeraubt, als er draußen an der Grenze zu Webster County seine Runde machte, um Whiskeybrenner zu bezahlen. Die Männer, die ihm das Geld abnahmen, waren maskiert, aber einer von ihnen trug ein Paar hohe Stiefel aus weichem gelbem Leder. Ich hatte gedacht, die Bonds hätten Little Jimmy in seinen Stiefeln begraben, aber offenbar hatten sie beschlossen, sein Andenken dadurch zu ehren, dass fortan einer seiner Brüder die Stiefel trug.

Ich biege auf einen Feldweg, und wir passieren ein dürres Zedernwäldchen zu unserer Linken und einen kahl geschlagenen Hang zu unserer Rechten, der mit toten Ästen und dicken Baumstümpfen übersät ist. Der Wald wurde vor Jahrzehnten abgeholzt, aber der Boden ist so dick mit verfaulten Blättern und Holzspänen bedeckt, dass neue Pflanzen es kaum ans Licht schaffen.

Endlich kommen wir zu einem handgemalten Schild. LONG SHADE. Dahinter steht eine geräumige Blockhütte aus Zedernstämmen, die mit hellem Lehm verfugt sind. Obwohl der Motor der Lizzie läuft, höre ich die Hähne der Bonds krakeelen und krähen. Die Viecher sind als die angriffslustigsten Kampfhähne weit und breit verschrien.

Long Shade ist der neue Hauptsitz der Bonds. Billy hat sämtliche Unternehmungen hierherverlegt und sich mit den Bonds von Webster County zusammengetan, nachdem Glen Lowe getötet worden war und er sich dachte, dass es in Claiborne County ein bisschen zu heiß für sie werden könnte. Die Balken sind handgezimmert, und ich schätze, die Hütte wurde vor rund hundert Jahren gebaut, noch bevor die Fehde ausbrach, und ich hoffe, es ist ein gutes Zeichen, dass manches hier noch älter ist als dieser verfluchte Streit.

Zwei junge Burschen, die ich noch nie gesehen habe – die scharfen Wangenknochen der Bonds sind jedoch unverkennbar –, sitzen mit Gewehren auf der Veranda. Ich strecke den Arm aus dem Fenster, winke mit einem weißen Taschentuch und rufe, dass ich Mr Billy Bond ein geschäftliches Angebot machen möchte. Die Burschen tasten uns ab, wobei sie bei mir sehr respektvoll und zurückhaltend vorgehen.

In der Hütte ist das Licht trüb, die Decke niedrig, und ich nehme den Geruch von Holzrauch und Tabak und ungewaschenen Körpern wahr. Als meine Augen sich an das Halbdunkel gewöhnt haben, sehe ich etwa ein Dutzend Bond-Männer auf Stühlen hocken oder an den Wänden lehnen, Hüte nach hinten geschoben und Pistolen in Gürteln. Billy Bond rekelt sich in einem Schaukelstuhl, ein Gewehr quer über den Beinen und ein paar sabbernde große Hunde zu seinen Füßen.

»Menschenskind, bringt mir mein Riechsalz«, sagt Billy. »Das ist die Tochter vom Duke, Jungs. Eine Kincaid, die den weiten Weg nach Cedar Valley macht, um die Bonds zu besuchen. Was sagt man dazu? Das erste Mal, dass eine Lady unser Clubhaus betritt.«

Ich blicke mich um. Die Hütte wirkt wie eine Festung, mit etlichen Gewehrständern und Schießscharten statt Fenstern. Außerdem sehe ich Konservendosen und Munitionsschachteln in den Regalen, Hohlformen zum Gießen von Kugeln und eine Hülsenzange. Aber der Raum lässt auch einen gewissen Besitzerstolz erkennen. Zwei Bärenfelle liegen auf dem Boden, und das Geweih eines Zwölfenders hängt über einem alten, rauchgeschwärzten Steinkamin. »Hübsch habt ihr's hier«, sage ich anerkennend.

»Uns gefällt's.« Billy massiert die schmierigen Falten an seinem Hals.

Rawley tritt neben mich und verschränkt die Arme.

»Ihr kennt ja Rawley, meinen wichtigsten Mitarbeiter«, sage ich.

Billy ignoriert ihn und deutet auf einen niedrigen Hocker. »Setz dich.«

»Ich glaube, ich steh lieber.« Auf gar keinen Fall setze ich mich zu Billys Füßen. »Hab dich nicht mehr gesehen, seit Glen Lowe verunglückt ist.«

»Schlimm, was dem armen Kerl passiert ist.« Billy wischt mit einem Lappen über den Lauf seines Gewehrs, und der blaue Stahl schimmert glatt und glänzend, selbst in dem dämmrigen Licht. Er legt den Lappen auf den Hocker. »Also, was führt dich her?«

Ich kann das hinkriegen. Billy ist ein Dickkopf, aber er hat immer einen klaren Blick dafür, was für die Bonds am besten ist. Daran muss ich appellieren. »Billy, die Kincaids und die Bonds kennen sich schon ewig –«

»Das ist doch wieder die alte Leier, die du jedes Mal vom Stapel lässt, wenn du angekrochen kommst und behauptest, dein Grandpa hätte meinem Grandpa nicht die achtundachtzig Morgen gutes Ackerland gestohlen.«

»Der Colonel hat das Land nicht gestohlen, und das weißt du auch.«

»Er war ein Wegelagerer.«

»Wie dem auch sei, das ist sechzig Jahre her. Wir haben gerade ein dringenderes Problem.«

»Du willst, dass wir das mit den achtundachtzig Morgen vergessen? Das könnte dir so passen. Ihr habt sie euch unter den Nagel gerissen. Und das werden wir nie vergessen.«

»Billy, die Bonds und die Kincaids haben sich verbündet, um es mit Lowe und seinen Männern aufzunehmen. Wir müssen nicht verfeindet sein. Es gibt genug Whiskeybrenner für uns alle. Wir können die Straßen unter uns aufteilen. Wir können ein Abkommen treffen. Wir müssen uns nicht bekriegen. Also, wenn du einen Landkauf vergessen würdest, der sechzig Jahre zurückliegt, würden wir vergessen, was gestern passiert ist.«

»Was ist denn passiert?« Billy sieht sich verwundert im Raum um. »Wovon redet sie, Jungs?«

»Du weißt ganz genau, was passiert ist. Du sprichst von Wegelagerei. Unser Mann ist direkt an der County-Grenze überfallen worden.«

»Da fällt mir ein, ich hab tatsächlich davon gehört. Keine Ahnung, wer das war. Und überhaupt, wenn einer auf die Idee kommt, irgendwen in Claiborne County zu überfallen, kann ich ja nicht viel dagegen machen.« Wieder lässt er den Blick durch den Raum wandern. »Ihr Jungs macht ja so ziemlich, was ihr wollt, hab ich recht?« Einige lachen leise.

»Billy, du solltest keinen Krieg mit den Kincaids anzetteln.«

Ein Lächeln huscht über sein Gesicht. »Ich hab irgendwie das Gefühl, ich werde bedroht.«

»Nein. Gewarnt.«

»Jetzt hör mal gut zu, Sallie Kincaid, wir brauchen keine junge Lady – und ich hoffe, es stört dich nicht, wenn ich dich so nenne, denn ich glaube, genau das bist du unter dieser Männerfrisur und der Männerhose –, wir brauchen keine junge Lady und erst recht keine Kincaid, die hier reingeschneit kommt, um uns Bonds zu warnen und uns zu sagen, was wir tun oder lassen sollen. Das entscheiden wir schon selbst.« Er zeigt mit seinem Gewehr zur Tür. »Da ist der Ausgang, Sallie Kincaid, aber schau gern wieder vorbei. Wir freuen uns immer, junge Ladys bei uns zu begrüßen.«

Rawleys Gesicht ist finster, und ich weiß, was er denkt. Er denkt, dass wir nicht bloß unsere Zeit verschwendet haben, sondern auch noch verhöhnt und gedemütigt worden sind. Aber er reißt sich zusammen.

»Eine Frage hätte ich noch«, sagt Billy. »Wo du doch die ganze Zeit das Wort führst.« Er zeigt mit dem Gewehr auf Rawley. »Wozu hast du den Waschlappen da mitgebracht?«

Rawley macht einen Schritt auf Billy zu, als könnte er sich nicht länger beherrschen, als wollte er etwas tun oder sagen, aber angesichts der bewaffneten Bonds um uns herum geht das nicht. Und alle im Raum wissen es.

Ich packe seinen Arm und zerre ihn auf die Veranda, versuche, das brüllende Gelächter der Männer hinter uns zu überhören. Wir steigen in die Lizzie und lauschen dem Gekrähe dieser verdammten Bond-Hähne.

»Du hattest recht«, sage ich. »Wir schlagen zurück.«

43

Der Austräger der *Gazette* knallt einen Packen Zeitungen auf die lange Theke in der Kaufhalle. Ich nehme mir eine, und da ist sie, unten rechts auf der ersten Seite: meine Anzeige.

KEINE ANGST!

WIR KINCAIDS SIND NICHT AUF STREIT AUS,
ABER DER STREIT IST ZU UNS GEKOMMEN, UND
WIR WERDEN NICHT VOR DIESER BEDROHUNG
DAVONLAUFEN. DIE AUSEINANDERSETZUNG
MIT DEN BONDS WIRD SICH AUF DIE

BESCHRÄNKEN, DIE BESCHLOSSEN HABEN, DARAN TEILZUNEHMEN. UNBETEILIGTE HABEN NICHTS ZU BEFÜRCHTEN. FALLS SIE UNBETEILIGT SIND UND IRGENDWIE GESCHÄDIGT WERDEN ODER SICH BEDROHT FÜHLEN, WENDEN SIE SICH AN SALLIE KINCAID.

Ich habe Rawley gesagt, dass wir zurückschlagen werden, und das haben wir. Eine Woche nach meinem Gespräch mit Billy Bond. Sheriff Earls Spitzel fanden heraus, dass die Bonds eine Lieferung Whiskey in einer Kneipe kurz hinter der County-Grenze gelagert hatten. Wir fesselten den Wachmann und nahmen den gesamten Whiskey mit. Das war die Rache für den Überfall auf Deputy George, aber natürlich meinten die Bonds, sie müssten es uns heimzahlen. Also kamen sie nach Caywood und ballerten wie wild auf zwei Streifenwagen. Es gingen bloß ein paar Scheiben zu Bruch, und die Kühler wurden durchlöchert, aber ab jetzt ist Krieg.

Einige der jüngeren Burschen auf beiden Seiten sind fast noch Schuljungen, und sie verhalten sich, als wäre das alles bloß ein Spaß, werfen Fenster ein, schlitzen Autoreifen auf und fackeln Außenklos ab.

Aber es ist kein Spaß. Menschen werden verletzt. Shortys Mechaniker Leroy ist bei Pogue's Crossing zufällig Rick Bond über den Weg gelaufen, beide zückten ihre Pistolen, und Leroy bekam eine Kugel in die Wade. Es ist nur eine Fleischwunde, aber die Leute reden über fast nichts anderes mehr, deshalb habe ich die Anzeige aufgegeben.

Mattie kommt aus dem Büro und lugt über meine Schulter, um die Anzeige zu lesen.

»Keine schlechte Idee«, sagt sie. »Die Leute haben Angst. Du auch?«

»Nein. Keine Ahnung, wieso nicht. Ich weiß, dass ich welche haben sollte.«

Mattie ist seit sieben Monaten wieder in der Kaufhalle, und sie kann einfach nicht anders, als alle herumzukommandieren, aber der Laden hat noch nie besser ausgesehen. »Weißt du, Sallie«, sagt sie, »als dein Daddy und Arthur und ich noch klein waren, hat der Colonel oft zu uns gesagt, die Kincaids wären nur dann richtig glücklich, wenn sie kämpfen. Er hat gern erzählt, wie die Kincaids früher in Schottland gegen die Highlander gekämpft haben, die versuchten unser Vieh zu stehlen, und gegen die Engländer, weil sie uns unser Land wegnehmen wollten, und dann gegen die Iren, als die uns ihres nicht überlassen wollten, und dann kamen wir nach Virginia und kämpften aus denselben Gründen gegen die Indianer, dann wieder gegen die Engländer, mit viel Gerede, es würde um die Verteidigung der Freiheit gehen, und dann gegen die Yankees, mit viel Gerede, es würde um die Verteidigung der Sklaverei gehen. Als wir besiegt wurden, erklärten wir uns trotzdem zu Siegern, schworen aber gleichzeitig auch Rache. Ich wünschte, ich könnte sagen, dass wir immer auf der Seite des Rechts gestanden haben, aber das wäre gelogen. Wir haben Menschen bekämpft, weil sie uns genau dasselbe antaten, was wir anderen antaten, haben sie bekämpft, weil sie dieselben Rechte forderten, die wir hatten. ›Der Kampf liegt mir im Blut, und das heißt, er liegt auch in eurem‹, hat der Colonel gern zu uns gesagt. Du siehst also, Sallie, er liegt auch dir im Blut.«

»Ich habe noch nie im Leben mit irgendwem Streit angefangen«, sage ich. »Aber wenn jemand mich angreift, gebe ich nicht klein bei.«

Mattie lächelt. »Das reden wir Kincaids uns immer ein.«

Eine Woche später bin ich gerade unten im Keller, als ich aufgeregte Stimme oben im Laden höre. Ich laufe die Treppe hinauf und schiebe mich in die Menschentraube an den Schaufenstern. Es kursieren Gerüchte, die Bonds hätten sich ein gepanzertes Fahrzeug gebaut, und tatsächlich, da kommt es die Main Street heruntergerumpelt. Es sieht aus wie der Lastwagen Marke Eigenbau, den ich im Hof der Bonds gesehen habe, aber jetzt hat er einen riesigen Wassertank auf der Ladefläche. In die Seitenwände des Tanks sind Schießscharten geschnitten, aus denen Gewehrläufe ragen.

Die Leute sind panisch, rennen die Bürgersteige entlang, gehen hinter geparkten Autos in Deckung. Aber die Bonds feuern keinen einzigen Schuss ab. Es ist schlicht und einfach eine Machtdemonstration. Sie soll beweisen, dass die Bonds mit ihrem neuen Vehikel auftauchen können, wo sie wollen, und wir können nichts dagegen tun.

Es sei denn, fällt mir plötzlich ein, wir bauen uns auch einen Panzer.

Am nächsten Tag kommt Rawley mit einem großen Pritschenwagen aus Roanoke angefahren. Wir verstärken die Aufhängung, schweißen einen Wassertank und Stahlplatten auf der Ladefläche fest und schneiden ein paar Schießscharten in die Seitenwände.

Unser Panzerfahrzeug ist das hässlichste Gefährt, das ich je gesehen habe. Wegen der schweren Stahlplatten kriecht es nur im Schneckentempo bergauf, aber bergab qualmen die Bremsen, und es schluckt Benzin wie ein durstiger Elefant. Trotzdem ist ganz Claiborne County mächtig stolz auf unseren Panzer, diesen Beweis für modernen technischen Erfindergeist.

An einem herrlichen Septembermorgen rollen wir in unserem Gefährt gen Westen, und ich beobachte von der

Luke aus die Straße vor uns, als der Panzer der Bonds um die Kurve kommt. Ich schließe die Luke und geselle mich zu Sheriff Earl und Deputy George im Innern des Tanks. Es ist stockdunkel bis auf die langen Streifen Licht, die durch die Schießscharten dringen. In der stickigen Hitze rinnt mir Schweiß den Rücken hinunter, und ich bin hellwach, wie in der Nacht, als Glen Lowe das Krankenhaus stürmen wollte, nicht unbedingt ruhig, aber ich zittere auch nicht vor Angst.

Mit der Remington in der Hand spähe ich durch meine Schießscharte. Der Panzer der Bonds hält neben uns, und Gewehrläufe werden herausgeschoben. Beide Seiten eröffnen gleichzeitig das Feuer. Die Kugeln der Bonds prallen mit ohrenbetäubendem Lärm von unseren Metallplatten ab, und da der Pulverdampf nicht abziehen kann, bekommen wir kaum Luft. Aber unsere Panzerung hält. Nach kaum einer Minute, die sich wie eine Ewigkeit anfühlt, hören die Bonds auf zu schießen. Wir ebenfalls. Ich beobachte durch die Schießscharte, wie sie ihre Gewehre wieder einziehen und der Panzer gleich darauf davonrumpelt.

In den Wochen danach wird der Bond-Panzer nirgends mehr gesichtet. Unserer landet hinter Shortys Werkstatt. Unkraut sprießt um ihn herum, und aus ganz Claiborne County kommen Groß und Klein, um das Gefährt zu bestaunen. Die Kinder klettern hinein und feuern mit imaginären Gewehren aus den Schießscharten, die Erwachsenen befingern die pockennarbigen Metallplatten und nicken anerkennend, während sie über Details unserer »Panzerschlacht« diskutieren.

44

Der erste Hauch von Herbst zeigt sich in den Kronen der Bäume entlang der Plank Road, wo die Männer von Kincaid Straßenbau eine neue Schicht Schotter aufbringen. Hinter ihnen planiert eine Dampfwalze den frischen Belag, und ich sitze auf der Stoßstange der Lizzie und beobachte die Arbeiten. Gute Straßen. Noch vor wenigen Jahren waren zehn Meilen schwer zu bewältigen. Farmerfamilien saßen manchmal monatelang auf ihrem Land fest, weil die Wege unpassierbar waren, aber jetzt bauen wir anständige Straßen bis hinauf in die Berge, sodass die Leute praktisch jeden Tag im Jahr losziehen können, um zu arbeiten, sich zu vergnügen, Einkäufe zu machen oder Kinder zur Schule zu bringen. Sie kaufen sich eher Autos als Badewannen, weil man, wie mir einer mal sagte, mit einer Badewanne nicht in die Stadt fahren kann. Und immer häufiger sitzen Frauen am Steuer. Das Wahlrecht zu bekommen war gut und schön, aber es sind Autos und Straßen, die das Leben von Frauen am stärksten verändert haben, weil sie ihnen die Freiheit gaben zu fahren, wohin sie wollten, ohne dafür die Hilfe eines Mannes zu brauchen, der das Pferd vor den Wagen spannt.

Ich greife in eine Tüte mit Äpfeln und bin gerade dabei, einen mit meinem Taschenmesser in Scheiben zu schneiden, als ein Auto über die frisch geschotterte Straße kommt. Es hält an, und heraus steigt Willard Smith, der Reporter vom *Richmond Daily Record*, gefolgt von einem Fotografen.

»Im Laden haben sie mir gesagt, wo ich Sie finden kann«, sagt er. »Als ich das letzte Mal hier war, hab ich geschrieben, dass das County jemanden wie die Tochter des Duke an der Spitze braucht. Anscheinend bin ich ein ganz guter Prophet.«

»Billige Lobhudelei. Fall ich immer drauf rein.« In seinem Artikel über die Schießerei am Krankenhaus zitierte Smith mich mit meiner Bemerkung, Lowe führe sich auf wie »der Zar von Claiborne County«, und er beschrieb mich als »die zweite Tochter des legendären Duke Kincaid, eine resolute, ja feurige Rothaarige, die den einfachen Leuten von Claiborne County die dringend benötigte Orientierung und Führung geben könnte«.

Es gefiel mir nicht, dass meine Freunde und Nachbarn als »einfach« bezeichnet wurden, aber ich gebe zu, dass es mich freute, wie er mich beschrieb. Ich zeige auf die Stoßstange. »Setzen Sie sich. Auch einen Apfel?«

Smith lächelt, schüttelt den Kopf und schiebt seinen grauen Filzhut nach hinten, an dem eine gestreifte Feder steckt. Sieht aus wie die Feder eines Blauhähers. Eigentlich hat Smith viel von einem Blauhäher. Er ist aufdringlich und geschwätzig und ständig auf der Jagd nach irgendwelchen Zitaten von Leuten, ganz wie ein Blauhäher, der es auf glänzende Sachen abgesehen hat, zum Beispiel Kronkorken.

Smith erzählt mir, dass er von unserer Panzerschlacht erfahren hat. Außerdem hat er meine Anzeige in der *Gazette* gesehen, die den unbeteiligten Bürgern versicherte, dass sie nichts zu befürchten haben. »Was können Sie mir über den Bandenkrieg zwischen den Kincaids und den Bonds erzählen?«

»Bandenkrieg? So nennen Sie das?« Ich beiße in ein Stück Apfel. »Unsere sogenannte Bande ist lediglich eine Gruppe von Freunden und Bekannten, die sich wehren, wenn sie angegriffen werden. Wir sind keine Ganoven oder Gangster, aber wir laufen auch nicht weg, wenn es Ärger gibt.«

»Die Leute nennen Sie die Königin der Kincaid-Schmuggler.«

»Ich bin bloß eine junge Frau aus Claiborne County, die sich um das Familienunternehmen kümmert.«

»Whiskeyschmuggel.«

»Kincaid Holdings ist ein breit aufgestelltes Unternehmen mit einer Vielzahl von Geschäftsbereichen.«

»Einschließlich Whiskeyschmuggel.«

»Keine Ahnung, was man Ihnen erzählt hat, aber wir tun nur, was wir hierzulande schon immer getan haben.«

»Aber jetzt ist es illegal. Sagt Onkel Sam.«

Bis jetzt war ich ziemlich ausweichend. Wie offen soll ich mich äußern? Falls ich ihm gute Argumente liefere, könnte dieser flotte Reporter Leser im ganzen Staat davon überzeugen, dass wir nicht das gemeingefährliche Bergvolk sind, für das die Städter uns offenbar halten, sondern dass wir hier oben in Claiborne County nur das tun, was wir tun müssen, um zu überleben.

»Ihr Onkel Sam, nicht unserer.« Ich beuge mich näher zu ihm, als wollte ich ihm ein Geheimnis anvertrauen. »Onkel Sam hat hier im County nicht viel zu sagen. Wir zahlen ihm die ganzen Steuern, und unser sauer verdientes Geld wandert in die Taschen von Politikern, die es an die Bonzen verteilen, von denen sie bestochen werden. Ihr Onkel Sam kümmert sich nicht um uns, deshalb müssen wir uns um uns selbst kümmern. Ich schütze meine Leute.«

»Schutz. Da denkt man sofort an Schutzgelderpressung.«

»Ich passe auf meine Leute auf. Ich sorge für sie.«

»Wie das?«

Willard Smith sieht mich an, Augenbrauen hochgezogen, Bleistiftstummel in der Hand, bereit, alles zu notieren, was ich sage. Dieser Reporter ist kein übler Kerl, aber er begreift nicht, dass es zwar so aussehen mag, als würden wir hier in Claiborne County die Gesetze brechen, dass wir uns in Wirklichkeit aber nur an andere Gesetze halten. Ich versuche, es so zu erklären, dass selbst ein Schreibtischhengst aus der Großstadt es versteht, und ertappe mich dabei, dass ich ein bisschen dick auftrage.

»Ich lasse die Straßen befestigen. Ich sorge dafür, dass Witwen im Winter heizen können. Ich kaufe Schuhe für barfüßige Kinder. Ich hab das Dach der Schule in Hatfield neu decken lassen. Es gibt sonst niemanden, der für diese Menschen sorgt, also tue ich es. Und da sprechen Sie von Schutzgelderpressung?«

»Aber die Prohibition –«

»Ein hochgestochenes, altes, hässliches Wort dafür, dass du irgendetwas nicht tun darfst. Ein paar Hohlköpfe in Richmond und Washington, die sich für oberschlau halten, verbieten anderen, das zu tun, was sie tun müssen, damit ihre Familien nicht verhungern. Kommt mir geradezu unamerikanisch vor.«

Willard Smith fragt, ob sein Fotograf ein Foto von mir und den tapferen Kincaid-Jungs machen kann, die für die braven Leute von Claiborne County arbeiten und sie beschützen. »All die Menschen, die auf Ihren Schutz zählen, werden das Foto sehen«, sagt er. »Deshalb wäre es gut, wenn wir euch mit euren Waffen ablichten. Vielleicht sogar vor eurem Panzerwagen.«

Als ich drei Tage nach Willard Smiths Besuch das Central Café betrete, um dort Eier mit Maisgrieß und Bratensoße zu essen und die neusten Gerüchte in Claiborne County zu erfahren, sitzt Rawley an meinem Tisch gleich neben dem Eingang.

»Verzeihen Sie, Miss«, sagt er sehr laut und mit einem verspielten Augenzwinkern. »Sind Sie die einzigartige Sallie Kincaid, von der ich hier in der Zeitung gelesen habe?«

Er hält den *Richmond Daily Record* hoch, auf dessen Titelseite die Schlagzeile prangt:

SCHRECKGESPENST DER ANGST UND GEWALT
GEHT ERNEUT UM IM COUNTY

Darunter ist eine Fotografie mit mir in der Mitte. Ich, Sallie Kincaid, stehe neben Rawley an unser Panzerfahrzeug gelehnt, meine Remington im Arm. Ich wirke steif und förmlich, doch Rawley grinst breit und sieht attraktiv und entspannt aus. Rechts und links von uns sind die Jungs, sitzen auf den Stoßstangen und Trittbrettern des Panzers, halten ihre Gewehre, blicken großspurig und verwegen in die Kamera.

Ganz Virginia liest den *Richmond Daily Record*. Wie viele Menschen werden das Bild sehen? Tausende? Zehntausende? Und was werden sie über mich denken? Eine Hinterwäldlerin? Die Anführerin einer Verbrecherbande? Eine Kämpferin?

Josie, die Kellnerin, kommt mit der Kaffeekanne.

»Ich wollte immer mal jemand Berühmtes kennenlernen.« Sie gießt mir eine Tasse ein. »Hätte nicht gedacht, dass es jemand sein würde, den ich schon mein ganzes Leben lang kenne.«

»Josie, das Einzige, was hier berühmt ist, ist dein Pfirsichkuchen«, sage ich. »Bring mir ein Stück.«

Ich beginne zu lesen.

In der rauen Landschaft des entlegenen und bergigen Claiborne County *herrscht erneut das Gefühl von Anspannung und Kampfbereitschaft.*

Der Bandenkrieg ist das alles beherrschende Thema der Menschen von Caywood, dem Verwaltungssitz des County. Was wird Sallie Kincaid tun? Wird die Königin der Kincaid-Schmuggler die Angriffe auf ihre Männer hinnehmen? Wird sie die offene Schlacht mit den Bonds suchen, vielleicht mitten auf dem großen Platz in Caywood? Oder werden ihre Männer sich nur rächen, wenn sie einzelnen Bond-Gangstern in den Gassen der Stadt oder auf Landstraßen begegnen?

Dann zitiert der Artikel den Gouverneur, der gesagt haben soll, dass Virginia keine weiteren Steuergelder verschwenden wird – »knappe Reserven verschleudern«, so seine Formulierung –, indem es die Nationalgarde ein zweites Mal nach Claiborne County entsendet.

Willard Smith beschreibt mich als »knochige Frau aus den Bergen, die in einen breiten ländlichen Dialekt spricht und den Apfel von der Spitze ihres Taschenmessers isst«. Wenn er mich zitiert, lässt er mich wie eine typische Landpomeranze klingen, die jedes Wort vernuschelt. Aber er schreibt auch, dass »Claiborne County der Stadtbevölkerung vormacht, wie das schwache Geschlecht Neuland betritt, denn da draußen bestimmt diese blutjunge Frau aus den Bergen, wo es langgeht. Sie ist listig wie ein Puma – und ebenso gefürchtet und respektiert«.

Ich lege die Zeitung hin und blicke Rawley an. »Ich bin mir nicht sicher, ob dieser Reporter mich mag oder mich für einen Bauerntrampel hält.«

»Machst du Witze?«, sagte Rawley. »Der Kerl konnte gar nicht genug von dir kriegen.«

Königin der Kincaid-Schmuggler. Willard Smith erlaubt sich seinen Spaß mit mir. Aber ich finde, wenn die Leute mich Königin nennen wollen, und sei es nur im Scherz, kann ich damit leben. Daddy war stolz darauf, dass er für alle nur der Duke war, und eine Königin ist sogar noch was Besseres. Was hätte er davon wohl gehalten?

Ich nehme einen großen Bissen von Josies Pfirsichkuchen. Er ist frisch aus dem Ofen und noch warm, mit einem lockeren Boden aus Schmalzteig, und man schmeckt das süße Obst stärker als den Zucker. »Josie«, rufe ich. »Der beste Kuchen der Welt.«

»Vielleicht nennen wir ihn ab jetzt Königin-Sallie-Kuchen«, ruft Josie zurück.

Als Rawley und ich später am Vormittag im Büro des Duke sitzen, schiebt Louise Dunbar Cecil in seinem Rollstuhl herein. Er sieht grau und hinfällig aus. Ich stehe auf und strecke die Arme aus, um ihn zu begrüßen. »Cecil, wie fühlst du dich?«

»Wie eine wandelnde Leiche.« Seine Stimme ist schwach und heiser.

»Ich war ja dagegen«, sagt Louise, »aber er wollte unbedingt zu dir.«

Cecil hält mit zittriger Hand ein Exemplar des *Daily Record* hoch. »Was zum Teufel ist in dich gefahren, Sallie?«, fragt er. »Du hast praktisch zugegeben, dass wir alle hier nichts weiter sind als Schmuggler. Und der Reporter stellt uns dar wie einen Haufen Bauerntölpel.«

Ehe ich antworten kann, schaltet Rawley sich ein.

»Mr Dunbar, nichts für ungut, aber die Zeitung da genießt Ansehen. Sie hat Einfluss. Sie erklärt den Leuten, was sie denken sollen. Sallie und ich müssen geschickt vorgehen, wir müssen diesen Einfluss für unsere Zwecke nutzen.«

»Junger Mann, es gibt Dinge, mit denen man sich brüstet, und andere, die man für sich behält«, entgegnet Cecil.

»Dem Duke war dieser Unterschied bewusst. Von Ihnen erwarte ich das nicht, aber ich dachte, Sallie hätte ein besseres Gespür. Der Duke hätte das niemals gebilligt, Sallie, und ich billige es ebenso wenig.«

Ich bin noch immer unschlüssig, wie ich den Artikel finden soll, und ich frage mich, ob Cecil recht hat. Oder ob er in der Vergangenheit lebt. »Entschuldige, Cecil, aber als ich dich gebeten habe, mein Berater zu sein, hast du gesagt, du hättest nicht die Kraft dazu.« Ich sage das möglichst schonend.

»Sallie lässt sich jetzt von mir beraten«, sagt Rawley. »Und noch mal, nichts für ungut, aber die Zeiten ändern sich, es eröffnen sich ständig neue Möglichkeiten, und in den letzten Monaten haben Sallie und ich sehr viel mehr Geld reingeholt, als Sie und der Duke je verdient haben.«

»Sallie, du hast recht«, sagt Cecil. »Ich bin nicht dein Berater. Ich bedaure das. Und ich wünschte, Tom hätte dein Angebot angenommen.« Er deutet auf die Zeitung. »Du denkst also, das war eine gute Idee?«

Früher, als ich jünger war, tauchte der Name des Duke in fast jeder Ausgabe der *Gazette* auf. Als der Finch River über die Ufer trat, gratulierte er den »durchnässten, aber tapferen Freiwilligen«, die den Deich bauten. Als eine Lehrerin in den Ruhestand ging, dankte er ihr dafür, dass sie »dreißig Jahre lang aus Rackern wissbegierige Schüler« gemacht hatte. Als ein Feldweg gepflastert wurde, nannte er ihn »Claiborne Countys Weg in die Zukunft«. Ich habe solche Sätze des Duke mit Begeisterung gelesen, nicht nur weil er mein Daddy war, sondern auch weil es für mich wie für die meisten ein beruhigendes Gefühl war zu wissen, dass der Duke alle großen und kleinen Angelegenheiten von Claiborne County im Griff hat. Und ich denke, jeder,

der diesen Artikel liest, weiß jetzt, dass Sallie Kincaid alle großen und kleinen Angelegenheiten von Claiborne County im Griff hat.

»Ehrlich gesagt, Cecil, Rawley hat recht. Die Zeiten ändern sich. Das da ist gut für Claiborne County. Gut für uns alle. Die Welt soll wissen, wie wir die Dinge sehen. Ich denke, der Duke hätte es gut gefunden. Wir werden den Artikel einrahmen und ihn draußen aufhängen, wo alle ihn lesen können.«

Cecil sinkt in seinem Rollstuhl zurück. »Louise, ich hab gesagt, was ich zu sagen hatte. Bring mich nach Hause.«

Louise schiebt den Rollstuhl durch die Tür. Als er über die Schwelle holpert, wackelt Cecils Kopf schwach hin und her, und ich spüre einen schmerzlichen Stich. Ich muss daran denken, wie oft ich dabei war, wenn Cecil neben dem Duke saß, ihm etwas zuflüsterte, manchmal Dinge aussprach, die der Duke nicht hören wollte, ihn vor sich selbst schützte. Cecil hat versucht, dasselbe für mich zu tun, aber ich habe gesagt, dass er sich irrt, habe ihn zurückgewiesen – und ich frage mich, ob das nicht ein Fehler war, ob ich vom Weg abgekommen bin, mich verrannt habe und gerade zugelassen habe, dass sich der letzte vernünftige Mensch in Claiborne County von mir abwendet.

45

Wendell Cooke, der Senator von Virginia, steht auf der Treppe vor dem Gerichtsgebäude und redet über den Preisverfall von Agrarprodukten und die gestiegenen Lebenshaltungskosten, über Männer, die erst kürzlich aus dem Krieg heimgekehrt sind und jetzt vom Land in die Städte drängen, weil sie hoffen, dort Arbeit zu finden, die es aber nicht gibt, über Streiks und Kommunisten, darüber, dass das eine das andere verursacht und uns alle zugrunde richten wird, wenn wir im November nicht ihm unsere Stimme geben – besonders wir Ladys, die wir jetzt auch wählen dürfen.

Ich stehe in der kleinen Menschenmenge unterhalb von ihm und frage mich, ob der Senator mir wegen Willard Smiths Artikel aus dem Weg gehen wird, doch als er mit seiner Rede fertig ist, kommt er die Stufen herunter und streckt mir die Hand entgegen. »Ich kannte den Duke und freue mich, seine Tochter kennenzulernen«, sagt er mit einem neckischen Augenzwinkern, als wäre er in irgendetwas eingeweiht. »Wie ich höre, sind Sie die aufstrebende Macht hierzulande. Sie sollten erwägen, sich um ein politisches Amt zu bewerben, nur bitte nicht um meines.

Die Umstehenden lachen, als wäre schon allein der Gedanke absurd, dass eine Frau Senatorin werden könnte, und ich lache mit. Aber zugleich denke ich, dass es früher oder später eine geben wird.

Jemand zupft an meinem Ärmel, und als ich mich umdrehe, steht vor mir eine Frau mit Perlen um den Hals und an den Ohren. Sie trägt eine Fuchsstola, die aussieht, als würde das arme Tier sich selbst in den Schwanz beißen. Ihre Augen sind hellblau wie ein Winterhimmel, ihr Lippenstift hat die Farbe von reifen Kirschen, und ihr breites Lächeln gibt mir zu verstehen, dass sie ungeniert ist und ich es auch sein kann.

»Sallie Kincaid, ich bin Georgette Rheims«, sagt sie mit einer rauchigen Stimme. »Ich habe alles über Sie gelesen. Mein Mann ist einer von Wendells wichtigsten Unterstützern, und ich bin bloß mitgekommen, um Sie kennenzulernen.« Dann fügt sie leise hinzu: »Ich will bei einer von euren Schmuggelfahrten mitmachen.«

Ich lache. Sie packt meinen Arm mit festerem Griff, als man von einer Lady mit Fuchsstola erwarten würde. »Das ist mein Ernst.«

»Wir nehmen keine Fahrgäste mit.«

»Selbstverständlich. Also machen Sie eine Ausnahme.«

»Es ist gefährlich.«

»Deshalb will ich ja mitfahren.«

»Ich biete keine Vergnügungsfahrten an. Ich bin Geschäftsfrau.«

»Dann nennen Sie mir als Geschäftsfrau den Preis. Mein Mann geht auf Safaris. Also kann ich genauso gut Geld für ein Abenteuer ausgeben.«

»Sie meinen das wirklich ernst, was?«

Ihr ungeniertes Lächeln kehrt zurück. »Und ich bekomme immer, was ich will.«

In der folgenden Nacht sitzt Georgette Rheims neben mir in der Lizzie. Wir brausen durch die dunkle Landschaft, Scheinwerfer ausgeschaltet, und sie blickt immer wieder nach unten zu meiner Pistole auf dem Sitz, dann wieder auf die Autos hinter uns.

Nachdem Georgette mir ihr Angebot gemacht hatte, habe ich Rawley angerufen, der gerade seine Familie in Bluefield besuchte, und ihn gefragt, was er davon hält, diese reiche Lady mit nach Roanoke fahren zu lassen. Er sagte, er hätte schon gehört, dass manche Angehörige der höheren Kreise glauben, Blockadebrechen wäre ein Mordsspaß, also sollten wir das Geld der Lady ruhig nehmen. Außerdem könnte es ja nie schaden, einflussreiche Freunde zu haben.

Wir sind noch immer im Tal, als ich im Rückspiegel Scheinwerfer sehe. Ich steuere auf die Gegenfahrbahn, um den Konvoi vorbeizulassen, und fädele mich hinter ihm wieder ein, sodass wir vor dem Auto mit den eingeschalteten Scheinwerfern sind.

»Probleme?«, fragt Georgette.

»Das wird sich noch rausstellen.«

Der Wagen hinter uns kommt näher und schert auf die linke Spur aus, um uns zu überholen. Ich ziehe ebenfalls nach links, der Fahrer hupt und wechselt zurück auf die rechte Spur. Ich schwenke wieder vor ihm ein, und er prallt gegen unser Heck.

Georgette kreischt, ich umklammere das Lenkrad, und er fährt erneut von hinten auf.

Wir nähern uns einer engen Kurve. Ich mache eine Vollbremsung. Der Wagen hinter uns erwischt unseren hinteren Kotflügel, und beide Autos schlingern zur Seite. Ich drehe mich mit quietschenden Reifen, setze dann zurück gegen das andere Auto, das daraufhin mit den Vorderrädern im Graben landet. Ich schalte in den Vorwärtsgang, gebe Gas, und die Lizzie braust davon.

Georgette bricht in Lachen aus. Sie trommelt mit den Fäusten auf das Armaturenbrett, hält sich die Rippen und stampft mit den Füßen auf den Boden. Ihr Gelächter kommt in Schüben, bis sie nach Luft schnappen muss.

»Ich hätte mir fast in die Hose gemacht«, sagt sie, als sie endlich wieder sprechen kann. »Das glaubt mir kein Mensch. Sie müssen nach Richmond kommen und allen erzählen, dass ich mir das nicht ausgedacht habe.«

Ich blicke in den Rückspiegel. Die Scheinwerferkegel des anderen Autos verschwinden in der Ferne. Ich verrate Georgette nicht, dass Rawley der Fahrer war. Er wollte dafür sorgen, dass meine reiche Beifahrerin den Nervenkitzel erlebt, für den sie bezahlt hat.

46

Das Klingeln des Telefons von unten weckt mich. Graues Licht dringt schwach durch die geschlossenen Vorhänge, und ich frage mich, wer wohl um die Uhrzeit anruft. Nells Zimmer liegt hinter der Küche, neben der Wäschekammer, und ich höre, wie sie sich am Telefon meldet, noch bevor ich es überhaupt aus dem Bett geschafft habe. Einen Moment später ruft sie die Treppe herauf: »Sallie, du musst sofort kommen!«

Ich hole alles aus der Lizzie heraus, schalte in den Kurven kurz herunter und fahre mit Vollgas aus ihnen hinaus. Ich halte das Lenkrad im Klammergriff und beuge mich so weit vor, dass meine Nase fast die Windschutzscheibe berührt, als brächte mich das schneller in die Stadt.

Die Bonds. Sie haben eine Bombe in die Kaufhalle geworfen. Ich kann es nicht fassen. Aber ich muss Ruhe bewahren.

Diese verdammte Fehde. Zuerst haben viele von den Jungs sie wie ein Spiel behandelt, doch vor zwei Wochen wurde daraus tödlicher Ernst, genau wie ich befürchtet hatte. Die Leiche von Shortys Mechaniker Leroy wurde in einem Bach gefunden, mit einem Einschussloch in der Stirn. Drei Tage später lag Billy Bonds Cousin P.J. tot in einem Maisfeld in Webster County. Und jetzt das. Wir haben keine Fehde mehr, wir haben Krieg. Von nun an sind alle Mittel erlaubt.

Ein sauberer Kampf ist ja gut und schön, wenn du im Boxring stehst, sagte der Duke gern, aber wenn du um dein Leben kämpfst, gelten keine Regeln, dann kämpfst du schmutzig, du versuchst, den Gegner da zu treffen, wo es am meisten wehtut, du trittst zu, wenn er am Boden liegt, du kämpfst mit allem, was du hast, du kämpfst, um zu siegen.

Ich schaffe die eine Meile bis Caywood in Rekordzeit. Auf der Straße herrscht dichtes Gedränge, die Deputys halten die Leute zurück. Alle sehen ängstlich und verstört aus, denn bei uns wirft keiner Bomben, die unschuldige Passanten töten könnten. So was passiert doch nur in den Großstädten.

Die Kaufhalle sieht aus wie vom Krieg zerstört, die Front rußgeschwärzt, Fenster geborsten, und das Vordach hängt bedauernswert schief herab. Die Bombe hat also nicht voll getroffen – das könnte Absicht gewesen sein –, und die Kaufhalle, das pulsierende Herz der Stadt, steht noch, aber sie ist schwer beschädigt und gezeichnet, und der Anblick erschüttert mich bis ins Mark.

Rawley und Sheriff Earl treten aus der klaffenden Türöffnung.

»Wie schlimm ist es?«, frage ich.

»Die Fassade ist ein Totalschaden, und sämtliche Schaufensterscheiben müssen ersetzt werden«, sagt Rawley.

»Aber drinnen geht's noch einigermaßen«, erklärt Sheriff Earl. »Regale zusammengebrochen, die Waren überall verstreut, jede Menge Glasscherben. Hätte sehr viel schlimmer sein können.«

»Wir wissen alle, wer das war, und die Mistkerle werden dafür bezahlen«, sagt Rawley, außer sich vor Wut.

»Ihr braucht Wachleute«, sagt Sheriff Earl. »Rund um die Uhr. Einen Mann hier, einen am Haus.«

»Vielleicht sollte ich bei euch einziehen«, schlägt Rawley vor.

»Gut«, sage ich.

»Das gibt Gerede«, sagt Sheriff Earl.

»Von mir aus.«

»Die Bonds haben den Einsatz erhöht«, sagt Rawley, »deshalb machen wir das jetzt auch.«

Den Einsatz erhöhen. Wie beim Poker, bloß dass wir hier um unser Leben spielen. Ich habe noch nie gern gepokert. Ich kann nicht gut bluffen, und ich setze zu lange auf ein schlechtes Blatt, weil ich es hasse aufzugeben, selbst wenn ich weiß, dass es besser wäre. Aber Rawley hat recht. Und ich bin dabei. »Wie?«, frage ich. »Das Clubhaus von den Bonds ist bewacht wie eine Festung.«

»Sallie, ich hab dir doch gesagt, dass ich mir auch in der Hitze des Gefechts einen Schlachtplan einfallen lassen kann«, sagt Rawley. »Und ich habe schon einen.«

Sie ist eine Schönheit, gelb wie eine Butterblume, die oberen und unteren Tragflächen von Latten und gekreuzten Metallstreben zusammengehalten, die im Morgenlicht glänzen. Sie wird Jenny genannt, wie ich von Rawley weiß, sie hat den Krieg für uns gewonnen, und wenn du sie fliegen kannst, sagt er, kannst du praktisch alles fliegen. Der Mann, der am Motor herumschraubt, ist Al Cane, ein tollkühner Pilot, der zusammen mit Rawley am Himmel über Frankreich gekämpft hat und jetzt auf Jahrmärkten Loopings dreht und Rundflüge für einen Dollar pro Kopf anbietet. Al hat eingewilligt, uns das Flugzeug zu leihen, weil er und Rawley Kriegskameraden sind, aber er hat Rawley auch damit gedroht, uns beide in den Propeller zu schmeißen, falls seiner Jenny irgendwas passiert.

Die Morgendämmerung ist die beste Zeit zum Fliegen, sagt Rawley, dann ist die Luft nämlich am ruhigsten – hängt irgendwie mit den relativen Temperaturen zusammen;

Eddie hätte es mir erklären können – und so klettern wir, als die Sonne gerade den Himmel erhellt, auf die untere Tragfläche der Jenny, und ich krieche auf den vorderen Sitz, während Rawley hinten einsteigt. Ich habe noch nie ein Flugzeug aus der Nähe gesehen. Es besteht aus Segeltuch und kommt mir verdammt unsolide vor. Das Cockpit ist eng – man kann sich kaum bewegen –, und ich studiere die Anzeigen und Messgeräte und Schalter der Instrumententafel. Wahrscheinlich könnte ich mir zusammenreimen, wofür sie da sind, aber nicht jetzt. Ich muss es nicht wissen. Ich bin die Bombenschützin.

Vorsichtig verstaue ich die Bomben neben meinen Füßen. Rawley und ich haben sie letzte Nacht gebaut, Dynamitstangen mit Kupferdraht um Flaschen voll Nitroglycerin gebunden. Zuerst wollte Rawley, dass Sheriff Earl ihn begleitet, aber ich wollte auf keinen Fall die Chance verpassen, in einem Flugzeug zu fliegen. Außerdem ist das meine Schlacht, und ich werde diejenige sein, die sie austrägt.

Ich bin nicht darauf aus, jemanden zu töten, aber ich muss den Bonds klarmachen, dass ich es kann und es tun werde, wenn man mich dazu zwingt. Wie ich zu Mattie sagte: Ich habe noch nie im Leben mit irgendwem Streit angefangen, aber wenn jemand mich angreift, gebe ich nicht klein bei. Dennoch, wenn ich daran denke, was wir vorhaben, überläuft es mich kalt, obwohl ich dicke Handschuhe trage, einen Lederhelm und einen gefütterten Overall, den Al mir geliehen hat. Zeig's ihnen, Sallie, höre ich den Duke sagen, triff sie da, wo es am meisten wehtut, kämpfe, um zu siegen.

Ich ziehe die Brille über die Augen, Al packt den hölzernen Propeller und dreht ihn. Der Motor stottert und hustet. Er dreht ihn erneut. Stottern. Husten. Beim dritten Mal erwacht er dröhnend zum Leben, und ich spüre durch Fußsohlen und Hosenboden, wie das ganze Flugzeug bebt.

Die Nase der Jenny schwingt nach links, ihr Heck nach rechts, sodass wir auf die lange Kuhweide blicken. Das Dröhnen wird lauter, und sie rollt holpernd an, wird schneller, schneller, schneller, dann hört das Holpern auf, und der Boden sackt unter uns weg. Wir steigen, fliegen dem Morgenlicht entgegen, während der Motor direkt vor mir dröhnt und qualmt und der Wind durch die Streben und Drähte pfeift, aber das Geräusch ist so laut und gleichbleibend, dass ich es bald kaum noch wahrnehme, und ich fühle mich fast schwerelos, wie eine Blase, die an die Oberfläche schwebt.

Rawley fliegt einen Kreis über der Weide. Weit unten steht Al und beobachtet uns. Ich winke wie verrückt, und er winkt schwach zurück, fragt sich wahrscheinlich gerade, ob er einen furchtbaren Fehler gemacht hat und seine Jenny nie wiedersehen wird.

Dann drehen wir nach Westen ab, und ich blicke auf den Flickenteppich der hügeligen Landschaft – die weißen Farmhäuser und roten Scheunen klein wie Streichholzschachteln, die rostigen Silos, die grasenden schwarzen Aberdeen-Rinder, die stoppeligen, abgeernteten Reihen Mais, die dem geschwungenen Verlauf des Geländes folgen, die dunklen, immergrünen Wälder, die sich bis zu den blaugrauen Bergen in der Ferne erstrecken, die Flüsse, die aus diesen Bergen kommen, sich durch gemähte Heuwiesen winden wie silbrig glänzende Bänder. Die Freude und die Ehrfurcht, die in mir aufsteigen, lassen mich fast das ungute Gefühl vergessen, das unser Plan, Bomben auf die Bond-Brüder zu werfen, in mir auslöst.

Rawley schwenkt nach Norden, und wir erreichen Claiborne County. Ich würde furchtbar gern Caywood überfliegen – vielleicht tief genug, um den Leuten auf der Straße zuzuwinken, ihnen zu zeigen, dass wir das nicht so einfach hinnehmen –, aber die Stadt liegt weiter östlich, und wir haben unsere Aufgabe im Westen zu erledigen.

Wir kommen zum Finch River und folgen ihm durch die Berge bis hinein nach Webster County. Von hier oben sieht der abgeholzte Wald schartig und geschunden aus, wie eine offene Wunde. Und dann sind wir schon über Cedar Valley und gleich darauf direkt über Long Shade. Dünner weißer Rauch steigt aus dem Schornstein des Clubhauses, ein paar Autos stehen entlang der Straße, ein paar weitere hinten beim Hühnerstall, aber weit und breit ist keine Menschenseele zu sehen. Ich werde versuchen, die Bombe genau in den Hof zu werfen.

Ich drehe mich zu Rawley um, und er streckt einen Daumen hoch. Ich bücke mich, ziehe die Handschuhe aus und klemme mir die erste Bombe zwischen die Knie. Ich zünde ein Streichholz an, doch sobald es aufflammt, bläst der verflixte Wind es wieder aus. Ich muss mich sputen. Ich entzünde das nächste Streichholz, und diesmal schaffe ich es, dass die Zündschnur Funken sprüht. Jetzt zeige ich Rawley einen hoch gestreckten Daumen, er senkt eine Tragfläche, und wir gehen in den Sturzflug. Das Clubhaus kommt auf uns zugerast, und plötzlich ist das Dach so nah, dass ich das Moos auf den Schindeln sehen kann. Dann, als Rawley gerade den Steuerknüppel zurückzieht, schleudere ich die Bombe.

Wir steigen wieder steil hoch, der Motor brüllt, und ich werde nach hinten in meinen Sitz gedrückt. Ich schaue nach unten. Kein lauter Knall, kein explodierender Feuerball. Kein gar nichts. Unsere Bombe war ein Blindgänger.

Ein paar Männer rennen aus dem Haus, sehen uns, rennen wieder hinein.

Rawley schiebt den Steuerknüppel sachte nach vorne, und die Jenny fliegt wieder geradeaus. Ich stecke die nächste Zündschnur an, und wir gehen ein zweites Mal in den Sturzflug. Ich warte ab, bis ich wieder die vermoosten Schindeln sehen kann, und halte die Bombe nach draußen. Noch bevor ich sie loslasse, spüre ich, wie sie auseinanderfällt. Wir haben den Kupferdraht nicht fest genug gewickelt. Wieder ein Blindgänger.

Jetzt stürmen Männer mit Gewehren aus dem Haus. Rawley zieht die Jenny so schnell hoch, dass der Motor jault, bringt sie dann in die Horizontale. Ich zünde die dritte Bombe an, und wir beginnen unseren letzten Sturzflug.

Wir fliegen genau auf die Männer im Hof zu. Sie eröffnen das Feuer. Rawley wackelt am Ruder, und die Tragflächen wippen auf und ab, um den Kugeln auszuweichen, sodass ich zur Seite kippe und in Schieflage bin, als ich die letzte Bombe werfe. Rawley dreht scharf ab, und als ich nach unten schaue, sehe ich, dass eines der geparkten Autos in Rauch und Flammen aufgeht und sich dann überschlägt. In dem Auto war niemand. Das denke ich. Das hoffe ich.

Die Männer feuern weiter wütend auf uns, aber sie werden kleiner und kleiner, während wir davonfliegen.

Das Fahrwerk der Jenny streift fast die Baumwipfel, als wir auf die Kuhweide zusteuern. Al Cane kommt winkend angelaufen, überglücklich, dass er sein Flugzeug sicher zurückhat. Wie setzen mit einem leichten Ruck auf und hoppeln übers Gras.

Ich recke die geballten Fäuste in die Luft. Wir haben's geschafft. Wir haben der Schwerkraft getrotzt, dem Tod getrotzt und den Bonds getrotzt. Alles an einem einzigen Morgen.

Rawley stellt den Motor ab. Stille. Ich drehe mich um und sehe ihn an. Er grinst, strahlt wie ein Honigkuchenpferd. Ich auch. Und plötzlich lachen wir beide los.

Ich klettere aus der Jenny, und meine Füße berühren den festen, sicheren Boden genau in dem Moment, als Al bei uns ankommt. Er runzelt die Stirn und steckt den Zeigefinger in ein paar Einschusslöcher im Rumpf, aber ich gebe ihm noch mal vierzig Dollar extra für die Reparatur. Rawley und ich gehen zur Lizzie – ich hüpfe wie ein Schulmädchen, fühle mich ganz ähnlich wie damals nach meiner ersten Fahrt im Bollerwagen –, und wir reden über die Blindgänger, über den dritten Sturzflug, über den Bombenabwurf, während die Bonds auf uns feuerten, darüber, dass es verdammt lange dauern wird, bis die Bond-Brüder den Anblick vergessen, wie diese gelbe Jenny auf sie herabstieß.

»Wer ist jetzt der Waschlappen?«, schreit Rawley zum Himmel. »Wer ist jetzt der Waschlappen?«

Vor lauter Lachen bekomme ich die Lizzie kaum ans Laufen, aber dann höre ich auf zu lachen und sehe Rawley an. Auch er wird plötzlich ernst, und dann beugt er sich zu mir und küsst mich. Auf den Mund. Sein Mund bleibt auf meinem, und er ist feuchter, als ich dachte, feucht und glitschig und warm, und ich erwidere seinen Kuss mit einer schwindelnden, trunkenen Gier, weil ich keine Ahnung hatte, dass es sich so anfühlen würde, keine Ahnung, dass ich es so sehr wollen würde. Dann weiche ich zurück.

»Lass uns nach Hause fahren«, flüstere ich.

Er nickt.

Auf dem Heimweg wechseln wir kaum ein Wort. Als wir am Großen Haus ankommen, ist niemand draußen. Ich fahre daran vorbei zum Kutschenhaus und schiebe die schwere Tür auf.

Ich nehme Rawley an die Hand und führe ihn zur alten Sattelkammer.

»Na, wie fandest du es?«

»Das darf keiner wissen.«

»Natürlich.«

»Kein Wort. Keine Andeutung. Kein Blick oder so.«

»Versprochen.«

»Und dadurch ändert sich nichts.«

»Natürlich nicht. Also, wie fandest du es?«

»Es hat Spaß gemacht.«

»Spaß?«

»Ja. Großen Spaß.«

»Sonst noch was?«

»Es war nicht so …«

»Nicht so was?«

»Nicht so … peinlich, wie ich es mir vorgestellt habe.«

»Nichts daran ist peinlich.«

»Aber was als Nächstes kommt, könnte peinlich werden.«

»Das muss es nicht. Also, Spaß? Mehr nicht?«

»Spaß. Aber keiner darf es wissen.«

47

Rawley und ich schauen den Zimmerleuten zu, die auf dem wackeligen Gerüst vor der Kaufhalle herumturnen und die Fassade reparieren. Sie erwecken den Laden wieder zum Leben, der für mich als Kind mein liebster Platz auf Erden war. Die Zimmerleute haben die Überreste des Vordachs abgerissen, neue Scheiben eingesetzt, eine provisorische Treppe aus Bauholz gebaut, und wir sind wieder im Geschäft. Die Kunden ziehen vorsichtig den Kopf ein, wenn sie hinein- und hinaushasten.

»Ohne das Vordach sieht es so nackt aus«, sage ich.

Rawley grinst. »Manches sieht nackt einfach besser aus.«

»Nimm dich in Acht.«

Er zwinkert mir zu.

Rawley war schon immer sehr von sich überzeugt, aber seit unserem ersten Mal ist er regelrecht verwegen. Ehrlich gesagt, ich bin es auch.

Nach unserem Bombenangriff ist Rawley zu unserem Schutz in den Steinflügel des Großen Hauses gezogen. In seiner zweiten Nacht dort – ich machte mich gerade bettfertig und hörte, wie Tante Faye ihre Zimmertür schloss – ließ mich der Gedanke nicht los, dass ich einfach nach unten gehen, mich in den Steinflügel schleichen und in Rawleys Zimmer huschen könnte. Und genau das tat ich. Ich achtete darauf, dass Rawley Vorkehrungen traf, damit ich nicht befürchten musste, in andere Umstände zu geraten, wie all die unverheirateten Frauen, die ihre Babys dann weggeben müssen. Ich sagte mir, nur dieses eine Mal noch, aber natürlich passierte es ein zweites Mal. Dann wieder, und inzwischen schleiche ich mich jede Nacht rüber in den Steinflügel, wie eine Einbrecherin.

Tagsüber gebe ich mir alle Mühe, professionell mit Rawley umzugehen, und er versucht dasselbe, aber manchmal kann er sich das kleine schiefe Lächeln nicht verkneifen, und in seinen Augen liegt ein Funkeln, die Andeutung eines gemeinsamen Geheimnisses – und dann sehe ich, dass jemand anders uns beobachtet, und ich merke, dass es eigentlich gar kein Geheimnis ist, dass die Leute wissen, dass da etwas im Busch ist, auch wenn sie nicht genau wissen, was.

Russell Hunt, der leitende Zimmermann, springt vom Gerüst, kommt zu uns herüber und schiebt seinen Hammer in den Gürtel. »Miss Kincaid, haben Sie sich schon überlegt, wie die Ladenfront aussehen soll?«

Wie soll die Kaufhalle aussehen? Die Frage ist schwieriger, als ich gedacht hätte. Ich war davon ausgegangen, dass wir sie genauso aufbauen, wie sie vorher war, damit die Leute das Gefühl haben, dass sich nichts verändert hat. Aber es hat sich viel verändert. Und wenn wir etwas verlieren, ist das vielleicht auch eine Chance, es durch etwas Besseres zu ersetzen.

»Ich hab noch keine Zeit gehabt, darüber nachzudenken«, sage ich.

»Wir könnten sie moderner machen«, schlägt Rawley vor. »Wie die Geschäfte in Roanoke. Vielleicht mit einer von diesen Drehtüren. Das Geld dafür haben wir.«

Will ich das? Wollen die Menschen von Claiborne County das?

»Drück dem Laden deinen Stempel auf«, redet Rawley weiter. »Er gehört jetzt dir.«

Er gehört mir und zugleich auch nicht. Die Kaufhalle muss von den Leuten geliebt werden, die hier einkaufen. Sie müssen Vertrauen in sie haben. Ich möchte auf der Höhe der Zeit sein, aber sie sollen sich auch nicht zurückgelassen fühlen. Ich habe mir einen Bildband von Roanoke gekauft, und ich werd mir die Fotografien von den Geschäften in Ruhe anschauen, mir überlegen, ob die Leute von Claiborne County sich in so einem piekfeinen Laden willkommen fühlen würden. »Ich sag Ihnen morgen Bescheid«, antworte ich Russell.

Als ich das Buch später in der Bibliothek des Großen Hauses durchblättere – diese Geschäfte sind wirklich furchtbar elegant –, spüre ich, wie Rawleys Hände meine Taille umfassen. Dann drückt er sein Gesicht in meine Halsbeuge, und ich spüre seine Wärme, die Wärme, bei der meine Knie – und mein gesunder Menschenverstand – schwach werden. Aber nicht hier. Nicht jetzt. Nell könnte zum Fenster hereinschauen. Grace könnte durch die Diele gekrabbelt kommen, gefolgt von Tante Faye. Ich ziehe an Rawleys Händen, aber er lässt nicht los.

»Du wirst etwas deinen Stempel aufdrücken. Ich will dasselbe tun«, sagt er. »Lass uns heiraten.«

Mir wird eng in der Brust. Ein Heiratsantrag sollte romantisch sein, sollte eine Frau schwindelig vor Glück machen, aber Rawley hält mich immer noch fest, und ich kann nicht atmen. Ich sitze in der Falle. Ich stoße ihn weg, heftig. Er lässt los und steht jetzt zwischen mir und der Tür, derselben Tür, die der Duke blockierte, als Mama starb. Ich kann nicht entkommen. Ich blicke mich um und sehe das Schwert des Colonels über dem Kamin. Der Anblick dieses Schwertes – des Schwertes, das zu Mamas Tod führte –, löst etwas Dunkles in mir aus. Ich stehe in dem Zimmer, in dem sie starb, und werde von einem Mann gedrängt, ihn zu heiraten.

Ich nehme das Schwert – ich habe es noch nie zuvor berührt, hatte immer irgendwie Angst davor – und ziehe es aus der Scheide. Es fühlt sich gut in meiner Hand an, leicht und fein austariert, wie eine Verlängerung meines Arms. Ich gehe niemandem in die Falle.

»Hast du das schon mal gesehen?«, frage ich.

»Ich weiß, was es ist.«

»Es wird erzählt, dass Mama den Duke damit bedroht

hat. Ungefähr so.« Ich hebe das Schwert und schwenke es, ohne groß nachzudenken, dicht über Rawleys Kopf durch die Luft. Er duckt sich und weicht zurück.

»Sallie, bist du verrückt geworden?«

»Vielleicht.« Ich kann nicht anders. Wieder schwinge ich das Schwert. »Vielleicht hat sie ja wirklich versucht, ihn umzubringen. Etwa so.« Ich schwinge das Schwert erneut. »Vielleicht hatte er es verdient.«

»Gibt mir das verdammte Ding.« Rawley streckt beide Hände aus, und was auch immer mich im Griff hatte, verflüchtigt sich, und ich bin wieder ich selbst, und Rawley ist wieder er selbst – der Mann, der um meine Hand angehalten hat, nicht der Mann, der mich in eine Falle locken will. Schlagartig fühle ich mich schlaff wie ein nasser Lappen. Ich gebe ihm das Schwert.

»Tut mir leid. Ich weiß nicht, was da über mich gekommen ist.«

»Sallie, hast du mich überhaupt gehört? Ich will dich heiraten.«

»Allerdings.«

»Und?«

»Im Moment haben wir viel um die Ohren.«

»Ein Grund mehr.«

»Ich mag die Dinge so, wie sie sind.«

»Ich nicht.« Rawley schiebt das Schwert in die Scheide und hängt es wieder über den Kamin. »Die Leute wissen Bescheid, Sal. Das sehe ich in ihren Augen. Ich hab das Versteckspiel satt, dieses Gefühl, ich würde was Verbotenes tun. Wir könnten die schönste Hochzeit feiern, die Claiborne County je erlebt hat. Oder wir brennen einfach durch und heiraten in Roanoke.«

»Ich überleg's mir.«

»Was gibt's denn da zu überlegen?«

Viel. Es gibt viel zu überlegen. Viel zu bereden. Kinder. Ist er einer von den Männern, die unbedingt einen Sohn haben müssen? Und was, wenn ich ihm keinen Sohn schenke? Und was, wenn irgendeine hübsche junge Frau auftaucht und ihm einen verspricht? Was dann? Wir wissen, wie es sich anfühlt, zärtlich und heiß und verschwitzt zu sein, Rawley und ich, aber wissen wir auch, was es bedeutet, Eheleute zu sein? Ein Gelübde abzulegen und es zu halten?

Aber ich sage bloß: »Viel.«

48

Rawleys Fingernägel sind ausnahmsweise mal sauber. Eigentlich gefallen mir Männer mit Schmieröl unter den Fingernägeln, dann weiß man, dass sie viel Zeit unter der Kühlerhaube eines Autos verbringen, aber Rawley sieht auch verdammt gut aus, wenn er sich in Schale schmeißt. Er trägt eine schwarze Fliege und ein schwarzes Jackett mit glänzendem Revers. Ich bin ebenfalls eleganter gekleidet denn je, und ich zupfe an dem silberfarbenen Satinkleid, das Tante Faye für mich genäht hat. Das blöde Ding ist so eng, dass man meine Rippen zählen könnte.

»In dem Kleid seh ich aus wie eine Kühlerfigur.«

»Du siehst verboten gut aus. Fällt mir schwer, die Straße im Auge zu behalten.«

Wir sind mit dem Packard unterwegs zu Georgette Rheims' Silvesterparty, und Rawley fährt. Seit meinem verrückten Ausraster mit dem Schwert versuche ich, ein bisschen sittsamer zu sein, und den Mann ans Steuer zu lassen gehört dazu.

Ich nestele an Mamas Mondsteinkette, frage mich, was Georgette wohl von Rawley halten wird. Sie hat mich zu der Party eingeladen und erklärt, sie wolle mir ein paar Junggesellen vorstellen, die eine gute Partie für mich wären. Doch ich habe gefragt, ob ich einen Mann mitbringen dürfe, der mich heiraten will. Seltsam, dass ich Georgette etwas anvertraue, das ich noch niemandem in Caywood erzählt habe. Ich denke, ich kann ihrem Urteil vertrauen, weil sie unvoreingenommen ist.

»Wer ist der Bursche?«, wollte sie wissen. »Was macht er beruflich?«

»Er stammt aus Bluefield. War im Krieg Pilot. Jetzt arbeitet er für mich, genauer, mit mir.«

»Verstehe.« Dann sagte sie: »Bringen Sie ihn mit. Ich weiß, was ich von einem Mann zu halten habe, sobald er mir guten Tag sagt. Ich werde ihm auf den Zahn fühlen.«

Wir erreichen Richmond mit seinen kopfsteingepflasterten Straßen und leuchtenden gusseisernen Straßenlampen, biegen dann auf die Monument Avenue und fahren an Statuen von Generälen vorbei, die den Krieg verloren haben, aber hier aufgestellt sind, als hätten sie ihn gewonnen. Georgettes Haus ist so prächtig wie ein edles Hotel. Es hat ein steiles Dach, Türmchen, Giebel, Wasserspeier, und alle Fenster sind hell erleuchtet. Rawley stößt einen langen, leisen Pfiff aus. Ich weiß, wie ihm zumute ist. Ich dachte, Roanoke wäre eine große elegante Stadt, aber Häuser wie dieses gibt es da nicht. Ich habe gehört, dass die feine Gesellschaft von Richmond nicht mal viel Schwarzgebrannten trinkt, sondern das bessere Zeug bevorzugt, das von den Inseln vor Florida ins Land geschmuggelt wird.

Drinnen windet sich eine Schlange von Gästen durch die die mit schwarz-weißem Marmor ausgelegte Eingangshalle.

Georgette begrüßt jeden persönlich, und neben ihr steht ein untersetzter Mann mit Bartschatten, der gelangweilt und amüsiert zugleich wirkt. Das muss ihr Ehemann sein. Auf der anderen Seite von Georgette schnattert ein kleiner rotäugiger Affe nervös vor sich hin und zerrt an der Goldkette um seinen Hals. Dahinter hockt ein hellgrüner Papagei in einem goldenen Vogelkäfig, der genau wie Georgettes Haus aussieht. Ich warte darauf, dass der Papagei irgendwas Witziges sagt, aber er kreischt immer nur.

Als wir schließlich bei den Gastgebern ankommen, verbeugt Rawley sich übertrieben und küsst Georgettes Hand.

»Was für ein schönes Paar«, sagt sie. »Sallie, ich möchte Ihnen meinen Mann vorstellen. Gustav Rheims, der cleverste Anwalt in Virginia.«

»Der nicht als Anwalt tätig ist.« Er lächelt und schüttelt mir die Hand. Er greift fester zu als die meisten Männer, wenn sie eine Frau begrüßen, doch ich drücke genauso fest zu, und das scheint ihm zu gefallen. »Nennen Sie mich Gus.«

»Er sucht nach juristischen Schlupflöchern und Hintertürchen«, sagt Georgette.

»Trottel achten die Gesetze. Gauner brechen die Gesetze, und clevere Leute umgehen die Gesetze.«

»Achten, brechen, umgehen – über solche Feinheiten denke ich nicht groß nach«, sage ich. »Ich tu einfach, was getan werden muss.«

Gus legt den Kopf schief und mustert mich interessiert.

»Ist sie nicht herrlich, Gus?«, fragt Georgette. »Ich hab doch gesagt, du wirst sie mögen.«

»Habe gehört, Sie und meine Sallie hatten eine ziemlich abenteuerliche Autofahrt«, sagt Rawley zu Georgette. »Zum Blut und Wasser Schwitzen.«

»Das kann man wohl sagen.«

»Da war wohl ein richtig hartnäckiger Gesetzeshüter hinter euch her.« Rawley kann sein Grinsen kaum unterdrücken.

»Sallie konnte er jedenfalls nicht das Wasser reichen.«

»Wer kann das schon?« Rawley schüttelt Gus die Hand.

»Sie müssen der Fahrer sein«, sagt Gus.

Rawleys Grinsen erstirbt.

»Er ist mein Partner«, sage ich. Georgettes Gatte gehört offenbar zu den Männern, die es nicht lassen können, andere Männer zu provozieren, klarstellen wollen, wer der Platzhirsch ist.«

»Ich bitte um Verzeihung«, sagt Gus, noch immer lächelnd.

»Jeder tritt irgendwann mal in einen Fettnapf.« Rawley klopft Gus auf den Arm.

Als wir weitergehen, sagt Rawley. »Dieser aufgeblasene Pinguin von deiner Freundin hat mich gerade beleidigt.«

»Keine Sorge. Du hast gut dagegengehalten.«

Wir schlendern von der Eingangshalle in einen langgestreckten Raum mit vielen goldgerahmten Ölgemälden an den Wänden. Auf einem, das so groß ist wie ein Scheunentor, sind römische Soldaten abgebildet, die dralle nackte Frauen verschleppen. Außerdem sehe ich Goldadler auf Wandspiegeln, goldene Amorstatuetten, die an Uhren lehnen, und goldene Frauen, die marmorne Tischplatten abstützen, sodass ihre goldenen Brüste gewagt aus ihren goldenen griechischen Gewändern quellen. In Claiborne County würde man mich als reich bezeichnen. Ich bin nicht gerade eine Vanderbilt, aber ich habe ein Wasserklosett. Ich bezahle pünktlich meine Rechnungen. Ich gehe nie hungrig schlafen, es sei denn, ich bin zu müde zum Essen, und wenn ich Löcher in den Schuhen habe, kaufe ich neue. Ich habe sogar ein Dienstmädchen. Einen Packard. Also bin ich reich. Dachte ich jedenfalls. Bis ich das alles hier sehe. Vielleicht hätte ich in Claiborne County bleiben und mir weiter einbilden sollen, ich wäre reich. Aber einem Menschen wie Georgette bin ich noch nie begegnet, und ich war neugierig, wie sie wohnt, wollte wissen, ob ich sie um ihr Leben beneiden oder es verachten oder mich einfach fehl am Platze fühlen würde. Ehrlich gesagt, alles trifft zu. Alles gleichzeitig.

Offene Türen führen in einen Garten, in dem es ein geheiztes Poolhaus und einen Swimmingpool aus blauem Zement mit Unterwasserlampen gibt, die das Wasser leuchten lassen. Auf der gegenüberliegenden Seite spielt eine Kapelle flotte Musik, und überall um uns herum tanzen Männer und Frauen, aber sie stampfen und hopsen und hüpfen nicht, wie wir das in Claiborne County tun, sondern rudern mit den Ellbogen und schmeißen die Beine, als hätten sie Hummeln im Hintern.

Georgette kommt dazu und stellt uns ihren Gästen vor. Sie kann gar nicht oft genug von unserer waghalsigen und eindeutig illegalen nächtlichen Fahrt durch die wilden Berge schwärmen. Die Männer tragen Smoking, die Frauen sind allesamt in schimmernde Seide gehüllt und tragen zierliche Schuhe. Sie haben geschminkte Gesichter und Schmollmündchen, weiche Stimmen und noch weichere Hände, die sie schlaff in meine schieben. Sie wechseln rasche Blicke, wollen sehen, wie die anderen auf mich reagieren. Die Männer lachen leise, und die Frauen kichern.

»Ihre Freunde starren mich an, als wäre ich gerade von einem Rübenlaster gefallen«, flüstere ich Georgette zu. Sie beugt sich nah zu mir, und ich kann ihr Parfüm riechen.

Nicht zart wie Janes Fliederduft, sondern würzig und wild wie die Blüten der Hexenerle.

»Sie sind fasziniert von Ihnen«, flüstert sie zurück. »Sie werden Ihnen im Nu aus der Hand fressen.«

»Ich glaube, sie haben Angst vor mir.«

»Weil sie vor allem und jedem Angst haben. Anders als ich. Deshalb sind wir uns ähnlich. Sie und ich. Wir sind beide furchtlos.«

Da irrt sie sich. Ich bin nicht furchtlos. Ich fürchte mich bloß vor anderen Dingen als die meisten Menschen.

Georgette platziert mich neben Gus an einem der Tische, die den Swimmingpool flankieren, und setzt sich dann neben Rawley. Gus stellt mir die Frau mit dem fliehenden Kinn, die uns gegenübersitzt, als Gräfin Soundso aus Budapest vor.

»Ein Adelstitel auf der Suche nach einem Bankkonto«, raunt der Mann zu meiner Rechten, ein rotgesichtiger Kerl mit hängender Unterlippe und dicklichen Händen. Er erzählt mir, er sei Barclay Farmington von den Farmingtons in Albermarle, und ich vermute, dass er einer der begehrten Junggesellen ist, mit denen Georgette mich bekannt machen möchte.

Als ich mich ihm vorstellen will, unterbricht er mich. »Ich weiß, wer Sie sind.« Er zeigt mit einem zittrigen Finger auf mich. »Die Königin der Kincaid-Schmuggler.«

»Die Bezeichnung verwende ich nicht.«

Er greift nach der Flasche edlen Scotch, die er zwischen seine Füße geklemmt hat, füllt sein Glas und leert es in einem Zug, und mir wird klar, dass Barclay Farmington von den Farmingtons aus Albemarle sternhagelvoll ist.

»Die Kincaid-Schmuggler«, sagt er. »Großer Name für eine Bande Hinterwäldler mit Schrotflinten.«

»Vorsicht, Mister«, sage ich. »Wir Hinterwäldler fahren schnell aus der Haut.«

»Das hab ich gehört. Ihr befehdet euch. Werft Bomben.«

»Ein erwachsener Mann, der keinen Alkohol verträgt, sollte nicht –«

Eine fleischige Hand auf meinem Arm unterbricht mich.

»Beachten Sie ihn nicht«, sagt Gus leise. »Das Geld der Farmingtons ist schon so lange in der Familie, dass sie gern so tun, als hätten sie niemanden betrogen, um es sich zu verschaffen.«

»Lachs in Aspik«, verkündet ein Kellner und stellt einen Teller vor mir auf den Tisch.

»Nach allem, was ich so höre, Miss Kincaid«, sagt Gus, während er sich seine gestärkte Serviette um den Hals bindet, »sind Sie, wenn Sie nicht gerade das Leben meiner Frau aufs Spiel setzen, ziemlich tüchtig in dem, was Sie tun. Sich um das Familienunternehmen kümmern, wie Sie das so diskret in dem Zeitungsinterview formuliert haben.«

»Ich schätze, ich halte mich ganz gut. Immerhin kann ich mir jetzt Salz für die Bohnen leisten. Allerdings keine Gemälde von römischen Soldaten, die nackte Ladys verschleppen.«

»Noch nicht.« Er trinkt einen Schluck Wein. »Wir beide sind uns sehr ähnlich, Sallie.«

»Gerade hat Georgette gesagt, sie und ich wären einander ähnlich.«

Gus schüttelt den Kopf. »Ihr seid euch nicht ähnlich. Ich liebe Georgette, aber sie langweilt sich schnell. Deshalb braucht sie ihre Abenteuer. Und ihre Haustiere. Sie mögen ja fahren können wie der Teufel, Sallie, aber Sie sind keine Abenteurerin. Ich weiß Bescheid über die Jahre, die Sie als Wäscherin in dem kleinen Kaff verbracht haben.«

Mir wird heiß im Gesicht. »Woher wissen Sie das?«

»Ich bin Anwalt. Ich unterziehe die Menschen, für die meine Frau sich interessiert, einer sorgfältigen Prüfung. Kein Grund, sich zu schämen, Miss Kincaid. Ich war Laufbursche für ein illegales Wettbüro, als ich noch Kniehosen trug. Wir sind beide hungrig aufgewachsen. Und wer hungrig aufwächst, bleibt sein Leben lang hungrig.« Er hebt sein Weinglas. »Auf den Hunger.«

Auf der anderen Seite des Tisches hebt Georgette ihr Glas und ruft: »Darauf, den Hunger zu stillen.«

Dann beginnt die Gräfin von gegenüber, langatmig die letzten Tage der Habsburger zu schildern und dabei Barclay Farmington schöne Augen zu machen, der wiederum davon redet, wie viel Geld sich im Terminhandel mit Rindern verdienen lässt, wenn man die Nerven dafür hat. Rawley erzählt Georgette Geschichten über Luftkämpfe in Frankreich. Georgette sitzt nah bei ihm, sehr nah, das Kinn in die Hand gestützt, und starrt ihn bewundernd an. Plötzlich streckt sie die andere Hand unter den Tisch, und Rawley zuckt erschrocken zurück. Sobald ich begreife, was da gerade passiert, möchte ich ihr meinen Teller mit Lachs in Aspik ins Gesicht werfen. Doch dann lacht Rawley auf, greift unter den Tisch, und jetzt zuckt Georgette zurück. Auch sie lacht und gibt ihm eine spielerische Ohrfeige. So ist Rawley. Geistesgegenwärtig.

Falls Gus irgendetwas davon mitbekommen hat, lässt er es sich nicht anmerken. Georgette blickt über den Tisch und zwinkert mir zu. Als die Kellner beginnen, die Teller abzuräumen, steht Georgette auf, bedeutet mir mit einem Finger mitzukommen, und ich folge ihr nach draußen.

»Haben Sie gerade das getan, was ich glaube?«, frage ich.

»Ich hab doch gesagt, ich werde ihm auf den Zahn fühlen.« Sie lacht dunkel und kehlig. »Und er hat mir auf den Zahn gefühlt. Alles nur Spaß.« Sie legt einen Arm um meine Taille. »Kommen Sie.«

Georgette führt mich in die Villa und hinauf in den ersten Stock. »Das hier ist mein Toilettenraum.« Sie öffnet die Tür zu einem Badezimmer, das so groß ist wie ein Salon. An den Wänden sind Mosaike von Palmen und Pyramiden, in die gewölbte Decke sind goldene Sterne eingelassen, und die Wanne ist so tief und breit, dass man fast drin schwimmen könnte. In Hatfield konnten Tante Faye und ich den ganzen Winter nicht baden. Wir schleppten Wasser vom Brunnen ins Haus, aber weil es so kalt war, wuschen wir uns nur Hände und Gesicht, nicht jedoch unsere Haare und auch untenrum nicht. Bis heute verfolgt mich das Gefühl, unsauber zu sein. Übelriechend und schmierig. In so einem Badezimmer könnte ich stundenlang in der Wanne liegen und mich schrubben, bis ich endlich sauber wäre – vollkommen, restlos, ganz und gar sauber.

Das Badezimmer hat eine zweite Tür, durch die wir in Georgettes Ankleidezimmer gelangen, wo sie ihre Schuhe abstreift und anfängt, die Knöpfe ihres mit Perlen besetzten goldenen Kleides zu öffnen.

»Georgette, ich freue mich, dass Sie sich gut mit Rawley verstehen, aber –«

»Er ist attraktiv.« Sie lässt das Kleid zu Boden gleiten. »Aber Sie könnten es sehr viel besser treffen.« Sie zieht ihre Seidenstrümpfe und den Strumpfhalter aus, streift den Unterrock über den Kopf und bleibt so stehen, vier Schritte von mir entfernt, in nichts als ihrem knappen Seidenschlüpfer.

Verhalten sich alle reichen Stadtmenschen so? Schamlos. Damals in dem kleinen Haus in Hatfield gaben Tante Faye und ich uns immer größte Mühe, unsere Privatsphäre gegenseitig zu respektieren. Wir klopften an die Tür, wenn wir aufs Klo wollten, wandten uns ab, wenn wir uns auszogen. Ich halte den Blick stur auf Georgettes blassblaue Augen gerichtet, nehme aber unwillkürlich ihre kleinen Brüste und dunklen Brustwarzen wahr.

»Sie sind sein Goldesel«, erklärt sie.

»Passen Sie auf, was Sie sagen, Georgette.«

»Sie sollten für niemanden der Goldesel sein, mein Täubchen. Sie sollten sich einen eigenen Goldesel suchen.«

»Ich brauche keinen verdammten Goldesel.«

»Jede Frau sollte eine gute Partie machen, wenn irgend möglich. Und wenn sie will, kann sie sich einen Geliebten nehmen. Jemanden wie Rawley. Nachdem sie eine Abmachung getroffen hat.«

»Abmachung? Haben Sie eine?«

»Jede Ehe ist eine Abmachung.« Georgette schiebt die Daumen unter ihren Schlüpfer, bückt sich und lässt ihn zu Boden gleiten, bis er als weiße seidene Pfütze um ihre Füße liegt. Sie richtet sich auf und steht nackt da, als wartete sie darauf, von mir taxiert zu werden. Ich schaue weg, betrachte die zahllosen Kleider und Röcke und Blusen, die Regale mit Hüten und Handschuhen und Schuhen, aber überall sind große Spiegel, und ich sehe Georgette in jedem von ihnen – ihre blassen Schultern, die schmale Taille und die geschwungenen Hüften, ihre unbedeckte Scham. »Wenn Sie heiraten, sollte der Mann Ihnen etwas bieten – Geld, Ansehen, einen großen Namen. Rawley bietet Ihnen nichts. Ich habe Sie neben Barclay Farmington platziert. Seine Familie hat riesige Ländereien in Albemarle County.«

»Er ist ein Vollidiot. Und ein Schluckspecht. Wenn nur so einer wie Barclay Farmington zur Wahl steht, heirate ich Rawley.«

»Barclay ist also nicht nach Ihrem Geschmack. Es gibt andere. Begeben Sie sich auf den Heiratsmarkt. Finden Sie raus, wen Sie sich angeln können.«

»Das hört sich verdammt nach Hurerei an.«

Georgette lacht wieder ihr kehliges Lachen. »Jede Frau hat ihren Preis.« Sie geht zurück in ihr Badezimmer, lässt aber die Tür offen und ruft. »Ihre Mutter auch.«

Wieso kommt sie jetzt auf Mama? In einem der Spiegel sehe ich mich selbst und komme mir in dem silbernen Kleid wie ein Flittchen vor. »Was wollen Sie schon von meiner Mama wissen?«

»Gus holt immer ganz genaue Informationen ein.« Ich höre ein Plätschern. Die Frau pinkelt, während sie mit mir über meine Mama redet. »Jeder, der sich nach Duke Kincaid und seiner Tochter Sallie erkundigt, erfährt von Ihrer Mutter. Annie Kincaid hatte eine Abmachung mit dem Duke, aber sie hat sich nicht daran gehalten. Deshalb hat sie ein schlimmes Ende genommen.«

»Soll das heißen, es war ihre Schuld?«

»Ihre Mutter hat das Versprechen gebrochen, das sie dem Duke gegeben hatte. Wessen Schuld war das wohl?«

Die Toilettenspülung rauscht. Georgette kommt wieder herein, ihre Scham noch immer unbedeckt, aber jetzt sehe ich nur noch ihr Gesicht – den lächelnden roten Mund und die blassblauen Augen –, und ich spüre den starken Drang, dieses Gesicht zu ohrfeigen oder mit der Faust hineinzuschlagen. Mama hat eine bessere Verteidigung verdient, aber ich fühle mich überrumpelt, und mir fällt nichts ein, wie diese Verteidigung aussehen könnte, also stehe ich nur da und schaue stumm zu, wie Georgette in einen glänzenden weißen Badeanzug steigt, der viel Bein zeigt.

»Es ist fast Mitternacht«, sagt sie fröhlich, streift sich

einen weißen Seidenmorgenrock über und bindet ihn zu. »Höchste Zeit, das Jahr 1922 zu begrüßen.«

»Warum haben Sie mir das alles gesagt?«, frage ich schließlich.

»Ich tu Ihnen einen Gefallen, Täubchen. Die meisten Frauen lernen nichts aus den Fehlern ihrer Mütter. Sie wiederholen sie bloß. Ihnen wünsche ich etwas Besseres.«

Kann das wirklich ihr Ernst sein? Mir fehlen noch immer die Worte, und ich komme mir dumm und lächerlich vor, als ich Georgette zurück zum Poolhaus folge wie ein geprügelter, aber treuer Hund. Ich suche die Gästeschar nach Rawley ab, kann ihn aber unter den vielen schwarzhaarigen Männern in schwarzen Smokings nirgends entdecken.

Georgette steigt auf das Sprungbrett und lässt ihren Morgenrock fallen. Männer und Frauen johlen und klatschen, grölen und pfeifen, während Georgette dort steht, Hände auf den Hüften, und ihren Auftritt genießt. Dann tänzelt sie zum Ende des Sprungbretts und reckt die Arme hoch über den Kopf. Gus holt eine Taschenuhr hervor und fängt an, mit seiner dröhnenden Stimme die Sekunden herunterzuzählen. Die Gäste fallen ein, und als sie bei »eins« ankommen, schreien sie: »Frohes Neues Jahr!«, und ein Butler schlägt auf einen Gong, und Georgette federt vom Brett hoch in die Luft, breitet die Arme aus, um dann mit einem perfekten Kopfsprung ins Wasser zu gleiten, die Beine so gerade gestreckt, dass sie kaum einen Spritzer macht.

Gus trottet an den Rand des Pools und springt in voller Montur mit angezogenen Beinen hinein, sodass er mit dem Hinterteil zuerst ins Wasser klatscht. Dabei schießt eine so gewaltige Fontäne in die Höhe, dass ich einen Schreck bekomme, und für eine Sekunde sehe ich vor meinem geistigen Auge, wie der Duke auf der Wasseroberfläche des Sees aufschlägt. Rings um das Becken lachen alle, und ein paar Männer ziehen ihre Jacketts aus und hechten hinein, dann entkleidet sich eine lockenköpfige Frau bis auf ihre knappe Spitzenunterwäsche und springt ins Wasser, ihr Diadem noch auf dem Kopf. Spätestens jetzt drehen alle durch. Manche reißen sich, während sie zum Schwimmbecken laufen, die Kleidung vom Leib, andere springen kurzerhand in Smoking oder Abendkleid hinein.

Normalerweise mache ich fast jeden Spaß mit, aber nicht heute Nacht, nicht nach meinem Gespräch mit Georgette. Ich bleibe am Rand des Beckens stehen, schaue zu, wie diese reichen Einfaltspinsel ihre teuren Klamotten ruinieren und in dem aufgewühlten Wasser herumtollen, als ich plötzlich zwei Hände am Rücken spüre. Sie schubsen mich, und noch im Fallen drehe ich mich um und sehe das teigige, betrunkene, lachende Gesicht von Barclay Farmington.

Ich schlage hart auf der Oberfläche auf, dann gehe ich unter, Nase und Mund füllen sich mit warmem Poolwasser. Ich versuche, strampelnd und rudernd wieder nach oben zu kommen, aber dieses verdammte Satinkleid klebt mir an den Beinen, und der mit Wasser vollgesogene Stoff zieht mich nach unten. Tiefer und tiefer, bis meine hochhackigen Schuhe etwas Hartes berühren, den Grund des Beckens. Ich versuche, die Schuhe abzustreifen, doch sie sind fest zugeschnallt. Ich reiße die Arme herum, will das verfluchte Kleid aufhaken, komme aber nicht an den Verschluss auf meinem Rücken. Mir brennt die Lunge. Mir bleiben nur noch ein paar Sekunden, bis ich Wasser einatme. Über mir, im blauen Licht des Pools, kann ich wirbelnde Arme und Beine sehen, betrunkene Gäste, die herumalbern. Ich packe das Bein eines Mannes, doch der denkt, ich will spielen. Er tritt mir ins Gesicht, und das letzte bisschen Luft entweicht mir. Ich ersticke. Ertrinke. Alles verschwimmt. Ich höre eine gedämpfte Explosion, dann sind plötzlich winzige Bläschen im Wasser, eine Gestalt, jemand ist hineingesprungen, schwimmt nach unten auf mich zu.

Rawley.

49

Ich glaube, es gibt nichts Gemütlicheres, als sich warm und geborgen zu fühlen, wenn es draußen eisig kalt ist. Der Heizkörper zischt, und Eichenholzscheite lodern im Kamin der Bibliothek. Rawley müsste jeden Moment hier sein, und ich sitze am Schreibtisch und halte durchs Fenster nach ihm Ausschau. Der Himmel ist bleiern und schwer. Es sieht nach Schnee aus. Wir hatten dieses Jahr schon früh bitteren Frost, und das neue Jahr brachte eine unbarmherzige Kaltfront. Die Bäche haben Eisränder, das Schilf ist mit flaumigem weißem Raureif überzogen, und die Teiche sind so fest zugefroren, dass man meint, man könnte darauf laufen. Es wird noch kälter werden, das behaupten zumindest die Alten, die die Ringe des Mondes und die Dicke der Baumrinde zu Rate ziehen. Aber wir werden es überstehen. Die Menschen von Claiborne County sind gut versorgt.

Jeder Ort im County hat seinen eigenen kleinen Bürgermeister, einen Mann, der nicht gewählt wird, aber sich aller Probleme annimmt, die er lösen kann, bevor die Menschen sich an mich wenden. Rawley und ich haben uns von diesen Bürgermeistern die Namen der Hilfsbedürftigen geben lassen, der Alten, Gebrechlichen, Kriegsversehrten und jungen Kriegerwitwen, die es schwer haben werden, durch den

Winter zu kommen. Wir haben ihre Schuppen mit Feuerholz und ihre Schränke mit Lebensmittelkonserven gefüllt, und wir haben Wollmäntel für ihre Kinder beschafft.

Das alles konnten wir tun, weil wir das Geld aus dem Whiskeyverkauf in Roanoke haben, und das ist Rawleys Werk. Zugegeben, ich zahle Rawley ein Gehalt, aber ich bin nicht sein Goldesel, wie Georgette sagte. Er lässt sich nicht von mir durchfüttern. Wir sind Partner. Und nachdem er mich halb ertrunken aus Georgettes Pool gezogen und sein Jackett um mich gelegt hatte, flüsterte ich ihm zu: »Bring mich schleunigst hier weg, und ich heirate dich.«

Dieser Swimmingpool. Mamas Mondsteinkette liegt auf dem Grund des Beckens, da bin ich mir sicher. Rawley und ich waren schon auf dem Heimweg, als ich die Kette berühren wollte und merkte, dass sie nicht mehr da war. Der Verschluss muss aufgegangen sein, als ich wild mit Armen und Beinen im Wasser herumstrampelte. Rawley wollte umkehren und nach ihr suchen, aber ich sagte Nein. In dieses widerwärtige Haus zurückkehren, ins Wasser springen und nach der Halskette suchen, während Gus und Georgette und Barclay Farmington und all ihre Gäste feixend und kichernd zuschauen – das kam nicht in Frage.

Vier Wochen sind seit der Party vergangen. Fast täglich nehme ich mir vor, Georgette anzurufen und zu fragen, ob sie die Kette gefunden haben, aber ich schiebe es immer wieder auf. Ich habe keine Angst vor den Bonds oder vor Glen Lowes Deputys oder vor Zollfahndern, die mich mitten in der Nacht verfolgen, warum also bin ich so ein Feigling, wenn es um diese reiche Lady geht?

Ich darf mich nicht von ihr kleinkriegen lassen. Das darf ich einfach nicht. Ich greife zum Telefon. Als ich durchgestellt werde, sind meine Handflächen feucht.

»Sallie Kincaid?« Georgette klingt geradezu überglücklich, von mir zu hören.

»Ja. Ich wollte mich für die Einladung zu Ihrer wunderbaren Party bedanken.« Ob das in ihren Ohren so verlogen klang wie in meinen?

»Sie sind gegangen, ehe der Spaß richtig losging.«

»Wir hatten einen weiten Heimweg.« Das ist noch so ein Verhalten, das ich bei Georgette an den Tag lege. Ich rede mich raus, scheue davor zurück, die Wahrheit zu sagen. »Bitte richten Sie auch Gus unseren Dank aus.«

»Gewiss. Und was ist mit Ihrem Mr Riley? Haben Sie sich entschieden?«

»Rawley. Ich werde ihn heiraten.« Endlich, eine schlichte Wahrheit.

»Den Fahrer.«

»Georgette, er ist nicht –«

»Nun ja, Sie beide sind ein bildhübsches Paar. Sie werden Blicke auf sich ziehen. Auch das zählt schon was. Aber nicht vergessen, mein Täubchen, jede Ehe ist eine Abmachung.«

»Das sagten Sie bereits.« Ich habe einfach keine Chance gegen Georgette. Ich muss den Versuch aufgeben und zum eigentlichen Grund meines Anrufs kommen. »Eines noch, Georgette. Als ich in der Silvesternacht in den Pool gefallen bin, habe ich meine Halskette verloren. Eine Halskette mit drei Mondsteinen.«

»Nach so einer Party habe ich immer einen ganzen Korb voll Sachen, die Leute verloren haben, aber ich erinnere mich nicht an eine Mondsteinkette. Wie wär's mit einem fantastischen Paar Ohrringe aus Markasit?«

»Die Kette bedeutet mir sehr viel. Der Duke hat sie –« Ich bremse mich. Es ist unbedacht aus mir herausgeplatzt, aber ich will kein Wort über Mama sagen. Denn wenn ich das tue, kann ich mich vielleicht nicht mehr zurückhalten und sage Georgette, was ich wirklich von ihr halte, von ihr und ihren sogenannten Abmachungen und ihrem angeketteten Affen und ihren hochnäsigen Freunden und ihrer nackten Posiererei und ihren blasierten Ratschlägen – aber das wird mir nicht helfen, die Halskette zurückzubekommen.

»Dann werde ich noch mal alles absuchen.«

»Danke.«

»Und wir müssen uns wieder treffen, Sallie. Bald.«

»Liebend gern.« Eine letzte scheinheilige Lüge.

Ich lege auf, bin sicher, dass ich Georgette nie wiedersehen werde. Ebenso wie Mamas Halskette.

Ich starre noch immer das Telefon an, als Rawley hereinkommt und einen offensichtlich schweren Karton abstellt.

»Das sind die Muster für die Fliesen, die du bestellt hast.«

Ich erzähle ihm von meinem Telefonat mit Georgette.

»Die und ihr dicker Pinguin können mir meinen Hinterwäldlerbuckel runterrutschen. Es gibt Wichtigeres zu tun, Sallie. Die guten Menschen von Claiborne County sollten allmählich erfahren, dass wir heiraten werden.«

»Im Moment gibt's noch so viel zu erledigen.«

»Darum kümmern wir uns schon, du und ich, als Mann und Frau. Lass uns eine Anzeige in die *Gazette* setzen.«

»Dann musst du ausziehen. Es gehört sich nicht, dass eine Frau und ihr Zukünftiger unter einem Dach wohnen. Wir könnten doch einfach heimlich nach Roanoke fahren, im Rathaus heiraten und als Ehepaar zurückkommen.

»Aber meine Ma muss dabei sein.«

»Ich freu mich drauf, sie kennenzulernen. Und ich würde Tante Faye mitnehmen.«

»Dann machen wir das so.«

»Sobald das Wetter besser wird.«

Rawley drückt meine Schulter. »Ich muss noch mal los. Die Hefe- und Zuckerlieferung müsste heute am Bahnhof ankommen.«

Ich sehe meinen Zukünftigen aus dem Zimmer gehen. Das Telefongespräch mit Georgette hat auf meine Stimmung gedrückt, und mit Rawley über unsere Hochzeit zu sprechen hat mich auch nicht gerade aufgeheitert. Vielleicht ist es nur meine Angst vor der eigenen Courage. Aber da ist noch etwas. Wenn ich Rawley heirate, werde ich Tom anrufen müssen, es ihm erzählen müssen. Er wird denken, dass ich gelogen habe, als ich ihm sagte, ich würde nie heiraten, und es eigentlich so war, dass ich ihn nicht heiraten wollte. Das wird Tom verletzen, den Menschen, der immer gut zu mir war, aber es führt kein Weg daran vorbei.

Ich schneide den Karton mit meinem Taschenmesser auf und nehme die Fliesen heraus. Es sind quadratische, rechteckige und sechseckige, und die Farben haben ausgefallene Namen wie Coelinblau und Papageiengrün und Blutorange.

Ich führe das Große Haus ins zwanzigste Jahrhundert. Es hat zwei Badezimmer mit Toilette, eines im Erdgeschoss unter der Treppe und eines in dem ehemaligen Abstellraum im ersten Stock. Als der Duke sie einbauen ließ, hat das für viel Neid gesorgt, besonders wegen der Innentoiletten – die ersten im gesamten County. Und sie sind wirklich ausgesprochen komfortabel, wenn ich an unser Außenklo in Hatfield denke, wo ich mir im Winter den Hintern abfror und im Sommer die Schmeißfliegen abwehren musste, aber sie sind auch recht eng und stickig, dazu fensterlos, und das warme Wasser muss noch immer vom Herd in der Küche angeschleppt werden. Deshalb mache ich nun aus Janes altem Boudoir ein modernes Bad.

Als ich mir jetzt diese Fliesen anschaue, kommen mir Zweifel, ob der Wunsch nach einem neumodischen Badezimmer nicht vielleicht einfach bloß Eitelkeit ist – schließlich ist ein Badezimmer mit Toilette in erster Linie dafür da, dass man sein Geschäft erledigt und wieder geht, und nicht viel Zeit damit verbringt, sich selbst zu verwöhnen. Aber dann finde ich eine Fliese, die einfach nur zartweiß ist – cremefarben. Sauber. Wie ich mich fühlen möchte, wenn ich mich nach einem langen Tag gewaschen habe.

Es klopft an der Tür, und Tante Faye steckt den Kopf in die Bibliothek.

»Sal, Schätzchen, ich muss mit dir re-«

»Wie findest du die?« Ich halte die cremefarbene Fliese hoch.

Sie wirft nur einen flüchtigen Blick darauf. »Sehr schön. Aber ich muss mit dir reden. Das heißt, wir müssen mit dir reden, Nell und ich.«

Sie macht die Tür weiter auf, und ich sehe, dass Nell hinter ihr steht.

»Nur wenn Nell mir sagt, ob ihr die Farbe gefällt.«

Nell hat ein gutes Auge und einen sicheren Geschmack, und ich erwarte, dass sie mir spontan antwortet. Stattdessen starrt sie auf ihre Füße. Irgendwas ist passiert.

»Ich sag's jetzt einfach geradeheraus.« Tante Faye atmet tief durch. »Nell ist guter Hoffnung.«

»Großer Gott. Nell?«

Sie nickt, blickt noch immer zu Boden. Sie hat die kräftigen Arme verschränkt, und ihre Finger mit den geröteten Knöcheln umklammern die Ellbogen.

Arme Nell. Sie hat furchtbare Angst. Wie lang lebt sie schon mit diesem Geheimnis? »Keine Sorge, Nell. Das wird schon. Wer ist der Daddy?«

Nell beißt sich auf die Lippen. Endlich blickt sie auf, aber sie wendet sich Tante Faye zu, nicht mir.

»Du weißt doch wohl, wer der Daddy ist, oder?« Die Frage kommt schärfer heraus, als ich beabsichtigt habe.

»Ja, natürlich«, sagt Nell, sichtlich gekränkt und fügt dann hinzu. »Es war nur einer.«

»Gut, und wer?«

Tante Faye schaltet sich ein. »Tja, da wird die Sache ein bisschen … heikel.«

»Oh nein«, sage ich. »Er ist verheiratet.«

»Nein, ist er nicht.« Nell schüttelt den Kopf.

»Gott sei Dank. Also, ich frage noch mal, wer ist es?«

»Du musst wissen«, setzt Tante Faye an, »also, damals, als es passiert ist –«

»Sagt mir einfach, wer der Daddy ist.«

»Rawley«, antwortet Tante Faye leise.

»Rawley?« Ich stehe so schnell und jäh auf, dass mein Sessel umkippt. »Du warst mit Rawley im Bett?«

»Nur das eine Mal.« Endlich sieht Nell mich an. »Schon im September. Miss Faye hat gesagt, du wärst nicht an ihm interessiert.«

Ich sehe nur Nells Gesicht, sonst nichts, ihre Augen, die voller Schmerz und Scham sind, und ich höre, was sie sagt, aber vor allem höre ich das Blut in meinem Kopf rauschen, und ich kann nicht denken, ich werde wild, werde ein fauchendes, verletztes Tier, stürme um den Schreibtisch herum, versetze dem Gesicht dieser Frau, die mich verraten hat, eine schallende Ohrfeige – und sie nimmt es einfach hin, Kopf gesenkt, also schlage ich erneut zu, und jetzt duckt sie sich, hebt schützend die Hände, also schlage ich auf die Hände ein, schreie sie an, dass ich ihr Arbeit gegeben habe, ein Zuhause, dass ich ihr vertraut habe, und das ist ihr Dank?

Tante Faye zerrt an meinem Arm, schreit mich an, ich soll aufhören. »Um Himmels willen, Sallie, hab Erbarmen mit dem Mädchen. Er war es, der zu ihr gekommen ist.«

»Und sie konnte nicht Nein sagen?« Meine Stimme überschlägt sich fast. Ich winde mich aus Tante Fayes Händen. »Meine eigene Cousine?«

»Bitte, Sallie, komm zu dir.« Tante Fayes Stimme ist fest und bestimmt. »Es war nicht Nells Schuld. Und sie ist nicht deine Cousine. Sie ist deine Schwester.«

Schwester? Soll das ein Witz sein, eine Finte, um mich vollends zu verwirren? »Wie bitte?«

»Nell ist deine Halbschwester.«

Das kann unmöglich wahr sein. Oder doch? Ich starre Tante Faye an, versuche zu begreifen, was sie da sagt, und dann schaue ich zu Nell hinunter, die zitternd auf dem Boden kauert, das Gesicht tränennass, das Haar aus dem ordentlichen kleinen Knoten gerutscht, zu dem sie es immer bindet. »Mama hatte vor mir schon ein Baby?«

»Nein, Sallie.« Tante Faye nimmt die Schultern zurück und hebt das Kinn. »Ich hatte eins. Nell ist meine Tochter.«

»Aber dann ist sie doch meine Cousine, und du hast gesagt –«

»Nell ist auch die Tochter des Duke.«

Es ist, als würde sich durch Tante Fayes Erklärung ein dunkles gähnendes Loch vor mir auftun, und ich habe das Gefühl hineinzustürzen, deshalb halte ich mich an der Schreibtischkante fest.

Nell versucht, ihr Schluchzen zu unterdrücken, streicht sich Haarsträhnen aus dem Gesicht, wischt sich die laufende Nase und die rot geränderten feuchten Augen. Ich blicke zwischen ihr und Tante Faye hin und her, schaue mich dann im Raum um, suche nach etwas Verlässlichem und Wahrem, das mir hilft, mich zurechtzufinden. Die Bücher in den Regalen, lauter Geschichtsbücher, kein einziger Roman. Der Duke hatte kein Interesse an Geschichten, die nicht wahr waren. Ist diese Geschichte wahr? Das Schwert des Colonels über dem Kamin, das Mama angeblich gegen den Duke erhoben hat. Ist das eine wahre Geschichte? Ich betrachte das Porträt des Duke an der Wand, als könnte ich dort die Antwort finden. Doch er starrt bloß durch den Raum, starrt auf das Porträt des Colonels, als ginge ihn das alles nichts an, als existierten wir nicht. Andauernd habe ich die Stimme des Duke im Kopf, höre ihn reden, glasklar, aber jetzt sagt er keinen Ton, rät mir nicht, was ich denken, was ich tun, was ich davon halten soll, und selbst wenn er es täte, würde ich ihm wahrscheinlich sagen, er soll verdammt noch mal die Klappe halten.

»Ich versteh's immer noch nicht«, sage ich.

»Als ich dir die Haare geschnitten habe, hab ich dir doch erzählt, dass der Duke und ich ein Techtelmechtel hatten.«

Ich nicke. »Ein Jahr, nachdem ich im Großen Haus angefangen habe«, fährt Tante Faye fort, »habe ich festgestellt, dass ich ein Kind erwarte. Der Duke schickte mich zu seinen Verwandten in Amelia County. Und als das Baby da war – natürlich ein Mädchen –, bin ich zu dem Schluss gekommen, dass das Kind ein besseres Leben haben würde, wenn es von Ava Porter großgezogen würde. Sie war die Cousine des Duke und seit fünf Jahren verheiratet, ohne schwanger geworden zu sein.« Tante Faye atmet tief durch und redet dann weiter: »Wie du weißt, hat Kat dieselbe Entscheidung getroffen.« Es kommt mir wie eine Rechtfertigung vor. »Der Duke hat mir damals versprochen, dass er sämtliche Kosten für das Kind übernehmen wird, solange wir Stillschweigen über die ganze Angelegenheit bewahren.«

Ich hatte also all die Jahre über nicht bloß Verwandte auf der Hopewell Road, sondern auch nur wenige Meilen entfernt eine Schwester, von der ich nichts wusste, eine Schwester, die der Duke, der Mann, den ich bewundert habe, nie erwähnt hat. Ich betrachte erneut sein Porträt, und er wirkt jetzt anders auf mich. Als sähe ich ihn aus weiter Ferne, als wäre ich hoch oben in dem gelben Flugzeug und er tief unten auf dem Boden – und er kommt mir sehr klein vor.

In dem Jahr, als Nell fünfzehn wurde, erzählt Tante Faye weiter, habe der Duke sie als Janes Dienstmädchen eingestellt. Aber dass der Duke ihr Daddy war, erfuhr Nell erst nach seinem Tod, nachdem ich Tante Faye wieder ins Große Haus geholt hatte. »Als sie noch klein war, hätte ihr das Wissen darum nur wehgetan«, sagt Tante Faye. »Aber ich konnte einfach nicht mit ihr unter einem Dach leben, ohne es ihr zu sagen. Und da Nell jetzt eine erwachsene Frau ist, hatte sie auch ein Recht darauf, es zu erfahren.«

Nell beobachtet meine Miene. Sie sieht Tante Faye nicht ähnlich, aber sie hat das gleiche dunkle Haar und den Porzellanteint, und jetzt fällt mir zum ersten Mal ihre hohe Kincaid-Stirn auf. Wieso hab ich die vorher noch nie bemerkt? Bin ich wirklich so blind? Vielleicht wollte ich es nicht bemerken. Nach Mamas Tod, als kleines Mädchen, versuchte ich mit aller Kraft, den Duke als meinen größten Helden zu sehen, einen, der mir die Sterne vom Himmel holen kann. Es gab also vieles, was ich nicht sehen wollte. Eigentlich schon mein ganzes verdammtes Leben lang.

»Ich wollte auf den richtigen Augenblick warten, um es dir zu sagen«, erklärt Tante Faye. »Es wäre zu viel auf einmal gewesen, deshalb hab ich dir bei unserem großen Gespräch erst mal nur von dem Duke und mir erzählt.«

Nell wischt sich die Tränen ab und bindet ihr Haar wieder zu dem ordentlichen kleinen Knoten. Ich erinnere mich daran, dass der Duke sie meistens nur wie irgendein Dienstmädchen behandelte, sie beiläufig herumkommandierte, ihr befahl, die Veranda zu fegen oder Feuerholz nachzulegen. Aber dann und wann ertappte ich ihn dabei, wie er Nell beobachtete, und wenn er sah, dass ich das bemerkte, blickte er rasch weg. Jetzt wird mir klar, dass er Nell so ansah, wie er manchmal auch mich betrachtete, als erinnerte ich ihn an etwas, das er unbedingt vergessen wollte. An einen Ausrutscher. Einen Fehler. Aber du weißt nie, was aus deinen Fehlern wird.

»Wie ist es passiert?«, frage ich Nell. »Mit Rawley.«

»Er hat mich gesehen. Die meisten Leute nehmen gar keine Notiz von mir – ich bin ja bloß das Dienstmädchen –, aber er hat gesagt, ich wäre ihm gleich aufgefallen, schon als er mir das erste Mal begegnet ist. Er hat mir erzählt, seine Ma hätte auch als Dienstmädchen gearbeitet. Das hat mir geschmeichelt, und ich dachte, er wollte mich heiraten.«

»Er hat dir einen Antrag gemacht?«

»Das hab ich geglaubt. Er hat gesagt, ein Mann, der mich nicht heiraten will, ist ein Narr. Es war also nicht direkt ein Antrag. Wahrscheinlich war es mein Fehler, ich glaube, ich hab es so verstanden, wie ich es verstehen wollte. Er war zärtlich und liebevoll zu mir. Aber wir waren nur das eine Mal zusammen, und danach hab ich darauf gewartet, dass er etwas sagt oder tut, aber er hat mir nur hin und wieder zugezwinkert und ansonsten so getan, als wäre nie was zwischen uns gewesen. Es tut mir so leid, Sallie. Ich hoffe, du kannst mir irgendwann verzeihen.«

»Er hat sie verführt«, sagt Tante Faye. »Rawley ist es, den du verprügeln solltest.«

»Nein«, sagt Nell, und ihre Stimme klingt scharf. »Bitte. Ich will nicht, dass er Schwierigkeiten bekommt. Ich weiß, dass er dich will, Sallie, aber ich wäre ihm auch eine gute Ehefrau. Ich würde alles für ihn tun.«

»Weißt du was?«, sage ich. »Ich glaube dir aufs Wort.«

»Sag ihm das, Sallie. Du kannst so gut mit Menschen reden.«

Fliesen.

Ich sitze allein hier und stiere auf die Stapel glänzender bunter Fliesen. Coelinblau und Papageiengrün und Blutorange. Was zum Teufel hab ich mir bloß dabei gedacht? Ich hole aus und fege all diese lächerlichen Fliesen vom Tisch. Ein lautes Poltern. Dann Stille.

Ich fühle mich nicht besser. Mir ist schlecht, schwindelerregend, magenverkrampfend schlecht.

Was nun?

Aber ich weiß es genau.

Ich blicke aus dem Fenster. Es hat angefangen zu schneien. Kleine, zaghafte Schneeflocken. Die Einfahrt ist leer, aber Rawley wird bald zurückkommen, und wir werden ein Gespräch führen müssen, ein ernstes Gespräch, von dem ich nicht will, dass Nell oder Tante Faye es mitbekommen.

Ich ziehe meinen Mantel an und mache mich bereit, überlege, was ich sagen werde. Soll ich ihn anflehen, ihm Vorhaltungen machen, ihm drohen? Dann kommt mir der Gedanke, dass ich vielleicht mehr als Worte brauchen werde, also gehe ich zurück in die Bibliothek, schiebe zwei Patronen in die Remington und nehme sie mit zur Lizzie. Ich fahre die Einfahrt hinunter bis zu den wuchtigen Steinpfeilern, wo ich anhalte, aber den Motor laufen lasse. Ich bleibe im Auto sitzen und beobachte die winzigen Schneeflocken, die auf der Windschutzscheibe schmelzen.

Der Duke. Ich habe den Großteil meines Lebens mit diesem Mann im Kopf verbracht, und in den letzten zwei Jahren habe ich mein Bestes getan, um sein Andenken zu ehren. Ich habe versucht, das zu tun, was er getan hätte, habe mir seine Worte in Erinnerung gerufen, habe seine Stimme so klar gehört, als stünde er direkt neben mir. Dabei habe ich ihn die ganze Zeit nie wirklich gekannt. Diesen Mann, nach dessen Anerkennung ich mich so sehnte. Er liebte es, geliebt zu werden, war aber selbst unfähig zu wahrer Liebe. Er nahm sich von den Menschen, was er wollte, und sobald er es hatte, stieß er sie beiseite.

Und dann ist da Rawley, der Mann, den ich heiraten wollte. Er ähnelt dem Duke in vielerlei Hinsicht, was mir nie aufgefallen ist. Vielleicht, weil ich es nicht sehen wollte. Georgette hat gesagt, sie würde gern verhindern, dass ich die Fehler meiner Mama wiederhole, und sosehr ich die Frau auch verabscheue, genau das hätte ich um ein Haar getan. Ich hätte einen Mann geheiratet, der vieles von dem Mann hat, den Mama geheiratet hat, einen Mann, der wunderbar mit Lügen leben kann, der nie auch nur ein Wort darüber verloren hat, dass er mit Nell zusammen war, der mir niemals davon erzählt hätte, der sich ebenfalls von den Menschen nimmt, was er will, und sie dann beiseitestößt.

Ich kaue seit einer halben Stunde auf diesen bitteren Wahrheiten herum, als Rawleys Ford die Crooked Run Road heraufkommt. Es schneit inzwischen stärker, und ich blende meine Scheinwerfer auf. Er hält an. Ich steige aus, lehne mich an die Kühlerhaube der Lizzie. Lass ihn zu mir kommen. Rawley steigt aus seinem Wagen. Er lächelt, aber er weiß, dass irgendwas im Busch ist, und seine Augen haben den wachsamen Blick, den sie immer annehmen, wenn er eine Situation abschätzt.

»Was hat es denn mit diesem Empfangskomitee auf sich?« Er beugt sich vor, um mir einen Kuss zu geben, doch ich weiche ihm aus. »Alles in Ordnung?«

»Ich hatte ein interessantes Gespräch mit Nell.«

»Ach ja?«

»Sie ist guter Hoffnung.«

Er schüttelt den Kopf und starrt in den fallenden Schnee. »Tja, wieso überrascht mich das nicht?« Dann sieht er mich an. »Hat sie gesagt, wer sie geschwängert hat?«

»Sie sagt, du warst es.«

»Was?!« Rawley stößt ein kurzes, lautes Lachen aus. »Glaubst du das etwa?«

»Könnte es sein?«

Rawley setzt zu einer Antwort an, holt dann stattdessen eine Packung Zigaretten aus seiner Jackentasche und klopft eine heraus. »Also wirklich, Sallie.«

»Könnte es sein?«, frage ich noch einmal. »Es ist nämlich so, wenn sie sagt, du bist der Daddy, und du sagst, du bist es nicht, müssen wir der Sache auf den Grund gehen, beide Seiten befragen.«

»Sallie, du redest hier mit mir. Rawley. Deinem zukünftigen Mann.«

»Und wir werden feststellen, ob Nell irgendwelche Merkmale an deinem Körper beschreiben kann, Merkmale, von denen die meisten Leute nichts wissen.«

»Also wirklich, Sallie.«

»Merkmale, die ich bestätigen könnte. Willst du das wirklich?«

Rawley zündet seine Zigarette an, die Spitze glüht orangerot, und er atmet langsam aus. »Es war bloß das eine Mal«, sagt er dann.

Die Wahrheit nur zuzugeben, wenn man dazu gezwungen ist – das hat nichts mit echter Ehrlichkeit zu tun, und in mir schrumpft etwas zusammen und hinterlässt ein brennendes Gefühl der Leere. Aber darüber kann ich jetzt nicht weiter nachdenken, deshalb sage ich: »Wieso hast du nicht wenigstens aufgepasst?«

»Ging alles zu schnell. Und es war, bevor wir ein Paar wurden, ich hab dich also nicht betrogen. Außerdem könnte das Baby auch von einem anderen sein.«

»Sie sagt, du warst der Einzige.«

»Und das glaubst du ihr?«

»Ja, ich glaube ihr. Und deshalb, Douglas Rawley, wirst du Nell Porter heiraten und diesem Baby ein Daddy sein.«

Rawley zieht wieder an seiner Zigarette, dann betrachtet er sie, sieht zu, wie der Rauch sich in den fallenden Schnee hinaufkringelt. »Sallie, Nell ist ein liebes Ding«, sagt er, »und sie ist ganz hübsch. Aber ich habe den Krieg überlebt und bin nach Caywood gezogen und habe Sallie Kincaid geholfen, ins Schmuggelgeschäft einzusteigen und viel Geld für uns beide zu machen, und ich habe Sallie Kincaid überredet, mich zu heiraten. Das alles habe ich nicht getan, um am Ende Sallie Kincaids Dienstmädchen zu heiraten.«

»Nell ist nicht bloß ein Dienstmädchen, Rawley. Sie ist meine Schwester. Meine Halbschwester.«

Rawley sieht mich an, als wäre er unsicher, ob er richtig gehört hat. »Wie das?«

»Nell ist die Tochter des Duke, genau wie ich.«

Rawley überlegt einen Moment, stößt dann wieder ein lautes Lachen aus. »Und ihre Ma?«

»Tante Faye.«

»Nicht zu fassen.« Er wirft die Zigarette zu Boden und tritt sie aus. »Dieser Duke.«

»Ich hab's selbst gerade erst erfahren.« Ich merke, dass meine Stimme sanfter wird. Jetzt bloß nicht weich werden, Sallie.

Rawley hat es offenbar auch bemerkt, denn sein Mund verzieht sich zu einem schwachen Grinsen, und er legt den Kopf schief. »Dann hab ich mit Nell nur das gemacht, was der Duke mit Nells Ma gemacht hat. Du und ich, wir können es genauso machen wie der Duke. Wir können Nell wegschicken. Sie soll das Baby irgendwo anders bekommen. Wir können jemanden dafür bezahlen, es großzuziehen. Läuft doch oft so. Guck dir Grace an.«

Sein Vorschlag ist wie ein Tritt in die Magengrube. So machen sie es also. So entsorgen Daddys ihre eigenen Kinder, als wären sie die Zeitung vom Vortag. Ich bin beinahe dankbar dafür, dass Rawley mir sein wahres Gesicht zeigt. Das macht die Sache einfacher. »Diesmal läuft das anders.« Meine Stimme klingt jetzt wieder hart und bestimmt. »Heirate sie, Rawley. Du kannst deinen Job behalten. Ich kaufe euch ein Haus. Nell wird nicht arbeiten müssen. Sie wird Mrs Douglas Rawley sein. Ihr werdet ein gutes Leben haben.«

»Sallie, der Duke hat Nells Ma nicht geheiratet, und ich werde Nell nicht heiraten. Ich habe andere Pläne. Wir haben andere Pläne.«

Wir stehen uns in der Kälte gegenüber und starren einander an, während der feine Schnee sich auf unsere Schultern und Köpfe legt. Beide rühren wir uns nicht vom Fleck, beide sind wir wie gelähmt durch den Verlust von etwas, das noch vor wenigen Stunden so verlässlich, so gut, so wahr schien.

Ich bewege mich als Erste. Ich greife ins Auto und hole die Remington heraus. »Ich bitte dich nicht, Nell zu heiraten.« Ich ziele auf Rawleys Brust. »Ich befehle es dir.«

Rawley sieht mich gelassen an. Unbeeindruckt. Er klopft eine weitere Zigarette aus der Packung, reißt das Streichholz mit dem Daumennagel an, gibt sich Feuer und drückt die Flamme mit zwei Fingern wieder aus.

Ich berühre den Abzug, spüre den geschwungenen Stahl kalt an meiner Fingerspitze und nehme Rawley über den Gewehrlauf hinweg ins Visier, während er an seiner Zigarette zieht. Ich könnte ihn töten. Kaliber zweiundzwanzig ist nicht besonders groß, aber auf so kurze Entfernung, genau aufs Herz gezielt … Ich könnte abdrücken und Douglas Rawley im Schnee sterben sehen, genau wie der Duke Mama sterben sah. Ich könnte es tun. Ich könnte. Aber ich werde nicht auf ihn schießen, nicht auf einen unbewaffneten Mann, den Daddy des Babys meiner Schwester, den Mann, der mich aus dem Swimmingpool gezogen hat. Dennoch, ich hasse ihn – hasse ihn so sehr, wie man nur jemanden hassen kann, den man mal geliebt hat. Ich will ihn nicht töten, aber ich will ihm wehtun, weil er mir wehgetan hat, weil er Nell wehgetan hat, dem Kind unter ihrem Herzen wehgetan hat, einem Kind, das er weggeben will – weil dieser Schuft, so gut aussehend, charmant und hinterhältig, wie er ist, fast damit durchgekommen wäre. Ich fasse die Remington am Lauf, um ihm den Kolben gegen den Kopf zu knallen. Aber vielleicht bin ich doch zu zögerlich, oder er ist schneller als ich – jedenfalls fängt er das Gewehr mit der linken Hand ab und holt dann mit der rechten Hand aus.

»Willst du mich jetzt schlagen?«, frage ich. »Gehörst du zu der Sorte Mann?«

Er sagt nichts, mustert nur forschend mein Gesicht mit seinen dunklen Augen, aber ich starre unnachgiebig zurück, ohne Angst, ohne jede Schwäche, und als er nicht findet, was er sucht, wendet er sich einfach ab und geht zurück zu seinem Ford.

»Douglas Rawley! Ich schwöre dir, wenn du jetzt in das Auto steigst und wegfährst, wird du nie wieder einen Fuß ins Claiborne County setzen!«

Er schüttelt den Kopf, ohne sich umzudrehen. Dann tut er es. Während ich mit der Remington in der Hand dastehe, steigt Rawley in sein Auto, lässt den Motor aufjaulen und fährt davon.

Die roten Rücklichter verschwinden im Schneetreiben.

50

Der Zug kommt quietschend und zischend in einer weißen Dampfwolke zum Stehen. Ich sehe Tom Dunbar aus einem der Fenster spähen und winke mit beiden Händen.

Die letzten beiden Tage waren hart. Einen Großteil davon habe ich damit verbracht, Nell begreiflich zu machen, dass sie Rawley nicht braucht, überhaupt keinen Ehemann braucht. Sie kann im Großen Haus bleiben, wir werden das Baby gemeinsam großziehen, und Grace bekommt jemanden zum Spielen. Außerdem habe ich viel Zeit damit verbracht, mir einzureden, dass auch ich Rawley nicht brauche. Oder überhaupt einen Mann. Ich kann alles allein schaffen. Die Geschäfte leiten, die Schmuggelfahrten nach Roanoke anführen und uns alle beschützen.

Ich wollte unbedingt mit jemandem reden, der mir hilft, all das zu glauben, was ich mir einrede, und als ich gestern

Abend bei den Dunbars anrief und Louise mir sagte, Tom käme am nächsten Morgen nach Hause, bot ich nur allzu gern an, ihn abzuholen.

»Tom Dunbar, als du das letzte Mal einfach so mitten in der Woche aufgetaucht bist, war ich noch in Hatfield.«

»Dad hat mich angerufen und mir erzählt, was passiert ist«, sagt er. »Da wollte ich selbst sehen, wie's dir geht.«

Tom. Sein Anblick tröstet mich. In seinem Gesicht sehe ich noch immer den Jungen von früher, der für den Duke Besorgungen machte und sich manchmal dabei von mir helfen ließ. Er sieht müde aus. Müde, aber freundlich. »Du hast richtig gehört. Rawley und ich haben uns zerstritten. Er ist weg. Aber mir geht's gut. Wo ist Amy?«

»In Georgetown. Wir erwarten heute Abend Gäste zum Essen. Sie ist nicht gerade begeistert, dass ich nicht dabei sein werde.« Tom schüttelt den Kopf und setzt sein schiefes Lächeln auf, aber es verschwindet rasch wieder. Er nimmt meine Hand und führt mich zu einer Bank. Nach dem Schnee ist es wärmer geworden, und Schmelzwasser tropft vom Bahnhofsdach. »Das mit Rawley tut mir leid.«

»Ich brauche ihn nicht, und ich brauche auch kein Mitleid. Rawley ist weg. Auf Nimmerwiedersehen. Mir geht's gut. Großartig. Ende. Aus.«

»Ich kenn dich zu gut, Sallie.« Er drückt meine Hand. »Willst immer die Tapfere sein. Du musst mir nicht erzählen, was passiert ist, aber wenn du willst, bin ich für dich da.«

Ich denke an alles zurück, und der Schmerz, den ich mit so viel Mühe unterdrückt habe, schnürt mir die Kehle zu. Ich bekomme kein Wort heraus. Tom erkennt meinen inneren Kampf, drückt erneut meine Hand, und dann sprudeln die Worte aus mir heraus, erst stockend, dann immer schneller –

Nell ist von Rawley schwanger, er hat sich geweigert, sie zu heiraten, wollte sie wegschicken und irgendwen dafür bezahlen, das Kind großzuziehen.

»Was für ein mieser Kerl. Und die arme Nell. Was soll sie jetzt machen?«

Das ist typisch Tom. Er sorgt sich um Nell, wo so viele andere bloß die Nase rümpfen und sie verurteilen werden. »Ich kümmere mich um sie und das Baby. Wir werden alle eine große Familie sein.« Ich beschließe, ihm auch noch den Rest zu erzählen. »Es hat sich nämlich herausgestellt, dass wir eine Familie sind.« Ich ringe mir ein Lächeln ab. »Nell und ich.«

Tom nickt.

»Du wusstest das?«

»Nicht mit Sicherheit. Mutter hat sich so was gedacht. Dad wusste bestimmt Bescheid, hat es aber für sich behalten.«

»Tante Faye möchte, dass es geheim bleibt. Aber Nell meint, die Leute sollten es wissen. Sie muss das selbst entscheiden. Hat doch keinen Sinn, weiter ein Geheimnis darum zu machen.«

»Nichts, wofür sie sich schämen müsste.«

»Nell ist meine Schwester und zugleich meine Cousine. Was würden deine Freunde in Georgetown wohl davon halten?

Tom lacht. »Bei denen gibt es mehr Inzucht als bei uns Hinterwäldlern.« Er holt tief Luft. »Hast du schon jemanden im Auge, der Rawley ersetzen soll? Bei Kincaid Holdings, meine ich.«

»Nein, noch niemanden.«

»Vor einem Jahr hast du mir einen Job angeboten. Steht das Angebot noch?«

»Ich dachte, Amy will nicht in Caywood leben.«

»Will sie auch nicht. Ich würde ohne sie kommen.«

»Steht es nicht gut zwischen Amy und dir?«

»Zuerst war alles bestens, aber jetzt …« Er spricht den Satz nicht zu Ende. »Amy ist unheimlich klug und ehrgeizig und witzig, aber um ehrlich zu sein, ich kann sie nicht glücklich machen, sosehr ich mich bemühe.«

»Tom, das tut mir leid. Die Ehe. Sie bringt wirklich nur Probleme.« Ich stocke. Tom redet so ehrlich über seine Ehe, aber ich hab ihm nicht die volle Wahrheit über mich und Rawley gesagt. Und das muss ich. Es kursieren Gerüchte über uns, und ich möchte auf keinen Fall, dass er es von irgendjemand anderem erfährt. »Es gibt da was, das ich dir noch nicht gesagt habe, Tom. Was ich dir schon längst hätte sagen sollen, aber ich habe auf den richtigen Zeitpunkt gewartet. Ich weiß, das jetzt ist nicht der richtige Zeitpunkt, aber ich muss es dir trotzdem sagen. Rawley hat gefragt, ob ich ihn heiraten würde – und ich habe Ja gesagt.«

Tom holt tief Luft und zwingt sich zu einem Lächeln. Er ist verletzt, und ich bin schuld. Vielleicht hätte ich den Mund halten sollen, aber ich habe all die Geheimnisse und Lügen satt. »Tom, damals, als wir beide übers Heiraten geredet haben und ich dir gesagt habe, dass du nicht auf mich warten sollst, da war ich noch nicht so weit.«

»Das hat sich ja dann wohl geändert, als du Rawley begegnet bist.«

So redet Tom normalerweise nicht. In einem so bissigen Ton. Er ist offensichtlich tief gekränkt. »Ich hab es mir eingeredet, Tom. Oder hab es mir einreden lassen. Alle haben mir ständig damit in den Ohren gelegen, ich müsste heiraten. In Wahrheit war ich nicht dazu bereit, und ich bin es noch immer nicht. Ich glaube, ich werde es niemals sein. Und jetzt, nach der Geschichte mit Rawley, habe ich das Gefühl, dass ich noch mal mit einem blauen Auge davongekommen bin. Deshalb, Tom, falls Amy und du euch trennt, dann tut mir das von Herzen leid, ehrlich. Aber tu es bitte nicht, weil du mit mir zusammen sein willst – selbst wenn wir uns einreden, dass wir nur zusammen arbeiten wollen. Ich mache da nicht mit, Tom. Meine Mama hat eine Ehe zerstört, und ich habe mir geschworen, dass ich so was nie tun werde.«

Tom nickt. Scheint es zu verstehen, scheint mir nicht widersprechen oder noch eine bissige Bemerkung machen zu wollen. Er lehnt sich zurück.

»Es war nicht fair von mir, dich gerade jetzt so zu bedrängen«, sagt er schließlich, »aber ich musste es wenigstens versuchen.« Er holt seine Taschenuhr hervor, starrt länger als nötig darauf und sieht mich dann mit einem Lächeln an. Diesmal ist es ein echtes Lächeln, aber es wirkt auch wehmütig.

»Es ist noch früh. Genug Zeit, Mom und Dad zu besuchen und danach den Zug um zwei Uhr zwölf nach Washington zu erwischen. Dann bin ich rechtzeitig zu unserer Dinnerparty wieder zurück und kann versuchen, Amy glücklich zu machen.«

TEIL V

51

Nach dem Regen von letzter Nacht sieht Caywood wie frisch gewaschen aus. Blechdächer schimmern in der Maisonne, die Platanen werfen gesprenkelte Schatten auf die Main Street, Ladenbesitzer haben ihre Türen geöffnet, um frische Luft hereinzulassen und Kunden anzulocken. Ich steuere den Packard langsam um große Pfützen herum und finde schließlich am Ende des Häuserblocks einen Parkplatz.

Inzwischen nehme ich immer den Packard, außer für die Schmuggelfahrten nach Roanoke, und es fühlt sich richtig an, denn schließlich erledige ich seit vier Monaten, seit Rawley weg ist, sämtliche Aufgaben allein, genau wie ich es allen versprochen habe, und ich habe mich im Griff – jedenfalls im Großen und Ganzen.

Aber alles hat seine Schattenseiten. Nachts im Bett sehne ich mich danach, neben einem Mann zu liegen, sehne mich ganz schrecklich danach, obwohl ich dieses Gefühl nur für kurze Zeit erleben durfte. Manchmal fühle ich mich allein, so verdammt allein. Aber ich bin lieber allein, als an irgendwen gebunden zu sein.

Außerdem gibt es einen neuen Mann in meinem Leben. Ein Bursche namens Jake. Er ist Nells Baby, ein kleiner Herzensbrecher mit Rawleys kohlschwarzen Augen und olivfarbener Haut. Von Anfang an konnte er kräftig zupacken, und ich sage immer, er hat den Kincaid-Griff. Das Große Haus ist mehr denn je mit Leben erfüllt, denn die kleine

Grace trippelt mit ihren zwei Jahren schon so leichtfüßig herum wie Seymour früher, also ist er vielleicht doch ihr Daddy. Nell und Jake wohnen jetzt im Steinflügel, und sie sagt oft, dass sie noch nie so glücklich war wie jetzt, mit dem Baby, einer Mama und einer Schwester, alle unter einem Dach.

Es gibt zwei Arten von Familie, eine, in die du hineingeboren wirst, und eine, die du aus Teilen zusammensetzt, die nirgendwo sonst hingehören, und so eine Familie sind wir. Inzwischen zu fünft. Wie Knöpfe, die zwar nicht zusammenpassen, aber deine Bluse geschlossen halten. Ich habe mich mit viel Energie darangemacht, das Haus zu renovieren, und moderne Küchengeräte gekauft. Unsere neue elektrische Waschmaschine wackelt wie verrückt im Raum herum, aber sie kriegt die Flecken raus. Außerdem haben wir jetzt ein neues Badezimmer mit Nickelarmaturen, cremefarbenen Fliesen und dampfend heißem Wasser, das von einem neumodischen elektrischen Boiler im Keller nach oben gepumpt wird.

Nell wollte weiterhin das Haus putzen, den Unterhalt für sich und Jake verdienen, aber sie hat mit dem Baby schon alle Hände voll zu tun, und deshalb habe ich Becca, Graces alte Amme, als Köchin und Putzfrau eingestellt. Ihr Mann Virgil erledigt kleinere Reparaturen und kümmert sich um den Garten. Ich hab ihnen gesagt, sie sollen mich Sallie nennen, aber sie meinten, das könnten sie einfach nicht. Sie sprechen mich mit »Ma'am« an, und Virgil nimmt seine Mütze ab, wenn er mich sieht. Sie verhalten sich mir gegenüber so, wie die Leute sich dem Duke gegenüber verhalten haben. Die beiden sind nicht die Einzigen, und ich weiß nicht, ob mir das gefällt. Andererseits, vielleicht gefällt es mir ja doch.

Ich habe genauso viel zu tun wie der Duke früher: unsere Schmuggelfahrten planen, sie anführen, Miete und Pacht kassieren, mit den Bürgermeistern der kleineren Orte sprechen, mit Sheriff Earl das Dienstbuch der örtlichen Polizei und mit Mattie die Bücher der Kaufhalle durchgehen – und obendrein rechne ich die ganze Zeit mit neuem Ärger von den Bonds. Wenn ich nach Hause komme, ist Grace meistens schon im Bett, und Tante Faye wärmt mein Essen auf. Hin und wieder passiert es mir, dass ich sie nach einem besonders anstrengenden Tag anblaffe. Ich entschuldige mich – sie geht mit einem Lachen darüber hinweg –, und dann ermahne ich mich, meine Launen nicht an anderen auszulassen, weil ich doch genau das habe, was ich immer wollte: arbeiten, nicht nutzlos und verwöhnt mein Leben verplempern wie Georgette, mich nicht zu Hause gefangen fühlen wie Mama, sondern mich nützlich machen. Ich versuche, die Menschen gut und fair zu behandeln, aber ich weiß, dass ich manchmal sehr barsch sein kann.

Ich gehe an den glänzenden neuen Schaufensterscheiben der Kaufhalle vorbei. Drinnen sehe ich Mattie, die gerade dabei ist, Ellen und Mr Lewis die Aufgaben für den Tag zuzuteilen. Sie beaufsichtigt die Angestellten mit eiserner Hand – dem Kincaid-Griff –, aber die Regale sind gefüllt, und der Boden ist blitzblank geschrubbt. Sie legt mir immer wieder nahe, die Preise zu erhöhen – so wie sie vor zwei Jahren die Mieten erhöht hat –, und ich antworte stets, dass wir das nur machen werden, wenn unsere Kosten steigen.

Ich werde später in der Kaufhalle vorbeischauen. Aber jetzt erst mal Frühstück und den neusten Claiborne-County-Klatsch. Im Central Café gießt mir Josie eine Tasse Kaffee ein und schiebt mir den *Richmond Daily Record* über den Tisch.

»Die Geschichte da wär Stoff für 'nen echten Schundroman.« Sie zeigt auf die Schlagzeile.

ANWALT TÖTET EHEFRAU AUS EIFERSUCHT

Ich breite die Zeitung vor mir aus und lese.

DER IN RICHMOND LEBENDE EINFLUSSREICHE ANWALT GUSTAV RHEIMS ERSCHOSS GESTERN SEINE EHEFRAU, DIE FÜR IHRE RAUSCHENDEN FESTE BEKANNTE GEORGETTE RHEIMS. DANACH STELLTE ER SICH DER POLIZEI.

Ich starre auf die Zeilen. Irgendetwas in mir löst sich auf. Als ich die Silvesterparty verließ, war ich von Georgette angewidert – und sie hat sich nie mehr bei mir wegen Mamas Halskette gemeldet –, aber die Frau hatte etwas an sich, was mich zu ihr hinzog. Sie hatte einen Weg gefunden zu bekommen, was sie wollte. Sie hatte ihre Abmachung getroffen. Georgette glaubte, Mama habe ein schlimmes Ende genommen, weil sie sich nicht an die Abmachung in ihrer Ehe gehalten hatte. Jetzt ist sie selbst von ihrem Ehemann getötet worden, genau wie Mama. Was ist bei Georgettes Abmachung schiefgegangen?

Jeden Morgen stapeln sich auf meinem Tisch im Café die Zeitungen, und ich verschlinge alles, was ich über den Fall finde. Die Einzelheiten sind grässlich, aber faszinierend. Die Reporter berichten über die Geschichte, als handele es sich wirklich um einen Schundroman. Sie bezeichnen Gus als den »gewieften Alkohol-Advokaten« und Georgette als die »aufregend-aufreizende Goldgräberin«. Wie sich herausstellt, haben Gus und Georgette Senator Cooke bestochen, damit er ihnen die Genehmigung erteilt, »medizinischen Alkohol« zu verkaufen – eines jener Schlupflöcher, die Gus reich gemacht haben. Irgendwann erfuhr Georgette, dass ein Zollfahnder ihnen auf der Spur war. Also verriet sie Gus, um ihre eigene Haut zu retten. Sie half dem Fahnder, Beweise gegen Gus zu sammeln, und fing dann eine Affäre mit ihm an. Doch Gus' Spione in der Regierung erzählten ihm davon. Sie schwamm gerade in dem Pool, den er für sie gebaut hatte, als sie von ihm erschossen wurde.

Die Reporter stellten Nachforschungen zu Georgettes Vergangenheit an und fanden heraus, dass ihr Daddy ein reicher Textilfabrikant war, der Konkurs gemacht hatte, und dass ihre Mama daraufhin eine Flasche Gift schluckte und starb. Georgette war damals zehn Jahre alt, älter als ich, als meine Mama getötet wurde, alt genug, um es zu verstehen und sich daran zu erinnern.

Vielleicht ist Georgette nie darüber hinweggekommen. Ich dachte, sie hätte ein leichtes Leben gehabt, aber vielleicht wollte ich nur nicht sehen, dass sich hinter der reichen, verwöhnten Frau ein verletztes, zorniges kleines Mädchen mit einem Loch im Herzen verbarg. Wir haben beide in jungen Jahren unsere Mamas verloren, aber sie hat das nie erwähnt. Sie wusste alles über mich, während ich praktisch nichts über sie wusste, nie die Gelegenheit hatte zu fragen. Was hätte sie mir wohl erzählt, wenn ich gefragt hätte?

Zwei Wochen nach Georgettes Tod reicht Josie mir den neusten *Daily Record*. »Die Geschichte wird immer verrückter«, sagt sie und tippt auf die Schlagzeile.

ALKOHOL-ADVOKAT PLÄDIERT AUF VORÜBERGEHENDE UNZURECHNUNGSFÄHIGKEIT

Gus hat mal wieder eines seiner Schlupflöcher gefunden.

»Welche Frau würde denn ihren Mann auch so hintergehen?«, fragt Josie.

»Eine Frau, die denkt, dass die Ehe eine Abmachung ist.«

»Ich kann gut verstehen, dass ihr Mann das gemacht hat«, sagt Josie.

Ich rühre in meinem Kaffee. Kommt Gus jetzt mit Mord davon? Falls die Geschworenen so denken wie Josie, dann ja.

»Dieses Weib«, sagt Josie, »hat's doch nicht anders gewollt. Finde ich.«

Ich trinke einen Schluck Kaffee und muss daran denken, wie Georgette sagte, dass sie immer bekommt, was sie will, aber das behalte ich für mich.

»Was meinst du?«, fragt Josie. »Findest du, die hat bekommen, was sie verdient hat?«

»Manch einer wird das so sehen, aber nein, ich nicht.« Dabei belasse ich es, und Josie geht weiter zum nächsten Tisch.

Die hat bekommen, was sie verdient.

Das haben sie auch gesagt, als Mama getötet wurde. Das reden wir uns manchmal ein, um den Dingen einen Sinn zu geben, um uns sicherer zu fühlen. Wir reden uns ein, dass die Menschen, denen Schlimmes widerfährt, selbst Schuld daran tragen. Aber das ist eine Riesenlüge. Viele Menschen haben nicht verdient, was ihnen zustößt. Eddie zum Beispiel. Abraham Crockett. Und viele bekommen nie, was sie verdient haben.

Auch Gus?

52

Ich sitze eingezwängt auf einer Bank in der letzten Reihe des Gerichtssaals, aber ich kann trotzdem Gus' Rücken sehen, seine massigen Schultern, über denen sich das enge schwarze Jackett spannt, wenn er sich über seine Akten beugt.

Heute ist der letzte Prozesstag. Ich habe mir wieder und wieder gesagt, dass ich nicht hingehen würde, dass meine Stippvisite in der Welt von Georgette und Gus mehr als genug war, doch seit Prozessbeginn ist es mir immer schwerer gefallen, dem Drang zu widerstehen, zum Gerichtsgebäude zu fahren.

Gestern dann hielt ich es nicht länger aus, ich wollte dabei sein, wenn das Urteil verkündet wird. Wahrscheinlich, weil ich mich seit dem Gespräch mit Tante Faye über Mama gefragt habe, wie ein Gericht über einen Mann urteilen würde, der seine Frau getötet hat und behauptet, es sei ihre Schuld, sie habe ihn dazu getrieben, habe bekommen, was sie verdient.

Bald werde ich es erfahren.

Die Hitze ist heute unerträglich, deshalb sind alle im Saal – Reporter, Schaulustige, einige Gesichter von der Silvesterparty – in Schweiß gebadet. Männer wischen sich mit Taschentüchern die Stirn, Frauen fächeln sich mit hübschen Seidenfächern oder was sie gerade zur Hand haben Luft zu. Die zwölf Geschworenen, allesamt Männer, kommen nacheinander herein, und die Zuschauer beugen sich vor, gespannt und aufgeregt. Der Staatsanwalt beginnt sein Schlussplädoyer, zählt monoton und trocken die Fakten auf, redet leidenschaftslos von Recht und Gesetz, von Verbrechen und Strafe, erklärt, dass es niemandem zusteht, Richter, Geschworener und Henker in einer Person zu sein. Einzig Gus zeigt Gefühlsregungen, schüttelt jedes Mal angewidert den Kopf, wenn der Staatsanwalt ein Argument vorbringt. »Verehrte Geschworene«, sagt der Staatsanwalt abschließend, »Georgette Rheims mag keine Heilige gewesen sein, aber das das gibt ihrem eigenen Ehemann nicht das Recht, sie kaltblütig zu ermorden.«

Der Staatsanwalt nimmt Platz, und Gus, der sich selbst verteidigt, geht langsam auf die Geschworenenbank zu. Er beginnt mit der juristischen Definition von vorübergehender Unzurechnungsfähigkeit, doch dann redet er sehr viel ausführlicher über Ehegelübde, über Treue und Liebe, über Ehren und Dienen, über die Qual und die Verzweiflung, den Schmerz und die Demütigung, die einen gesunden Mann verrückt machen können, völlig verrückt, wenn eine Frau ihr Gelübde bricht, den Mann verrät, seine Männlichkeit vernichtet. »Ich stehe als gebrochener Mann vor Ihnen«, sagt Gus. »Aber wenn Sie der Meinung sind, dass ich noch nicht genug gelitten habe, dann sollten Sie mich noch härter strafen, als ich es schon bin, und mich in den Tod schicken.«

Nach nur vierundzwanzig Minuten Beratung kommen die Geschworenen zurück in den Gerichtssaal marschiert. Ihr Sprecher reicht dem Richter einen Zettel, der daraufhin verkündet: »Nicht schuldig. Wegen vorübergehender Unzurechnungsfähigkeit.«

Einige Zuschauer springen auf. Männer jubeln und klatschen, lachen und johlen und zünden Zigarren an. Manche Frauen blicken grimmig, und eine weint, doch andere jubeln ebenso laut wie die Männer. Ich bin angeekelt, aber nicht überrascht. Ich hatte im Gefühl, dass es so enden würde, dass der Ehemann freigesprochen wird, weil die Frau bekommen hat, was sie verdient, und dasselbe wäre passiert, wenn der Duke vor Gericht gestellt worden wäre, weil er Mama getötet hatte. Ihr Name wäre durch den Dreck gezogen worden, und er hätte anschließend den Geschworenen die Hand geschüttelt, genau wie Gus das jetzt tut.

Ich dränge mich durch die Menge nach vorne bis zur Schranke. Gus sieht mich und kommt zu mir.

»Ich hatte so eine Ahnung, dass Sie hier sein würden«, sagt er.

»Wieso?«

»Bloß so eine Ahnung. Warum sind Sie hier?«

»Weil ich sehen wollte, ob Sie ein Schlupfloch finden. Und das haben Sie.«

»Das Schlupfloch hat nur dafür gesorgt, dass die Geschworenen tun konnten, was sie tun wollten. Ich musste lediglich dafür sorgen, dass sie es tun wollten.«

»Georgette hat gesagt, Sie wären der cleverste Anwalt in Virginia.«

»Sie können mir gratulieren.« Er streckt mir seine dickliche Hand entgegen.

Ich schüttele den Kopf. »Weil Sie ihre Frau umgebracht haben und ungestraft davonkommen?«

»Sie nehmen kein Blatt vor den Mund, Sallie. Einer der Gründe, warum ich Sie von Anfang an gemocht habe. Ich nehme nämlich auch kein Blatt vor den Mund.« Er schweigt kurz, und ich sehe den Anflug eines Lächelns. »Wissen Sie, warum Georgette sich überhaupt für Sie interessiert hat?«

»Vielleicht, weil sie sich noch ein exotisches Haustier zulegen wollte.« Ich warte kurz, ob er darauf antworten will, doch er sieht mich nur weiter mit diesem Hauch eines Lächelns an. »Sie hat gesagt, wir wären uns ähnlich. Sie hat gesagt, wir wären beide furchtlos. Aber außerdem haben wir beide unsere Mütter verloren, als wir noch klein waren. Vielleicht war auch das ein Grund.«

»Hat Georgette Ihnen erzählt, was mit ihrer Mutter passiert ist?«

»Nein. Ich weiß nur aus den Zeitungen, dass ihre Mama sich umgebracht hat, weil ihr Daddy Konkurs gemacht hat.«

»Das haben die Zeitungen falsch dargestellt. Es war genau umgekehrt. Die Mutter hat sich zuerst umgebracht. Danach ist sein Leben aus den Fugen geraten.«

»Warum hat sie es denn dann getan?«

»Georgettes Vater hatte eine Affäre. Mit ihrem Dienstmädchen.« Er stockt kurz, noch immer mit diesem verflixten Hauch eines Lächelns im Gesicht. »Und jetzt raten Sie mal, wer dieses Dienstmädchen war.«

Woher zum Teufel soll ich das wissen?, will ich gerade erwidern, doch dann kann ich mich noch rechtzeitig bremsen, weil mir plötzlich wieder einfällt, was Tante Faye über Mama erzählt hat, dass sie nämlich zunächst als Dienstmädchen bei einer Familie in Richmond gearbeitet hat. Aber dass es nicht gutgegangen wäre.

Ich spüre, wie mir alles Blut aus dem Gesicht weicht.

»Glauben Sie wirklich, dass meine Frau in Ihr gottverlassenes Kaff in Claiborne County gekommen ist, weil sie sich für irgendeine kleine Schmugglerin interessiert hat? Georgette wollte die Tochter der Frau kennenlernen, die ihre Familie zerstört hat.«

Ich starre Gus an, finde einfach keine Worte. Ich bin wie gelähmt.

»Da fällt mir ein«, redet Gus weiter, »Georgette hat die Halskette Ihrer Mutter gefunden, aber sie wollte sie behalten. Und da der Duke nie ins Gefängnis musste, obwohl er seine Frau erschossen hat, hab ich mir gedacht, die Kette wäre ein geeigneter Glücksbringer.« Er greift in seine Tasche und hält mir dann die offene Hand hin. Da, in einem kleinen Häufchen auf seinem Handteller, liegen die hellen Mondsteine an ihrer Silberkette. »Es hat funktioniert«, sagt er, »also bitte, Sie können sie zurückhaben.«

53

Ich muss hier weg. Raus aus diesem lärmenden, heißen, stinkenden Gerichtssaal, der von Spott und Applaus und höhnischem Gelächter widerhallt, der nach verschwitzten Körpern und Zigarrenqualm riecht. Ich grapsche die Halskette von Gus' Hand, ohne in sein grinsendes Gesicht zu schauen. Mamas Kette, meine einzige Verbindung zu ihr, war immer mein Talisman, durch den ich mich geborgen und hoffnungsvoll fühlte, doch nach dem, was Georgette und Gus damit gemacht haben, kommt sie mir finster und hässlich vor, als wäre sie mit einer fast teuflischen Macht versehen. Sie fühlt sich glühend heiß an, als könnte sie mich verbrennen, und ich stopfe sie in die Tasche und bahne mir meinen Weg durch die Menge.

Ich stolpere hinaus auf die Straße. Ich brauche Luft, frische Luft, doch der üble Geruch des Gerichtssaals, Gus' säuerlicher Atem, haben sich in meinen Haaren und meiner Kleidung festgesetzt, sind in die Poren meiner Haut gedrungen. Der Packard parkt in der gnadenlosen Sonne, und der Innenraum ist ein Glutofen. Ich kurbele das Fenster herunter, doch noch vor der nächsten Kreuzung strömt der Gestank des Todes herein. Ein Schlachthof? Ein Pferdekadaver, der auf der Straße verwest? Der Tod scheint überall zu sein. Tod und Schmerz und Lug und Trug und Dreck.

Die Ursache sind Menschen, die sich über das Gesetz stellen. Und was ist mit mir? »Ich tue einfach, was getan werden muss«, habe ich damals zu Gus gesagt. Dasselbe haben er und der Duke sich eingeredet, bevor sie ihre Frauen töteten. Gott steh mir bei. Ich bin nicht viel anders als sie.

Sauber. Ich will sauber werden. Auf der ganzen Fahrt nach Hause kann ich an nichts anderes denken. Ich möchte ein Bad nehmen, ich muss ein Bad nehmen, ein kochend heißes Bad, damit meine Haut danach rot und wund und sauber ist.

Als ich am Großen Haus ankomme, ist die Sonne untergegangen, und ein paar Glühwürmchen flimmern im hohen Gras. Drinnen schlafen alle. Ich gehe in mein neues Badezimmer und schalte die elektrischen Wandleuchten an, die die Nickelarmaturen zum Glänzen bringen. Ich drehe die Hähne auf, und sauberes, heißes Wasser strömt heraus. Es ist so heiß, dass ich zusammenzucke, aber ich zwinge mich, in die Wanne zu steigen, ich kann das aushalten, ich brauche das. Ich wasche mir die Haare und nehme die Bürste aus Wildscheinborsten, schrubbe meine Haut und meine Achselhöhlen und meine Fußsohlen mit Kernseife, meinen ganzen stinkenden, schändlichen Körper.

Ich steige ins Bett. Der Schlaf kommt im Nu, aber es ist ein unruhiger Schlaf. Ich träume von brennendem Wasser und reinigendem Feuer, von Rauch und Flammen, von Mama und Georgette. Von Eddie und Abraham und Mary. Ich wälze mich hin und her, will aufwachen, doch der Rauch ist zu dicht. Dann setze ich mich hustend auf.

Ich bin wach. Aber noch immer kann ich Rauch riechen. Echten Rauch.

Es ist stockfinster. Ich taumele aus dem Bett und schalte das Licht an. Rauch kriecht unter der Tür herein. Ich reiße sie auf und schlage auf den Lichtschalter im Flur. Noch mehr Rauch, dunkel und dick, quillt die Treppe herauf. Ich gehe auf die Knie, ziehe mir mein Nachthemd über die Nase und krieche in Tante Fayes Zimmer. Ich schüttele sie und rufe ihren Namen, doch sie murmelt nur leise etwas und dreht sich weg, also schlage ich ihr ins Gesicht und rufe erneut ihren Namen, und dann fliegen ihre Augen auf, und sie muss husten. »Es brennt!«, schreie ich. »Wir müssen hier raus.«

Jetzt Grace.

Sie ist in dem Alkoven neben Tante Fayes Zimmer, liegt zusammengerollt unter ihrer Decke. Ich schüttele sie. Nichts. Ich schüttele sie wieder. Noch immer nichts. Bitte, Gott, ich hebe sie hoch – ihre Arme und Beine baumeln schlaff – und laufe geduckt zur Treppe. Überall dichter Rauch. Das Flurlicht geht aus. Alles ist finster. Ich hole tief Luft und tauche in das Dunkel hinein, halte Graces kleinen Körper mit einem Arm, die Hand schützend auf ihrem Hinterkopf – lass sie nicht fallen, lass sie bloß nicht fallen –, während meine andere Hand auf dem Geländer liegt und ich mich Stufe für Stufe nach unten taste.

Ich schaffe es bis zum Treppenabsatz, dann hinunter in die Diele. Überall Rauch. So viel Rauch. Der kleine Jake und Nell. Sie sind im Steinflügel. Ich muss zu ihnen. Aber ich halte die ohnmächtige Grace in den Armen und muss sie zuerst nach draußen bringen.

Ich drücke mir eine Hand auf den Mund. Versuche, nicht zu atmen. Die Bodendielen sind heiß unter meinen nackten Füßen. Ich erreiche die Haustür, öffne sie und ein heftiger Luftschwall fegt herein, nährt tosend das Feuer hinter mir.

Draußen ist Luft. Klare, kühle Luft. Ich sauge sie gierig ein. Ich schüttele Grace. Nichts. Ich schüttele sie wieder.

Das Krankenhaus. Ich muss sie ins Krankenhaus bringen. Aber das würde bedeuten, den kleinen Jake und Nell den Flammen zu überlassen. Das kann ich nicht. Bitte, Grace, atme. Tu es für Jake. Ich weiß nicht, ob ich es richtig mache, aber ich habe das mal irgendwo gelesen, und ich drücke meinen Mund auf ihren und blase Luft in sie hinein. Einmal, zweimal. Dann hustet sie, macht ein gurgelndes Geräusch und stößt ein Wimmern aus. Danke, Grace. Danke, Gott. Danke.

Ich trage sie in die Mitte des Gartens und will sie auf den Boden legen, aber sie weint und klammert sich mit beiden Armen an mir fest. Von Weitem höre ich Rufe. »Kommt her, kümmert euch um die Kleine!«, schreie ich. »Hier bist du sicher«, sage ich zu Grace, »gleich kommen Leute, und ich muss den kleinen Jake und Nell holen, die sind beide noch drinnen.« Ich lockere ihre Hände mit sanfter Gewalt und renne zurück ins Haus.

Ich will durch das Wohnzimmer zum Steinflügel laufen, doch hell lodernde Flammen klettern die Vorhänge hinauf, fressen sich in die Tapete, und die sengende Hitze stoppt mich. Ich versuche, mich durchzukämpfen. Schaffe es nicht. Versuche es erneut. Schaffe es einfach nicht. Ich kann den Steinflügel nicht erreichen. Nicht von hier aus. Ich muss wieder nach draußen und ums Haus herum zur Rückseite. Und wo ist Tante Faye?

Ich stolpere auf die Veranda und die Stufen hinunter. Der Rauch brennt mir in der Kehle. Ich huste so heftig, dass es mich in die Knie zwingt. Menschen versammeln sich im Garten, acht, vielleicht zehn, die Gesichter golden im Feuerschein, und Becca hat Grace im Arm, während die anderen rufen und gestikulieren. Ich drehe mich zum Haus um, zum Steinflügel, und da, an einem Fenster im ersten

Stock steht Tante Faye. Nell ist neben ihr, den kleinen Jake an die Brust gedrückt.

Flammen schlagen aus den Erdgeschossfenstern, sprühen orangerote Funken in den dunklen Himmel. Ohne nachzudenken, rappele ich mich hoch und laufe zur kleinen Haustür des Steinflügels, doch da schlägt mir die Hitze erneut wie eine Wand entgegen, undurchdringlich und abschreckend, und versperrt mir den Weg.

»Spring, Nell!«, schreie ich. Sie kann mich nicht hören. Das Tosen des Feuers ist zu laut. Sie wirkt wie gelähmt.

»Wirf mir das Baby zu!«, schreie ich.

Sie steht mit stierem Blick da oben, unfähig, zwischen ihren zwei Möglichkeiten zu entscheiden, beide unvorstellbar: mit ihrem Kleinen im Arm aus dem ersten Stock zu springen und ihn dabei möglicherweise zu erdrücken oder ihn mir zuzuwerfen und darauf zu vertrauen, dass ich ihn auffange. Sie kann es nicht. Kann es nicht tun. Nell kann nichts tun, das ihr Baby verletzen könnte.

Dann sieht Tante Faye mich direkt an, und plötzlich reißt sie den kleinen Jake aus Nells Armen, beugt sich über den Fenstersims und wirft ihn mit einer Kraft, die ich ihr gar nicht zugetraut hätte, in meine Richtung.

Der Kleine fliegt auf mich zu, nackt bis auf seine Windel, Arme und Beine von sich gestreckt, klein und vollkommen hilflos, fällt ins Unbekannte, langsam, als wäre er unter Wasser, und ich denke, bitte, Gott, ich weiß, ich habe vieles getan, das unrecht war, aber, bitte, Gott, sei gnädig, bitte lass mich diese eine gute Tat tun, bitte hilf mir, das Baby aufzufangen.

Und dann landet der kleine Jake mit einem kräftigen schweren Plumps in meinen Armen, reißt mich beinahe um, und ich drücke ihn mir an die Brust, denke, danke, Gott.

Danke. Ich danke dir, dass du mir geholfen hast, endlich etwas richtig zu machen, vielleicht das Einzige von Bedeutung, das ich je getan habe.

Ich halte das Baby und beobachte Tante Faye, die Nell dabei hilft, auf den Sims zu klettern – zwei schwarze Silhouetten vor den orangegelben Flammen, die hinter ihnen toben. Doch Nell verharrt, ist erneut wie gelähmt, klammert sich am Fensterrahmen fest. »Spring!«, schreien die Leute. »Spring!« Aber sie kann es nicht, und wieder nimmt Tante Faye das Heft in die Hand, zerrt Nells Hände vom Fensterrahmen und versetzt ihr einen wuchtigen Stoß.

Nell stürzt hilflos aus dem Fenster und landet mit einem dumpfen Aufschlag auf der Seite. Männer laufen zu ihr und versuchen sie aufzurichten, doch sie sackt in ihren Armen zusammen.

Ich stehe noch immer mit dem kleinen Jake im Arm da, bin jetzt selbst wie erstarrt, den Blick auf Tante Faye gerichtet, die kurz abwartet, bis die Männer Nell beiseite getragen haben und sie springen kann. Sie stellt einen Fuß auf den Fenstersims, doch genau in dem Moment explodiert das Feuer hinter ihr mit einem lauten Knall, und sie fällt zurück.

Nein!

Gott verschont Jake, nimmt sich aber Tante Faye.

Doch da ist sie wieder. Tante Faye, im Fenster, aber ihr Nachthemd hat Feuer gefangen; sie zieht sich auf den Sims und springt, Arme ausgebreitet, und Flammen schlagen von ihren Ärmeln hoch wie ein Paar brennende Flügel.

54

Manche sagen, was dich nicht umbringt, macht dich stärker, aber dem ist nicht immer so. Oftmals macht dich das, was dich nicht umbringt, schwach und krank, unfähig, den nächsten Kampf zu kämpfen, und manchmal hinterlässt es eine tiefe und hässliche Wunde in deinem Herzen, die niemals wirklich verheilt und dich verbittert und wütend macht, unfähig, der Welt all ihre Grausamkeiten zu vergeben.

Tante Faye liegt im Krankenhausbett, Arme und Schultern mit einer dicken weißen Paste bestrichen. Schwester Hynes flößt ihr immer wieder schlückchenweise Laudanum gegen die Schmerzen ein. Gerade war Dr. Black hier. Er glaubt, dass Tante Faye es schafft, aber sie wird Narben zurückbehalten – tiefe, hässliche Narben. Tante Faye war immer so stolz auf ihre Schönheit, auch noch, als die verblasste, und jetzt wird ihr Körper mit Narben bedeckt sein. Für mich sind Narben ein geringer Preis dafür, dass sie überlebt hat, dass sie ihre Tochter und ihren Enkel gerettet hat. Ich hoffe, Tante Faye wird das auch so sehen.

Nell und Jake schlafen tief und fest in dem Sessel neben dem Bett. Auch Grace schläft, klein zusammengerollt am Fußende von Tante Fayes Bett, und alle drei lassen sich nicht vom morgendlichen Sonnenlicht stören, das durchs Fenster hereinströmt.

Ich blicke nach draußen auf die Straße, wo Glen Lowes Deputys in jener Nacht hinter ihren Autos standen und auf uns schossen. Jene Nacht. Es kommt mir vor, als wäre sie eine Ewigkeit her, und zugleich kommt es mir vor, als hätten Billy Bond und ich erst gestern Seite an Seite gekauert und das Feuer erwidert – bevor wir anfingen, uns gegenseitig umbringen zu wollen. Die Bonds. Haben sie das Feuer gelegt? Waren sie es, die das Tante Faye angetan haben?

Oder war ich es? War es mein schicker neuer Wasserboiler, den ich gekauft habe, damit sich das Große Haus elegant und modern anfühlt?

»Wo sind sie? In welchem Zimmer?« Matties Stimme gellt über den Flur, unterbricht meine Gedanken. Ihr geliebtes Haus, in dem sie aufgewachsen ist, von dem sie dachte, dass es ihr rechtmäßig zusteht und für das ich die Verantwortung übernommen hatte, ist niedergebrannt. Ich gehe zur Tür, wappne mich gegen ihren Zorn, und als sie mich sieht, reißt sie die Arme hoch. Ich zucke zusammen, balle die Fäuste, bin darauf gefasst, geschlagen zu werden und zurückzuschlagen, doch stattdessen schlingt Mattie die Arme um mich.

Ich bin verblüfft, kann mich nicht erinnern, wann Mattie mich das letzte Mal auch nur berührt hat.

»Es tut mir leid, Mattie«, sage ich. »Es tut mir so leid um das Große Haus.«

»Mir auch. Aber es ist weg. Tränen werden es nicht zurückbringen. Wut wird es nicht zurückbringen. Es war bloß ein Haus, das sage ich mir immer wieder, und die Dinge darin waren einfach bloß Dinge. Vielleicht schaffe ich es irgendwann, mir selbst zu glauben.« Mattie sieht über meine Schulter zu Tante Faye hinüber. »Wie geht's ihr?«

»Dr. Black sagt, sie wird durchkommen.«

»Und die Kleinen?«

»Denen ist nichts passiert. Uns allen geht's gut.«

»Das ist das Wichtigste. Dass ihr alle am Leben seid. Die Kincaids haben schon Schlimmeres überstanden und weitergemacht. Und das werden wir auch jetzt tun. Es überstehen und weitermachen. Ich organisiere für morgen Abend ein Essen, zu dem jeder was mitbringt. Alle sollen kommen.« Mattie gibt sich wirklich Mühe, tut ihr Möglichstes, um uns Mut zu machen, doch dann stockt sie. »Ich kann nicht anders, Sallie, ich bin wütend. Gottverdammt wütend. Wenn ein Blitz ins Haus eingeschlagen wäre, könnte ich das als Schicksal akzeptieren, als Gottes Wille. Aber das war nicht Gott. Das war Brandstiftung.«

»Vielleicht lag es ja auch am elektrischen Wasserboiler. Ein Kurzschluss.«

»Die Bonds waren das. Ich weiß es. Das ist so sicher wie das Amen in der Kirche.«

Die Bonds. Sie werden nie aufgeben. Ich habe alles versucht – habe Gleiches mit Gleichem vergolten, jeden Angriff gerächt –, und es wird einfach nur schlimmer. Wie kann ich das beenden? Ich blicke in Matties Augen, diese blaugrünen Kincaid-Augen, die mir immer so hart und kalt vorkamen, die Augen einer Feindin. Doch seit ich ihr die Leitung der Kaufhalle übertragen habe, ist sie milder geworden, hat sich verändert. Oder vielleicht ist es ja nicht Mattie, die sich verändert hat, vielleicht bin ich es, vielleicht nehme ich sie anders wahr, konnte eine neue Seite an ihr zum Vorschein bringen. Es muss eine Möglichkeit geben, so etwas Ähnliches auch bei den Bonds zu erreichen.

»Mattie, kannst du bitte auf Grace aufpassen? Ich hab was Wichtiges zu erledigen.«

55

Dunkle Gewitterwolken rollen von Westen heran, so tief, dass sie sich wie eine Decke über die Landschaft wölben. Gut. Wir brauchen dringend Regen. Die Dürre hat Teiche in Schlammlöcher verwandelt, und die Reifen der Lizzie wirbeln Staubwolken auf. Außerdem wird der Regen die letzten Glutnester im Haus löschen.

Ich trage noch immer das Nachthemd aus der Brandnacht, und als ich am Haus der Bonds ankomme, biete ich ein staubiges, rußverschmiertes Bild des Jammers. Eine der Bond-Frauen sagt mir, dass ich die Brüder oben in ihrem Wald finden kann, wo sie Holz schlagen, und ich dem Geräusch der Säge folgen soll. Die höre ich aus einer Meile Entfernung, und als ich zu der Lichtung komme, kann ich mir auch erklären, wieso. Die Brüder haben ein altes Auto aufgebockt, ein Rad abgenommen und durch eine Kreissäge ersetzt, um Stämme zu zerteilen.

Der Lärm ist ohrenbetäubend, doch als Billy den Motor abstellt und die Säge stehen bleibt, ist die Stille nahezu ebenso laut. Er greift nach einer Schrotflinte, die am Lastwagen lehnt.

»Unbewaffnet«, rufe ich, während ich aus dem Auto steige. »Und allein. Ich will mit euch reden.«

Ich strecke die Hände aus, um zu zeigen, dass ich nichts verberge. Sie zittern nicht, weil ich keine Angst empfinde. Und ich weiß, ich sehe fürchterlich aus, aber ich empfinde auch keine Scham. Ich bin hier, um die Fehde zu beenden.

»Morgen, Miss Kincaid.« Billy mustert mein rußgeschwärztes Nachthemd. »Hab gehört, bei euch hat's gebrannt. Was für 'ne Schande.«

»Hätte noch viel schlimmer kommen können.«

»Hab gehört, der tolle neue Wasserboiler, den du eingebaut hast, war falsch verkabelt.«

»Könnte daran gelegen haben. Könnte auch sein, dass irgendwer sich an den Kabeln zu schaffen gemacht hat, um Feuer zu legen.«

»Willst du damit sagen, wir waren das?«

»Überhaupt nicht. Keine Ahnung. Will's auch gar nicht wissen. Ich bin nicht hier, um rauszufinden, ob ihr das wart – wenn ihr das nämlich wart, Billy, müsste ich euch töten. Euch alle. Aber es hat schon genug Tote gegeben, genug Rache. Ich habe Kinder großzuziehen und ihr Bonds auch. Deshalb bin ich hier, um Frieden zu schließen.«

»Frieden? Tatsächlich? Und wie soll das gehen?«

»Indem ich das Stück Ackerland an euch zurückverkaufe. Diese achtundachtzig Morgen.«

»Die ihr Kincaids uns gestohlen habt.«

»Ihr sagt, wir haben sie gestohlen. Wir sagen, ihr habt sie uns verkauft. Und um die Dinge zwischen uns wieder in Ordnung zu bringen, bin ich bereit, das Land wieder an euch zu verkaufen. Zu dem Preis, den wir dafür bezahlt haben.«

»Zwei Dollar pro Morgen?«

»Genau.«

»Du willst uns dieses gute Ackerland tatsächlich für zwei Dollar pro Morgen verkaufen?«

»Falls das unseren Krieg endlich beendet.«

Billy lässt sein Gewehr langsam sinken. »Was ist mit dem ganzen Geld, das ihr Kincaids über die Jahre hinweg mit dem Land verdient habt? Hast du vor, uns davon was abzugeben?«

»Jetzt reicht's aber, Billy. Du weißt genau, dass diesmal ihr es seid, die einen Spottpreis bezahlen.«

Er spuckt Kautabaksaft auf die Erde. »Ich muss das mit meinen Brüdern besprechen. In aller Ruhe.«

»Mach das.«

Ich steige wieder in die Lizzie, und in dem Moment fallen die ersten dicken fetten Regentropfen, klatschen auf die Kühlerhaube, hinterlassen dunkle Punkte auf dem Boden.

Ich drehe mich zu Billy um, und er nickt mir fast unmerklich zu. So zeigen wir uns hier gegenseitig, dass wir uns im Guten voneinander verabschieden. Es sei denn, ich hab's mir nur eingebildet.

56

Später am Tag starren Grace und ich auf die verkohlten, nassen Überreste des Großen Hauses. Lediglich vier gemauerte Schornsteine, ein paar angesengte Balken, verbogene Wasserrohre und die Mauern des alten Steinflügels stehen noch. Rauchgeruch hängt schwer in der Luft, Holzrauch, aber auch der beißendere Gestank von anderen verbrannten Materialien wie Gummi und Farbe und Linoleum.

Während des Gewitters gab es einen dieser kurzen Regengüsse, bei denen sich der Himmel öffnet und in kürzester Zeit gewaltige Wassermengen niedergehen lässt. Das Feuer ist jedenfalls restlos gelöscht.

Sheriff Earl und zwei seiner Deputys sind unten im Keller und scharren mit den Füßen in der dampfenden Asche. Er meint, der Brand ist im Keller ausgebrochen, in der Nähe des neuen Wasserboilers, kann aber nicht sagen, was genau die Ursache war. Und wie ich schon zu Billy sagte, ich will es gar nicht wissen. Entweder bin ich schuld, oder ich habe den wahren Schuldigen soeben das Geschäft ihres Lebens angeboten.

Der Wind hat Funken rauf zum Kutschenhaus geweht, und es ist ebenfalls abgebrannt. Zwischen den verkohlten Balken steht das, was von dem langen, grünen Packard übrig geblieben ist. Die Reifen sind geschmolzen wie Wachs, der Lack hat Blasen geworfen und ist abgeplatzt, aber seine Linien sind noch immer elegant und beeindruckend.

»Alles weg«, sagt Grace.

»Alles weg«, bestätige ich.

Was nun? Wie soll ich weitermachen? Ich weiß die Antwort nicht. Und ich werde sie nicht vom Duke bekommen. Seit dem Tag, als Tante Faye mir erzählte, dass er auch Nells Daddy war, habe ich seine Stimme nicht mehr im Kopf gehört.

Sheriff Earl und die Deputys halten immer mal wieder irgendetwas hoch, das den Brand wie durch ein Wunder überstanden hat. Einen Schuh. Ein paar Klaviertasten aus Elfenbein. Nells gusseiserne Bratpfanne. Und dann stößt Sheriff Earl einen überraschten Schrei aus. Er hebt das Schwert des Colonels aus der feuchten Asche und reicht es mir. Der verzierte Knauf fühlt sich noch warm an. Ich ziehe es aus seiner angekohlten Scheide.

»Das kriegt man prima wieder sauber«, sagt er.

Ich streiche mit dem Finger über die zarten Ornamente am Griff. Das Schwert, das der Colonel im Krieg getragen hat, das Schwert, von dem der Duke sagte, Mama habe es gegen ihn erhoben, das Schwert, das ich gegen Rawley geschwungen habe. »Nein«, höre ich mich sagen. »Es gehört in die Vergangenheit. Lassen wir es dort.«

Ich werfe das Schwert zurück in die verkohlte Grube. Es landet mit einem dumpfen Schlag, und Asche fliegt hoch. Das wären wir los. Und wo ich schon dabei bin, Abschied von der Vergangenheit zu nehmen, hole ich Mamas Mondsteinkette aus meiner Tasche. Mir war nicht danach, sie wieder zu tragen, nachdem Gus sie mir zurückgegeben hatte – kaum zu glauben, dass das erst gestern war. Ich hole aus, um die Kette zu dem Schwert in die Asche zu werfen, doch im letzten Moment ertönt eine Stimme in meinem Kopf.

»Behalte das«, sagt die Stimme.

Es ist nicht die Stimme des Duke. Es ist eine Frauenstimme.

»Behalte das.«

Die Stimme ist mir fremd und gleichzeitig vertraut. Dann begreife ich. Es ist Mamas Stimme. Eindeutig. Mama. Meine Erinnerungen an sie sind so rar, so schwach, in die dunkelsten Winkel meines Bewusstseins gedrängt von all den Menschen, die fast mein ganzes Leben lang so getan haben, als hätte Mama nie existiert, die mir auf die eine oder andere Art vermittelt haben, dass ich sie vergessen muss, alles vergessen muss, was mit ihr zusammenhängt. Aber als ich jetzt die Halskette anstarre, kommt mir eine jähe Erinnerung an sie, so klar und hell, dass es sich anfühlt, als wäre Mama hier bei mir.

Ich sitze auf Mamas Schoß, schaue zu ihr hoch, und sie trägt die Kette. Die Mondsteine liegen rosa und blau schimmernd um ihren blassen Hals. Ich habe sie und den Duke streiten hören, laut und wütend und gehässig, und ich bin in ihr Zimmer gelaufen. Der Duke ist hinausgestürmt, und Mama hat mich hochgehoben und an sich gedrückt.

»Meine Sallie, meine Tochter, meine geliebte Kleine«, sagt sie. »Falls mir etwas zustößt und ich eines Tages nicht mehr für dich da sein kann, werden die Leute über mich reden. Sie werden hässliche Dinge sagen. Aber du musst wissen, dass ich die Entscheidungen, die ich getroffen habe, für dich getroffen habe, Sallie. Ich wollte nicht zulassen, dass du weggeschickt wirst wie Fayes kleines Mädchen. Niemand sollte so tun können, als gäbe es dich nicht, als wärst du ein Fehler. Du bist kein Sohn geworden, aber du bist alles, was du sein solltest. Du bist gewollt. Du bist geliebt. Hast du das verstanden, Sallie?«

»Ja, Mama.«

»Gut. Bitte behalte das, vergiss es nicht. Hörst du, meine tapfere, kluge, starke Sallie. Behalte das.«

Der Westwind frischt auf, vertreibt den Rauch und bringt saubere, frische Luft mit. Oben über der qualmenden Ruine hängt ein Halbmond am blauen Himmel, schwach und weiß, aber doch hell genug, um an diesem späten Nachmittag sichtbar zu sein.

Ich weiß nicht recht, ob ich mich an etwas erinnere, das sich wirklich so abgespielt hat, oder ob ich es nur endlich verstehe. All die Jahre habe ich Geschichten über Mama immer nur aus der Sichtweise von anderen gehört, und jetzt endlich verstehe ich die Geschichte so, wie Mama sie erzählt hätte.

Sie hat Georgettes Familie nicht zerstört. Das war Georgettes Daddy, weil er sein hübsches Dienstmädchen begehrte, diese junge, einsame Frau.

Als Jahre später dasselbe passierte, war Mama nicht gewillt, sich erneut von einem Mann ausnutzen zu lassen. Sie hat sich durchgesetzt. Aber es war nicht sie, die Belles Ehe zerstört hat. Dafür war der Duke verantwortlich.

Und als der sich dann gegen sie stellte, als sie erkannte, dass es nur eine Frage der Zeit war, bis er sie ebenfalls loswerden wollte, wehrte sie sich. Nicht nur weil sie eigensinnig und halsstarrig war, sondern weil sie erlebt hatte, was mit Belle und Mary passiert war: einfach verbannt, als hätte es sie nie gegeben. Sie wehrte sich für mich.

Ich drücke Graces Hand.

Behalte das.

Kann ich dieser Stimme trauen? Kann ich einer jähen, unverhofften Erinnerung an etwas, das vor vielen Jahren geschehen ist, trauen? Und warum sollte ich der Stimme glauben? Ich sehe mich überhaupt nicht als tapfer, klug oder stark, habe nicht das Gefühl, dass ich alles bin, was ich sein sollte. Vielleicht bilde ich mir das Ganze ja auch nur ein. Viele Leute hören Stimmen, die es nicht gibt, machen sich was vor, erfinden Rechtfertigungen, warum etwas geschehen ist, obwohl es nicht zu rechtfertigen ist, reden sich ein, es bestünde Hoffnung, wenn es keine Hoffnung mehr gibt.

Eine Hand auf meiner Schulter lässt mich aufschrecken. Es ist Tom. Ich war so tief in Gedanken, dass ich sein Auto nicht habe kommen hören.

Er umarmt mich, tritt dann zurück und betrachtet mich auf seine aufmerksame Art. »Wie fühlst du dich? Wirst du drüber hinwegkommen?«

»Ich versuche es, Tom. Ich arbeite dran.«

Tom geht vor Grace in die Knie. »Und du? Geht's dir gut?«

Grace nickt.

»Meine Kleine lässt sich nicht so leicht unterkriegen«, sage ich.

»Das hat sie von ihrer Tante Sallie.« Tom richtet sich wieder auf.

»Und wie geht's dir, Tom? Wie steht's mit dir und Amy?«

»Es ist aus. Ich bin vor ein paar Tagen zurück in die Pension gezogen.«

»Du hast ja schon so was angedeutet, aber es tut mir leid. Ehrlich.«

»Es ist für uns beide besser so.«

»Trotzdem, du steckst so viel Hoffnung, so viel Zuversicht in etwas, und dann ist es einfach vorbei.«

Tom nickt und betrachtet die qualmende Ruine. »In dem Haus hat viel Geschichte gesteckt – Gutes wie Böses. Hast du dir schon überlegt, wie es weitergehen soll?«

»Nein. Ich kann nicht.« Meine Stimme beginnt zu beben, aber ich rede weiter. »Es ist ein heilloses Durcheinander,

Tom. Ich weiß nicht, was ich machen soll. Ich trau mir selbst nicht. Ich bin ratlos. Ich weiß nicht mehr weiter.«

»Du wirst einen Weg finden, Sallie. Und du wirst etwas Neues aufbauen. Du hast eine Familie, die ein Zuhause braucht.«

»Ich glaub nicht, dass ich das schaffe.«

»Sallie, ich kenne niemanden, der so viel Kampfgeist hat wie du.«

Kann ich Tom von Mamas Stimme erzählen? Falls das überhaupt jemand versteht, dann er. »Tom, wenn ich dir sagen würde, dass ich gerade meine Mama gehört habe, die mit mir geredet hat, würdest du mich dann für verrückt halten?«

Tom sieht mich mit seinem bedächtigen Lächeln an. »Sallie, ich denke, wenn deine Mama gerade mit dir geredet hat, wärst du verrückt, wenn du nicht auf sie hörst.«

Ich zeige Tom die Halskette. »Die habe ich eben in der Hand gehalten, sie hat Mama gehört, und ich wollte sie da in die Asche werfen, aber dann hat Mamas Stimme zu mir gesagt: ›Behalte das.‹«

»Klingt doch nach einem guten Rat.« Tom nimmt die Kette. »Komm, ich helf dir, sie anzulegen.«

Ich drehe mich um. Toms Hände in meinem Nacken fühlen sich warm und sanft an. Tom sagt, ich soll der Stimme vertrauen, mir selbst vertrauen. Ich möchte daran festhalten. An ihm festhalten.

»Wann fährst du zurück?«, frage ich.

»Ich bleibe noch zu dem Essen, das Mattie heute Abend gibt. Wird schön sein, alle zu treffen. Morgen früh nehme ich den ersten Zug nach Georgetown.«

»Bleib hier. Ich brauche dich.«

»Du meinst, du brauchst einen Anwalt?«

»Könnte sein, dass ich einen Anwalt brauche. Könnte sein, dass ich einen Ehemann brauche. Könnte sein, dass ich genau das brauche. Tom Dunbar, heirate mich.«

Tom grinst und streichelt meine Wange. »Sallie, du bist aufgewühlt. Du denkst nicht klar. Wenn du dich wieder im Griff hast, wirst du das anders sehen. Lass uns dann darüber reden.« Er zieht seine Taschenuhr heraus. »Wir sollten uns langsam für das Dinner fertig machen.« Dann sieht er mich an, und sein Gesicht ist gütig und klug wie das von Cecil. »Sallie Kincaid, ich werde dich immer lieben, aber ich weiß nicht, ob du dich je an den Gedanken gewöhnen wirst, jemandes Ehefrau zu sein.«

Tom küsst mich auf die Stirn, lässt seine Hand noch einen Moment an meiner Wange ruhen, dann wendet er sich ab. Ich habe das starke Verlangen, meine Arme um ihn zu schlingen, ihn einfach festzuhalten, aber er hat recht, es ist nicht der richtige Zeitpunkt, von Heirat zu reden, also schaue ich ihm bloß hinterher, wie er gemächlich zurück zu seinem Auto geht. Außerdem hat er recht damit, dass ich etwas Neues aufbauen werde. Ich habe eine Familie, für die ich sorgen muss. Tante Faye, Nell, Jake, Grace. Es sind die Kinder, die die Familie in die Zukunft tragen werden, sie sind Kincaids ohne den Namen Kincaid. Zum Teufel mit dem ganzen Blödsinn, dass die Söhne herrschen und die Töchter dienen, und Schluss mit der Frage, wer ein echter Kincaid ist und wer nicht, wer ein Außenseiter ist und wer dazugehört, welches Kind ehelich ist und welches unehelich, wer im Großen Haus wohnt und wer in einem Fertighaus wohnt und wer auf der Hopewell Road wohnt.

Ich fahre mit den Fingern durch Graces Haar, fein und honigfarben wie das von Kat. »Wir müssen jetzt zu Tante Mattie und uns umziehen.«

»Wohnen wir jetzt da?«

»Nur für eine Weile. Ich werde uns ein neues Haus bauen. Ein anderes. Eines, das besser zu uns passt.«

»Gut.«

Tom lässt sein Auto an und winkt uns zu.

»Den Mann da kenne ich schon mein ganzes Leben«, sage ich zu Grace, und wir winken zurück. »Als ich so alt war wie du, bin ich oft auf seinen Schultern geritten. Und als ich dann älter wurde, hat er mir Autofahren beigebracht.«

»Kann er besser fahren als du?«

»Oh nein, ich bin viel –« Ich stocke, sehe, wie Tom die Brücke über den Crooked Run überquert. »Wir fahren anders. Er vorsichtiger. Ich schneller.«

»Und wer ist dann besser?«

»Sagen wir einfach, ich komme immer als Erste an.«

Ich nehme Graces Hand, und wir wenden uns von der rauchenden Ruine ab. »Und sobald du mit den Beinen an die Pedale kommst, bring ich dir bei, wie man Auto fährt.«

Ich werde es auch Jake beibringen. Falls er nach seinem Daddy kommt, wird er ein Satansbraten am Steuer. Aber vielleicht wird ja Grace ihre Liebe zu Autos entdecken, und Jake wird sich überhaupt nicht dafür interessieren, genau wie Eddie. Auch das wäre für mich in Ordnung.

Eddie. Lieber Eddie. Irgendwo da draußen mit Lichtgeschwindigkeit unterwegs. Gute Reise, Eddie. Du warst so klug. Viel, viel klüger als ich. Aber die Zeilen aus dem Gedicht, das du uns hinterlassen hast, die sind nicht wahr. Nicht jeder mordet, was er liebt. Wir tun alles, was wir können, um es festzuhalten. Und manchmal – wenn man an der richtigen Stelle steht und das Herz bereit ist und einem ein Baby aus dem Himmel in die Arme fällt –, manchmal rettet man sogar das, was man liebt.

DANKSAGUNG

Das vorliegende Buch ist dem spitzen Stift und dem unermüdlichen Engagement von Nan Graham zu verdanken, einer großartigen Lektorin, freimütigen Kritikerin und wunderbaren Freundin. Sie hat mehr Entwürfe des Manuskripts gelesen, als ich mir eingestehen möchte, aber nie den Glauben daran verloren. Außerdem bin ich Margaret Riley King, meiner enthusiastischen und einfühlsamen Fürsprecherin und Agentin, zu großem Dank verpflichtet. Ein herzliches Dankeschön geht zudem an Brian Belfiglio, Susan M. S. Brown, Sophie Cudd, Tracy Fisher, Sabrina Pyun und Sylvie Robineau.

Die Klugheit, das Verständnis und der Humor meines Bruders Brian waren mir eine große Hilfe. Und ich werde stets in der Schuld meines Mannes John Taylor stehen, der jeden Schritt des Weges mit mir zusammen gegangen ist – manchmal vor mir, manchmal hinter mir, meistens an meiner Seite, aber immer da.

Einige Figuren und Szenen in diesem Buch wurden von realen Personen und Ereignissen inspiriert. Eine Frau namens Willie Carter Sharpe war als »Königin der Roanoke-Schmuggler« bekannt. Angeblich gab es in Franklin County, Virginia, keinen Menschen, ob Mann oder Frau, der besser Auto fahren konnte. Sie raste mit Vollgas über kurvenreiche Bergstraßen und führte Schmuggelfahrten an, bei denen insgesamt rund zweihunderttausend Gallonen schwarzgebrannten Whiskeys transportiert wurden. Vieles von dem, was wir über Sharpe wissen, gelangte 1935 beim sogenannten Great Moonshine Conspiracy Trial, einem Prozess gegen ein Netzwerk von Schwarzbrennern und ihre Komplizen, an die Öffentlichkeit. Ich habe die Gerichtsprotokolle und Zeitungsartikel über den Prozess gelesen. Besonders aufschlussreich war dabei das Buch *Spirits of Just Men: Mountaineers, Liquor Bosses, and Lawmen in the Moonshine Capital of the World* von Charles D. Thompson jr.

Fehden und Kämpfe zwischen rivalisierenden Schwarzhändlern waren an der Tagesordnung, und eine besonders gewalttätige Auseinandersetzung in Williamson County, Illinois, erlangte traurige Berühmtheit. Szenen wie die Schießerei am Krankenhaus, der Kampf mit den gepanzerten Wagen und der Bombenwurf auf das Clubhaus vom Flugzeug aus habe ich Zeitungsberichten über ähnliche Vorkommnisse entnommen. Außerdem dienten mir folgende Bücher als Quellen: *Bloody Williamson: A Chapter in American Lawlessness* von Paul M. Angle; *A Knight of Another Sort: Prohibition Days and Charlie Birger* von Gary DeNeal sowie *Brothers Notorious: The Sheltons, Southern Illinois' Legendary Gangsters* von Taylor Pensoneau.

Gustav und Georgette Rheims haben eine gewisse Ähnlichkeit mit George Remus, einem Anwalt aus Ohio, und seiner Frau Imogene. Die Geschichte der beiden wird in einer Reihe von Büchern erzählt, darunter *King of the Bootleggers* von William A. Cook. Mein Reverend Phillip Canon hat Ähnlichkeiten mit James Cannon, einem Geistlichen aus Virginia, der in dem Buch *Prohibition and Politics: The Life of Bishop James Cannon, Jr.* von Robert A. Hohner porträtiert wird. Und da die Dynastie der Tudors mir die allererste Inspiration zu diesem Buch lieferte, bin ich den fundierten Veröffentlichungen zahlreicher Historiker:innen zu Dank verpflichtet. Dies gilt insbesondere für Alison Weir, Chris Skidmore und Peter Ackroyd.

Das eigenartige Zusammenspiel von Religion, Nativismus, Rassismus und Progressivismus, das zur Prohibition führte, ist gut dokumentiert. Zu den Büchern, die ich besonders erhellend fand, zählen: *Last Call: The Rise and Fall of Prohibition* von Daniel Okrent; *Prohibition: Thirteen Years That Changed America* von Edward Behr; *Bootleggers and the Beer Barons of the Prohibition Era* von J. Anne Funderburg; *Moonshine: A Cultural History of America's Infamous Liquor* von Jaime Joyce sowie *Mountain Spirits: A Chronicle of Corn Whiskey from King James' Ulster Plantation to America's Appalachians and the Moonshine Life* von Joseph Earl Dabney.

Ich habe Hunderte von anderen Büchern und Artikeln aus dieser und über diese Zeit gelesen. Zu den fiktionalen und nichtfiktionalen Texten, die für meine Arbeit besonders hilfreich waren, zählen die Romane der aus Virginia stammenden Autorin Lee Smith ebenso wie die nachfolgend genannten Bücher. *Savage Peace: Hope and Fear in America, 1919* von Ann Hagedorn; *Only Yesterday: An Informal History of the 1920s* von Frederick Lewis Allen; *Three Generations, No Imbeciles: Eugenics, the Supreme Court, and Buck v. Bell* von Paul A. Lombardo; *The Story of American Roads* von Virginia Hart; *Treasury of Early American Automobiles, 1877–1925* von Floyd Clymer; *Tales from the Deadball Era: Ty Cobb, Home Run Baker, Shoeless Joe Jackson and the Wildest Times in Baseball History* von Mark S. Halfon. Und ohne das Online-Wörterbuch *Green's Dictionary of Slang* hätten meine Figuren wohl Schimpfwörter benutzt, die es damals noch gar nicht gab.